Alexander Moszkowski

Die Inseln der Weisheit

Der Autor

Alexander Moszkowski wurde am 15. Januar 1851 in Pilica in Polen geboren und starb am 26. September 1934 in Berlin.

Er war eine Persönlichkeit der Berliner Gesellschaft und mit Berühmtheiten wie Albert Einstein bekannt. Moszkowski war einer der ersten, die die Relativitätstheorie einem breiten Publikum populärwissenschaftlich zugänglich machten.

Sein bis heute interessantestes Werk ist der Utopische Roman »Die Inseln der Weisheit«. Dieses in der Tradition von Daniel Defoe und Jonathan Swift stehende Werk nutzt die Rahmenhandlung einer Expedition zu unbekannten, aber teils hochtechnisierten Inseln, um verschiedene Geistesströmungen seiner Zeit mittels Gesellschaften auf den verschiedenen Inseln zu schildern. Diese Gesellschaften führen jeweils eine Idee ins Extrem und damit ad absurdum. Dabei erfindet Moszkowski unter anderem das Mobiltelefon und schildert prophetisch die Beschleunigung der modernen hochtechnisierten Informationsgesellschaft.

Alexander Moszkowski

Die Inseln der Weisheit

Geschichte einer abenteuerlichen Entdeckungsfahrt

edition mabila

Erstdruck 1922, Berlin

edition mabila
Reihe „Europäische Klassiker"
© 2012. Alle Rechte vorbehalten.
ISBN 978-1-4716-4846-5

Vorbereitendes Kapitel

Die Ausfahrt

Wirkliche Abenteuer? Über den Begriff möchte ich mich mit dem Leser von vornherein verständigen. Wenn es darauf ankäme auffallende, unerhörte, an den Nerven reißende Begebenheiten zu häufen, so hieße es Wasser in den Ozean schöpfen, wenn man zu den wilden Schicksalen ehemaliger Weltfahrer noch neukonstruierte oder selbsterlebte hinzufügen wollte. Angefangen von den alten Phöniziern über Hanno, Himilko, Herodot hinweg bis zu den Zügen Alexanders und der Ptolemäer, dann wieder von den Fahrten der Marco Polo, Kolumbus, Vasco bis zu den Expeditionen Franklins, Livingstones, Sven Hedins, Nordenskjölds und deren Nachfahren bietet sich uns eine unübersehbare Kette erlebter Reiseabenteuer, die der ergänzenden Phantasie kaum noch wesentliche Ausbeute hinterlassen. Falls die Phantasie nicht besondere Wege einschlägt, um Dinge zu gestalten, die auf realen Entdeckungswegen niemals zu verwirklichen waren. Aber auch die Bücherei der phantastischen Fahrtabenteuer ist grenzenlos geworden, und es könnte sich fragen, ob nicht die Erfindung längst alle Möglichkeiten durchquert hat. Ich müßte mich auf diesen Einwand gefaßt machen und hätte mich insonderheit vor zwei großen Namen zu fürchten, vor Rabelais und Swift; wenn nämlich die Abenteuer, die ich erzählen will, nichts anderes wären, als Umfärbungen der berühmten Geschehnisse im Pantagruel und Gulliver. Ich hoffe indes, nicht in diese Gefahr zu verfallen, da das Abenteuer, wie es mir vorschwebt, von Haus aus ein eigenes Kolorit aufweist. Es bestimmt sich wesentlich dadurch, daß in die hier zu schildernden Abenteuer *Gedankenwagnisse* hineinspielen, die der neuzeitlichen Wirklichkeit angehören, somit vordem nicht angestellt werden konnten.

Nicht als ob nun hier die Wirklichkeit im Hintergrund bliebe und der Vordergrund einem nebelhaften Schattenspiel überlassen werden sollte. Ich darf vielmehr mit gutem Gewissen versichern, daß diese Entdeckungsfahrt in ihrer ganzen Anlage nach dem Leitziele der Wahrheit orientiert war. Es wird sich, so denke ich, zeigen, daß die Wahrheit nicht nur reichlichen Spielraum für das Abenteuer gewährt, sondern an sich sogar unter den hier verwirklichten Voraussetzungen die Form eines Abenteuers anzunehmen vermag. Im vorliegenden Fall kündigt sie sich dadurch an, daß schon im ersten Anlauf, ehe noch hinausgesegelt wird in unentdeckte Gebiete, allerhand Seltsamkeit aufsteigt.

* *
*

Die Sache begann anscheinend beziehungslos als ein Zwiegespräch zwischen mir und einem meiner intimen Freunde, mit dem ich ganz allgemein das beliebte Thema der Wanderlust erörterte; rückschauend in glückliche Tage der Vergangenheit, da das Umherschweifen auf dem Erdplaneten noch zu den selbstverständlichen Gepflogenheiten des Kulturbürgers gehörte, als die Frau Valuta uns noch keinen Reiseplan versäuerte, als noch keine Paß-Schikane uns an den Grenzen festnagelte und zwischen Ausland und Freundesland kein sonderlicher Unterschied obwaltete. Ich hatte zwar von Anfang an einen besonderen Trumpf in Bereitschaft, der dem Gespräch eine unerwartete Wendung geben sollte, hielt mich aber vorerst aus guten Gründen im Fahrwasser allgemeiner Betrachtung. Sieh mal, lieber Donath, sagte ich, unsere elegischen Rückblicke sind im Grunde doch nur der Ausdruck dafür, daß wir ein neues Reisekapitel anzufangen wünschen. Mit den ewigen Heimatgefühlen ist auf die Dauer nicht auszukommen. Was mich betrifft, so verspüre ich ein deutliches Heimweh nach dem Ausland, und ich vermute, daß es im Gehege deiner eigenen Empfindungen nicht viel anders aussieht.

»Zugegeben,« versetzte mein Freund Donath Flohr, »aber von der verschwommenen Sehnsucht bis zur Realisierung solcher Wünsche ist ein weiter Schritt. Wir können den Faden nicht mehr da anspinnen, wo er mit dem Weltkriege abriß. Entsinne dich unserer letzten Fahrt auf dem Luxusdampfer Imperator. In welchem Tempo ging das von der ersten Absicht bis zur Verwirklichung! Heute geplant, morgen ausgeführt. Schon flogen die Küsten der Fremdländer an uns vorüber, die Welt schien die Bestimmung zu erhalten, für uns zum erquicklichen Wandelpanorama zu werden. Und mit welchem Stolz fühlten wir in den Planken des Zauberschiffs deutschen Boden unter den Füßen! Das war Genuß, das war Hochgefühl. Mache dagegen heute ein Programm! Wie du es auch anstellst, es wird ärmlich und gedrückt ausfallen; es ist ein Fliegenwollen mit zerbrochenen Flügeln und ausgerissenen Schwungfedern. Bestenfalls werden wir im Ausland die Geduldeten sein. Man wird uns schonend behandeln, in der Erwartung, daß wir uns vorsichtig und demütig benehmen. Der Kosmopolitismus ist für uns aus der Welt heraus. Und selbst in der herrlichsten Landschaft wird uns die Gegenwart immer an den Vers Dantes erinnern: Kein größeres Leid, als im Elend sich der Glückszeit erinnern!«

»Dagegen gäbe es vielleicht ein Mittel. Man müßte das Programm so neu und so bedeutend anlegen, daß jeder Vergleich zwischen Jetzt und Einst von selbst verschwände. Man müßte für die Reise Ziele in Horizonten wählen, denen gegenüber alle vormaligen Touristenfahrten zu gleichgültigen Landpartien herabsinken.«

»Ich verstehe dich nicht. Ich glaube, du phantasierst.«

»Schon möglich. Aber wenn ich in dieser Phantasie auch nur den Schimmer einer Möglichkeit hindurchspürte, so wäre sie immer noch besser als der blanke Verzicht.«

»Also was willst du eigentlich? Was hast du delirierender Weise vor? erkläre dich deutlicher.«

»Ich denke an eine Entdeckungsreise. An eine Expedition von ganz ungewöhnlichem Ausmaß.«

»Das klingt in der Tat nach Wolkenkuckucksheim. Ich setze ganz beiseite, daß wir beide – wenn du mich mitnehmen willst – mit unseren Portemonnaies nicht bis zu den nächsten Horizonten dringen könnten; und nun redest du gar von Expeditionen ins Unbekannte? Das ist doch ein Widerspruch in sich selbst! Selbst wenn du ein Kolumbus wärst, mit den Mitteln eines Königreichs in der Hand, würdest du auf dem Globus auf nichts Unbekanntes stoßen. Die Welt ist doch entdeckt, nach allen Richtungen durchquert, und die weißen Flecke auf den Atlanten mit der Aufschrift »Unerforscht« sind längst verschwunden.«

»Das leugne ich durchaus. Gewiß, auf den Festländern ist nicht mehr viel zu holen. Dagegen bin ich der Meinung, daß die Ozeane noch sehr viele unerschlossene Geheimnisse bergen. Man kann dies mit einer gewissen Wahrscheinlichkeit sogar beweisen. Schon vor einem Jahrhundert waren die Meere so gründlich abgesucht, daß man schwerlich noch große Landfunde erwarten durfte. Aber da segelte einer hinaus, keineswegs vom Format des Kolumbus, eher ein Sportfahrer, der nicht viel mehr besaß als ein kleines Schiff und große Geduld ...«

»Von wem sprichst du eigentlich?«

»Von Otto von Kotzebue. Keine überragende Berühmtheit, und doch ein glücklicher Finder; der entdeckte in der Südsee Inseln, – rate mal wie viele?«

»Ach, die Zahl ist ja Nebensache.«

»Doch nicht, wenn man mit Wahrscheinlichkeitsschlüssen operiert, um von realen Vergangenheiten auf zukünftige Möglichkeiten zu stoßen. Also nicht weniger als 399 *Inseln* hat er entdeckt!«

»Imponiert mir gar nicht. Ein Punkt wie der Nordpol ist wichtiger als tausend winzige, gleichgültige Inseln.«

»Und eine einzige, kleine, noch unentdeckte Insel kann wichtiger werden, als Dutzende von entdeckerischen Funden, die geschichtliche Geltung erlangt haben. Falls nämlich das Neuland nicht bloß eine geographische oder wirtschaftliche Neuheit bietet, sondern eine intellektuelle; falls sie uns mit Erscheinungen und Gestaltungen bekannt macht, die uns *ungeahnte geistige Fernblicke* eröffnen.«

»Und so etwas hältst du für möglich?«

»Für nahezu sicher. Erlasse mir vorläufig die Begründung, die ich mir mit Vorbedacht noch aufspare. Zunächst genüge der Hinweis darauf, daß es auch heut noch nicht aussichtslos ist, die Meere zu durchstreifen mit dem Plane, an unberührten Gestaden zu landen. Ich verfahre hierbei, wie bereits angedeutet, nach einer sozusagen statistischen Methode. Ich prüfe die Landkarten nach der Verteilung und Dichtigkeit der Inselkomplexe, um vielleicht eine Spur, den bloßen Schimmer einer Gesetzmäßigkeit wahrzunehmen. Gelänge es auch nur in losester Andeutung, irgendwelche Regel herauszubringen, so brauchte man nicht mehr ganz planlos in den Zufall hineinzutappen; man hätte einen ersten Ansatz dafür, wohin die Reise zu gehen hat. Gleichzeitig zog ich die berühmtesten Seereisen zu Rate, deren Linien ich nachzeichnete, um zu ermitteln, ob zwischen diesem Strichnetz und der Verteilung der Inselschwärme irgendeine Beziehung bestände. Und da bin ich wirklich auf ein Ergebnis gestoßen, wenigstens auf etwas, das ich im ersten Anlauf für ein Ergebnis halte: ich fand auf den ozeanischen Karten ein weites Gebiet, das mir wie vom Schicksal zur weiteren Durchforschung vorherbestimmt erscheint; insofern es von allen bisherigen Seefahrern sehr vernachlässigt wurde, während die Figuration darauf hinweist, daß hier noch ganze Gruppen nie gesehener Inseln sich unter der monotonen Tünche des kartographischen Blau verstecken.«

»Zeig' mir doch das mal auf der Karte,« begehrte der Andere, dessen Neugier zu erwachen begann.

* *
*

Ich schlug ihm einen Atlas auf und verwies ihn auf den nördlichen Teil des Stillen Ozeans, zwischen den Sandwich-Inseln und den Aleuten. »Sieh, Donath, das wäre ungefähr mein Terrain. Jungfräulich genug sieht es aus, so gut wie unberührt von benamsten Ortspunkten. Und an der Geräumigkeit dieses lediglich von Meridian- und Parallelstrichen durchzogenen Meeresfeldes ist nicht zu zweifeln. Es umfaßt ungefähr neun Millionen Quadratkilometer, könnte also annähernd ganz Europa verschlucken. Nördlich und besonders südlich davon ein wahres Gewimmel von Inseln, die Hawai'schen an der Spitze, und dazwischen die bläuliche Öde der Unentdeckten. Bis zum Beweise des Gegenteils halte ich daran fest, daß diese ungeheure Fläche darauf wartet, mit den Zeichen entdeckerischer Tätigkeit bevölkert zu werden.«

»Und du nimmst einstweilen an, daß hier noch gar nicht gesucht worden ist?«

»Das wäre natürlich übertrieben. Dieses Feld war sogar der Schauplatz gewisser Expeditionen ...«

»Und wenn diese nichts gefunden haben, so beweist das ...

»So beweist das im Einzelfalle nur, daß nicht gesucht wurde, Genauer gesagt, die Leiter dieser Expeditionen suchten keine menschlichen Siedelungen, sondern bestimmte Merkmale von wissenschaftlichem und technischem Interesse.

So veranstaltete hier der Kommandant Belknap auf dem amerikanischen Kriegsschiff Tuscarora anno 1874 zahlreiche Tieflotungen, bei denen die enormsten Seetiefen bis nahe an neun Kilometern durchs Senkblei und Tieflot ermittelt wurden. Er verfuhr also nach einem für Zwecke der Kabellegung einseitig festgelegten Programm, hielt sich vorwiegend an die gerade Ost-West-Linie der Durchquerung, bog nicht ab, kreuzte nicht, so daß man beinahe sagen könnte: er vermied jede Länderentdeckung. Immerhin hat seine Expedition diesem ungeheuren Wassergebiet den Namen gegeben. Es heißt noch heute die Tuscarora-Tiefe, und wenn irgendwo, so müssen auf ihr die Inseln der Verheißung liegen.«

»Allmächtiger! die Inseln der Verheißung – von wem denn verheißen?«

»Von meiner Ahnung. Eine Fata Morgana, denkst du, und ich verüble dirs nicht. Inzwischen laß dir gesagt sein, daß ich bereits angefangen habe, für meine Idee zu werben.«

»Mit Erfolg?«

»Nicht nennenswert, oder präziser ausgedrückt: Erfolg vorerst gleich Null.«

»Eigentlich wundert mich das,« ironisierte mein Freund, »für waghalsige und pathetisch vorgetragene Projekte liegt doch sonst das Geld auf der Straße.«

»Ich glaube eher in den Stahlfächern, und deren Inhaber sind nur selten Idealisten, wie mein Projekt sie voraussetzt. Ich bin also fast durchweg an zugeknöpfte Taschen geraten. Allerdings wäre hinzuzufügen, daß ich an einigen Stellen eine gewisse Aufmerksamkeit für meinen Plan angetroffen habe. Die Leute sagten mir nicht etwa einstimmig, daß ich mich in eine Utopie verrannt hätte. Allein sie bezweifelten sämtlich meine Legitimation fürs Entdeckerfach.«

»Hast du ja auch nicht im geringsten. Du bist in Haupt- und Nebenberufen Journalist, Dichter, philosophierender Schriftsteller, worauf gründest du also deinen Anspruch?«

»Auf die Idee selbst. Übrigens könnte ich mich auf Präzedenzfälle berufen. Man ist immer etwas anderes außerdem, bevor man Entdecker wird. Stanley, der Kongo-Erforscher, war Zeitungsmensch, Chamisso unterbrach sein Dichten, um Weltumsegler zu werden und unterwegs recht Erhebliches zu entdecken; Sven Hedin, der uns Ost-Tibet erschloß, kam von der Philosophie her. Aber damit drang ich nicht durch. Ich klopfte bei mehreren sehr geldkräftigen Zeitungen an; ob sie nicht Lust hätten, eine solche Expedition ins Werk zu setzen, wie vormals der New-York-Herald und der Daily-Telegraph mit dem Journalisten Stanley; das könnte doch eine große, vielleicht sehr rentable Nummer werden. Die Verleger wiesen mich höflich ab und verzuckerten mir die Pille mit einer freundlichen Zusage; wenn es mir gelänge, meine Entdeckungsfahrt anderweitig zu deichseln, wollten sie gern einige Reisefeuilletons darüber aus meiner Feder annehmen und selbstverständlich mit ansehnlichem Spaltenhonorar entlohnen.

Nicht viel besser erging es mir bei einigen Großbankdirektoren meiner Bekanntschaft. Die Konjunktur, so meinten sie, verböte zur Zeit so unsichere Extravaganzen. Nur ein einziger, der Bankchef Georgi, erbat sich Bedenkzeit; er wolle nicht rundweg Nein sagen, noch weniger freilich Ja; aber er beabsichtige die Sache im Auge zu behalten; vielleicht ließe sich dem Projekt ein kolonisatorischer Gesichtspunkt abgewinnen, – und was der Redensarten mehr waren, um mich zu vertrösten und den Kern der Absage zu verschleiern.«

»Das heißt also, es wird nichts daraus – und du wirst nie dahin gelangen, deine Nebelvision zu finanzieren. Beratschlagen wir also, wenn schon durchaus gereist werden soll, über eine praktisch ausführbare Tour. Vielleicht Thüringen oder Schwarzwald...«

»Du verlegst dich aufs Höhnen, aber der Spott wird dir bald vergehen, das prophezeie ich dir...«

»Laß dir einmal sagen, Alex, deine Zukünfteleien fangen an, mir auf die Nerven zu gehen; du sagst an: du verheißt, du prophezeist, du kommst aus dem Futurismus nicht mehr heraus.«

»Wenn du das Perfektum bevorzugst, so bin ich auch damit nicht in Verlegenheit. Ich stelle mich in der Zeitbetrachtung um, und anstatt fortzufahren: ich *werde* entdecken, erkläre ich dir vertraulich: ich *habe* entdeckt!«

»Die Inseln? In deiner Studierstube?«

»So ungefähr. Klingt etwas paradox und liegt auch wirklich jenseits aller Schulweisheit. Also um beim Perfektum zu bleiben: ich befand mich vor einer Woche in einer großen Antiquariatsversteigerung, wo kostbare und seltene Altdrucke und Handschriften angemessene, das heißt, schwindelhafte Preise erzielten. Du hast sicher davon gelesen, es war die Auktion bei Knaupp und Kompagnie, die Zeitungen brachten ellenlange Berichte darüber.«

»Jawohl, ich entsinne mich. Aber ich traue dir nicht den Wahnsinn zu, daß du etwa mitgesteigert hast.«

»Das verbot sich von selbst. Nur mit stillem Neid verfolgte ich den Fortgang dieser Herrlichkeiten, die aus einer holländischen Sammlung stammten und vorwiegend alte Prachtstücke aus Südfrankreich umfaßten, Troubadourblätter mit den entzückendsten Zierleisten und Miniaturen in leuchtenden Farben auf goldenem und silbernem Grunde. Für die Kenner und Liebhaber war es ein Bacchanal, ein Rausch, für mich eine Orgie der Unerschwinglichkeiten. Ich hörte Wertziffern, bei denen man eher an den Verkauf von Rittergütern als an Druckpapiere und Pergamente dachte. Der

Katalog enthielt aber auch, von allen unbeachtet, einen unscheinbaren Band in Quart, der mein Interesse erregte, ohne daß ich zu sagen gewußt hätte, weshalb. Niemand wußte Auskunft zu geben über den Band, dessen Titel über Autor, Erscheinungsort und Jahreszahl keinerlei Anhalt lieferte. Er sah alt aus, zerwühlt und zerbeult, aber seine Antiqua-Lettern ergaben nicht den geringsten Sprachsinn; ja es war ersichtlich, daß sie nur zufällige Konglomerate von Buchstaben darstellten ohne Beziehung auf irgendwelche mögliche Sprache. Man zuckte die Achseln, ließ es liegen, und als es ausgerufen wurde, nur nach Nummer, nicht nach Inhalt, – denn es hatte ja keinen angebbaren Text – verharrte das Publikum in eisigem Schweigen. Schon wollte der Versteigerer das zwecklose Exemplar beiseite schieben, als ich mich in einer instinktiven Regung meldete: »Hundert Mark!« Das Wort war heraus und ließ sich nicht mehr zurücknehmen. Kampflos fiel mir das Buch zu. Willst du es sehen? Hier!«

* *
*

Mein Kumpan blätterte, prüfte, stutzte, mißbilligte heftig: »Genau um hundert Mark überzahlt! Eine gräßliche Scharteke! Man könnte an einen schlechten Witz glauben, den sich der Verleger von anno Tobak mit den Lesern geleistet hat. Aber für einen Scherz wär's doch zu kostspielig gewesen. Da bleibt nur die Vermutung, daß der anonyme Herausgeber komplett blödsinnig gewesen ist.«

»Du bist auf falscher Fährte, Donath. Der Autor ist gar nicht anonym. Er hat nur seinen Namen künstlich versteckt. Und dieser Name gehört zu den berühmtesten der ganzen Geisteswelt: Dieses Buch ist von Nostradamus!«

»Jetzt schnappst du offensichtlich über! Wie kommst du bloß auf den?«

»Durch eine einfache Überlegung. Die Forscher der Vorzeit haben es aus Laune, bisweilen aus undurchsichtigen Motiven dem Publikum nicht selten etwas schwer gemacht. Sie verkapselten ihre Mitteilungen in Runen und Rätseln, konstruierten Anagramme und Versteckschriften und überließen es den Lesern, die Lösung zu finden. Sogar der große Newton hat uns derartige Rätsel hinterlassen, und von Leonardo da Vinci gibt es hunderte von Schriftseiten, deren hieroglyphische Struktur kaum auflösbar erscheint. Hier, bei meinem so billig erworbenen Bande, den du unter die Scharteken verweist, liegt die Sache vergleichsweise einfacher. Er ist von A bis Z chiffriert, und zwar nach ein und demselben Schlüssel, dessen Auffindung mir schon in der ersten Probierstunde zufiel. Betrachte einmal dieses Wort auf der Vorderseite.

»Aber das ist doch gar kein Wort, das ist ein Sammelsurium von Buchstaben!« – Oberflächlich betrachtet gab ihm der Anschein recht; denn hier stand:

Mnrsqzczltr

also eine gänzlich unaussprechbare Konsonantenhäufung, ohne den mindesten Vokal-Anhalt, die keiner möglichen Menschensprache zugewiesen werden konnte. Ein formloser Brei, aus dem aber sofort glitzernde Kristalle zucken, sobald man jeden Buchstaben mit dem im alphabetischen Zyklus nächstfolgenden vertauscht. Das M verwandelt sich also in N, das n in o, weiterhin das z folgerecht in a, und so entwickelte sich, wie aus der plumpen Puppe der prächtige Schmetterling, das wohltönende und verheißungsvolle

Nostradamus

Da hätten wir den Schlüssel, und jede weitere Probe ergab, daß er durchweg und restlos paßte. Aus dem unverständlichen Sigel

Ktfctmh

sprang die Lösung

Lugduni,

die unzweideutig den Erscheinungsort des Buches bestimmte, denn Lugdunum ist nichts anderes, als die klassische Bezeichnung für Lyon; was wiederum im besten Einklang steht zu der Tatsache, daß auch die berühmten Schriften des Magiers ihren buchhändlerischen Ursprung in Lyon gefunden haben. An das Zeichen vollends

LCK

brauchte man den Chiffreschlüssel nur eine Sekunde anzusetzen, um dafür

MDL

zu erhalten, was bei der bekannten Zifferbedeutung von M gleich 1000, D gleich 500 und L gleich 50 das klare Datum 1550 hinstellte. Gewiß blieben noch einige Schwierigkeiten zurück. Auf die Frage, wieso dieses Exemplar hier als ein plötzliches Unicum auftauchte, war eine Antwort nicht zu erzielen. Habent sua fata libelli! War es aber wirklich ein Unicum – und daran ließ sich bei Prüfung des ganzen Buchtextes nicht zweifeln – dann durfte sich der glückliche Besitzer des einzigen Exemplars erst recht für beneidenswert halten; auch wenn, wie hier der Fall, viele Stellen bis zur Unleserlichkeit verwischt erschienen. Es blieb noch genug des Entzifferbaren übrig – um dies gleich vorwegzunehmen – der Salomonische Schlüssel fand ein weites Feld der Betätigung, – Zeichen und Wunder stiegen auf!

Mir waren sie schon vor jener Unterredung mit Freund Donath sichtbar geworden, und ich durfte mich an den Überraschungen weiden, unter deren Stößen der ungläubige Thomas sich zum Glauben an eine unwahrscheinliche Fernwelt bekehrte. Allein noch waren einige Präludien durchzuspielen, bevor ich es unternehmen durfte, ihn in die große Fuge des Nostradamus einzuführen. Ich hielt ihm daher eine kurze Vorlesung über den Mann überhaupt und wiederhole sie hier für den Leser, der längst erraten hat, daß die abenteuerliche Schrift des Zauberers von Notredame sich irgendwie mit meinem exzentrischen Reiseplan ergänzt.

Die Weisheit des *Michel de Notredame*, genannt *Nostradamus*, so etwa erläuterte ich, gründet sich vorwiegend auf Astrologie, jener Wissenschaft, die wir längst als mythologischen Irrwahn abgefertigt haben, die aber doch viele recht erleuchtete Köpfe zu ihren Vertretern zählte. Ich lege weniger Gewicht darauf, daß Melanchton zu ihr hielt, betone aber mit Nachdruck, daß einer der gewaltigsten Sternforscher, eine Leuchte exakten Denkens, nämlich Johannes Kepler, der Astrologie huldigte und sie praktisch ausübte. Jedenfalls hat sie dem Nostradamus Einsichten in die Zeitferne verschafft, zu deren Erklärung wir nicht das geringste Mittel besitzen. Seine in Vierzeilern, gereimten »Quatrains«, abgefaßten Schriften sind nicht leicht zu lesen. Viele wimmeln in ihrem Altfranzösisch mit ihren aus anderen Sprachen eingestreuten Brocken und beabsichtigten, in Willkür und Anagrammen gekleideten Dunkelworten von sprachlichen Schwierigkeiten. Bewältigt man sie aber, so gerät man an Prophezeiungen, die ein grenzenloses Staunen erregen müssen. So lautet einer seiner Quatrains in freier Übertragung:

»Die Lilie trägt der Dauphin hin nach Nancy

Dem Kurfürst nach, bis hin an Flanderns Steine;

Ein neu Verließ dem großen Montmorency

Für andern Platz geliefert an clere peine.«

Die historischen Bestimmungen der ersten Zeilen weisen genau auf das vierte Jahrzehnt des siebzehnten Jahrhunderts. Als der Magier schrieb, konnte der historische, große Montmorency, der erst 1595 zur Welt kam, gar nicht geahnt, geschweige denn beschrieben werden. Aber dessen

Schicksal wird hier in knappster Form ganz exakt darge-
stellt: das »neue Verließ« ist das Gefängnis im neuerbauten
Stadthaus zu Toulouse; an einem anderen Platz wurde
Montmorency 1632 hingerichtet; und der Name des Solda-
ten, der die Exekution ausführte, war *Clerepeyne*!

Diesem verblüffenden Beispiele wären viele andere beizu-
zählen. Ich greife es nur heraus, weil es sich auch in dem
von mir erworbenen und entzifferten Exemplare befand.
Aber ich entdeckte auch andere, bisher völlig unbekannte
Quatrains, und unter ihnen einige, bei deren Lesung ich wie
vom Donner gerührt wurde. Denn sie enthielten Ansagen,
die bis in die allerletzte Neuzeit vorstießen und obendrein –
– – *mich persönlich betrafen!*

Mich und die geheimnisvollen Gebiete, deren magischen
Bann ich schon verspürt hatte, bevor noch des Magiers
Wort mich erreichte!

Da standen sie vor mir in leidlich lesbaren Sätzen, die der
Dechiffrierschlüssel aus dem chaotischen Wust der Buchstaben herausholte.

Ich setze sie hierher, so wie ich sie fand, als gereimte Vierzeiler, losgelöst von allen Rätseln der Umgebung und von
mir auf besonderem Blatt ausgeschrieben. So gesehen
tauchten sie bereits aus dem tiefen Dunkel der Urschrift in
den Dämmer der Verständlichkeit; sie lauteten:

Quand république germaine après détresse

Se dresse en vingtetun, dit le prophète,

Grande découverte des Isles de la promesse

Jadis cachées en plaine de notre planète

Par écrivain du nom de Macédoine

Et par secours de paire américaine

On trouvera les terres transocéanes

Dévoilant sublime phénomène.

Donath stierte abwechselnd auf das Blatt, auf's Buch und auf mich, mit Blicken, in denen noch Reste von Mißtrauen schwammen. Er hatte im Wesentlichen verstanden, getraute sich indes noch nicht, es zu bekennen. Um sich von der ersten Überraschung zu erholen und Zeit für Einwände zu gewinnen, sagte er:

»Man müßte zunächst versuchen, eine brauchbare Übersetzung herzustellen. Ich selbst halte mich ja in Sprachangelegenheiten für ziemlich gewandt, ich meine aber doch, daß hier meine Dolmetscherfähigkeit nicht ganz ausreicht. Dem Sinne käme man vermutlich näher, wenn man, ohne am Wort zu kleben, auch die Form des Originals in die Übertragung hinübernähme.«

»Das ist bereits geschehen,« entgegnete ich. »Höre zu, wie ich die Zeilen im Rhythmus und Tonfall der Vorlage verdeutsche:

Einst werden sich, so wird hier prophezeit,

Die Inseln der Verheißungen entdecken,

Wenn sich im deutschen Land nach trüber Zeit

Um einundzwanzig neue Kräfte recken.

Schriftsteller ist er, mazedonisch klingt

Der Name dessen, dem das Los zu eigen,

Mit einem Paare, das ihm Hilfe bringt

Vom reichen West, dies Phänomen zu zeigen.

Über die Hauptsache, räume das nur ein, besteht jedenfalls gar kein Zweifel. Wir haben hier die seit Urzeiten verborgenen Inseln der Verheißung und deren Entdeckung, angesagt auf das Kalenderjahr und mit genauem Hinweis auf unsere Heimat, in der, wie sicher zu ergänzen, der Ursprung der Expedition liegen soll. Als Urheber des Plans wird ein

Schriftsteller bezeichnet, stimmt ebenfalls. Und was den mazedonischen Namen betrifft...«

»Alexander!«

»Also das ist schon fast ein Übermaß an Deutlichkeit. Ich werde mich nicht damit aufhalten, mich mit Erklärungsversuchen zu plagen als Zeuge eines Mysteriums, in dem das Okkulte mit dem ersichtlich Wirklichen untrennbar zusammenfließt. Genug, es steht da, und du weißt so gut wie ich selbst, daß ich die Spur der Inseln bereits aus ganz anderen Erwägungen heraus verfolgt habe, als dieses Nostradamusbuch noch in der Tiefe eines Antiquariats schlummerte. Aber das Zusammentreffen eines eigenen Planes mit dem Auffinden und der Entzifferung dieser okkulten Schrift müßte imstande sein, auch den ungläubigsten Thomas ins Extrem des Glaubens hineinzustoßen.«

»Immerhin, Alex, es besteht da doch noch ein dunkler Punkt. Hier ist doch von einem amerikanischen Paar die Rede, und davon hast du mir auch nicht die leiseste Mitteilung gemacht.«

»Das erklärt sich dadurch, daß ich selbst nicht das geringste davon weiß. Dieser dunkle Punkt ist also tatsächlich vorhanden und ich verhehle nicht, daß er mich beunruhigt. Denn wenn ich auch alles durchgehe, was ich jemals an amerikanischen Bekanntschaften besaß, so kommt doch keine einzige für den vorliegenden Fall in Betracht. Es waren ausschließlich nach Europa versprengte Künstler, Konzertgeber, Musikschülerinnen und auch mit diesen hat für mich seit dem Kriege jeder Kontakt aufgehört. Daß ich selbst nie drüben im anderen Kontinent gewesen bin, ist dir bekannt.«

»Wenn du aber so fest an die Prophezeiung deiner Quatrains glaubst, so müßtest du vielleicht den hiesigen amerikanischen Geschäftsträger aufsuchen...«

»Nein. Von den achselzuckenden Herrschaften auf unserem Boden habe ich nun wirklich genug. Ich habe mich angestrengt, in diesem Nostradamus hier noch irgend welchen ergänzenden Hinweis zu entdecken. Und meine Suche war auch nicht ganz fruchtlos, allein die Ergebnisse lagen in ganz anderer Richtung. Sie betrafen die Inseln selbst, über die sich Nostradamus in den allerdunkelsten Wendungen ergeht. Der Magier macht da Anspielungen, welche darauf hinzudeuten scheinen, daß sich auf dieser Insel die seltsamsten Kulturen verwirklichen; sozusagen eigensinnige Kulturen, als ob die Inselbewohner es darauf anlegten, ihre Existenz nach philosophischen Prinzipien einzurichten. Aber es ist alles so verschwommen ausgedrückt, daß ich daraus nicht klug werde. Und was den für uns zunächst wichtigsten Hauptpunkt anlangt, so fehlt hierüber jede weitere Notiz. Man müßte sich denn an diese Buchstabenfolge auf Seite 97 klammern

lzbkhmsnb.

Donath Flohr nahm ein weißes Blatt von meinem Schreibtisch und schrieb nach der erörterten Regel, indem er jeden Buchstaben mit dessen alphabetischen Nachfolger vertauschte:

maclintoc

»Das kannst du dir an die Wand nageln,« fügte er hinzu: »es klingt wenigstens exotisch und erinnert sogar an einen berühmten Seefahrer, der dir aber nicht helfen kann, besonders weil er längst tot ist.«

»Und dennoch!« rief ich, indem ich trotzend auf das Blatt schlug. »Alles Übrige ist so überzeugend, so zwingend, daß ich von der Idee nicht mehr loskann. Ich will auch davon nicht los, ich habe in mir gar keine Möglichkeit, es zu wollen. Denn mein Verstand müßte einfach dabei abdanken. Er müßte sich entschließen, das alles für ein höhnendes Spiel des Zufalls zu nehmen; und das wäre genau so – ich zitiere

Cicero – als wenn man annehmen wollte, das aus dem zufälligen Zusammenschütten von Buchstaben ein Gedicht wie die Ilias entstehen könnte!«

»Also du willst mit dem Kopf durch die Mauer. Schön. Aber dann müßtest du wenigstens die Bewegungsmöglichkeit haben, und die hast du nicht. Du stehst festgekeilt vor einem finanziellen Rechenexempel, und erklärst selbst, daß alle Lösungsversuche fehlschlagen.«

»Vielleicht gäbe es einen letzten Ausweg. Dieser Nostradamus ist doch jedenfalls vom bibliophilen Standpunkt ein Schatz, jetzt wo der Schlüssel zur Lesung ermittelt ist. Wie wäre es, wenn ich das Buch verkaufte?«

»Erstens siehst du nicht aus wie einer, der so etwas verhökert. Und dann, selbst wenn, würde der Erlös nicht zum hundertsten Teile ausreichen, um deine Expedition zu bestreiten. Hier handelt es sich doch im Kostenpunkt um viele Millionen – einfach Wahnsinn. Schluß mit diesen Phantasien! Ich will dir raten: übersetze den ganzen Band in hübsche deutsche Reime, gib sie als Buch heraus oder noch besser, halte Vorträge darüber in der Philharmonie und sonstwo. Dann wirst du wenigstens eine gewisse Genugtuung von dieser Arbeit haben und das Bewußtsein, etwas für die Vergnügungssteuer zu leisten«.

Wir beide hatten es im Feuer der Unterhaltung gänzlich überhört, daß an der Vordertür die Klingel mehrfach gegangen war. Mein Hausmädchen huschte ins Zimmer und meldete Besuch. Auf der Visitenkarte, die sie mir entgegenstreckte, las ich:

Mac Lintock –

*   *
*

– – – Es ist anzunehmen, daß mir die Symptome höchstgradiger Verdutztheit auf dem Gesicht standen, als ich die Eintretenden begrüßte. Denn es waren zwei Personen, Herr und Dame; wie sich aus der Vorstellung ergab: Mr. Mac Lintock aus Chicago und seine Nichte Eva.

Ich hätte hier die beste Gelegenheit, dramatisch zu werden und ein redendes Quartettgespinst zu entwickeln. Ich ziehe es indes vor, zunächst episch zu verfahren. An sich betrachtet war nämlich das Auftreten der neuen Figuren in seinem Motiv zwar seltsam, aber keineswegs wunderbar. Der Amerikaner, in seinem Äußeren an das Bild des berühmten Präsidenten Lincoln erinnernd, Irländer von Herkunft, aber durch und durch yankeesiert, befand sich seit kurzer Zeit in Berlin, um hier einige großzügig angelegte Geschäfte teils einzuleiten, teils abzuwickeln. Diese gingen, selbst nach Dollars gemessen, in die sechs- und siebenstelligen Ziffern hinein, wonach sich der Herr ersichtlich als eine recht vertrauenerweckende Persönlichkeit darstellte. Bei einer seiner Transaktionen hatte er mit dem schon vorerwähnten Großbankier Georgi zu verhandeln, dem nämlichen, der mir versprochen hatte, meine Sache »im Auge zu behalten«. Ich selbst war, wie erinnerlich, nur mit minimalen Hoffnungen bei dieser redensartlichen Zusage; allein wider Erwarten berührte der Bankier im Gespräch, so nebenbei das Inselprojekt, mit jener Selbstlosigkeit, die sich oft einstellt, wenn das Risiko verschwindet und der Andere voraussichtlich die Kosten tragen wird.

Gestern speisten der Amerikaner, seine Nichte und Georgi im Esplanade; zwischen Birne und Käse ließ der Dollarmann einfließen, daß er sich seiner Dampfyacht zu entäußern wünschte, da er sich darauf bis zum Überdruß sattgefahren habe; sie läge elf Monate pro Jahr zwecklos in irgendwelchem Hafen herum und fräße bloß Zinsen.

Hier hakte Georgi ein, um wiederum ganz beiläufig die Inseln aufs Tapet zu bringen. Da wäre doch einer, dessen ganze forschende Sehnsucht sich auf ein Schiff richtete; und ob nun seine Entdeckerpläne eine reelle Basis hätten, ob nicht, so wäre doch hier für einen Yachtbesitzer ein gewisser Anlaß für eine schöne Geste.

Es läßt sich nicht behaupten, daß Mac Lintock etwa mit Enthusiasmus zugriff. Allein er begann doch sich zu informieren, und seine Nichte griff ein, um den ersten Funken des Interesses weiter anzublasen. Denn deren Geisteshorizont spannte sich allerdings viel weiter, als der ihres oheimlichen Partners, und sie war imstande, sich auf eine bloße Andeutung hin in einen fernen Gedankenkreis einzufühlen.

»Ich meine, Onkel,« sagte sie, »zwischen Ja und Nein ist da für uns kein Unterschied. Ich sehe auf der einen Seite ein wissenschaftliches Ziel, das erreicht oder verfehlt werden kann, das aber doch einen kleinen Einsatz verlohnt. Und für uns ist das doch wirklich eine Bagatelle, da die Yacht dich ohnehin langweilt.«

»Ihr spuken nämlich immer wissenschaftliche Dinge im Kopfe,« ergänzte der Amerikaner. »Sie hat an der Columbia-Universität, in Grenoble und in Leipzig studiert.«

»Und ich habe in allen Fächern zusammengenommen keine Weisheit gefunden, die über den Schopenhauerschen Grundsatz hinausgeht: omnes, quantum potes, juva! unterbrich mich nicht, Onkel, ich übersetze schon: Hilf allen, soweit du kannst!«

»Kind, mit dieser Regel wird auch ein Krösus bald genug zum Bettler. Aber über einen Spezialfall läßt sich ja reden. Mir fällt da eben ein, daß mein Freund Rockefeller mit einem Federzug einen Scheck über sieben Millionen Dollars für Forschungszwecke ausgeschrieben hat; allerdings für amerikanische Forschung...«

»Es gibt nur universale, und übrigens, Onkel: wenn du für die Expedition dein Schiff stiftest, dann wird sie ja unter amerikanischer Flagge segeln.«

»Außerdem,« bemerkte Georgi, »wird diese Sache ja für Sie sehr viel billiger als seinerzeit für Rockefeller. Also, wollen Sie mich ermächtigen, dem Herrn morgen zu telephonieren, daß in seiner Angelegenheit etwas geschehen ist, und daß er Sie im Esplanade besuchen darf?«

»So nicht!« korrigierte der andere unter ersichtlicher Zustimmung der Dame, deren Wille nicht erst Worte zu finden brauchte, um ihn suggestiv zu beeinflussen. »Wenn ich mich schon entschließe, die Sache in die Hand zu nehmen, dann will ich wenigstens sofort mein Vergnügen haben. Ich werde ihn morgen in seiner Wohnung überraschen, das heißt natürlich wir beide. Du willst doch, Evy?«

»Ich will noch mehr. Er wird ja gewiß bei diesem Überfall sehr erstaunen – du vielleicht auch!«

* *
*

Nun saßen wir zu Vieren in meiner Arbeitsstube und ich sah plötzliches Licht in der Finsternis. Das ganze Vorhaben schien in kaum einer Viertelstunde klaren Hintergrund und deutliche Form zu gewinnen. Der Amerikaner freilich behandelte es eher vom Standpunkt einer Millionärskaprice, mit der Überlegenheit eines Mannes, der sich als deus ex machina fühlt; dabei auch mit der Empfindung eines Spielers, der an der Roulette eine hohe, aber für ihn gleichgültige Summe auf eine einzelne Nummer schiebt. Aber da ergab sich ein kleiner Zwischenfall. Die Dame bemerkte nämlich auf meinem Schreibtisch das Blatt, worauf Donath nach dem stummen Diktat des Magiers mit Blaustift notiert hatte: »maclintoc«. »Hat Ihnen Georgi etwa doch gegen die Abrede telephoniert?« – »Nein. Wir wußten nicht das Mindeste von Ihrer Existenz, wie Sie wohl an unserem Verhalten erkannt haben. Sie haben also wirklich allen Grund zur Verwunderung; aber ich muß Ihnen bekennen, die Aufklärung wird nicht viel begreiflicher ausfallen als das Rätsel.«

Das ganze Thema von Nostradamus wurde neu aufgerollt. Ich erklärte den Gästen den ganzen Umfang der eigenen Überraschung von dem Auftauchen der prophetischen Vierzeiler bis zu dem Punkte, auf dem wir an den absonderlichen, für mich so bedeutungsvollen Namen gerieten. Der erste, der sich von der magischen Überrumpelung erholte, war Mac Lintock selbst:

»Es hat keinen Zweck,« erklärte er, »hier Zusammenhänge zu suchen, von denen sich eine Trillion gegen Eins wetten läßt, daß sie keiner finden wird. Stellen wir uns lieber auf den Boden der Tatsachen. Worin besteht das Faktum? Einfach darin, daß es total widersinnig wäre, jetzt noch die bevorstehende Entdeckung zu leugnen. Selbst wenn Nostradamus in vielen Fällen ein falscher Prophet gewesen sein sollte, hier ist doch eine Hellsichtigkeit erwiesen in der Vereinigung unserer Namen, also der Personen, die hier tatsächlich über das Projekt beraten. Damit ist das Vorstadium, so meine ich, definitiv überwunden, und es gibt für mich kein Zurück. Verfügen Sie über meine Yacht »Atalanta«, für deren Ausrüstung ich sorgen werde. Ich knüpfe daran die einzige Bedingung, daß die erste wilde Insel, die Sie entdecken, auf den Namen Mac Lintock-Eiland getauft wird.«

»Ich stelle noch eine zweite Bedingung,« meldete sich die Dame, in deren schönem und bedeutungsvollem Recamier-Profil ein Zug des Trotzes merklich wurde, einer Energie, die von vornherein jeden Widerspruch ausschloß. »Läßt sich erraten,« sagte Flohr; »die zweite Insel muß nach Ihnen benannt werden. Selbstverständlich angenommen, – – du erlaubst doch, Alex, daß ich in deinem Namen rede?«

»Ich vermute,« sagte ich, »daß unsere Helferin sich damit nicht zufrieden geben wird.«

»Allerdings nicht. Ich verlange vielmehr, die ganze Expedition mitzumachen.«

»Aber Evy!« rief der Onkel; »was für eine Schrulle! Ich habe doch wohl anderes auf der Welt zu tun. Nicht um das Vermögen von ganz Wallstreet kriegst du mich auf eine so unabsehbare Reise ins Blaue.«

»Kehre du nur ruhig zu deinen Geschäften nach Chicago zurück. Hier handelt es sich um mich allein. Und verlege dich nur nicht etwa auf Sittenpredigt und Methodistenweisheit. Ich kenne ja den Sermon: Das ist unpassend – das schickt sich nicht – das verstößt gegen Form und Takt. O heaven! Wie lang ist's denn her, daß eine junge Dame keine anatomischen Studien treiben durfte? Ich habe auf der Universität männliche Leichen seziert, und mein Ruf ist unberührt geblieben.«

»Weil du in einem anständigen Damenpensionat gelebt hast und nicht einzeln zwischen Herren und Matrosen. Abgesehen davon begibst du dich in Abenteuer und Gefahr. Wissen wir denn, an welche wilde Völkerschaften diese Expedition gerät?«

»Herr Mac Lintock,« warf ich ein, »jetzt haben Sie verloren. Ihre Nichte macht nicht den Eindruck, als ob ein Appell an die Furcht ihren Willen erschüttern könnte.«

Eva lächelte: »Ich fürchte höchstens, daß die Gefahr hinter meinen Erwartungen zurückbleiben wird. Die Hauptsache bleibt aber, daß wir ein solches Unternehmen nicht bloß subventionieren, weil wir reich sind, sondern auch begleiten, weil wir unsere Einsichten erweitern wollen. Welchen Zweck hatte die »Atalanta« bis jetzt? Ich habe auf der Yacht gefaulenzt und gedämmert in dem Panorama der Luxusorte zwischen Toulon und Rapallo, bei den Azoren, der Küste von Florida, jetzt will ich auf ihr etwas erleben! endlich nicht mehr nach Baedeker reisen, sondern im Zeichen von Tasman, Franklin, Humboldt! – – Übrigens, Onkel, sollst du im Nebenpunkt eine kleine Konzession haben. Ich wehre mich gar nicht gegen weibliches Gefolge; du kannst mir so viel Zofen und Stewardesses engagieren, wie dir beliebt. Aber ich denke, wir werden jetzt noch Wichtigeres zu verabreden haben, als die Hilfskräfte für meine Toilette.«

Ihres Erfolges gewiß erhob sie sich, beugte sich Mac Lintock entgegen und streichelte ihm die Stirn. Der biß sich in die Lippen, zögerte, ergriff dann ihre Hand und sagte: »Es ist bei uns Amerikanern nicht Sitte, einen Antrag ohne Amendement zum Gesetz zu erheben. Du beantragst die Mitreise – angenommen. Mein Amendement lautet: du bleibst in meiner Obhut!« Und zu uns Männern gewendet ergänzte er: »ich hoffe, Ihr Nostradamus wird nicht widersprechen, wenn ich mich anschließe. Der Entschluß, auf längere Zeit meine Privatgeschäfte zu suspendieren, kostet mich mehr, als die ganze Atalanta wert ist. Aber Sie sehen ja, ich stehe hier unter sanfter Erpressung meines Lieblings. Ich bitte Sie daher, mir auf meiner Yacht eine Kabine zu reservieren.«

* * *
*

Im Prinzip stand nunmehr der Plan fest, und es dauerte nicht mehr lange, bis er sich aus dem rohen Umriß herausarbeitete. Der Telegraph spielte nach zahlreichen Industriepunkten, Befehle flogen hinaus, gespart wurde nur an Zeit, nicht an Geld, die ganzen Vorbereitungen standen unter Spannung und Hochdruck. Man konnte mit ziemlicher Bestimmtheit annehmen, daß die Yacht in längstens drei Monaten befähigt sein würde, den leeren blauen Fleck auf dem Atlas aufzusuchen.

Die Einzelheiten der Ausrüstung sollen hier nicht aufgezählt werden. Es genügt, im Allgemeinen zu beschreiben, wie ungefähr der Organismus aussah, für welchen die Inseln der Verheißung als unbestimmtes Richtziel aufgestellt waren.

Die »Atalanta« mit ihren 1800 Tons Gehalt gehörte keineswegs zu den Riesenschiffen, entsprach aber in ihrer Größenklasse und Bauart allen Anforderungen, die man an ein Expeditionsschiff stellen konnte. Sie leistete bis zu 21 Seemeilen in der Stunde und besaß nach Ausweis der Fachleute eine vorzügliche Manövrierfähigkeit. Einen Teil ihrer vormaligen luxuriösen Aufmachung mußte sie nunmehr opfern, um sich der neuen Aufgabe anzupassen. Sollte sie sich auch überwiegend auf ihr Segelwerk verlassen, so wurden doch auch die Bunker erheblich vergrößert, um das Schiff möglichst unabhängig von aller Kohlenaufnahme zu machen. Es galt ferner, das Schiff gegen etwaige Angriffe durch ausreichende Bewaffnung zu sichern. Hier ergaben sich zunächst Schwierigkeiten, da die Waffe in Privatbesitz, noch dazu mit dem Charakter des Kriegsgeräts, seit langer Zeit auf dem Index der verbotenen Dinge steht. Allein schließlich wurde doch die Erlaubnis der verschiedenen Regierungen erzielt, da die Bestimmung des Schiffes als eine durchaus wissenschaftliche definiert war und anerkannt wurde. Eine besondere Fürsorge wurde auf die Füllung der Frachträume verwendet. Wir versahen uns mit einem ausgiebigen Lager von Waren aller Art, vornehmlich im Hinblick auf die unbekannten Insulaner, mit denen wir in Verkehr treten sollten. Das war wie ein Auszug aus einem modernen Warenhaus in Musterstücken der Bekleidungs-, Textilindustrie, in Metallfabrikaten, Gebrauchsmaschinen, Schmuck- und Spielwaren. Übrigens vertrat Mac Lintock den Standpunkt, daß die Kraft des Dollars bis in die entlegensten, gänzlich unerforschten Gebiete reichen müßte; und ein Scheck von ihm, ausgestellt auf die Bank von New York, würde selbst auf einer Insel in Mondferne nach seiner vollen Zahlungsfähigkeit bewertet werden. Und er stand mit dieser Auffassung unter den Teilnehmern der Fahrt nicht vereinzelt.

Der nicht große, aber behaglich ausgestattete gemeinsame Salon barg als Hauptschatz eine mit Sorgfalt zusammengestellte Bücherei, hauptsächlich wissenschaftlichen Inhalts. Unter allen Substanzen, die wir mitführten, war sie, wenn auch nicht die unbedingt wichtigste, so doch die erfreulichste, im Hinblick darauf, daß eine so lange Fahrt endlich einmal die ungestörte Muße zum genußreichen Lesen und Studieren versprach. Schon der Entwurf des Kataloges für die Bücheranschaffung bereitete mir festliche Stunden, umsomehr, da Fräulein Eva sich daran mit Umsicht und Kennerschaft beteiligte. Unnötig, zu betonen, daß die »Atalanta« in technischer Hinsicht mit den modernsten Hilfsmitteln ausgerüstet war, mit Kreiselkompaß, drahtloser Telegraphie und mit den feinsten Apparaten zur Beobachtung der Erscheinungen, die uns nach menschlicher Voraussicht unterwegs begegnen konnten.

* *
*

Der Personenbestand umfaßte außer der Mannschaft und dem bereits bekannten Hauptquartett nur wenige, die eine Erwähnung verdienen. Der Kapitän Ralph Kreyher, ein auf zahlreichen Fahrten erprobter Deutsch-Amerikaner, war wohl nicht mit ganzem Herzen bei der Sache. Wäre es nach ihm allein gegangen, so hätte er die »Atalanta«, wie schon so oft vordem, nach vergnüglicheren Punkten gelenkt, als nach ungewissen Inseln. Tatsächlich unternahm er bald nach der Ausfahrt mehrere Versuche, um uns zugunsten des Mittelländischen Meeres umzustimmen, von dessen Strandjuwelen Nizza, Bordighera und besonders Monte Carlo er im Sinne des Genusses überzeugter war, als von den zweifelhaften Schönheiten südlich der Aleuten. Seine Bekehrungsversuche hatten freilich nicht den geringsten Erfolg, wenn auch der Amerikaner sich allenfalls mit dem veränderten Programm abgefunden hätte. Aber an dem Grundstatut war nicht zu rütteln, und dieses fußte auf der parlamentarischen Grundlage der Mehrheit. Also es gab für diese ganze Expedition keine souveräne Bestimmung eines einzelnen, und ich selbst war weit davon entfernt, mir ein

Oberkommando anzumaßen, nachdem Ziel, Sinn und Zweck der Fahrt unzweideutig festgelegt waren. Es galt sonach für weitere Einzelheiten das Prinzip der Abstimmung in einer siebenköpfigen Körperschaft, die sich aus mir, den beiden Mac Lintocks, Donath Flohr, dem Kapitän, dem Waffenoffizier und dem Arzt zusammensetzte. Dem Offizier Geo Rotteck war die sozusagen militärische Sicherheit des Schiffes anvertraut, mit der Maßgabe, daß er und die von ihm einstudierten Mannschaften keinen Schuß ohne die äußerste Defensivnot lösen durften. Der Arzt, Dr. Melchior Wehner, dessen Kenntnisse über das rein Medizinische erheblich hinausragten, begann seine Tätigkeit damit, daß er uns mit Impfstoffen gegen alle erdenklichen Zufälle immunisierte. Alles in allem ein vortreffliches Septuor, dessen Beschlüsse ohne erregte Kammerdebatten zustande kamen. Das erste Votum erfolgte im Stimmverhältnis von sechs zu eins, und ergab den Sieg der Grundidee über den Spezialwunsch des Kapitäns, der übrigens seine abwegige Phantasie schnell genug vergaß und sich fortan mit strenger Pflichttreue in den Dienst der Sache stellte. Genauer präzisiert ging der Beschluß dahin, die kürzeste Linie einzuhalten: also quer durch den Atlantic und den Panamakanal zu fahren, dann nordwestlich abzubiegen mit dem vorläufigen Richtungsziel der Hawais, nördlich deren wir die unbekannten Gelände anzutreffen hofften.

* * *

Die ersten Tage verstrichen ohne nennenswerte Zwischenfälle und wir konnten uns einreden, eine vom Wetter begünstigte Erholungs- und Vergnügungsreise zu absolvieren, wenn nicht ein gewisses Arbeitspensum auf uns gelastet hätte. Dieses ergab sich aus der Sprachfrage: welche Mittel standen uns zu Gebote, um uns mit den Menschen zu verständigen, die wir aus ihrem geographischen Dunkel aufzuscheuchen beabsichtigten? Und wie sollten wir uns mit

Idiomen vertraut machen, von denen noch nie eine Silbe in unsern Kulturkreis gedrungen war?

Auch hier galt es nach dem Prinzip der Wahrscheinlichkeit vorläufige Schlüsse zu ziehen und uns durch bekannte Daten dem Verhüllten wenigstens um einige Grade anzunähern. Es stand zu vermuten, daß die Sandwich-Dialekte ihren sprachlichen Einfluß irgendwie weiter nach Norden erstrecken würden, daß man also um den Anfang der Schwierigkeit herumkäme, wenn es gelänge, sich die Elemente der Sandwichsprachen anzueignen.

Erster Nutzen der Schiffsbücherei! Der Katalog gab Hinweise, wir begannen Spezialwerke zu wälzen, insonderheit die von Codrington (The Milanesian languages), Gabelentz, Bleek und anderer Forscher, die über die Verhältnisse der einschlägigen Sprachen, besonders der polynesischen Formen, gute Auskunft gaben. Bei aller Verschiedenheit der Idiome wurden Gemeinsamkeiten erkennbar, und diese befestigten meine alte Überzeugung, daß man beim Studium selbst der entlegensten Sprachen niemals ganz ins unbekannte Dunkel hineintappt. Zumal bei den Hauptwörtern, als dem festen Gerüst der Sprachen, treten überraschende Verwandtschaften auf, die das Lernen erleichtern und uns sozusagen Leitseile und Geländer in die Hand geben. Das Malayische, das wurzelhaft mit dem Indischen zusammenhängt und von Anklängen an Sanskrit durchsetzt ist, stand nun für uns im Mittelpunkt der Studien. Und immer klarer trat der Merksatz hervor: Wir ahnen, daß einer, der mit gehörigen Kenntnissen gerüstet, alle Sprachen der redenden Menschen überschauen und vergleichen könnte, in ihnen nur verschiedene aus einer Quelle abgeleitete Mundarten erkennen würde und Wurzeln wie Formen zu einem einzigen Stamme zurückzuführen vermöchte. Dieser Satz ist einer Autorität gerade bei der Ergründung der Sandwichsprachen zugeflossen, also derjenigen Ausdrucksmittel, die uns nach aller Voraussicht in noch unentdeckten Inseln zur Verständigung mit den Eingeborenen dienen sollten.

Ich möchte auf gut Glück einige Proben herausgreifen, um derartige Zusammenhänge und Verzweigungen zu verdeutlichen: Make bedeutet im Malayischen (Sandwich-Hawaischen) töten, schlagen, fast genau wie im Ebräischen Maku; eine wohlriechende Pflanze heißt im Polynesischen: Aromä; die Sonne: Al (urverwandt mit Helios); die weibliche Brust: Titi (urverwandt mit Zitze, womit auch das französische teton, das althochdeutsche tutte (Tütte) zusammenhängt). Im Hindostanischen finden wir für Schreibfeder: Kalam – lateinisch: calamus, griechisch: kalamos, das Schreibrohr, das Rohr überhaupt, wovon unser Kalmus. Hindostanisch schwer: »bari« weist auf das griechische baros; der indische Feuergott Agni auf das lateinische ignis; trinken: pina auf das gleichbedeutende griechische »pino«; das Zimmer: kamira auf kamara, Kammer. Vom Polynesischen leiten wiederum Fäden zum Madagassischen und Innerafrikanischen, und hier anscheinend abseits jeder Verwandtschaftsmöglichkeit, heißt die Mutter: Ma und Mama, der Vater: Baba und Papangue; das Wasser: egua (aqua); ich gehe: ando (genau wie im Italienischen); Ja: (in der Bamba-Sprache): »J–a«; Öl (in der Bari-Sprache): Oelet; Tod: Doda; Zehn: Tekke (griechisch: deka), u.s.w. Auch wenn man im Klange dem Zufall einen gewissen Spielraum zugesteht, wird man nicht umhin können, gewisse innere Grundverwandtschaften zwischen den Worten anzunehmen.

Einige Untersucher sind in dieser Hinsicht sehr weit gegangen, vielleicht über das zulässige Maß hinaus: Swift berichtet über die unfaßbare Sprache im Fabellande der »Hauyhnhnms« und bemerkt dazu, daß sie dem Hochdeutschen am nächsten stünde. Diese Stelle hatte in mir die leise Hoffnung angeregt, auch in den Unwahrscheinlichkeiten der polynesischen Stämme irgendwo auf deutsche Sprachsplitter zu stoßen. Aber hieraus ergab sich nicht die geringste Hilfe;

es blieb wirklich nichts übrig, als das Gedächtnis mit Neu-formen auf's äußerste zu strapazieren. Wir fragten uns auf Grund der genannten Hilfswerke wechselseitig ab, es stellte sich heraus, daß mein mit angeborenem Sprachsinn begab-ter Freund Donath in diesen seminaristischen Übungen weitaus am raschesten vorwärts kam. Er hat sich auch tat-sächlich im Weiteren als Dolmetscher ausreichend bewährt, ihm zunächst Fräulein Eva, die sich über manche Schwie-rigkeiten durch feinhöriges Erraten und Kombinieren hin-wegzuhelfen wußte. Ich lasse es bei diesen Andeutungen bewenden, um mich nicht in jedem Einzelfalle beim Sprachlichen aufzuhalten; es sei also vorweggenommen, daß wir auf unserer ganzen Reise an keinen Punkt gerieten, wo die Verständigung versagte.

* *
*

Einige Episoden verdienen Erwähnung. Als wir uns bereits im Stillen Ozean befanden, regte Donath die phantastische Frage an, ob es nicht angängig wäre, unterwegs unseren Antipoden einen Besuch abzustatten; er dächte sich das sen-sationell, einmal mit Berlin zu gegenfüßeln. Der Kapitän zeigte ihm auf der Karte, daß dies theoretisch wohl denk-bar, praktisch aber im Rahmen unseres Programms nicht ausführbar wäre. Mein Freund stand hier auch wirklich nicht ganz auf der Höhe geographischer Einsichten. Erstlich besitzt Berlin überhaupt keine menschlichen Antipoden. Die sogenannten Antipoden-Inseln führen ihren Namen ent-sprechend ihrer Gegenlage zu London, genau zu Green-wich, und auch zu ihnen wäre der Weg untunlich gewesen, da wir uns ja nördlich vom Äquator befanden. Dafür wurde Donath versprochen, daß er andere Gegenpunkte von Berlin erleben würde, nämlich in der Hawai-Gruppe, wo er bei 166 ½ Grad westlicher Länge den Gegenmeridian von Ber-lin genießen sollte; sofern es ein Genuß ist, sich vorzustel-len: hier steht die Sonne hoch, ich stelle die Mittagsstunde fest, während daheim die Turmuhren mit 12 Schlägen Mitternacht verkünden. –

Einmal, als wir gerade in die See hinausblickten, wurden wir durch eine Detonation aufgeschreckt. Wir waren nämlich in die Nähe einer treibenden Mine und diese wiederum in die Drehkreise schwimmender Tümmler geraten. Die Sprengmine, als ein verjährtes, auf unerforschlichen Wegen hierher verschlagenes Überbleibsel vom Weltkriege gab uns zunächst die Gewißheit, daß wir uns hier, wenn auch weitab von Siedelungen, so doch immer noch im Gehege »moderner Kultur« befanden. Zudem hatten wir Ursache, der Delphinhorde dankbar zu sein, die in angemessener Entfernung jene Explosion auffing; hätte sie sich am Kiel der »Atalanta« entladen, so wären die Nostradamischen Verheißungsinseln unentdeckt geblieben, und von vorliegendem Buche würde, gleich bedauerlich für mich wie für meine Leser, nicht eine Zeile existieren. –

An einem der nächsten Tage überkam mich ein seltsames Verlangen. Ich ließ durch den Funk-Apparat in den unbegrenzten Äther Morsezeichen auf Englisch hinaustelegraphieren: »Die Teilnehmer der Atalanta-Expedition, 15 Grad nördlicher Breite, 145 Grad westlicher Länge, grüßen die unentdeckten Inseln auf der Tuscarora-Fläche.« Es erfolgte naturgemäß keine Antwort, und die Mehrheit der Gefährten belächelte mich, als sich trotzdem eine steigende Unruhe meiner bemächtigte. Kein Zweifel, ich war nervös überreizt, wie unter einem Tropenfieberanfall. Unser Doktor Wehner stellte stark erregten Puls fest, gab mir Chinin und wollte mir Lagerruhe verordnen. Aber mich trieb die Exaltation unablässig umher, und ich kam von dem abenteuerlichen Gedanken nicht los, auf jene drahtlose Sendung würde irgendetwas erfolgen. Fräulein Eva versuchte, mich konversationell zu beruhigen und womöglich von der absurden Idee abzulenken. Ich aber blieb hartnäckig bei dem Thema der drahtlosen Telegraphie, und verlor mich – wie sie später erzählte – in unzusammenhängende Erörterungen über die Großfunkenstation Nauen, über Schwingungen im Vakuum und über die Wellen-Berge, die im Äther erregt würden. Schließlich brach ich unter der Emotion zusammen, das klare Bewußtsein setzte aus, es rauschten mir abgerissene Stichworte durch den Schädel: Anruf – Schwingungen – Wellen – Eva – Nauen – Berg – Tuscarora – – – Man bettete mich aufs Lager, und der Doktor behandelte mich mit Eiskompressen. Nach etwa einer Stunde ging der Anfall vorüber, ich erhob mich, ging umher, trat an die Reeling und freute mich der Sonnenstrahlen, die mit schrägen, glitzernden Pfählen in die Flut tauchten. Da gab es auf dem Schiff eine neue Aufregung.

Der Offizier Geo Rottek rief mich an das Kabinenhäuschen, in dem plötzlich der Funkenempfänger zu spielen begann. Wir wurden, unbekannt woher, angerufen und zu unserem maßlosen Erstaunen funkte uns eine Nachricht entgegen:

»Gegengruß von den unentdeckten Inseln. Wählet für Erforschung Ausgangspunkt 15942.«

Was hatte das zu bedeuten? Der Amerikaner war als erster mit der Erklärung zur Hand, irgend ein unbekannter Empfänger meiner Depesche, auf See oder auf Land, hätte sich mit dieser drahtlosen Antwort einen freundlichen Spaß geleistet. Aber die Mehrheit widersprach dieser Annahme unbedingt und bekannte sich zu meiner Überzeugung, daß wir es hier mit einer durchaus ernst zu nehmenden Kundgebung zu tun hätten. Und nun fegte ein Sturm von Interpretationen über Deck, deren Grundmotiv dahinging: die gesuchten Inseln existieren nicht nur in Wirklichkeit, sondern sie verfügen sogar über äußerste technische Errungenschaften. Sie verstehen die Kunst, sich mit der Außenwelt zu verständigen. Und wenn ihre Bewohner dies bis jetzt unterließen, wenn sie heut zum ersten Mal den Schleier ihres Daseins lüften, so müssen sie hierfür ihre ganz besonderen, einstweilen unerforschlichen Gründe besitzen.

Es galt daher als nahezu erwiesen, daß wir uns bei späterer Annäherung keinem feindseligen Empfang aussetzen würden. Ein Rest von Verdacht blieb freilich bestehen. Dieses Telegramm konnte eine Falle sein; ein Manöver, um unser kostbares Schiff an ferne Gestade zu locken und dann eventuell zu plündern. Hohe Zivilisation und Raublust sind ja nicht kontradiktorisch entgegengesetzt, sondern wie die Geschichte lehrt, eng verschwistert. Es gibt sogar eine Theorie, nach welcher die Raublust proportional mit dem Quadrat der Zivilisation ansteigt. Aber das beschäftigte uns im Moment nicht sonderlich. Wir blieben vielmehr an dem Schluß der Kundgebung haften und fragten uns, wie wir uns die telegraphische Zahl 15942 zu interpretieren hätten. Hier lag offenbar der Drehpunkt der ganzen Angelegenheit, der wichtigste Hinweis, den wir erst verstehen mußten, um zu einer Orientierung über das Zukünftige zu gelangen.

Waren die Inseln etwa numeriert? Und gar in die Tausende? das schien doch gar zu unwahrscheinlich. Oder sollten die Zahlen wiederum eine Chiffre abgeben für einzusetzende Buchstaben? Alles dahingehende Probieren ging fehl. Aber inzwischen hatte unser Kapitän Ralph Kreyher eine gangbare Spur gefunden. Er teilte nämlich mit nautischer Findigkeit die Zahl durch eine einleuchtende Zäsur in 159 und 42 und erklärte: Wenn der telegraphische Hinweis überhaupt einen Sinn haben soll, so kann er nur bedeuten: Steuert auf den Schnittpunkt des 159. Meridians mit dem 42. Breitengrad! Wir können natürlich nicht erraten, was wir dort finden werden; aber es steht doch zu vermuten, daß dieser Punkt die größte Wichtigkeit für unsere Expedition beansprucht.

Auf den Seekarten war dieser Punkt nicht durch die geringste Eintragung hervorgehoben. Ein namenloser Punkt in der blauen Wasserwüste. Unser Konzilium ergab den Beschluß: dorthin wird unter allen Umständen gesteuert! Ganz direkt, auf der kürzesten Linie, ohne Berührung der Hawaischen Inseln? Nein, das wäre doch zu grausam gegen den Genius aller Touristik gewesen. Zum erstenmal im Leben befanden wir uns in der Nähe eines von großen Weltfahrern in allen Tönen der Begeisterung gefeierten Paradieses, und wir durften nicht die Sünde auf uns laden, an diesem Paradiese einfach vorbeizuhuschen. Wir beschlossen also: eine kurze Zeitspanne Verzögerung, um Hawai und Oahu wenigstens flüchtig zu sehen und aus den berauschenden Lebenswellen dieser Gestade einige Schaumperlen zu schlürfen. In den Augen des Kapitäns entzündete sich ein wahres Feuerwerk der Vorfreude. Und ich illuminierte es noch weiter, indem ich aus Georg Wegeners »Zaubermantel« vorlas, dem Werke, in dem die Beschreibungen des hawaischen Zaubers wie Perlen im Mantel eingestickt sind. Auch hier war Verheißung und dazu baldige sichere Erfüllung. Hochgeschwungene Vulkanketten in üppiger Tropennatur, Farbenkomplexe, an die keines Malers Traumphantasie heranreicht. Silbern schimmernde Bäche, die überall vom Plateaurande herniederhängen, in so dichter Fülle von solcher Vielgestaltigkeit und mehrfach von solcher Höhe, daß sie die der norwegischen Fjorde in Schatten stellen. Dazu, bei Nacht, das Spiel elektrischer Scheinwerfer, die das Grün der Büsche bis zum Smaragdglanz steigern; und eingeborene Menschenkinder, die sich blütenhaft mit der Landschaft in Einklang setzen. Sie tragen bei jeder festlichen Gelegenheit – jeder Tag wird ihnen zum Feste – bunte Blumenkränze auf den Hüten, Blütenkrausen um den Hals, lange, vielfarbige, blühende Gehänge an Brust und Rücken, ohne Unterlaß lachend, plaudernd, scherzend.

Dem Kapitän fehlte es wohl nicht an Organen zur Erfassung der göttlichen Landschaft, allein er war doch noch empfänglicher für die kulturellen Reize, die er in der Hauptstadt der Gruppe zu finden hoffte und allem Anschein nach auch wirklich fand. *Honolulu* ist ja nicht nur mit Vegetationswundern gesegnet, sondern mit Einrichtungen moderner Kulturzentren; seine Ziergärten sind durch elektrische Bahnen verbunden, die an einem Museum, einer Bank, an Fabriken und Zeitungsdruckereien vorbeifahren. Es gibt Theater, Varietés, Klubräume, Bars, welche die Tropennacht noch um einige Grade interessanter machen, als es die Leuchtkäfer vermögen, die da draußen zwischen den Stauden schwirren. Ralph Kreyher und Donath Flohr hatten sich zur Begutachtung dieser Erholungsstätten verbunden, und ihr seltsam bleiches, übernächtiges Aussehen bezeugte deutlich den Erfolg ihrer nächtlichen Studien. Bald aber trat der Zweck der Expedition wieder in ihre Rechte, und die »Atalanta« nahm ihre Fahrt auf, um die verdämmernden Berglinien der Sandwichgelände hinter sich zu lassen und dem ozeanischen Punkte 159–42 entgegenzueilen.

* *
*

Als wir in dessen Nähe gelangten, stellte der Ausguck fest, daß dort allerdings etwas vorhanden war. Ein verlorenes, flaches Inselchen, nach Bodenfläche wohl nicht größer als Helgoland, das hinter langgestreckten Korallenriffen schlummerte. Die mit Seegewächsen durchflochtenen Riffe zeigten nur geringe Lücken, unser Schiff hielt sonach weit draußen, und wir versuchten, auf einem herabgelassenen kleinen Hilfsboot den Durchgang zu erzielen. Das Ergebnis der ersten Orientierung war trostlos. Nach dem im Sonnenbrande glühenden Schiefergestein des Südufers zu urteilen hatten wir eine Ödfläche betreten, die wie Salas y Gomez in Unwirtlichkeit starrte. Weiter hinein wurde es etwas erträglicher. Wir erblickten spärlichen Pflanzenwuchs und etliches Kleinvieh, das traurig dahinweidete. Menschliche Spuren schienen nicht vorhanden, und im Pegel unserer Hoffnung, hier Bedeutungsvolles zu erfahren, senkte sich die Erwartung unter Null. Kreyher hielt den Zeitpunkt für gegeben, seinem Mißtrauen einen kräftigen Auspuff zu gewähren: wenn die übrigen »Inseln der Verheißung« diesem Anfang ähnelten, dann könnten sie sich alle zusammen begraben lassen.

Wir waren nahe daran, wieder umzukehren, als Eva auf ein winziges Hügelchen aufmerksam machte, der einzigen Erhebung in der sonst mit einem Blick umspannbaren Ebene. Als wir es umgingen, gelangten wir auf der Nordseite an ein menschliches Bauwerk. Ein Mittelding zwischen Häuschen und Hütte, äußerlich sauber gehalten, dabei eine Gemüsepflanzung, vor ihr eine Holzbank. Aus der Tür trat ein Mann in mittleren Jahren, mit gewissen Zeichen der Intelligenz im bebrillten, bärtigen Gesicht, in einem Anzug von klimawidriger, unfroher Dunkelheit. Er stützte sich mühsam auf einen kurzen Stock und sandte uns mit der freien Hand einen kurzen, stummen Gruß entgegen, ohne indes das mindeste Erstaunen über unsern Besuch zu verraten.

Donath nahm als erster das Wort und versuchte es in mehreren Unterarten des Polynesischen. Der Hüttenbewohner hörte aufmerksam zu und schien zu verstehen. Allein er traf nicht die leisesten Anstalten, um uns mit einer Antwort zu bedienen. In unseren wechselseitig ausgetauschten Blicken lag die Frage, sollte er stumm sein? Aber dann hätte er doch wenigstens mit Zeichen reagiert. Nichts von alledem: er *wollte* nicht antworten.

Aber er legte auch unsrer Besichtigung seines Anwesens nichts in den Weg. Er duldete es wortlos, das wir das Häuschen betraten, dessen primitive Einrichtung der Behaglichkeit nicht ganz entbehrte. Es waren sogar einige Bücher vorhanden über Botanik und Zoologie, in englischer und spanischer Sprache, mit Zwischenblättern, die Übersetzungen ins Polynesische enthielten, dies Wort im weitesten Sinne genommen.

Wir verabschiedeten uns nach einiger Zeit und stellten baldiges Wiedersehen in Aussicht. Er wehrte nicht ab. An Bord ergingen wir uns in Mutmaßungen. Nach unseren Eindrücken gehörten die Insel sowie der Mann nicht mehr zum Begriff Hawai, wohin sie auch in geographischem Betracht nicht unterzubringen waren. Eher war anzunehmen, daß dieses Eiland den äußersten Vorposten der unentdeckten Gebiete vorstellte. Den Mann klassifizierten wir einstweilen als Einsiedler, den irgend ein Verhängnis von seinen Volksgenossen fortgetrieben haben mochte. Wir wollten versuchen, ihm die Zunge zu lösen und zwar zunächst dadurch, daß wir ihm aus unseren reichen Vorräten einige Gaben mitbrachten: Gebrauchsgegenstände für Haus und Körperpflege, kleines Handwerksgerät und ein paar Flaschen Burgunder.

Als wir am nächsten Tage unsere Spenden auspackten, und ihm zuwiesen, glitt ein freundlicher Anflug über seine Züge. Er nahm an, ohne merklich zu danken. Als er die Gegenstände ergriff, bemerkten wir an seinen Händen Handschuhe aus festem, gummiartigem Stoff, und ein leiser Karbolgeruch kam uns entgegen. Doktor Melchior Wellner, der beim ersten Besuch nicht mitgekommen war – da ihn die Verletzung eines Matrosen auf der »Atalanta« zurückgehalten hatte – und der sonach den Einsiedler zum erstenmal jetzt erblickte, trat auf ihn zu, maß ihn mit eindringenden, diagnostizierenden Blicken, drehte sich dann zu uns und sagte mit sicherem Tonfall: »Der Mann hat die Lepra.«

Der Einsiedler wiederholte mit schmerzlichem Ausdruck: »Lepra!« Das war das erste Wort, das wir von ihm vernahmen. Die Sprache war ihm also nicht versagt, aber es war ein fürchterlicher Anfang für eine Konversation.

Der Arzt, der vordem an unseren Sprachstudien nur unzureichenden Anteil genommen hatte, verfiel auf einen Ausweg, um sich mit dem Mann zu verständigen: Wenn einer Bücher besitzt, so ist ihm vielleicht mit dem klassischen Esperanto des Lateinischen beizukommen. Und er sprach zu ihm, wenn auch nicht klassisch, so doch in brauchbarem Fast-Latein:

»Sine dubio Lepra! Sed non omnino casus desperatus, non incurabilis. Est Lepra in primo stadio. Ego sum medicus, velim audere sanationem tuam. Intelligisne verba mea?«

»Intelligo!« sagte der Kranke; und in der Sprache seines Landes, die Donath und Eva, in bescheidenerem Grade auch mir leidlich verständlich klang, fuhr er fort:

»Ich wußte es schon. Und ich selbst habe mich als Aussätziger aus meiner Heimat verbannt, um hier in Einsamkeit mein Ende zu erwarten. Die Ärzte meines Landes sagen: es gibt bei Lepra nur periculum contagionis, aber es gibt keine Heilung.«

Der Arzt bemächtigte sich der Leitung, soweit sie das nächstliegende betraf. Vor allem mußte ein Pestkordon um den Kranken gezogen werden, Wehner drang auf unsere rasche Entfernung und bewirkte sie trotz Evas Einspruch, die als Krankenschwester in Funktion treten wollte. Auf der Bootfahrt entwickelte er uns, daß die Therapie neuerdings ein Mittel besäße, um die primäre, rechtzeitig erkannte Lepra wirksam zu bekämpfen: die Einspritzung von Tuberkulin; er selbst habe bei zwei Fällen in Masuren damit raschen Erfolg erzielt. Als er auf dem Schiff das Erforderliche vorbereitet hatte – hierzu gehörte ein Desinfektionsapparat, der mit Sublimat- und Formalinwolken das ganze Häuschen durchräuchern sollte – kehrte er zur Öd-Insel zurück, nur von einigen Matrosen begleitet, die im Boot verbleiben mußten. Der Kranke setzte zuerst den Injektionen Widerstand entgegen, er fügte sich aber bald und bot schon nach wenigen Tagen das klinische Musterbild rapider Besserung. Die grindigen Flecke verschorften sich zusehends, blätterten ab, die Haut regenerierte sich, und nach einer Woche konnte die Sperre aufgehoben werden. Wir hatten einen Rekonvaleszenten vor uns, dem ersichtlich daran gelegen war, Wohltat mit Dank zu vergelten. Und in Folge dieser Wandlung gab er uns Auskunft über die Hauptfragen, die im Sinne unserer Expedition zu erörtern waren. Hier erschloß sich, in theoretischen Anfängen, das geahnte Neuland.

* *
*

Der Einsiedler, mit Namen Toraspasch, entstammte der Insel Karawuddi, wo er vordem als Naturwissenschaftler und Schulvorsteher gelebt hatte. Was wir durch ihn erfuhren, sei hier in kurzen Zügen zusammengestellt:

Daß die ganze Inselgruppe der Welt bislang verborgen blieb, das verdankt sie ihrer sporadischen Anlage im Nord und Nordost der Tuscaroratiefe und ihrer relativen Kleinheit. Alles in allem sind es etwa ein Viertelhundert Eilande, deren Gesamtfläche tausend Quadratmeilen nicht übersteigt, und die somit im Verhältnis zu der unabsehbaren ozeanischen Umspülung fast völlig verschwinden. Sie bilden einen Kosmos für sich mit dem Hauptkennzeichen: die Außenwelt weiß nichts von ihnen – aber *sie kennen die Außenwelt!*

Sehr verschieden in ihren Eigenkulturen und eifersüchtig auf die Pflege ihrer Besonderheiten bedacht, fühlen sie sich doch zusammengehörig durch Sprache und den gemeinsamen Willen, ihre Selbständigkeit aufrecht zu erhalten. Aber sie haben seit Urzeiten ihre Sendboten in die Welt hinausgeschickt, deren Aufgabe darin bestand: Nichts zu verraten und Alles zu erfahren; Nichts hinauszutragen und Alles hereinzubringen, was mit Wissenschaft und Bildung, mit Geistigkeit und Technik zusammenhängt. List, Verkleidung und Verhandlungsschlauheit halfen mit, um dies Programm seit Jahrhunderten durchzusetzen. Das einzige, dessen sich die Emissäre draußen entäußern durften, waren Edelmetalle, die in den heimatlichen Erdgründen und Wasserläufen gefunden werden. Diese Tauschmittel reichten aus, um als Gegenwert hauptsächlich Bücherschätze aus Europa zu erlangen. Diese bilden den Grundstock der insularen Sonderkulturen. »Wir« – so sagte der Einsiedler – »sind in keinem

Betracht der Technik hinter der europäischen zurück; dagegen haben wir sie in wesentlichen Zügen durch unsere anschließenden Erfindungen erweitert und vervollkommnet. Nicht wenige unserer Insulaner können es in Sach-, Begriffs- und Sprachkunde mit den berühmten Professoren Ihrer Hochschulen aufnehmen. In der Hauptstadt der Insel Saragalla befindet sich eine Bibliothek von neunzigtausend Bänden, die zum größten Teil von unseren Gelehrten verfaßt, in unseren eigenen Druckereien hergestellt worden sind. Aber Sie können auch den Almagest des Ptolemäus, den Aristoteles, die Werke der Scholastik und die Enzyklopädisten darin finden, bis zu den letzten Ausläufern der neuzeitlichen Wissenschaft.

Aber strenge Abschließung blieb das Hauptprinzip. Wir hatten genug von den Segnungen erfahren, die sich für Euresgleichen unter den Deckworten der Mission, der Kolonisierung, der Erschließung ferner Länder verbirgt, und wir trugen kein Verlangen, an diesen Segnungen teilzunehmen. Neuerdings haben sich unsere Ansichten hierüber ein wenig verändert. Es wurde uns bekannt, daß Ihr ein neues Schlagwort aufgebracht habt, die »Selbstbestimmung der Völker«, und wir dachten deshalb daran, unser Incognito zu lüften. Darüber wogte bis vor wenigen Jahren der Meinungsstreit. Es wäre nunmehr gefahrlos, sich zu offenbaren, da unsere nationalen Rechte gewiß respektiert werden würden, – so sagten die einen. Andere erhoben ihre warnende Stimme: Selbstbestimmung – das bedeute nichts anderes, als daß den Inseln das Recht zugestanden würde, selbst zu bestimmen, ob sie mit oder ohne Salutgeknall, mit oder ohne Tedeum annektiert werden wollten. Entscheidend wirkte schließlich eine in allerletzter Zeit auf unserer Insel Kuakua gemachte Erfindung. Wir fürchten uns nicht mehr, weil wir stark genug sind, um uns zu wehren. Wir besitzen ein Giftgas, das die festen Körper durchdringt und auf weiteste Entfernung übers Meer hinausgeblasen werden kann. Keine Angriffsflotte der Welt dürfte sich an uns heranwagen. Als wir daher von der Ausreise eurer Yacht Kenntnis erhielten, meinten unsere Führer und Behörden: Die Leute mögen kommen, Umschau halten und berichten, eine Gefahr ist heut nicht mehr vorhanden.

Ihr steht nunmehr im Begriff, mit Gestaltungen Bekanntschaft zu machen, die von den euch vertrauten vielfach stark abweichen, obschon sie aus Denkweisen der euch vertrauten Kulturen entwickelt sind. Unsere Inseln sind sozusagen menschliche Versuchsstationen für *Prinzipe*. In Staatsform und Gepflogenheiten werdet ihr bei uns gewisse Prinzipien ausgebaut finden, die aus der Philosophie, der Sittenkunde, der Biologie, der Kunst und aus anderen Gebieten herstammen. So ist zum Beispiel meine Heimatsinsel Karawuddi durchaus optimistisch gerichtet, während auf andern der Pessimismus, die Skeptik und besondere Prinzipe der Ethik vorwalten. Daneben werdet ihr auch allerlei Seltsamkeiten erfahren, die sich darauf gründen, daß die Bedingungen zu ihrer Verwirklichung nur bei uns angetroffen werden, sich nirgends wiederholen und deshalb von uns als Eigenheiten unserer Gruppe gepflegt werden. An Abwechslung wird es so wenig fehlen, daß ihr Mühe haben werdet, euch aus den Eindrücken der einen auf die der folgenden schnell genug umzustellen.«

Beim Abschied übergab uns der Mann Toraspasch eine Lagekarte des ozeanischen Feldes, auf der die Hauptinseln, nur mit deren Namen bezeichnet, eingetragen waren. Die Einzelheiten vorwegzunehmen hielt er für unangebracht, diese sollten vielmehr unseren persönlichen Wahrnehmungen überlassen bleiben. Er empfahl uns indes, mit der Insel *Balëuto* den Anfang zu machen; was wir auch ohnehin getan hätten, denn Balëuto lag uns zunächst, und die neue Karte befähigte uns, sie in kürzester Linie zu erreichen.

Balëuto.

Die Platonische Insel

Ich übergehe die Einzelheiten unserer Landung und vertraue hierin der Phantasie des Lesers, auf die Gefahr hin, daß in den von ihr entworfenen Bildern manches inkorrekt ausfallen sollte. Denn es kommt ja nicht darauf an, zu schildern, welchen Eindruck wir auf die fremden Menschen machten, als vielmehr darauf, welche Eindrücke wir davontrugen. Ich erwähne nur, daß wir selbst zwar eine gewisse Neugier, aber keineswegs ein stürmisches Aufsehen erregten. Die Seleno-Fernphotographie hatte längst vorgearbeitet, und nahe am Kai erblickten wir im Aushang eines Ladens die Bilder der Atalanta nebst den Hauptpersonen unserer Expedition mit Unterschriften in Landtypen und Antiqualettern. Ein Beamter der in sanften Terrassen ansteigenden Hafenstadt erwartete uns am Peer und stellte sich uns zur Verfügung. Er eröffnete uns in einer Art von Pidgin-Englisch, in der das Malayische überwog, daß die Gasthöfe der Stadt infolge einer großen Landesfestlichkeit überfüllt wären. Uns sei indes im Privathause eines Bürgers ausreichendes Quartier bereitgestellt. Es wurde, wie übrigens fast durchweg auf dieser Reise, vorausgesetzt, daß die Schiffsmannschaft an Bord verbliebe. Natürlich sorgten wir für ausreichenden Tagesurlaub, damit die Leute ihren Anteil an den Sehenswürdigkeiten und sonstigen Genüssen der neuen Länder schichtweise genießen konnten.

Was sich uns hier schon am ersten Tage entschleierte, war die Tatsache, daß die Insel Balëuto und ihre gleichnamige Hauptstadt ein Staatswesen nach Platonischem Muster darstellte; genauer gesagt, die Verkörperung des Modells, das *Plato* vornehmlich in seinem Werk »Politeia« als das *Ideal des Staates* hingestellt hat. Seit undenklichen Zeiten hatte unter den Intellektuellen der Insel das gedankliche Leitmotiv durchgegriffen: Die Europäer feiern Plato als einen der sublimsten Denker aller Zeiten; sie huldigen seiner Ideenlehre und haben ihm selbst den Ehrentitel »der Göttliche« verliehen; dieser nämliche göttliche Plato hat ihnen in zehn Büchern das auf Gerechtigkeit gegründete Muster eines Staates aufgebaut; aber bis zum heutigen Tage ist es noch keinem Leiter und keiner Gemeinschaft eingefallen, dieses Muster zu erproben und zu verwirklichen. Nicht in Alt-Hellas, nicht in Neu-Griechenland, nicht in irgend einem der Länder, in denen sich der zum Christentum hinüberleitende Neuplatonismus durchgesetzt hat. Hier klafft ein ungeheurer welthistorischer Widerspruch, und auf diesen zu allermeist wird es zurückzuführen sein, daß sich so viel Not und Elend über die alten Länder ergossen hat. Sie hatten das Rezept zum Idealstaat und verleugneten es in der Praxis. In der Beseitigung dieses Widerspruchs liegt die Mission der Balëuto-Menschen. Sie sollen und wollen Platoniker sein, nicht nur in der Idee, nicht nur in philosophischen Abstraktionen nach dem Vorbild europäischer Dozenten und Studiosen, sondern in *Wirklichkeit*: als überzeugte und werktätige Mitglieder des Platonischen Staates. So lautet das reine Grundmotiv, das zwar im Zeitenlauf gewissen Wandlungen ausgesetzt war – denn wo gäbe es ein System, dessen Schema unverbrüchlich gälte? – das sich aber in großen Zügen auf der Insel richtunggebend erhalten hat.

$$* \quad *$$
$$*$$

Die uns angewiesenen Wohnräume lagen im zweiten Stockwerk eines villenartigen, von hübschen Gartenanlagen umgebenen Privathauses, das einem Großdrogenhändler Namens *Yelluon* gehörte. Er empfing uns am Eingang, leitete uns hinauf, ließ uns korrekter Weise eine kurze Weile allein und meldete sich dann zu einem formellen Besuche:

»Ich begrüße Sie, Herrschaften, nicht nur mit der leeren Höflichkeit, die man Gästen im Allgemeinen schuldet, sondern mit jenem Eudämonismus, der von der Schule Platons ausgehend vornehmlich durch dessen Zeitgenossen Aristipp aus Cyrene seine deutlichste Prägung erhalten hat. Dieser Eudämonismus, – man könnte ihn auch, wiewohl philologisch nicht ganz genau, als Hedonismus ansprechen, – also das Gefühl und die Lehre von der Glückseligkeit, ist in mir lebendig, wenn ich den Wunsch äußere, es möge Ihnen in diesem Staate und in meinem Hause wohlgefallen. Wir werden es an nichts fehlen lassen, um Sie zu befriedigen, und ich bin um so sicherer, daß uns dies gelingen wird, als Sie selbst nach dem ersten Eindruck zu schließen, durchaus befähigt erscheinen, die von uns gebotene Verwirklichung der platonischen Ideen voll zu würdigen. In diesem Sinne heiße ich Sie willkommen.«

Wir sahen uns einigermaßen verblüfft an, dann erlaubte ich mir, da die anderen schwiegen, das Wort zu nehmen.

»Empfangen Sie, Herr Yelluon, unseren Dank, zugleich mit dem Ausdruck der Bewunderung für die überraschend schöne Diktion, die Ihnen zu Gebote steht. Sie erweckt in uns die Empfindung, daß wir hier tatsächlich in ein Land erhöhter Bildung gekommen sind. Die Platonischen Begriffe, die hier nach Ihren Andeutungen eine so große Rolle spielen, sind uns nicht ganz fremd, und wir freuen uns im Voraus auf die Erscheinungsformen der »Kalokagathia«, denen wir hier begegnen werden, das Wort im weitesten Sinne genommen, nach seinen Grundbestandteilen »Kalos«, schön, »agathos«, gut, also eine Einheit von Schönheit, Wahrheit und sittlicher Trefflichkeit. Hiervon abgesehen liegt uns aber auch daran, mit Ihnen als unserem Hauswirt einige sachliche Dinge zu erörtern, die uns Fremdlinge nach einer so langen Reise notwendig beschäftigen müssen.«

»Diese Notwendigkeiten sollen sofort erledigt werden,« entgegnete der Wirt. »Ich habe deshalb gleich die sieben Meldezettel mitgebracht, und bitte Sie um vorschriftsmäßige Ausfüllung.«

Wir begannen zu schreiben, gerieten indes alsbald an eine Schwierigkeit. »Sagen Sie, bitte, wie ist das zu verstehen? Auf diesen Meldezetteln befindet sich neben Geburtsort, Stand und Staatsangehörigkeit auch eine fragende Rubrik: »Philosophie«?«

»Hier haben Sie einzutragen, Person für Person, welcher philosophischen Richtung Sie besonders huldigen, mit kurzer Angabe der erkenntnistheoretischen Gründe.«

Als wir zögerten, ergänzte Jener: »Diese Verordnung besteht hier schon lange und ist neuerdings durch unser Ministerium für philosophische Angelegenheiten in Erinnerung gebracht worden. Wir verfahren dabei durchaus nicht engherzig, da den privaten Neigungen des Einzelnen jeder Spielraum gewährt wird, denn wir setzen voraus, daß bei Jedem ein platonisches Grundbewußtsein vorhanden ist. Nichtsdestoweniger wünscht die Behörde möglichst informiert zu werden über die philosophische Partei, der jeder Staatsbürger und jeder Fremdling angehört.«

– Ich sollte meinen, das wäre Privatsache und ginge die Regierung eigentlich gar nichts an. »Sie sind im Irrtum, mein Herr, dies ist amtlich durchaus nicht belanglos. Meines Wissens werden auch bei Ihnen in Deutschland auf staatlichen Formularen ähnliche Fragen gestellt. Bei Ihnen verlangt man die Erklärung darüber, ob Katholik, Protestant, Jude oder Dissident, was uns wiederum im höchsten Grade gleichgültig erscheint, denn die Konfession ist allerdings Privatsache, nicht aber die Philosophie...«

– Mir ist der Zweck der Fragestellung immer noch dunkel.

»Lassen Sie sich das an Beispielen erklären. Gesetzt, wir fänden in unseren Statistiken, daß eine bestimmte Art von Vergehen oder Verbrechen mit besonderer Häufigkeit auf Personen entfällt, die sich etwa zu Spinoza bekennen, so würden wir auf theoretische Maßregeln zu sinnen haben, die dem Spinozismus entgegenwirken. Fänden wir wiederum, daß die pünktlichsten Steuerzahler unter den Anhängern des Cartesius angetroffen werden, so wäre uns das ein Wink in unseren Schulen und Akademien den Descartes zu bevorzugen. Sie dürfen nie aus den Augen verlieren, daß diese Insel durchaus nach dem Prinzip Platos eingerichtet ist, der ausdrücklich *alle Staatsmacht* den *Philosophen* zuweist und der kategorisch verlangt, daß das gesamte Getriebe des Gemeinwesens philosophisch reguliert wird.«

Wir füllten nunmehr die fragliche Rubrik aus. Herr Mac Lintock flüsterte mir zu, er wäre hier in Verlegenheit, da er sich zeitlebens noch nie um Philosophie gekümmert hätte. Ich gab ihm halblaut die Weisung, hinzuschreiben: »Pragmatismus nach William James«, denn diese neuamerikanische Denkform beruhe auf dem common sense, auf der praktischen Nützlichkeit, und stünde als philosophische Lehre sicherlich seiner eigenen kaufmännischen Praxis nahe. Seine Nichte bezeichnete sich auf dem Zettel kurzweg als Schopenhauerianerin; der Kapitän und Donath nannten sich Epikuräer; der Offizier und der Arzt bezeichneten irgendwelche andere berühmte Namen, und ich selbst schrieb kurzerhand, um uns auf alle Fälle gut Wetter zu machen »Plato«; obschon ich überzeugt war und bin, daß man sich überhaupt nicht einem einzelnen Philosophen verschreiben darf, da jeder nur eine Profillinie der Wahrheit darstellt, deren volles Gesicht erst in der Vereinigung aller Philosophien erkennbar wird.

Da es gerade Vesperzeit war, verfügten wir uns auf die Veranda zum Kaffeetisch, woselbst sich noch ein Schwager unseres Wirtes, Rektor einer Oberschule, angefunden hatte. Die Gattin des Herrn Yelluon ließ sich mit Unwohlsein entschuldigen. Sie lag zu Bett und fühlte sich so angegriffen, daß sie auf ihren sanften Kissen die gewohnten Dialoge des Plato nicht in der griechischen Urschrift, sondern nur in einer erleichternden Übersetzung zu lesen vermochte. Ich schalte ein, daß Balëuto einen Kaffee hervorbringt, gegen den die erlesensten Sorten unserer Kontinente nur als fade Substanzen zur Erzeugung von Spülichtwasser erschienen. Mir war dieser Umstand nicht ganz nebensächlich, denn zu gewissen Tagesstunden neige ich mehr zu einem exquisiten Jausegetränk in Begleitung einer duftigen Zigarette, als zu allen Offenbarungen der Eleaten und der Alexandrinischen Schule. Mit dem Rauchwerk freilich hatten wir nun wieder das Übergewicht. Denn die Insel war arm an Tabak, und auf der Atalanta steckten unerschöpfliche Vorräte Habaneser und Ägyptischer Herkunft. Ich erwähne dies, um einfließen zu lassen, daß wir schon auf Grund dieser Ladung ein vorzügliches Tausch- und Verkehrsmittel in der Hand hatten; obendrein wurde auch der Dollar späterhin als Zahlung angenommen, allerdings zu einem Valutakurs, bei dem sich selbst auf dem Haupte eines Dollarkönigs wie Mac Lintock die Haare sträuben konnten.

Eine lebhafte Unterhaltung kam in Gang, und der Rektor erzählte uns Wissenswertes aus seiner Schulpraxis. Es wäre zurzeit sehr schwierig, die Aufmerksamkeit der Schüler zusammenzuhalten, da diese mit ihren Erwartungen sich bereits in die bevorstehenden großen Festlichkeiten eingesponnen hätten.

»Ja, wir haben von dem Fest schon gehört, als wir landeten; was hat es damit für eine Bewandtnis?«

»Es ist das Hundertjahrjubiläum unserer Platonischen Akademie, aus der alle unsere Regenten und Minister hervorgegangen sind. Damals, bei der Stiftung, wurde auf unsere Stadt der Titel »Über-Athen« geprägt, und diese Bezeichnung ist ihr bis zur Stunde erhalten geblieben. Stünden Perikles und Phidias heut auf und wandelten sie unter uns, so müßten sie bekennen, daß ihr Alt-Athen, einst die Quelle aller Kultur, mit dem unsrigen verglichen das reine Banausendorf gewesen ist. Wie gut haben Sie es getroffen, daß Sie beim ersten Einblick in unseren Archipelagus ein solches Fest erleben! Sie werden natürlich an dem Aktus in der

Aula teilnehmen und vom Balkon der Akademie aus den großen Festzug bewundern, bei dem auch die Fröhlichkeit zu ihrem Recht gelangen soll... Ja, wie gesagt, auch unsere Schüler sind bei den Proben beschäftigt und mit solcher Leidenschaft dabei, daß ich einen Teil der lateinischen und griechischen Unterrichtsstunden ausfallen lassen mußte.«

»Eine Zwischenfrage, Herr Rektor,« warf Eva ein, »was betreiben Sie eigentlich sonst in diesen Lektionen? Lesen Sie mit ihren Schülern auch die Klassiker?«

»Selbstverständlich. Ich traktiere besonders den Horaz und den Homer.«

»Verzeihung, das ist mir nicht ganz verständlich. Ich empfinde hier einen Widerspruch: denn nach Plato dürfen Sie das gar nicht. Plato hat meines Wissens für seinen *Idealstaat* die *Verbannung aller Dichter* ausdrücklich verordnet!«

»Wie Sie Bescheid wissen, mein Fräulein! Ja, so steht es allerdings in Platons Staatsbuch. Und ich kann nicht verhehlen, daß uns dieser Befehl viele Jahrzehnte lang die peinlichste Beklemmung auferlegt hat. Es möge dahingestellt bleiben, ob der göttliche Plato seine Bestimmung ganz wörtlich verstanden wissen wollte ...«

»O nein, Herr Rektor,« sagte ich, »darüber ist gar kein Zweifel erlaubt. Ich habe erst gestern auf unserem Schiff, das eine stattliche Bibliothek mitführt, in Platos grundlegendem Werk geblättert und entsinne mich der Stellen ganz genau. Plato, vertreten durch seinen Sprecher Sokrates, polemisiert auf das heftigste gegen alle bloß der Eitelkeit und der Wollust dienenden Personen, Künste und Lebensarten, die eine verdammenswerte Üppigkeit befördern und deshalb in seinem Idealstaat nicht geduldet werden dürfen. Scharf eifert er gegen die Maler und Bildner, gegen die Tonkünstler und ganz *besonders gegen die Poeten*, mit ihren Dienern, den Schauspielern, Rhapsoden und Tänzern, welche in einem gesunden Gemeinwesen nichts zu schaffen hätten. Diese Schädlinge stellt er auf eine Stufe mit den verderblichen Gilden der Putzmacherinnen, Haarkräuslerinnen, Bartscherer, Garköche und Schweinehirten...«

»Daraus ersehen Sie schon,« unterbrach der Rektor, »daß Plato nicht unerbittlich auf seinem Schein steht, denn er selbst, der Mann der Symposien, ließ sich ja wohlschmecken, was aus dem Gehege der Schweinehirten entstammte und durch athenische Garköche lecker zubereitet wurde.«

– Mit Verlaub, Herr Rektor: Sie kopieren auf Ihrer vortrefflichen Insel nicht Alt-Athen in concreto, sondern Sie wollen das Wunder leisten, ein Ideal-Athen aus der Abstraktion in die Wirklichkeit zu heben. Und da können Sie doch an den klaren Anweisungen Platos gar nicht vorbei: Kein Erbarmen mit den Dichtern! so lehrt er. Homer und Hesiod müssen vertilgt werden! Ihre Gesänge sind nicht, wie man vordem glaubte, als heilige, von den Musen erflossene Eingebungen anzusehen, sondern als mit rohen, pöbelhaften Begriffen und Gesinnungen durchsetzte, abgeschmackte Märchen, in denen die höchst unsittlichen Reden und Taten der Götter eine entsetzliche Moralfäulnis ausstrahlen. Und daraus folgt, streng nach Plato: Fort mit Homer und Hesiod, fort überhaupt mit aller Poesie und sämtlichen verdammten Künsten!

Der Schulmann entgegnete: »Wir beugen uns selbstverständlich der Autorität unseres erhabenen Meisters – soweit es eben möglich ist. Allein wir gelangen an den Punkt, wo die Unmöglichkeit beginnt. Denn um Plato und die übrigen großen Philosophen zu verstehen, bedürfen wir des Griechisch-Lateinischen, und dieses Studium würde blöde und stümperhaft ausfallen, ohne die klassischen Dichter. Wir lesen sie deshalb aus sprachlichen, das heißt grammatischen Gründen. Wir erziehen unsere Jünglinge und Mädchen zur Verachtung dieser Klassizitäten, aber wir lesen sie mit ihnen aus gymnasialen Gründen. Ich will Ihnen eine Probe dieser Methode mitteilen. Vor einigen Tagen begann ich mit den Zöglingen die Ode des Horaz

Exegi monumentum aere perennius ..

(Dauerhafter als Erz schuf ich mein Ehrenmal);

ich nahm die Gelegenheit wahr, um generell meinen Abscheu vor Horaz und seiner skandierenden Gilde auszusprechen, und wandte mich dem ersten Worte zu: »Exegi«; ich erläuterte ausführlich die Herkunft des Ausdrucks aus ex und einer griechischen Wurzel ago, betrachtete dann die Präsensform exigo mit dem kurzen i, das sich im Praeteritum exegi mit elastischer Phonetik zu einem langvokalisierten e verzaubert, und erörterte dann ausführlich alle Autoren, die außer Horaz das nämliche Verbum in zahlreichen Abstufungen der Bedeutung angewandt haben; so Cicero, Livius und Varro, welche mit exigo den Begriff des Hinausjagens verbinden, während es bei Ovid als Inschwungsetzen, und bei Terenz als Durchfallen im Bühnensinne auftritt. Das exigo bei Quintilian und Tacitus bedarf noch einer besonderen Analogie, allein ich hoffe, daß ich in einer der nächsten Lektionen bis zum zweiten Wort der Horazischen Ode vordringen werde, also bis zu »Monumentum«, dessen grammatische Verwandtschaft mit moneo, als dem Factitivum von memini, auf den Stamm mens, mentis und damit auf die Grundwurzel aller Geistigkeit überhaupt hinleitet, insofern – – –« »Genug!« rief Donath; »es soll uns als erwiesen gelten, daß Sie Ihr Programm, die Jungen mit Haß und Abscheu gegen klassische Verse zu sättigen, vollkommen erfüllen, zweifellos gründlicher und gediegener als irgend ein Magister meiner deutschen Heimat. Aber wir dürfen unseren Hauptzweck nicht aus den Augen verlieren, ich schlage deshalb einen Spaziergang vor zu einer ersten Orientierung in Ihrer platonischen Stadt, die uns neben ihrem antipoetischen Grundzug hoffentlich recht viel Schönes und Erbauliches bieten wird.«

Wir erhoben uns, von Erwartung geschwellt, und begaben uns auf die Wanderung. Vor uns lag das vorausgeahnte polynesische Neuland, in erster Probe als ein Staat, der ausschließlich von Philosophen regiert wird. Also sicher ein starker Kontrast zu allem Erlebten. Ich entsann mich, daß in unseren heimischen Ländern der körperliche Schwerarbeiter höher rangiert als der Denker, und daß bei uns nur derjenige die Anwartschaft auf staatliche Macht gewinnt, der von Philosophie keine Ahnung hat.

Das erste, was uns auffiel, war die Menge schlechtgepflegter Kinder, die sich in den Straßen tummelten, und ich gab der Verwunderung Ausdruck, daß sich deren Eltern anscheinend so wenig um sie kümmerten. Yelluon erläuterte, der Begriff »Eltern« passe eigentlich nicht recht hierher, denn es herrsche ja in den meisten Schichten des philosophischen Staates *Weiber- und Kindergemeinschaft*, und infolgedessen eine Komplexität der sexuellen Verhältnisse, bei der von einer Elternschaft im gewöhnlichen Sinne gar nicht mehr die Rede sein könne. Ganz recht! hier lag ja ein Hauptpunkt der platonischen Verordnungen vor, und wenn irgendwo, so hatte sich hier die Philosophie des Musterstaates zu betätigen. Es kommt wesentlich auf die Menge der erzeugten Kinder an, nicht aber darauf, daß das einzelne Kind seine Herkunft von einem bestimmten Papa und einer bestimmten Mama herleitet. Denn auch der Mutterbegriff verflüchtigt sich in einer Gemeinschaft, in der die Mutterpflicht und die Mutterliebe vom philosophischen Standpunkt als unwesentlich, ja als störend erkannt worden sind.

»Aber Herr Yelluon,« rief ich, »Sie leben doch nicht in Weibergemeinschaft, Sie haben doch eine Gattin! und wenn sie auch einer Unpäßlichkeit wegen bei Tisch nicht erschien, so existiert sie doch zweifellos!«

»Als weibliches Wesen allerdings, als meine Frau nur in sehr beschränktem Grade. Ich bin mit Upanischa – so heißt sie – nur so nebenbei, ganz oberflächlich verheiratet. Augenblicklich wohnt sie bei mir, was nicht ausschließt, daß sie übermorgen die Bettgenossin eines anderen wird, was nicht weiter verwunderlich, da sie ja schon durch viele Dutzende von Händen ging; sie war auch schon mit dreitägiger Gültigkeit mit dem Rektor und mit mehreren Ministern verheiratet, und ich nehme an, daß unter den uns auf der Straße begegnenden Männern sich zahlreiche befinden, deren Lager sie als Gemahlin bereits erheitert hat, oder demnächst erheitern wird.«

»Und das sagen Sie so leichthin! Sie als Bürger eines Staates, der auf *absolute Moral* gegründet sein soll! Der Staat ist doch auf die Ehe basiert und diese auf die Liebe? Wen lieben Sie denn eigentlich? und wen liebt die Dame Upanischa?«

»So viele Fragen, so viel Denkfehler, um nicht zu sagen Sinnlosigkeiten. Sie übersehen gänzlich das Grundprinzip, die Philosophie, und Sie sind noch nicht imstande, diese Linie zu verfolgen, da Sie aus unlogischen Ländern herkommen. Ihnen schwebte bei Ihrer Expedition vor: Sie wollten eine Entdeckung machen. Nun denn, Sie besitzen Grund zum Jubeln, Sie haben wirklich entdeckt! Sie stehen in diesem Polynes zum erstenmal auf dem festen Grund der Logik. Der Staat und die Ehe, so wie sie Ihnen bekannt sind, setzen allerdings die Liebe voraus, das heißt, Sie etablieren eine auf *Dauer* berechnete Einrichtung und stützen sie auf einen nach *Minuten* abzählbaren Zustand. Sie bauen die Staatspyramide derart, daß sie mit der Spitze nach unten steht, mit der Grundseite nach oben, und wundern sich dann, wenn sie umfällt. Wie kann man etwas Festes, Stetiges aus einem bloßen Gefühl entwickeln wollen, das nach aller Erfahrung unstetig ist, flackernd und abrupt? Plato hat diesen Widersinn erkannt, nicht euer Plato, auf den Ihr als einen europäischen Philosophen pocht, sondern unser Plato, der von uns begriffene und realisierte...«

– Eine Zwischenbemerkung, Herr Yelluon: Sie mögen ja diesen Weltmeister gründlicher erforscht haben, aber auch wir besitzen treffliche Interpretationen, von Schleiermacher, von Zeller, Überweg ...

»Jawohl, und von Wieland, den ich Ihnen besonders empfehle. Wie steht es nun mit der Liebe bei dem richtig verstandenen Plato? Ist sie etwa »platonisch« im europäischen Sinne des Wortes? Da haben Sie schon den Nonsens, in den ihr euch dauernd verstrickt, denn das genaue Gegenteil ist der Fall. Die Liebe in der eigentlichen platonischen Bedeutung des Wortes ist ein Zeugungsgeschäft, muß als eine rein physische, tierische Sache behandelt werden und darf deshalb im Idealstaat keine Stätte finden. Da nun aber die Weiber für das Zeugungsgeschäft leider unentbehrlich sind, so kommt es darauf an, den Schaden, den die Weiblichkeit im Staat anrichtet, nach Möglichkeit auszurotten; so zu verstehen, daß der Mann, der einzig dem Staate verpflichtet wird, nicht obendrein in Lockungen fällt, die ihn dem Staatsinteresse abspenstig machen. In erster Linie dürfen die Krieger, dann weiterhin alle starken Repräsentanten des Staates, nicht durch den dauernden Umgang mit den Zauberinnen geschwächt, nicht durch Ausübung monotoner Ehepflichten verelendet werden. Das von dem Genius Platos gefundene Hauptmittel, den reizenden Schlangen ihr Gift zu benehmen, besteht eben – abgesehen vom Kommunismus in Gütern, der sich in weiterer Folge einstellt – in der Weibergemeinschaft, durch welche die Ehe überflüssig gemacht wird, wenn sie auch in vereinzelten Exemplaren ein bescheidenes Dasein weiterfristen mag; durch das Los, in einer von den Archonten geleiteten Ehelotterie, oder auf Zeit, wenn uns einmal die Laune kitzelt, mit dieser oder jener einige Tage und Nächte zu verbringen ... Einen Augenblick Pause, mein Herr, ich will nur der hübschen Person, die dort drüben spaziert, etwas sagen.«

Meine Blicke folgten. Ich bemerkte eine nicht mehr ganz junge Dame, die durchaus nicht den Eindruck einer Halbweltlerin machte, vielmehr den besseren Kreisen anzugehören schien, und die mit züchtig gesenktem Blick dahinschritt. Sie trug ein Gewand in schön gebrochenen Falten aus feuerfarbenem, byssusartigem Webstoff, das unter ihrem Busen von einem seltsam gestickten mit einer Agraffe aus bläulichen Steinen geschlossenen Gürtel zusammengehalten wurde; dazu Schnüre von feinen Perlen, die sich um Hals und Arme, wie zwischen den Locken in anmutigem Linienspiel bewegten.

»Eine Freundin Ihres Hauses?« fragte ich, als er nach zwei Minuten zurückkehrte.

»Nein, keineswegs. Es ist möglich, daß ich vor Jahren einmal flüchtig mit ihr verheiratet war, ich kann mich im Moment nicht genau darauf besinnen. Jedenfalls habe ich sie eingeladen, mit mir im nächsten Monat auf unserer schönen Nachbarinsel Wrohlih eine halbe Flitterwoche zu verleben.«

»Und sie hat zugesagt?«

»Bedingungsweise. Für den Fall nämlich, daß sie nicht zur selben Zeit Nummer in einer Lotterie-Serie werden muß und dadurch nach Verfügung Piatos als Ehegewinnst einem Dritten zufällt. Sollte die Dame inzwischen verlost werden, so müßte ich mich noch kurze Zeit gedulden.«

»Was Ihnen nach Ihrer Auffassung von der Liebe wohl nicht allzu schmerzlich sein wird.«

»Sie fangen an zu begreifen; und Sie werden allmählich auch einsehen, daß der bei Ihnen gültige Liebesbegriff nichts ist als Trug und Blenderei. Sie unterliegen hierbei einer Täuschung, welche die schöngeistige Literatur und das Theater über Sie verhängt. Sie übernehmen eine Empfindung, die allenfalls für eine Romanze und höchstens für einen Operettenschlager ausreicht, in das Leben, wofür es gar nicht paßt. Sie übernehmen es mit all seinen traurigen Begleiterscheinungen des Sehnens, Schmachtens, der Eifersucht und schleppen sich dauernd mit Kümmernissen, deren Summe Sie sich zur Erfreulichkeit umlügen. Die Eifersucht, das Alleinhabenwollen, bedeutet in logischem Betracht einen Horror für sich. Ich liebe zum Beispiel die Insel Wrohlih mit ihren landschaftlichen Schönheiten, allein ich müßte doch hirnverbrannt sein, wenn ich verlangte, daß diese Insel mich wiederliebt, mich ausschließlich, und wenn ich zu toben anfinge, sobald die Insel ihre Reize auch anderen spendet. Und genau so wie ich bei der entzückenden Landschaft die allgemeine Reizgemeinschaft anerkenne, so gilt mir auch die Weibergemeinschaft als das natürlich Gegebene. Wie wohl wäre den Menschen in Ihren Kontinenten, wenn sie sich zu dieser platonischen Natürlichkeit durchzuringen vermöchten! Aber Ihr denkt nie einen Gedanken bis zu Ende und limitiert unablässig das bißchen Vernunft, das Eure durch tausend Fehlschläge gekennzeichnete politische Denkweise noch übrig gelassen hat. So stellt Ihr den Grundsatz auf »dem Tüchtigen die freie Bahn«! Das Wort ist gut, denn es stammt aus Platos Ideenkreis. Aber sobald der Tüchtige die freie Bahn zu einer Dame fordert, mit der er sich nicht lebenslänglich, sakramental und behördlich verkuppelt, verfehmt Ihr die Tüchtigen. Euer monogames Prinzip nagelt ihn also auf einen Einzelfall fest und verhindert ihn mit aller Gewalt seine Tüchtigkeit in höherem Sinn zu beweisen.«

»Das geschieht doch mit Rücksicht auf die Erhaltung und den reinen Bestand der Familie. Was wird denn bei Euch mit den Kindern? Haben Sie selbst welche?«

»Ich glaube ja, ich nehme sogar an, eine ganze Anzahl. Ohne daß ich mich verpflichtet fühle, hierüber Buch zu führen, da ich meine Arbeitszeit für notwendigere Bilanzen brauche. Unter den Straßen-Kindern, die dort drüben Haschemann spielen und Kreisel treiben, befinden sich möglicherweise auch welche von mir.«

»Das wäre zu beklagen, denn die Kinder machen in ihrer verwahrlosten Kleidung keinen guten Eindruck.«

»Und außerdem« – damit meldete sich Doktor Melchior Wehner zum Wort, wobei Donath flüchtig dolmetschte – »außerdem bemerke ich schon auf Entfernung, daß die Kinder sich in gesundheitlicher Hinsicht nicht zum besten befinden.«

Er lockte den erstbesten Buben durch eine vorgehaltene Leckerei heran und beschäftigte sich einige Sekunden mit ihm. Dann erklärte er mit dem Ausdruck starker Mißbilligung: »Der Befund ist übel, und um so übler, als ich mir das Kerlchen rein aufs Geratewohl herausgeholt habe. Mir ist es unbegreiflich, daß man da nicht für Absonderung und sachgemäße Behandlung sorgt. Der Knabe leidet ja an Skorbut in höchst unangenehmer Komplikation mit Krätze.«

Der Rektor, der mit den anderen hinter uns ging, leuchtete philologisch und schaltete ein: »Skorbut, wörtlich genommen: Knochenspalt, hängt wahrscheinlich auch mit scorpio zusammen, wie Carcinom mit Cancer, Krebs, während scabies, die Krätze, aus dem Griechischen skapto, nachweislich zuerst bei Juvenal vorkommt.«

Unser Medikus hörte an diesem Exkurs vorbei und gab seinem Unwillen weiteren Nachdruck: »Sie müssen doch in Ihrem Musterstaat eine amtlich organisierte Hygiene besitzen!«

»Sie ist tatsächlich vorhanden,« versetzte Yelluon, »und sie hat ermittelt, daß gewisse Krankheiten einen höchst wohltätigen Einfluß auf den Bestand des Staates ausüben. Sie beugen nämlich der Übervölkerung vor und fügen sich somit vorzüglich in das System des Plato, der zwar einerseits reichlichen Nachwuchs verlangt, andererseits aber die Verhinderung einer Überzahl. Die Hygiene, wie wir sie verstehen, erhält somit die Aufgabe, die Mortalität nicht unter eine gewisse Grenze sinken zu lassen, das heißt, den Seuchen einen merklichen Spielraum zu gewähren und beileibe nicht alle kurabeln Krankheitsfälle wirklich zu heilen.«

»Ich hätte Lust, mich mit eurem Oberhygieniker einmal zu unterhalten!« rief der Arzt in sichtlicher Empörung.

»Sie meinen den Minister der medizinischen Philosophie. Wir stehen gerade vor seiner Behausung, allein wir dürfen ihn nicht stören, da er seit Monaten unausgesetzt an einem großen Werk arbeitet, das den Titel führt: Welche sittlichen Pflichten besitzt der Mensch gegenüber den Kokken, die den Milzbrand hervorrufen, mit besonderer Berücksichtigung der Leitsätze aus de officiis von Cicero. Sie ersehen hieraus die Vielseitigkeit unserer Behörden, die nur dadurch ermöglicht wird, daß sie die Nebensächlichkeiten vernachlässigen. Wir haben übrigens noch ein weiteres Mittel in der Hand, um der Übervölkerung entgegenzuwirken, nämlich die künstliche Abtreibung, die von Plato direkt angeordnet, durch unsere Ärzte zu einem unglaublich hohen Grade technischer Vollendung gediehen ist. Interessant ist dabei, daß Plato persönlich sich noch höchst abfällig über die Hippokratischen Ärzte äußerte und ihnen in seinem Staatswerk ihre damalige lebenverlängernde Routine zum Vorwurf machte, ja geradezu zum Verbrechen stempelte. Wir haben Ursache zu der Annahme, daß Plato die Ärzte unserer Insel weit beifälliger beurteilen würde, da diese, wie gesagt, im Abortus quantitativ wie qualitativ Epochales leisten.«

»Ich hoffe doch,« bemerkte ich, »daß diese Prozedur nur dann vorgenommen wird, wenn die regelrechte Entbindung für die Mutter eine Lebensgefahr darstellt? Sicherlich haben Sie doch in Ihrem Strafgesetzbuch einen Paragraphen, der für alle anderen Fälle die Vernichtung keimenden Lebens mit harter Strafe bedroht?«

»Dieser Paragraph lautet bei uns anders. Er verbietet nicht, sondern er befiehlt den künstlichen Abortus, und er bestraft strengstens diejenigen, die ihn unterlassen; wenn nämlich nach Lage der Dinge Platos Wille in Kraft zu treten hat. Denn genau so klar wie er anordnet, daß kein Vater und keine Mutter ihre leiblichen Kinder unterscheiden noch von diesen unterschieden werden können, genau so klar setzt er für Vater- und Mutterschaft die Altersgrenze fest, jenseits deren abgetrieben werden muß.«

»Und bei aller Verehrung für Plato erkläre ich das für eine Barbarei! Es widerspricht den elementaren Sittenforderungen und den heiligsten Empfindungen, die wir für das Leben der jungen Generation zu hegen haben.«

»Dann müßten Sie auch Lykurg verdammen, der vielleicht noch radikaler als Plato auftrat und auf dessen Rechnung doch die Ertüchtigung der Spartaner zu setzen ist. Außerdem überlegen Sie einmal, wieviel Menschenopfer an Kinderleben *wir* bringen, und wieviel *ihr* Europäer ohne Plato-Staat, mit eurem humanen Bewußtsein. Vergleichen Sie numerisch die Liste unserer Keimtötung mit der euren, die sich unter dem Motto einer Hungerblockade vollzog. Hier sind es wenige Tausende, dort Millionen. Hier wird mit raschem Eingriff operiert, dort geschah das raffiniert langsame Morden. Hier besteht ein Zweck, der letzten Endes auf das Beste der Überlebenden hinauswill, dort waltete eine vom kalten Egoismus ersonnene Methode. Oder lassen Sie lieber die Vergleiche zwischen Euren Ländern und der von Ihnen entdeckten Insel, Sie hätten dabei nichts zu gewinnen!«

* *
*

Bettler umschwärmten uns, und ich hielt es für angezeigt, hier und da eine kleine Gabe auszuteilen. Wir waren dazu imstande, da wir uns auf unserer Promenade, was ich vorher zu erwähnen unterließ, in einem großen Bankhause mit ausreichender Münze versehen hatten. Es berührte uns zunächst recht sympathisch, daß der Dollar überhaupt angenommen wurde, wiewohl wir zweifellos die ersten waren, die diese Einheit hereinbrachten. Mac Lintock hatte also recht behalten: die überzeugende Kraft des Dollars kann wie die Lichtgeschwindigkeit und wie die Gravitation als eine Weltkonstante erachtet werden.

Die für alle Inseln des von uns entdeckten Archipelagos gültige Münzeinheit ist die Dragoma, die in je hundert Dragominda zerfällt. Nach ihrer Kaufkraft gemessen würde die Dragoma etwa einem Vierteldollar entsprechen. Wir mußten trotzdem bei der Umrechnung zehn Dollar für den Gegenwert je einer Dragoma bezahlen, was den Amerikaner zu lebhaft gestikulierten, wiewohl vergeblichen Protesten veranlaßte. So eine Valuta-Schneiderei hätte er doch für undenkbar gehalten, und es wäre ein Glück für die Leute, daß auf Balëuto noch keine amerikanische Gesandtschaft existiere, sonst könnten diese Währungsschieber etwas erleben!

Weitere Enttäuschungen folgten. Einer der Bettler, dem ich einige Dragominda geschenkt hatte, warf mir die Münzen vor die Füße mit der Motivierung, das sei falsches Geld. Ich nahm sie auf, ging nach der Bank zurück und stellte den Beamten zur Rede. Der erklärte, das hätte sofort moniert werden müssen, auf nachträgliche Reklamationen könnte sich die Bank nicht einlassen. Erst ein Geschäft perfekt machen und es nachher bemängeln, das sei unphilosophisch und verstoße gegen Treu und Glauben. Übrigens stellte es sich alsbald heraus, daß mindestens 75 Prozent des Geldes echt war, so daß eine ernstliche Verlegenheit für uns nicht entstehen konnte. – Ich beobachtete eine Szene, die im ersten Moment wie ein hübsches Genrebild anmuten konnte. Etliche Lazzaroni hatten auf Grund der von mir ausgeteilten Münzen an der Straßenecke ein fliegendes Hasard mit Spielkarten etabliert, eine Art von Proleten-Baccarat, das leider sofort in Streit und Handgemenge ausartete. Messer wurden gezückt, Gliedmaßen getroffen, Schreie gellten durch die Luft, und blutig färbte sich der Boden. Gegenüber stand ein behelmtes und bewaffnetes Individuum, offenbar ein Polizist, der von diesen Vorgängen nicht die leiseste Notiz nahm. Er dachte vielmehr tief nach, und es mußte wohl etwas Philosophisches sein, worüber er grübelte. Ich erfuhr später, daß auf der Insel zahlreiche und gutexerzierte Wachmannschaften vorhanden waren, die aber an diesem Tage den Sicherheitsdienst auf der Straße nicht wahrnehmen konnten, denn der Chef der platonischen Gendarmerie hatte sie zu einer Razzia auf die Epiker und Lyriker kommandiert, die der Verfassung zum Trotz in gewissen Spelunken in der Stadt hausten und dichteten. Es war also noch immer nicht gelungen, das versifizierende Gesindel gänzlich auszurotten.

Wir überschritten eine Brücke und bemerkten darunter ein träge schleichendes Mittelding zwischen Bach und Fluß, das zwar mit grünlichem Farbenspiel optisch ganz interessant wirkte, aber aromatisch stark und nicht erfreulich auf die Nase fiel. Als ich unvorsichtig genug auf diesen pestilenzialischen Übelstand hinwies, empfing ich die Belehrung, daß ich die Wichtigkeit der Geruchsorgane wesentlich überschätze. Nach der Meinung der bedeutendsten Philosophen von Thales bis Kant sei die Nase ein ganz untergeordneter Sinn, auf den praktisch Rücksicht zu nehmen denkender Menschen absolut unwürdig wäre. Von dieser Maxime ausgehend lehne es die Platonische Republik grundsätzlich ab, etwas für die Stromreinigung zu tun, zumal es sich gezeigt habe, daß die Flußpestilenz gewisse Krankheiten begünstige, auf deren Erhaltung die Apotheker der Republik und die Leichenbalsamierer großen Wert legten. –

Ebensowenig wie dieses fließende, gefielen mir die festen, monumentalen Gebilde, die sich auf den Plätzen der Stadt sehen ließen. Historisch genommen befanden sich ja die Bildhauer und Baumeister von jeher in schlimmer Lage, da sie ursprünglich in die allgemeine Verurteilung aller Künste einbegriffen waren. Und unter dem Druck dieser Verachtung litten sie natürlich in geistiger Hinsicht, selbst als man schon angefangen hatte, sie als leidige Unentbehrlichkeiten im Staatswesen zu erachten. Phidiasse und Michelangelos können sich nicht entwickeln, wo man ihresgleichen nicht verehrt, sondern eben nur duldet. Wir standen vor einem Werk, das ein Doppelmonument vorstellte und dem Genius des Musterstaates entsprechend einen philosophischen Gedanken in bronzener Massigkeit verkörperte. Es waren zwei riesige Gestalten, die hier als Dioskuren auftraten, so wie Goethe und Schiller in der Rietschel'schen Kolossalgruppe von Weimar. Nur daß die beiden Figuren sich hier in anderer, und zwar symbolisch gemeinter Anordnung präsentierten. Die eine war, wie zu erwarten, Plato, der erhabene Schutzpatron, der andere, wie aus der Inschrift hervorging: Immanuel Kant. Zum Ausdruck sollte gebracht werden, daß Kant's Philosophie des transzendentalen Idealismus sich aus der Platonischen Ideenlehre entwickelt habe, oder anders gesagt, daß Kant auf den Schultern Platos stünde. Das wäre nun in Erz schwer auszudrücken gewesen, wenn nicht der Bildner auf den genialen Einfall geraten wäre, die Allegorie ganz wörtlich zu nehmen, das heißt, den Königsberger Denker tatsächlich dem Athener über die Schultern zu hängen und darauf reiten zu lassen. Dergestalt kam die Idee »Plato als Träger Kants« ganz klar heraus. Freilich blieben noch störende Einwände, so die anatomisch ganz falsche Gestaltung beider Männer, die schief eingeschraubten Beine und die unmöglichen Proportionen zwischen Kopf, Brust, Rücken und Extremitäten, Einwände, die indes in uns auch heimatliche Erinnerungen weckten, da wir ähnliche Skulpturen in unseren eigenen futuristischen Ausstellungen gesehen hatten.

Die Philosophie fand in diesem Doppeldenkmal noch ein weiteres Symbolbereich, nämlich dadurch, daß der geräumige Sockel zu einer Bedürfnisanstalt ausgebaut war. Hierin lag der Absicht nach eine Ovation für Kant und seine berühmten Antinomien, da die reale Bestimmung des Sockels einen antinomischen Gegensatz zu der idealen Transzendenz des Oberbaues ausdrücken sollte. Außerdem barg die genannte profane Anstalt noch eine besondere philosophische Pointe: sie trug die Umschrift »Herakliteion«, zeigte im Innern das Relief Heraklits und darunter in griechischer Schrift dessen Hauptsatz παντα ρει (panta rhei, alles fließt), wonach nicht zu zweifeln, daß das Gesamtwerk sich sehr wohl in einen durchaus von Philosophen regierten Staatsorganismus einfügte. –

Was die Baumeister anlangt, so lag für sie die Schwierigkeit einerseits in dem Mangel einer Tradition, andererseits an dem Platonischen Grundgesetz, welches die Schönheit als unsittliche Üppigkeit befehdet. Einige Architekten hatten sich dadurch geholfen, daß sie das Verhältnis zwischen Vorderfront und Rückseite umkehrten, indem sie den Privathäusern garstige Fassaden gaben, wie Kalkscheunen, während sie ganz hübsche architektonische Gliederungen in die von der Straße aus unsichtbaren Hinterfronten versteckten. Bei anderen hatte die Aufsichtsbehörde ein Auge nachsichtig zugedrückt. Wir sahen einige Barbierläden, Pfandleihen, Schlachthäuser und Abdeckereien, die ihre baulichen Modelle, wiewohl nur in schüchterner Anlehnung, von der Akropolis und vom Parthenon herholten; wogegen allerdings die Museen und überhaupt alle Staatsgebäude die strengste platonische Kunstfeindlichkeit anstrebten, so daß man sie beim ersten Anblick für Kornspeicher, Trödelschuppen oder Ochsenställe halten konnte.

Eines dieser Staatsgebäude wurde uns als das Oberkriminalgericht bezeichnet, und wir hatten das Glück, gerade dem Schlußakt eines aufsehenerregenden Strafprozesses beizuwohnen. Dieser spielte schon seit Wochen und empfing seine Wichtigkeit dadurch, daß er eine das Staatswohl in seinem Lebensnerv berührende Angelegenheit betraf.

Angeklagt war ein Mann, der als Führer einer zwar kleinen, aber sehr rührigen Anarchistenpartei galt. Das Programm dieser Ultra-Radikalen ging dahin, daß die Hauptnorm des Staates umgestürzt und dafür die Kunst, insonderheit die Poesie, als Herrscherin aufgerichtet werden sollte.

Jener Führer, mit Namen Sarasalgo, hatte im Verlauf seiner revoluzelnden Ideen einen wahrhaft diabolischen Kunstgriff getätigt. Er veröffentlichte ein von ihm verfaßtes hexametrisches Lehrgedicht nach dem Vorbild des Lukrez, worin er die Grundgedanken der Platonischen Dialoge dichterisch darstellte und mit künstlerischem Schwung verherrlichte. Seine grausame List lag also in folgender ideellen Zwickmühle: Da ich den Plato und die ideelle Kalokagathie anjuble, so muß mich unser Inselstaat in jeder erdenklichen Weise bevorzugen, auszeichnen und sogar zum Regenten befördern. Gibt er mir aber die Gewalt, so habe ich diese doch nur als Poet errungen, durch meine brillanten, üppigen Hexameter, und wenn diese als preiswürdig anerkannt werden, so muß in logischer Folge dieser ganze Anti-Poeten-Staat zusammenbrechen.

Der Staatsanwalt, eine Kreatur des Ministerpräsidenten, nahm die Zwickmühle genau am entgegengesetzten Ende auf. Wir hörten sein letztes Plaidoyer, das in den Worten mündete: »Der Angeklagte Sarasalgo geht durchaus fehl in der Annahme, daß wir ihm auf den schlüpfrigen Boden seiner Sophistik folgen werden. Für uns liegt der Fall evident so: er hat gedichtet, und damit ist die Voraussetzung des Strafparagraphen erfüllt. Wenn er in seinen Versen anscheinend Plato lobpreist, so erkenne ich darin nur ein Manöver, um aus dem Hinterhalt und auf Schleichwegen Straffreiheit zu ergaunern. Es liegt nicht so, daß er davonkommen darf, um den Staat zu ruinieren, sondern so, daß wir den Staat retten müssen, indem wir den Mann verurteilen. Schon haben wir uns einer Unterlassungssünde schuldig gemacht, da wir einige Exemplare seiner Dichtung hinausließen, anstatt sofort die Leibesfrucht seiner Muse abzutreiben, als sie von ihm trächtig wurde. Jetzt aber heißt es: durchgreifen!« Er beantragte die höchste zulässige Strafe und schloß mit einem an Voltaire anklingenden Kernworte, das soviel besagte als Ecrasez l'infame!

Und die Infamie des Künstlers wurde wirklich getroffen. Das Verdikt lautete auf lebenslängliche Verbannung nach der Straf-Insel Krakaturi und Vernichtung aller Exemplare und Platten. Das Prinzip der Gerechtigkeit und Sittlichkeit im Platonischen Staat hatte gesiegt.

* *
*

Am nächsten Tage begaben wir uns in die Aula der Akademie, wo die Feierlichkeiten zum Hundertjahr-Jubiläum ihren Anfang nahmen. Als Einleitung gab es eine Festkantate für Soli, Chor und Orchester, deren musikalischer Sinn mir, wie ich vorausschicke, unverständlich blieb.

Plato selbst hat die Stellung der Musik in seinem Staatskörper nicht ganz unzweideutig definiert. Als zur Gesamtkunst gehörig kann sie ja seiner prinzipiellen Verurteilung nicht entgehen, nichtsdestoweniger gestattet er in beschränktem Grade deren Ausübung, vornehmlich in Verbindung mit der Gymnastik. Aus einigen Stellen seines Werkes kann man sogar die Begünstigung eines Verfahrens herauslesen, das man als ein symphonisches Turnen bezeichnen darf, und wir hatten weiterhin Gelegenheit, derartigen Übungen beizuwohnen. Auch hier in der Aula wurden im Mittelteil des Festes Sonaten am Schwebereck, Rondos an der Kletterstange und kontrapunktierte Fugen am Springbock vorgeführt. Darüber hinaus verordnet Plato wörtlich, daß alle sanften und weichlichen Tonarten aus seiner Republik zu verweisen sind, die Musik solle seinen Bürgern weder Freude noch Traurigkeit einflößen; alle jonischen, lydischen und mixolydischen Harmonien, alle Trink- und Liebeslieder sind zu verbannen; er erklärt die vielsaitigen Instrumente und gewisse Flöten als gefährliche Werkzeuge der Üppigkeit, gestattet dem Landvolk nur die Rohrpfeife, den Städtern nur die Leyer und die Zither; er beschränkt mithin die tonkünstlerischen Möglichkeiten auf das Alleräußerste und drückt die Instrumentierung auf eine Stufe, bei der kaum ein Komponist im Lande der Hottentotten sein Auskommen finden würde. Es muß festgestellt werden, daß die Musiker unserer Insel sich von dieser extremen Strenge bereits merklich emanzipiert hatten, weil sie sonst überhaupt nicht imstande gewesen wären, zu ihrem Jubelfeste eine Kantate aufzuführen. Immerhin hielten sich die Insulaner insoweit an das Platonische Programm, als ihr Chorwerk keine Freude, sondern in der Hauptsache nur eine gewaltige Ohrenpein verursachte, wenn ich als Maßstab die Empfindlichkeit unserer eigenen Ohren ansetze.

In der Zwischenpause flüsterte mir Eva zu, sie könne das überhaupt nicht mehr aushalten und müsse fliehen. Ich versuchte, sie zu beruhigen: der Übelklang dieser Musik darf uns nicht veranlassen, sie restlos zu verwerfen. Wir haben uns ja auch in unseren heimischen Konzerten an allerlei katzenmusikalische Kakophonien gewöhnt und wissen aus der Kunstgeschichte, wie sehr sich die Rezeptivität der Hörer verändert. Vielleicht ist uns das große Publikum dieser Aula, das so andächtig und sichtlich erbaut zuhört, schon um Jahrzehnte oder Jahrhunderte im Urteil voraus.

Eva widersprach: »Niemals werde ich mich überzeugen, lassen, daß eine wirkliche Musik von den Grundlagen des Taktes, der Tonalität und der reinen Stimmung abgetrennt werden kann. Immer wird ein Unterschied bestehen zwischen Stümpern und Könnern, wie zwischen dem Gekrächz eines Raben und dem Gesang einer Nachtigall. Mich empört nicht die Tatsache, daß diese Leute *anders* melodisieren und harmonisieren, sondern daß sie *falsch* musizieren, mit Instrumenten, von denen jedes für sich und alle untereinander so greulich verstimmt sind. Wenn man mir ins rechte Ohr B-dur und gleichzeitig ins linke Ohr B-moll bläst, so muß es zum mindesten wirkliches B-dur und B-moll sein, nicht aber ein Gequiek wie von ungeschmierten Türen, die zufällig in B quietschen.«

»Liebes Fräulein Eva, auch daran werden wir uns gewöhnen müssen, hier und daheim bei uns. Nehmen Sie diese Musik als eine Vorbereitung zu den Konzerten, die uns zu Hause erwarten.«

Das Orchester intonierte aufs neue zu einem glücklicherweise nur kurzem Finalsatz, in den mehrfach spontaner Beifall der bewundernden Hörerschaft hineinbrauste. Dieses Finale wurde auswendig vorgetragen, ganz ohne Noten und Dirigenten, und ich erfuhr später, daß damit eine ganz besondere Kunstübung geboten wurde: Der Komponist hatte vorgeschrieben, daß hier jeder der Ausübenden in Orchester und Chor ganz frei improvisieren sollte, jeder ohne welche Rücksicht auf die Übrigen, was und wie es der Moment ihm gerade eingäbe. Sicherlich wird dadurch eine weit größere Freiheit erzielt, als in der sklavischen Bindung an Partitur und Stimmen jemals erreicht werden kann. Da wäre also noch viel zu lernen für unsere europäischen Tonsetzer, die von der alten Schablonenfexerei nicht loskommen, immer erst aufzuschreiben, was nachher gespielt werden soll.

* *
*

Nach Erledigung der Kantate betrat der Magnificus der Akademie, Mitregent des Staates, das Podium zu einer langen, feierlichen Ansprache, die hier auf den zwanzigsten Teil verkürzt eine aphoristische Wiedergabe erhalten möge:

Festgenossen! Wäre uns der Homer nicht verpönt und verboten, so müßte ich mit den Worten beginnen »Andra moi enepe«. Und die Muse hätte mir zu antworten: der Mann, den du meinst, der Mann, der eurem staatlichen Leben den Inhalt gibt, es ist Plato, der Imperator unter den Denkern, der einzige und vor allem der erste, der gewußt hat, wie man ein Volk herrlichen Zeiten entgegenführt.

Durch ihn sind wir einer Fülle von Segnungen teilhaftig geworden, wie sie sich – das behaupte ich kühn, weil Ihrer Zustimmung sicher – über keine andere Menschengemeinschaft der Erde ergossen hat. Weil es uns allein vorbehalten war, sein System zu realisieren, das für die anderen bis auf diesen Tag nur ein Gegenstand scheuen Bestaunens geblieben ist.

Dieses System beruht auf der berühmten, von aller Welt gefeierten, aber nur von uns voll begriffenen »Ideenlehre«. Sie gibt uns die Idee als Begriff außerhalb der Erscheinung und, tiefer erfaßt: im Gegensatz zur Erscheinung. Aus dem Zufallsding, das wir Mensch nennen, abstrahieren wir die Idee der Menschigkeit, aus dem Löwen die Leonitas, aus dem Esel die Asinität, aus den Gesetzen die Gesetzigkeit. Unsere Aufgabe war es, den eben erwähnten Gegensatz zu betonen und zu verschärfen; also die Gesetzigkeit so zu gestalten, daß sie sich vom Gesetz möglichst loslöst, und die Gerechtigkeit so, daß sie dem konkreten Recht widerspricht. Gelingt dies, so nähern wir uns dem Platonischen Staatssystem, welches verordnet, daß nur Philosophen, das sind Menschen, welche jene Ideenlehre begriffen haben, die Herrschaft ausüben dürfen.

Darin erschöpft sich aber ihre Sendung noch nicht. Sie haben vielmehr dafür zu sorgen, daß die Philosophie im Allgemeinen und ihre Philosophie im Besonderen alle Schichten des Volkes durchdringt. Es gibt ein lateinisches Sprichwort »primum vivere, deinde philosophari« – erst muß man leben, nachher philosophieren. Da wir das Prinzip des Kontrastes befolgen, so erklären wir dieses Wort für einen Unsinn und verordnen: zuerst philosophieren, dann erst leben! Der überaus glückliche Zustand, in dem sich unser Eiland befindet, beweist deutlich genug, daß wir mit dieser Umkehrung das Rechte getroffen haben.

Schon heute, beim Feste, darf ich es ankündigen, daß wir demnächst über das erreichte sehr erhebliche Maß hinaus neue Lehrkurse einrichten werden. So für Bartscheergehilfen einen Kursus über die philosophische Methode des Parmenides und für Rollkutscher eine propädeutische Einführung in die Plato-Sokratische Ethik.

Einige obere Verwaltungsstellen sollen neu besetzt werden. Wo viel Licht, da darf es uns nicht Wunder nehmen, daß wir auch etliche Schatten bemerken. Es sind uns einige Klagen zu Ohren gekommen darüber, daß unser Postdienst nicht ganz exakt funktioniert, und daß beispielsweise im vorigen Monat achtzig Prozent aller ausgelieferten Briefe spurlos verschwunden sind. Um auch in dieser Hinsicht die größtmöglichste Vollendung zu gewinnen, wird das Postressort demnächst großzügig erweitert und einem Fachminister für Transzendental-Aesthetik anvertraut werden.

Betreffs der Volksmoral herrscht bei uns nur eine Stimme – wenn ich das Häuflein der anarchistischen Plato-Gegner ausnehme, die wir zerschmettern, wo sie uns entgegentreten. Die Kriminalität ist, statistisch genommen, fast auf den Nullpunkt gesunken, seitdem unsere Gerichte gelernt haben, den Plato-Sokratischen Grundsatz richtig anzuwenden: »Unrecht leiden ist besser als Unrecht tun.« Hier kam alles auf Konsequenz an, und zu unserer Ehre sei es gesagt, die Tribunale dieser Insel arbeiten konsequent, indem sie das Unrecht leiden. Als äußerst vorteilhaft für die Gesamt-Sittlichkeit hat es sich auch erwiesen, daß wir die Verherrlichung der Knabenliebe aus Platos Symposion und Phädros in unser Staatswesen übernommen haben. Diese zwei Elemente, die Päderastie einerseits und die Verlosung des Jungfernschaftsbeischlafs andererseits, diese zwei echtplatonischen Elemente, sagte ich, haben sich bei uns zur allgemeinen Befriedigung als eine Segensquelle erwiesen, um die uns die ganze Außenwelt beneiden wird, wenn erst einmal die Ausländer ungetrübten Einblick in unsere Zustände erhalten.

Hierzu ist nun ein erster Anfang gemacht, und ich entledige mich einer angenehmen Pflicht, wenn ich hier als Festredner die ersten Fremdlinge begrüße. Sie weilen heut unter uns als Entdecker des Eilands, das für sie eine »ultima Thule« darstellt, um mit Vergil zu reden, der zwar als Dichter ein nichtsnutziges Subjekt war, aber mit dieser Bezeichnung ein auch für anständige Prosa brauchbares Wort geschaffen hat. Ich hoffe, daß die fremden Gäste, für deren gastfreie Aufnahme unsere Stadtverwaltung gesorgt hat, bedeutende Eindrücke davontragen werden, zum späteren Heil der Länder, denen sie entstammen. Sie werden erzählen, daß sie hier eine Verfassung angetroffen haben, die innerlich gefestigt sich seit Urzeit vollkommen bewährt; im Gegensatz zu den Verfassungen ihrer Länder, die von Pfuscherhänden geformt, fortdauernder Quacksalberei unterliegen. Jetzt zum ersten Mal werden sie erkennen, woher es rührt, daß bei ihnen zu Haus keine Stetigkeit waltet, und alles in endlosen Experimenten drunter und drüber geht. Es rächt sich an ihnen fortgesetzt und bitter, daß kein Philosoph mit tiefdurchdachtem System bei ihren Staatsorganismen Pate gestanden hat. Vielleicht ist es auch für jene Kontinente schon zu spät, um sich zu unserem Ideal zu bekennen, und sie werden in diesem Fall aus der Verelendung nicht mehr herausfinden. Immerhin, wenn sie auch nur einige unserer Platonischen Einrichtungen zu sich überpflanzen, werden sie daraus etliche Öltropfen gewinnen, um ihren verrosteten Staatsmaschinen über die ärgsten Reibungen hinwegzuhelfen. – –

Hierauf verkündete der Vizepräsident der Akademie die Verleihung der zum Jubiläum fälligen Staatspreise. Mit Medaillen und Ehrendiplomen wurden unter anderen die Urheber folgender Druckwerke bedacht: »Die Homöomerien des

Anaxagoras in ihrer Anwendung auf die Prüfung der Konsistenz des weiblichen Busens.«

»Warum ist Glaukon, der bei Plato hohnvoll von einer »Schweinerepublik« redet, nicht hingerichtet worden?«

»Wenn Plato fordert, daß der Staatsbeschützer schlechterdings Philosoph sein muß, wenn er andererseits feststellt, er müsse sich benehmen »wie ein tüchtiger Hofhund«, – welche Merkmale ergeben sich hieraus für den Logos, die Dialektik und die Syllogismen der Hofhunde?«

»Entwurf einer buntillustrierten Kinderfibel mit den Anfangsgründen der Aristotelischen Topik und Metaphysik.«

Im Anschluß hieran gab der Sprecher bekannt, daß den Anwesenden besonders gute Plätze auf den Straßentribünen zur Verfügung ständen. Der Festzug begänne morgen nachmittag um vier Uhr nach mittelpolynesischer Zeit. Er fügte hinzu: Wie alle unsere Veranstaltungen wird auch dieser Zug vom Geiste der Philosophie durchweht sein, das Wort im Sinne der Fakultät genommen, also mit Einschluß der Physik, Mathematik und Astronomie. Er wird dartun, daß auf diesen Gebieten die hohe Einsicht sich sehr wohl mit einer liebenswürdigen, eleganten, ja sogar heiteren Darstellung verträgt. Dieser Festzug der Wissenschaft soll also zugleich ein Zug der Fröhlichkeit werden. Unsere verehrten Gäste werden hier wiederum Anlaß zu Vergleichen finden. Es ist uns aus den Berichten unserer Emissäre, wie aus bildlichen Darstellungen, die sie mitbrachten, bekannt geworden, daß auch in Europa gewisse Züge mit launigem Anstrich veranstaltet werden, insonderheit zu Zeiten, die sie wegen des Nahrungsmangels Fleischabschied nennen, Carnevale. Derartige karnevalistische Umzüge spielen dort namentlich in Rom eine Rolle, wie auch in einer hierorts fast unbekannten Stadt Colonia-Agrippina, die neuerdings Köln heißt. Es bleibt unverständlich, wieso die Europäer daran Gefallen finden können, da sie ihren Gruppen grundsätzlich ein ganz verfehltes Programm unterlegen: sie glossieren und verspotten darin ihre eigenen politischen und sozialen Zustände, mithin Dinge, die gar nicht karikiert werden können, da sie ja schon an sich und in natura Karikaturen sind. Eine sinnvolle Beziehung ermöglicht sich erst dann, wenn ernste, edle, als gültig anerkannte Themen der Parodie und Travestie untergelegt werden, also wissenschaftliche Dinge, denen wir eine volksmäßig derbe Physiognomie abgewinnen, und die gleichsam vom Genius der Heiterkeit bestrahlt, humoristische Schatten werfen. – Herr Yelluon machte uns darauf aufmerksam, daß wir gar nicht nötig hätten, uns in eine Tribüne einpferchen zu lassen, da wir den Zug weit bequemer von den Fenstern unserer Wohnung aus betrachten könnten, bei der er in voller Ausdehnung vorbeikäme. Das war uns natürlich sehr erwünscht, schon unserer Dame wegen, die auf der freien Tribüne unter den grellen Sonnenstrahlen gelitten hätte.

Ich beabsichtige keineswegs, den ganzen Verlauf des Zuges reporterhaft zu schildern. Nur einige wenige Einzelheiten seien herausgegriffen.

Da kam auf einem geschmückten Wagen Demokrit, der lachende Philosoph, umgeben von den Bürgern seiner Vaterstadt, den Abderiten, welche pappene Schafsnasen trugen, während sich die schönen Abderitinnen im Federkleid der Gimpel präsentierten. Hier sollte in einem sinnvollen Auftakt gezeigt werden, wie sich ein echter Philosoph aus den Nöten der menschlichen Torheit in göttlichem Gelächter befreit. Dieser Demokrit (im Zivilberuf Komiker des Staatstheaters von Balëuto) verstand nun in der Tat so anhaltend und dröhnend zu lachen, daß er mit seinen Explosionen die ganze Bevölkerung ansteckte. Und mit dem Krimstecher nahm ich wahr, daß eine der vollbesetzten, vom Staatsarchitekten erbauten Tribünen unter der Wucht des allgemeinen Lachgeschüttels zusammenkrachte. Was, abgesehen von den zahlreichen Zerdrückten und Verwundeten, ein schönes

Zeugnis ablegte für die Zweckmäßigkeit und Kalokagathie eines Gelächters, wie es nur aus den seelischen Gründen eines gereiften Weltweisen entströmen kann.

Die Hauptfigur eines anderen Wagens war der Philosoph Empedokles aus Agrigent, der sich bekanntlich um die profundesten Tiefen des Seins und Werdens zu erforschen, anno 430 vor Chr. in den glühenden Schlund des Ätna gestürzt hat. Dieser epochale Vorgang wurde auf dem Gefährt durch einen Miniaturvulkan wiedergegeben, in dessen Inneren der Staatspyrotechniker ein sprühendes und seiner Versicherung nach gänzlich unschädliches Feuerwerk (flamma frigida) angebracht hatte. Der große Empedokles sprang also periodisch oben hinein, kroch unten aus einer Klappe wieder hervor und setzte diese erkenntniskritische Übung fort, so lange der Zug währte. Oder wenigstens beinahe so lange. Denn eine Viertelstunde vor Schluß des Festes zog man ihn verkohlt aus dem hübschen, aber, wie sich herausstellte, doch nicht ganz ungefährlichen Ätna. Und die Duplizität der Ereignisse fügte es, daß sich auf einem anderen Wagen, der den Feuertod des Philosophen Giordano Bruno ebenfalls mit flamma frigida versinnbildlichte, eine ähnliche Episode ereignete.

Sehr lustig ging es dagegen auf einem Aufbau zu, der das Platonische »Gastmahl« in einer lebensechten, dem Texte Platos nachgeformten Gruppe abbildete. Da saßen sie, die pokulierenden Wahrheitsfinder des Altertums, bei denen sich zum ersten Mal die ganze Bedeutung des Wortes offenbarte: in vino veritas. Man konnte es ordentlich verfolgen, wie der Geist der Getränke in den Zechgenossen aufstieg, um in Gasen der Erkenntnis aus ihren beredten Mündern herauszudünsten. Mit parodistischer Freiheit war dafür gesorgt worden, daß bei diesem akademischen Gelage der Sokrates doch noch etwas mehr in sich hineinpumpte, als er nach Platos Erzählung vertrug. Zu den geschichtlich beglaubigten, ungeheuerlichen Quantitäten, die er damals konsumierte, tat er hier noch ein Übriges, so daß er schließlich wie ein besoffenes Schwein unter den Tisch des Agathon fiel; was ihn nicht hinderte, auch noch in diesem Zustande, gleichsam im delirium tremens, fortzuphilosophieren und dem Aristodemus die herrlichsten Offenbarungen über die Unsterblichkeit der Seele entgegenzurülpsen. Der Aristophanische Effekt der fahrenden Gruppe bewährte sich vollkommen, und ich muß sagen, daß mir aus dieser eindringlichen Pantomime die Bedeutung des Symposion klarer geworden ist, als aus der Lektüre des Platonischen Originals.

Auch der Tanz kam zu seinem Recht, und zwar in Verbindung mit Geometrie und Astrophysik, also in einem weiten Horizonte, der von den Pythagoreern bis in die Neuzeit reichte.

Auf einer von acht himmelblau lackierten Stuten gezogenen Plattform, die das Universum vorstellte, erblickte man als Zentralkörper die Sonne in Form einer Matrone mit Strahlendiadem. In kurzen Abständen von ihr kreisten die Planeten, nämlich Merkur, Mars, Jupiter bis Neptun als Jünglinge, während Venus, die Erde und die Asteroiden durch entzückend kostümierte, beziehungsweise entkostümierte Mädchen verkörpert wurden. (Der halblaute Zuruf des Doktor Wehner: »Asteroiden mit Krätze« machte mir keinen besonderen Eindruck, da ja die Gestirne überhaupt nach Hegel nichts anderes sind, als ein leuchtender Aussatz am Himmel.) Hier nun vollführten die Planeten um die Sonne Tanzbewegungen, die ganz genau den Keplerschen Gesetzen entsprachen, und es war eine Freude zu sehen, wie streng in den getanzten Ellipsen die Proportionen zwischen den Quadraten der Umlaufszeiten zu den Kuben der Entfernungen herauskamen. Auch hier zeigte sich der Segen der von Plato so dringend empfohlenen mathematischen Disziplin: als der Knabe Merkur einmal einen kleinen Verstoß gegen Kepler beging, erhob sich die Sonne vom Thron und gab ihm eine zentrifugale Ohrfeige, so daß der irrende Stern aus dem Universum hinaus aufs Straßenpflaster flog.

*   *
  *

Nachdem wir unsere Studien auf der Insel abgeschlossen hatten, erklärten wir unserem freundlichen Herbergsvater, daß wir nunmehr unsere Entdeckungsreise nach weiteren Gebieten auszudehnen wünschten. Er versuchte auf alle erdenkliche Weise, uns noch zurückzuhalten und machte sich anheischig, den Herren für nächste Woche eine Beteiligung an der bevorstehenden Jungfern-Lotterie zu verschaffen. Der Kapitän Ralph Kreyher schien auch wirklich schwankend zu werden, allein er wurde überstimmt, und wir schickten uns an, mit Dankesworten Abschied zu nehmen.

Wider Erwarten präsentierte uns der Wirt eine Rechnung. Wieso? Wir hatten doch gehört, daß wir uns als Gäste der Stadt zu betrachten hatten? Ja, das stimmte schon, allein der vom Stadtkämmerer ausgestellte Freischein mußte verstempelt werden, und dieser Stempel ging zu unseren Lasten; die Gebühr betrug mehr, als der Aufenthalt im ersten Gasthof gekostet hätte. Ad 2 wurde die Fenstermiete für die Besichtigung des Festzugs aufgeschrieben. Denn – so erläuterte jener – die städtische Gastlichkeit erstrecke sich zwar auf Obdach und Verpflegung, aber nicht auf Dinge außerhalb der Wohnung; und nach Plato wäre zu unterscheiden zwischen der Idee des Fensters an sich und der Idee des Fensters als optischen Hilfsmittels. Ad 3 fiel nach einer Magistratssatzung der Kaffee nicht unter den Begriff der Beköstigung. Wie ja auch bei Plato die eingeladenen Gäste sehr viel vorzügliche Tafelgenüsse, aber niemals Kaffee empfangen haben. Dieser wurde daher besonders notiert und zwar pro Tasse mit vier Dollars, was nach dem damaligen Weltkurse etwa 940 Mark ausmachte. Nur das Bewußtsein, daß mich diese Rechnungsbegleichung nichts anging, sondern auf das Mac Lintocksche Expeditionskonto entfiel, bewahrte mich vor dem Schicksal, bei diesem Abschied von unserem gütigen Amphitryon aus der Haut fahren zu müssen. –

* *
*

Während auf der Atalanta die Vorbereitungen zur Abfahrt getroffen wurden, versammelten wir uns zu Vieren im Schiffssalon, um das Fazit unserer Erfahrungen zu ziehen.

– Es läßt sich nicht bestreiten, so begann ich, daß diese platonische Insel wert war, von uns entdeckt zu werden, wiewohl die Gesamtheit der Eindrücke keineswegs als erbaulich anzusprechen ist. Hüten wir uns zunächst vor der Einseitigkeit des Urteils, das so gern an das Neue und Andersartige die Elle des Gewohnten anlegt. Kein Zweifel, die Bewohner von Balëuto fühlen sich in überwiegender Mehrheit glücklich.

– Und da sie sich glücklich fühlen, ergänzte Eva, so haben sie auch ein Recht darauf, es zu sein; und das Recht, die Bedingungen ihres Glückes als die allein gültigen zu betrachten.

Donath: Von diesem Recht machen sie auch Gebrauch. Ich hörte im Vorbeigehen zwei Insulaner mit einander reden und entnahm ihrem Gespräch den Satz: »Am Balëut'schen Wesen wird die Welt einst genesen.«

Der Arzt: Erstaunlich bleibt es dabei, daß diese Leute von einem System ausgehen, das man doch beim besten Willen nur als total verrückt, als die Ausgeburt einer Hirnverbranntheit bezeichnen kann.

Ich: Somit stehen wir vor der Aufgabe, ergründen zu müssen, wieso sich der Weltruhm des Platon mit der Tatsache verträgt, daß wir ihn als einen Verrückten und Hirnverbrannten erkennen.

Donath: Ich glaube, wir können uns die Aufgabe erleichtern, wenn wir von der Annahme ausgehen, daß neun Zehntel aller Philosophie überhaupt blanken Blödsinn darstellt...

Eva: Schopenhauer ausgenommen, möchte ich mir doch ausbitten.

Donath: Gerade mit Ihrem Schopenhauer würde ich mich darüber gut verständigen. Denn da dieser nur eine Philosophie anerkennt, nämlich die seine, und nicht Schmähworte genug findet für den größten Teil der übrigen, da ferner Schopenhauer auf Kant fußt, Kant auf Plato, so möchte ich eigentlich wissen, was noch von der Philosophie übrigbleibt, wenn wir von ihr alles Unsinnige abziehen.

Eva: Wenn man nur wüßte, an welche Instanz man sich zu halten hat, um zwischen Sinn und Unsinn zu unterscheiden.

Donath: Natürlich an den gesunden Menschenverstand!

Ich: Aber der ist ja auch schon in Mißkredit geraten, und besonders die neuen, auf dem Grenzgebiet zwischen Philosophie und Naturkunde arbeitenden Forscher haben ihn uns als einen höchst unzuverlässigen, nur von seinen Vorurteilen lebenden Gesellen enthüllt. Wir kommen aus diesem fehlerhaften Zirkel niemals heraus. Wir verlassen uns zur Wahrheitsprüfung auf unser Gehirn, weil es so ausgezeichnete wissenschaftliche Beglaubigungen aufweist. Und wir übersehen dabei regelmäßig, daß es doch wiederum das nämliche Gehirn ist, das sich alle diese glänzenden Zeugnisse ausgeschrieben hat. Von einer höheren Warte gesehen, zerfiele vielleicht alles Denken überhaupt in dilettantischen Unsinn und fachmännischen Unsinn.

Donath: Nur daß der dilettantische Unsinn niemals so prätentiös auftritt und sich in bescheideneren, um viele Grade einfacheren Formen kundgibt. Da kann einem die Wahl nicht schwer werden. Ich für meine Person würde es schon der Einfachheit wegen lieber mit dem gemeinen Denken halten.

Ich: Auch das ist schon ausgesprochen worden. Und wenn der Klassiker, an den ich denke, sein Bekenntnis auch einem Abderiten in den Mund legt, so bleibt es doch ein klassisches Zeugnis, das uns wertvoll wird, angesichts der horrenden Bocksprünge Platos und der Platoniker. Er sagt ungefähr: Die größten, gefährlichsten, unerträglichsten Narren sind die wissenschaftlichen Narren. Ohne weniger Narren zu sein als andere, verbergen sie dem denkunfähigen Haufen die Zerrüttung ihres Kopfes durch die Fertigkeit ihrer Zunge und werden für weise gehalten, weil sie zusammenhängender rasen als ihre Mitbrüder im Tollhause. Ein ungelehrter Narr ist verloren, sobald er offenbaren, durch die Tatsachen sofort widerlegbaren Unsinn lallt. Bei dem gelehrten Narren erleben wir gerade das Widerspiel. Sein Glück ist gemacht, sobald er Unsinn zu reden oder zu schreiben anfängt. Denn die meisten, obgleich sie instinktiv spüren, daß sie nichts davon verstehen, sind entweder zu mißtrauisch gegen ihren eigenen Verstand, um klar zu erkennen, daß die Schuld nicht an ihnen liegt; oder zu eitel, um zu gestehen, daß sie nichts verstanden haben. Je mehr also der gelehrte Narr Unsinn spricht, desto lauter schreien die ungebildeten Narren über Wunder, desto emsiger verdrehen sie die Köpfe, um einen Sinn in dem hochtönenden Unsinn zu finden. Jener, gleich einem durch den öffentlichen Beifall angefrischten Luftspringer, tut desto verwegenere Sätze, je mehr ihm applaudiert wird, diese klatschen immer stärker, um den Gaukler zu noch verblüffenderen Sprüngen anzuregen. Und so geschieht es oft, daß der Schwindelgeist eines Einzigen ein ganzes Volk ergreift, und daß, so lange die Mode des Unsinns dauert, dem nämlichen Manne Altäre aufgerichtet werden, den man unter anderen Bedingungen, ohne viel Umstände mit ihm zu machen, in einer Idiotenanstalt versorgt haben würde.

Der Arzt: Mir aus der Seele gesprochen. Die Stelle paßt genau auf das von uns erlebte, denn auf dieser Insel ist ja der gelehrte Narr Plato ein Lebendiger und seine Theorien haben sich hier leibhaftig und gegenständlich ausgewirkt.

Donath: Und man erfährt doch aus solchen Bekenntnissen, daß der gesunde Menschenverstand nie aufgehört hat, gegen die Anmaßungen und Gaukeleien der Fachphilosophie zu rebellieren.

Ich: Das ist allerdings reichlich geschehen. Der eine nimmt Plato, Sokrates, die Sophisten oder Aristoteles zum Objekt, der andere Fichte, Schelling, Hegel oder Herbart, und rechnet man alles zusammen, so ergibt sich das Fazit, daß sich sogar viele Philosophen bemüht haben, die akademisch betriebene Philosophie als einen Gegenstand verdienter Verachtung hinzustellen. Einer der Unsrigen, Eugen Dühring, hat hierfür nur die schärfsten Ausdrücke gefunden, wenn er Kraftworte gebraucht wie: Philosophastischer Cretinismus, Irrenhäuslerei, Paranoia paralytica philosophastrix und Philosophatsch. Und wenn uns, davon unabhängig, Plato als ein großer Mann und hervorragender Denker vorschwebt, weil ihn die Geschichte als solchen ausruft, so müssen wir doch gestehen: Im Platonischen Staat wäre ein Plato selbst unmöglich gewesen! Er hat Richtlinien vorgezeichnet, in deren Befolgung nur Konfusionariusse zu existieren vermögen, nicht aber ein Mensch, der imstande gewesen wäre, die Ideenlehre aufzustellen.

Eva: Der Krebsschaden seiner Theorie scheint wohl in seiner krassen Kunstfeindlichkeit zu sitzen.

Ich: Das kann man bis zu einem gewissen Grade zugeben; nämlich falls man nicht als noch tieferen Grund Unwahrhaftigkeit und Heuchelei annimmt. Ich habe allen Grund zu der Annahme, daß der göttliche Plato ein philosophischer Falschspieler gewesen ist, und bin dessen ganz sicher, daß in hundert Jahren diese vereinzelte Meinung von heute allgemeine Überzeugung sein wird. Sein ganzer Sokrates ist eine raffiniert angelegte, und trotz dieses Raffinements für Geistesaugen durchsichtige Fälschung. Doch das steht auf einem anderen Blatt. Hier haben wir es mit einem grell plakatierten Aufruf zur Kunstverbannung zu tun, und dieses Plakat hat er wider besseres Wissen und gegen seine Überzeugung an seine Politeia-Säule geklebt. Denn er selbst war ein Künstler mit eingeborenen und gepflegten Schönheitsidealen, er selbst hielt sich als Autor der Dialoge für einen Dichter von allen Graden. Nicht weil er die alten Dichter mißachtete, wollte er sie stürzen, sondern sein eigen Bild wollte er auf die Altäre und Sockel setzen; dort standen vorläufig Hesiod und Homer, also herunter mit diesen! Wird aber in dem von Plato vorkonstruierten Staat die wörtlich verstandene Forderung »fort mit den Dichtern« durchgeführt, so müssen sich schon daraus allein die widerwärtigsten Folgerungen ergeben, weil man von einer Barbarei als Prämisse ausgehend nur zu barbarischen Konsequenzen gelangen kann. Es ertöte einer im Volke die Kunstehrfurcht, die Liebe zur Dichtung, und es ist unabwendbar, daß das nämliche Volk in einen Morast von Widersinn und Unmoral versinkt. An den Anfängen des Platonischen Staates stehen schon die Zeichen des Bilderwüterichs Savonarola aufgerichtet, der gegen Ovid und Tibull, Terenz und Catull wetterte, weiterhin gegen Wissenschaft und Kunst überhaupt bis zum Aufbau von Scheiterhaufen in Stufenpyramiden, auf denen bildliche Kostbarkeiten neben den Werken des Pulci, Boccaccio und Petrarca verbrannt wurden. Nur daß Savonarola weit entfernt von dem fürchterlichen Schwindel des Griechen blieb, der nicht eine Theokratie, sondern eine Platonokratie predigte, und daß die Moral Savonarolas immer noch turmhoch steht über der, die sich im Platonischen Staat brandig durchfressen müßte ...

Eva: ... und von der wir ja einige schauderhafte Proben erlebt haben. Sie erinnern an Savonarola, und das ist wenigstens insofern tröstlich, als Sie dabei über fast zweitausend

Jahre springen mußten. Es ist vielleicht ein Glück für die Menschheit gewesen, daß sich der ausgesprochene Kunsthaß so selten hervorgewagt hat.

Ich: Er ist eigentlich nie völlig verstummt, und zu aller Zeit hat es Ikonoklasten gegeben. Wenn so viele von ihnen unberühmt geblieben sind, so liegt dies daran, daß nicht jeder, wie Caligula, einen Sueton als Berichterstatter gefunden hat. Und es ist höchst bezeichnend, daß sich Caligula direkt auf Plato berufen hat, als er seine Frevel verübte: er vollstrecke nur Platos Anweisungen, so sagte er. Die Bildsäulen berühmter Männer, die Augustus auf dem Marsfelde hatte aufstellen lassen, ließ er verstümmeln und durcheinander werfen. Er dachte daran, Homers Gedichte gänzlich zu vertilgen, dazu den Virgil und, da er einmal beim Ausrotten war, auch den Livius. Sagte ich nicht, daß Plato sich selbst an die Stelle der gestürzten setzen wollte? Caligula hat das für sich buchstäblich durchgeführt. Er gab Befehl, die durch Ehrwürdigkeit und Kunstwert ausgezeichneten Bildnisse mehrerer Gottheiten, namentlich des olympischen Jupiter aus Griechenland nach Rom herüber zu bringen, um ihnen die Köpfe abzuschlagen und den seinigen aufpflanzen zu lassen. Auch betreffs der Ehegesetze und des Kommunismus setzte er manches zu seinem Vorteil in die Tat um, was bei Plato nur schriftlicher Wunsch geblieben war.

Eva: Und in der Neuzeit?

Ich: ...wühlt die Kunstfeindschaft in anderen Formen, aber sie schöpft noch immer ihre Argumente aus asketischen Quellen wie ehedem. Sie holt sie aus Savonarola, aus Tolstoj und aus dem Pseudo-Asketen Plato. Boccaccio wird noch immer verbrannt, nur daß die Prozedur heut nicht von einem Mönch beaufsichtigt wird, sondern von einer Priesterin, die sich Zensur oder Lex Heinze nennt. Gewänne sie einmal durchgreifenden Einfluß, so würde das asketische Grundprinzip in seinen Staatsfolgen bald zur Verwilderung umschlagen, denn die Kunst und die Moral sind Schwestern. Didicisse fideliter artem emollit mores, nec sinit esse feros. In der Umkehrung könnte das heißen: wer die Kunst fesselt, der verhärtet und barbarisiert die Sitten. Zum Glück ist die Kunst stets mächtiger gewesen als die amusische Verordnung. Erinnern wir uns einer Erzählung des Herodot: Als der Dichter Phrynichos ein milesisches Drama aufführte, bei dem das ganze Schauspielhaus in helle Tränen ausbrach, wurde er von den Athenern wegen Erregung einer Trauer um tausend Drachmen gestraft; gleichzeitig erließen sie ein Gesetz, das jede weitere Darstellung dieser Poesie verbot. Was nicht verhindert hat, daß nach Phrynichos das Trauerspiel zu höchster Blüte gelangte.

Donath: Und das Lustspiel erst recht, was noch wichtiger war. Der Philosoph gegen den Dichter – der Dichter gegen den Philosophen – ausgleichende Gerechtigkeit! Na, die Komödienschreiber haben es ihm ja auch gehörig eingetränkt.

Ich: Und sogar mit prophetischem Ausblick. In den »Ekklesiazusen« finden wir bereits einen Teil des Platonischen Monstrums realisiert, und der Humor der Geschichte hat es gewollt, daß Aristophanes seine Posse von der Weiberherrschaft und Weibergemeinschaft entwarf und aufführte, noch bevor Plato seinen idealen Staat aufgeschrieben hatte. Der große, der originelle Plato hielt es also nicht unter seiner Würde, später mit staatsmännischer Wichtigtuerei im Ernst zu fordern, was ihm der Spaßmacher Aristophanes schon ungleich gelungener in Spottkarikatur vorgemacht hatte. Denn sein Stück ist wirklich eine verkehrte Welt. Die Weiber haben in der Volksversammlung, in der »Ekklesia« durchgesetzt, daß ihre Liebenswürdigkeit und die Gesamtheit ihrer Reize ein Allen zugehöriger Schatz sein sollte. Mit derbster Komik entwickelt das Oberweib die Idee, wonach Vermögen und Grundbesitz, besonders aber Weiber und Kinder zum Gesamtgut bestimmt werden. Eine besondere Klausel verfügt, daß die ältesten Weiber den Liebesvorrang bei den jüngsten Burschen besitzen, und hieraus entwickeln sich Zerrkämpfe, die allerdings in der Komik, nicht aber in der Verdrehtheit des Postulats die Platonische Norm übertreffen.

Eva: Ich möchte da eine Einschränkung machen. An sich wäre doch ein Staat mit polygamen Einrichtungen durchaus möglich, er hat sich auch im Altertum und bis in die neuere Zeit im Orient verwirklicht, ohne im Mindesten der Lächerlichkeit zu verfallen. Und Nichts verbürgt uns die ewige Gültigkeit unserer heutigen Sittlichkeitsnorm. Wir dürfen doch immer nur sagen: unter der heutigen sozialen Ordnung ist die Einehe das sittlich Gegebene. Ändert sich die soziale Voraussetzung, so kann sehr wohl eine andere Sittenräson platzgreifen.

Der Arzt: Selbstverständlich. Es braucht bloß eine numerische Verschiebung in den Geschlechtern, in den Geburten einzutreten, was physiologisch durchaus denkbar, und der Fall läge vor. Ich möchte nicht die Garantie übernehmen, daß in unseren Kulturländern die Monogamie unverbrüchliches Gesetz bleibt.

Ich: Zugestanden. Aber Sie können ruhig dafür bürgen, das Plato's Ehemuster, wie es unsere Insulaner hier mit Überstümperung einer Stümperei darstellen, für sinnige Menschen ewig ein Gegenstand des Ekels und des Spottes bleiben wird. Vergleichen Sie etwa die Vorschriften des Koran mit denen unseres Philosophen und Sie werden zunächst bemerken, daß in jenen Klarheit, in diesen eine idiotische Konfusion herrscht; vor allem aber, daß dort eine erkennbare Moral hervorleuchtet, während hier in einem Durcheinander von Polygynie und Polyandrie ein wahrer sexueller Rattenkönig herauskommt; ein Hexensabbat, in dem nur ein mit natürlichem Backenrot gesegneter Mandrill nicht zu erröten braucht.

Eva: Ich glaube, wir haben uns vom Hauptproblem ein wenig entfernt: soll der Regent Philosoph sein? ist es dem Philosophen, und ihm ausschließlich, vorbehalten, Regent zu werden? das war doch der Ausgangspunkt. Wenn nach Platonischem Diktat eine Karikatur herauskam, so hätte sich vielleicht nach dem Prinzip eines weiseren Philosophen ein wirklicher Musterstaat entwickeln können.

Donath: Ich bin da höchst mißtrauisch. Der Philosoph soll bei seinem Leisten bleiben, bei seiner Gedankenschusterei, oder, wenn das zu grob klingt, bei seiner Ideenbrauerei. Da mag er in seinem Bottich herumrühren, so viel er will und auf Leute warten, denen sein Gesöff schmeckt. Aber Hände weg von der Staatsmaschinerie. Da gehören Leute hin, die nicht von des Gedankens Blässe angekränkelt sind.

Der Arzt: So schroff möchte ich das doch nicht hinstellen. Selbst hier, wo uns ein Maximum von Verbohrtheit entgegentritt, hat der Philosoph doch wenigstens ein Gutes gestiftet: die Menschen scheinen bis zu einem gewissen Grade friedlich erzogen. Die Bestialität, die sich nach innen kehrt, wirkt nicht nach außen, und allem Anschein nach haben die Bewohner noch niemals einen Krieg geführt.

Donath: Woran das lag, können wir nicht beurteilen. Vielleicht an ihrem kurzen Horizont, ihrer Engbrüstelei, ihrer Feigheit, oder an der Gutmütigkeit der Nachbarinsulaner.

Ich: Damit kommen wir dem Problem nicht näher. Ich meine vielmehr, daß jeder Staatsverfassung irgendetwas Philosophisches zu Grunde liegt, und daß fast jeder Philosoph letzten Endes auf das Regieren abzielt. Nur daß er niemals taxieren kann, wohin seine Philosophie hinauswill, wenn sie aus der Gedankenretorte in die praktische Öffentlichkeit tritt, was ihr übrigens in den seltensten Fällen gelingt. Meistens bleibt sie in der Retorte stecken, als ein phantastischer Wunsch, als eine Kuriosität, wie die Staatsromane, die Utopien des Thomas Morus, des Campanella, des Fénélon, Bellamy und vieler anderer. Gewinnt sie Einfluß wie bei Hobbes, bei Hegel, bei Voltaire und Rousseau, so hört sie auf, erkennende Philosophie zu sein und wird Rhetorik, Phrase, Demagogie. Wenn die Girondisten und Montagnards sich auf philosophische Meister beriefen, so war ihr Voltaire der geistreiche, ihr Rousseau der pedantische Räsonneur. Gewiß, es hat gekrönte Philosophen gegeben, Marc Aurel, Friedrich; und philosophelnde Dilettanten, die es zur Machtstellung brachten. Cicero führte den offiziellen Titel »Imperator«. Allein dieser Imperator, vormals Schönredner und Anwalt, hatte längst sein bißchen Philosophie eingepackt, als er befehlen durfte, und in seinen Imperatorenbriefen ist davon gar nicht mehr die Rede. Unser Plato selbst hat einmal das Experiment unternommen, einem allmächtigen Herrscher Philosophie einzuträufeln, und er mag sich wohl eingeredet haben, daß der Autokrat imstande sein würde, seine Weisheit in die Wirklichkeit zu übersetzen. Dionys von Syrakus hörte ihm auch sehr aufmerksam zu, nahm das größte Interesse an den Platoniken, mit dem Endeffekt, daß Dionys sich in seiner entsetzlichen Tyrannei bestärkte und seinen Terror an der Person des Plato handgreiflich ausließ. Man könnte auf die Vermutung kommen, daß in der Welt der harten Tatsachen die wirkliche Philosophie nichts zu suchen hat, und daß es ihr traurig ergeht, wenn sie sich da hineinwagt. Mit Sicherheit muß es ihr so ergehen, wo sie sich als System behaupten und die menschlichen Beziehungen systematisch bearbeiten will. Ein System läßt sich entweder nicht durchführen, oder führt bei Erzwingung ins Abstruse, verträgt also niemals die praktische Probe der Bewährung.

Eva: Mir scheint, Sie verallgemeinern da allzusehr. Sie stehen noch unter dem einseitigen Druck unserer Erlebnisse bei diesen Abderiten von der Insel, die wir soeben verlassen haben. Vielleicht stoßen wir noch auf Gebiete mit vernünftigeren Systemen und besseren Resultaten.

Ich: Dann will ich mich gern belehren lassen. Einstweilen hake ich bei Ihrem Ausdruck »Abderiten« ein, um Ihnen zu zeigen, wie sogar eine Systemisierung nach Worten in eine Sackgasse führt. Wir unterscheiden seit Alters her zwischen klassischem Athen mit hoher Intelligenz und närrischem Abdera. Ich mache mich anheischig, Ihnen zu beweisen, daß die Abderiten gescheiter waren, als die Athener.

Donath: Oho, jetzt wirst du paradox.

Ich: Nur im Verhältnis zur landläufigen Ansicht, die sich immer noch zu dem Dogma bekennt: Alles was ist, ist vernünftig. Das Gegenteil ist der Fall. Die Welt ist ein ungeheures Paradoxon. Wir halten es für ausgemacht, daß Abdera eine Brutstätte der Dummheit gewesen ist, und die bekannten Beweise genügen uns. Folglich ist es vernünftig, die Abderiten für Blödlinge zu halten. Ich brauche nur den Gesichtswinkel etwas zu verschieben, und die Dinge verkehren sich ins Gegenteil...

Der Arzt: Sie meinen, ein Abderitengehirn wäre gar nicht fähig gewesen, so einen Musterstaat wie den platonischen zu erfinden?

Ich: Es hätte auch keine Veranlassung gehabt, denn sein Realstaat war gar nicht so übel. Der ionisch-tejische Volksstamm, der Grundstock Abderas, übertraf an natürlicher Begabung weitaus alle Nachbarvölker des Altertums. Hat ein Homer gelebt, so stammt er aus Ionien, das auch der Ursprung war des Alkäos, der Sappho, der Aspasia, des Apelles, des Anakreon; dieser als geborener Tejer kann schon als halber Abderit gelten. Ihnen schließt sich eine glänzende Reihe großer Männer an, die erweislich im echten Abdera zur Welt kamen: Der Philosoph Anaxarch, Hekatäus, der Philosoph und Geschichtsschreiber, beide Begleiter Alexanders des Großen, der geniale Protagoras, und vor allem Demokritos. Soll man nun wirklich annehmen, daß so viele auserlesene Geister auf einem Boden erwuchsen, der im Übrigen nur Trottel hervorbrachte?

Der Arzt: Aber die Geschichte der Abderiten ist doch eine Fabel von Wieland!

Ich: Sie irren. Wieland hat nur dichterisch frei ausgestaltet, was er in guten Quellen vorfand und bei anderen Fabulierern; im Lucian, im Plutarch, Diogenes Laertius, Athenäus, Galenus und besonders im Juvenal. Alles in allem eine systemisierte Mythologie, die den gebildeten Großstädtern zeigen sollte, wie es in einer beschränkten, von zweibeinigen Eseln bevölkerten Kleinstadt zugeht. Systemisierte Schilda und Schöppenstedt. Unzählige Tausende haben das mit eitlem Amüsement gelesen, ohne auch nur einen Augenblick zu stutzen; ohne sich zu fragen: wie, wenn das ganze Maßsystem dieser Legende falsch wäre? Ich lese das anders; und aus meiner Art, es zu lesen, entwickelt sich die Überzeugung: waren die Abderiten wirklich so wie sie geschildert werden, dann repräsentieren sie einen höheren Menschenschlag, und wir haben alle Ursache, sie zu beneiden.

Erstens einmal: Welche Gesundheit! und als Exponent dieser Gesundheit: welche Galerie von Frauenschönheit! Fast jede Abderitin, die uns vorgestellt wird, eine Atalanta, eine Juno, eine Aphrodite. Das sicherste Merkzeichen einer hohen, in edler Geistigkeit wurzelnden Kultur. Es gibt keine Prachtfiguren wie Aspasia, ohne Periklesse und Alcibiadesse ringsum. Wer das verkennt, der stellt sich selbst – – um in der alten Redeweise zu bleiben – auf den Abderitischen Standpunkt. Ferner: In Abdera wohnte ein Künstlervolk von höchstem Range. Es besaß ein prächtiges Nationaltheater und pflegte die Musik mit jener Leidenschaft, die nur aus ursprünglichem Kunstingenium emporschlägt. Aber diese Musik – so erfahren wir ja – war schlecht, pfuscherisch, närrisch, abderitenhaft; sie verfolgte nicht die einfache Linie, sondern erging sich in Trillern, Koloraturen und Nachtigallkadenzen. Wirklich? Dann haben die Abderiten eine

Kunstentwicklung vorweggenommen, die Italien, Frankreich und die germanischen Länder erst um viele Jahrhunderte später nachzuliefern vermochten.

Sie spielten den Euripides und bewogen den Meister selbst, seine Andromeda auf ihrer Nationalbühne zu inszenieren. Dabei fiel die ganze Republik in einen unerhörten Taumel der Begeisterung, alle Einwohner wurden zu Deklamatoren, Sängern, Tragikern, die, wo sie auch standen und wandelten, die herrlichsten Stellen des Dramas wollustfiebernd vortrugen. Wie heute nur ein gelungenes Couplet, ein reißerischer Gassenhauer die Masse ergreift, ja hundertmal intensiver, packten Euripides Verse das Völkchen, und Straßen wie Hallen durchbebte das Echo des Anrufs »Du aber, der Götter und der Menschen Herrscher Eros!« Hätte sich die Legende darauf versteift, uns ein Gemeinwesen von tiefster Empfindlichkeit, von höchstem Seelenadel vorzustellen, so konnte sie kein besseres Ausdrucksmittel finden, als die Darstellung dieses künstlerischen Paroxysmus. Wie im Falle Euripides, so erwiesen sich die Abderiten auch beim Besuch des Arztes Hippokrates als Menschen, denen es Herzensbedürfnis ist, großen Erscheinungen zu huldigen. Und nach Schopenhauer – nicht wahr, Fräulein Eva? – ist ja die Stärke der Verehrung für das Bedeutende zugleich das Maß für den Eigenwert. Sie bewunderten auch den Demokrit, wenngleich sie an ihm mancherlei auszustellen fanden; aber um zu beurteilen, wie sie sich mit ihm auseinandersetzten, vergleiche man ihr Verhalten mit dem der ihnen angeblich unendlich überlegenen Athener. Diese vergifteten Sokrates und befleckten sich durch abscheuliche Verfolgungen fast aller Größen, die ihnen erreichbar waren; in den Schicksalen des Aristides, Protagoras, Aristoteles, Diagoras und vieler anderer dünstet es von Bohrniertheiten, rauchen Brandfanale. Die Abderiten verbannten nicht, quälten nicht, sie debattierten; oft mit naivem Verstande, aber niemals mit dummem Gerede. Wenn sie sich gegen die Tierversuche Demokrits auflehnten, so haben sie dabei Gelehrte auf ihrer

Seite, die in ethischem Betracht vielleicht höher stehen als mancher Vivisektor. Es gab neben Demokrit Philosophen, in der Stadt Protagoras-Schüler, die drauf und dran waren, die letzten denkerischen Geheimnisse aufzudecken. Ihnen waren schon einige Argumente geläufig, die dem Ideenkreis von Hume angehörten; sie entwarfen Kosmogenien, die in einigen Punkten an die von Kant und Laplace erinnern. Daß die Berichterstatter und Fabulierer ihren ewigen Refrain »Albernheiten!« dazwischenwerfen, beweist nur, daß sie von ihrem System, die Leute als Cretins zu verulken, niemals loskonnten. Allgemein bezeichnen sie als Gipfel der Trottelosis, die ernsten Gegenstände heiter, die heiteren ernst zu behandeln. Verfuhren die Abderiten wirklich so, dann haben sie wiederum nur eine tiefe Weisheit weit vorausgenommen, die Gleichsetzung der res severa mit dem verum gaudium, als deren Urheber uns Seneca gilt. Ihr Prozeß um des Esels Schatten zeigt sie als Träger rechtlicher Empfindung und als scharfsinnige Advokaten. Nein, nein! brüllt die systemisierte Legende, dieser Prozeß mit seinem Gewirr von Spitzfindigkeiten zeigt nur, daß sie selbst Esel waren. Man vergegenwärtige sich: »spitzfindige Esel!« Man verleugne das System nur auf eine Stunde und man wird erkennen, daß die Auseinandersetzungen dieser geschichtlich als Idioten abgestempelten Leute eloquenter waren, interessanter und geistreicher als die meisten Plaidoyers des Cicero; daß sie nicht nur spitzsucherisch zu Werke gingen, sondern spitzfinderisch, als die Finder feinster Spitzen in der Kunst des Argumentierens.

Ich übergehe ihren stets regen Patriotismus und verweile nur eine Sekunde bei einigen ihrer vortrefflichen Einrichtungen für Kunstpflege und soziale Fürsorge. Bei den Abderiten, und wohl bei ihnen zuerst, entsagte man dem barbarischen Gebrauch, Weiber von Mannspersonen spielen zu lassen; ihre Iphigenien und Andromachen waren wirkliche Frauen, die ihre fraulichen Reize auf der Bühne voll entfalten durften. Das Theater, als staatliche Angelegenheit, wurde aus staatlichen Geldern gespeist, dergestalt, daß nicht nur die Schauspieler und das Orchester, sondern auch die Dichter und Tonsetzer von Staats wegen reichlich versorgt waren. Und obendrein erhielten die beiden untersten Zuschauerklassen zu ihren Freikarten eine Gratisverköstigung in Brot und Feigen für die Dauer jeder Vorstellung. Bitte, vergleichen Sie damit die Maßregeln, die heute für uns Nicht-Abderiten gelten; die sich mit der Devise »die Kunst dem Volke« drapieren und die sogar den Besuch der Galerien und Museen einer Eintrittstaxe unterwerfen. Ja, wir haben schon Grund, die Einwohner der thrazischen »Schöpsenstadt« zu bespotten. Weil einer unserer Gewährsmänner, Juvenal, tatsächlich für Demokrits Heimat den Ausdruck geprägt hat: Vaterland der Schöpse! Und nun zur Hauptsache. Die Abderiten waren glücklich. Wie ein langgehaltener Orgelpunkt schwingt sich der Grundton fröhlicher Zufriedenheit durch alle Darstellung. In ihrem Bewußtsein lebte es unerschütterlich, daß sie sich aller Welt voraus die beste Verfassung, die besten Einrichtungen, Sitten und Denkweisen erschaffen hatten. Der Gradmesser für diese Taxe war ihr Glück, und sie hielten ihn für den einzig zuverlässigen. Er ist es auch wirklich, er steht als in sich evident außerhalb des Beweises, unnahbar für irgend einen Gegenbeweis. Und da uns von keinem Staatswesen berichtet wird, das seine Selbstzufriedenheit so nachdrücklich bekannt hat, so bleibt uns nichts übrig, als zuzugeben: Abdera war unter allen uns bekannten Staaten der vollendetste.

Eva: Mit einer Ausnahme, allenfalls. Der Platonische Staat von Balëuto schien mir, nach dem Glück der Insulaner beurteilt, nicht wesentlich hinter dem Abderitischen zurückzustehen.

Donath: Sollten wir etwa danach alle unsere Einsichten umkrempeln?

Ich: Das wird uns nicht gelingen, denn hierzu müßten wir einen Betrachtungsstandpunkt außerhalb unserer Person gewinnen. Aber der Vorsicht halber wollen wir uns erinnern, niemals unser Urteil abzuschließen. Es gibt immer eine Berufung. Diese Menschen, die sich im Zeichen Platos freuten, erscheinen uns als Abderiten. Vielleicht sind sie es im Sinne derer, die in Abdera nur ein närrisches Krähwinkel sehen; vielleicht in dem anderen Sinne, den ich Ihnen soeben entwickelt habe. Dann wären wiederum wir, als Betrachter, die Juvenalischen Abderiten. Wie soll man diese Antithesen überbrücken, wie aus diesem Circulus sich her auswickeln? Ich weiß es nicht. Aber es ist ja nicht unsere Aufgabe, solche Widersprüche erklärend zu lösen, sondern sie aufzusuchen. Wenn die erste Insel darin vorbildlich war, so läge eigentlich hierin der Zweck unserer Entdeckungsreise. Segeln wir also weiter, ich sehne mich nach Abfahrt.

Mein Wunsch war erfüllt, ehe ich ihn noch ausgesprochen hatte. Wir fuhren schon seit einer Viertelstunde, ohne daß ich das Loslösen vom Kai bemerkt hatte. Spiegelglatt lag die Tuscarora-Fläche, und in wenigen Tagen erreichten wir ein neues unbekanntes Eiland.

Vléha.

Die Insel der glücklichen Bedingungen.

Ich habe stets die poetisierenden Schriftsteller beneidet, die es auf gut Glück unternehmen, eine Landschaft in Worten abzubilden. Nicht nur wegen des standhaften Glaubens, den sie in ihre Kunst setzen, sondern auch wegen der Virtuosität, mit der sie ihre beziehungsreichen Bilder aufs Papier zaubern. Aber bis zu der Anerkennung, daß es auch nur einem einzigen geglückt wäre, eine Kongruenz, oder auch nur Ähnlichkeit zwischen Landschaft und Wortbild herzustellen, kann ich mich nicht versteigen. Ich muß dies vorausschicken, da ich selbst sehr bald in die fatale Lage geraten werde, einen landschaftsbildnerischen Versuch zu unternehmen. Denn mit der bloßen Versicherung, daß das zweite der von uns entdeckten Gelände, *die Insel Vléha*, ein landschaftliches Wunder sei, ist nicht auszukommen. Ich verspüre vielmehr die Pflicht und Notwendigkeit, die Besonderheit dieses Landschaftswunders herauszuheben, da mir dies für die Darstellung der dort angetroffenen Menschencharaktere unerläßlich erscheint. Was uns als Verfassung, als Geistesrichtung der Menschen entgegentrat, ist so innig mit der Natur verflochten, daß ich im ersten Anlauf nicht umhin kann, es auszusprechen: für diese Insel hat die Natur selbst die Verfassung aufgestellt! Alles Menschenwesen auf ihr besteht nur in der verschiedenen Einstellung der Individuen auf sie, auf die Art, in der sie demiurgisch, architektonisch, gärtnerisch, physikalisch über den Raum disponiert hat.

Aber wie gelange ich zur Schilderung? Ich sehe mich unter den besten Mustern des Schrifttums um, fest entschlossen, zu benutzen, was nur brauchbar wäre, und ich finde keinen Anhalt. Alle Be-schreibungen lösen sich bei näherem Zusehen in Um-schreibungen auf. Nichts als Gleichnisse, Meta phern, Figuren, die projektivisch sein wollen, ohne die Möglichkeit projektivischer Gestaltung. Weil Dinge auf einander bezogen werden, die in ganz verschiedenen Welten liegen. Der Dichter will mir einen Höhenzug, eine Berglinie schildern, und er tut dies mit Metaphern, die aus der Musik stammen; er führt mich in ein Labyrinth von Felsen und erläutert sie mit Bildern aus der Zoologie; optische Wirkungen, die von bestrahlten oder vernebelten Wiesen und Wäldern ausgehen, werden mythologisch auf irgend einen unvergleichbaren Vergleichsboden überpflanzt. Diese Metaphorik führt, rein literarisch genommen, zu prachtvollen Ergebnissen, und der Leser verwechselt dann regelmäßig den literarischen Genuß mit der Anschaulichkeit, die ihm niemals geboten wird, noch geboten werden kann. Äußerstenfalls tauchen in ihm Erinnerungsbilder an Bekanntes auf, nicht an das Einzigartige, Unbekannte, aus dem Schema herausfallende. Nicht dieses wird durch die Darstellung enthüllt, sondern das Unvermögen und die Verlegenheit des Autors, der sich vor dem Objekt der Landschaft in derselben Lage befindet, wie der Schriftsteller vor den Objekten der Tonkunst. Der kann meine Erinnerung wecken, wenn er das bekannte Werk analysiert, aber Berge von Metaphern helfen ihm und mir nichts, wenn er eine Symphonie beschreibt, die nur er kennt, nicht aber ich, der Leser.

Auch die wirkliche Illustration, das mit akademischen oder sezessionistischen Mitteln ausgeführte Farbenbild bleibt kümmerlicher Behelf und tastende Andeutung. Wiederum müssen wir unterscheiden zwischen dem artistischen Wert und dem Erwecken einer sinnlichen Vorstellung, die auch nur in losestem Anklang das landschaftliche Original wiedergibt. Ich leugne es rundweg, daß irgend ein Landschafter über das rein metaphorische hinauskommt. Er ergreift ein Stimmungsmoment, übersetzt es in ein farbiges Gleichnis und vernachlässigt tausend andere, von denen kein einziges fortgelassen werden dürfte. Er arbeitet mit dem Auge fürs Auge, das heißt für einen Sinn unter den vielen, die der

Landschaft gegenüber in Tätigkeit treten. In vielen Fällen kann schon das Ohr, als das empfangsfähige Raumorgan und der Geruch wichtiger werden. Und zudem: der Mensch besitzt unzählige Sinne, von denen die Physiologie nichts weiß, weil sie sich in ihrer Feinheit jeder materiellen Erprobung entziehen. Es gibt keine Wissenschaft von ihnen, nur eine unter der Schwelle des Bewußtseins dämmernde Ahnung, daß sie vorhanden sind. Und erst aus dem Zusammenklingen ihrer aller entsteht das, was wir unter dem lebendigen Eindruck einer wirklichen Landschaft begreifen.

Mit dem Beschreiben ist es also nichts. Man kann nur versuchen, an vereinzelte Erinnerungen zu appellieren und die Phantasie anzurufen, die ein Schattenbild dessen gestalten möge, was zu formen dem Griffel versagt bleibt. Zumal hier, auf der Insel Vléha, die »wirkliche Landschaft« gleichsam unwirklich erschien, wie eine Unmöglichkeit, der gegenüber aus Träumen und Wachen schwer herauszukommen war. Denn sie enthielt in engem Umkreis Schönheiten und Gewalten, wie sie sich sonst in dieser Weise benachbart nirgends vorfinden.

Auf einer Grundfläche, die etwa das doppelte der Größe von Bornholm betragen mag, vereinigen sich tropische und hochnördliche Gestalten, diese bedingt durch gigantische, bis in die Eisregion starrende, von Hochplateaus durchsetzte Erhebungen, jene durch Gebirgsmauern, die ost-westlich verlaufend die Nordwinde absperren und wie Sonnenreflektoren das Tiefland mit allen Stufen von Wärme bis Glut versorgen. Eine Tour von wenigen Meilen erschließt Prospekte wie auf Eiger und Jungfrau, man glaubt sich in Wengernalp zu befinden. Doch nein; denn nahebei zacken sich Profillinien, die nur der Dolomitenwelt angehören; Cimone und Saas Maor grüßen herüber, und bei einer weiteren Wendung gewahrst du ein glühendes Vulkanhaupt, das mit seinem Feuerschein in eine azurene Bucht hinausstrahlt. Beschriebe mir's einer, ohne daß ich es gesehen, so würde ich vermutlich sagen: stilloses Gemenge; der Eiger muß den Cimone, und der Vesuv muß die Jungfrau stören! ich verlange Einheitlichkeit der Landschaft! warum hätte ich das gefordert? weil eine aus körperlichen Erlebnissen abgeleitete Ästhetik regiert; weil die Allerweltsnatur knausert und wir aus ihrer Not eine ästhetische Tugend machen. Wären wir nie weiter gedrungen als bis zu den sanften Wellenlinien Thüringer Berge, so würde uns schon eine Matte auf dem Rigi mit ihren unendlichen Differenzierungen in Nah- und Fernsicht als verwirrend uneinheitlich vorkommen. Es hängt alles davon ab, wie die Dinge gegeneinander gestellt, miteinander instrumentiert sind. Und da bin ich im ersten Anlauf schon wieder bei dem nicht mehr Beschreibbaren. Man muß es erlebt haben, um zu beurteilen, was die Natur vermag, wenn sie es darauf anlegt, sich zu übertreffen. Dann schlägt sie unsere bequeme Einheitsästhetik glatt zu Boden und errichtet an deren Stelle etwas Neues, Übergeordnetes, Außerweltliches. Erst ist man betäubt, dann erwacht man zu der Idee, daß Ästhetisieren ein kleinliches Geschäft ist solchen Wundern gegenüber.

Aber da wir selbst Organismen sind, so beginnt für uns der Vollklang der Natursymphonie erst so recht eigentlich mit dem Organischen, mit der Vegetation. Wir steigen hinab von den Bergwänden und haben die Wahl zwischen Wiesen, Gärten und Dschungeln. Hat die Natur hier ganz selbständig gewaltet? haben Menschenhände mitgeholfen, um die Üppigkeit noch zu überraffinieren? Ansätze von Gartentechnik scheinen vorhanden, hier und da schimmert ein Promenadenweg, ein Pavillon, ein Springbrunnen durch das Gewirr. Aber diese Nachhilfen haben ersichtlich nur den Zweck, zu verhüten, daß eine Schönheit die andere erdrücke; sie sollen dämpfen, nicht erhöhen; sie treten nicht mit der Selbstbewußtheit auf, wie in den Landsitzen mit feenhafter Ausstattung, die Tasso und Ariost in ihren Gedichten feiern. Man hat sich nicht angestrengt, und man brauchte auch keinen besonderen Fleiß aufzubieten, denn hier waren schon tausend natürliche Feen am Werke, um den Zauber der Kunst über die elementaren Schöpfungen auszugießen. Alle Erinnerungen an jemals erlebte Üppigkeiten verblaßten vor dieser Verschwendung. Ich versuchte zurückzudenken an die Palmen von Bordighera, an die florentinischen Gärten, an die Gärten von Pallavicini und von Mortola, allein ich gab es bald auf, Vergleichspunkte herbeizuholen. Wo blieben die flammenden Rhododendren, die ungeheuren Magnolien der Villa Carlotta bei Bellaggio? Das waren stammelnde Andeutungen einer Natur, die erst hier vegetative Sprache gewonnen hatte. Und welch ein Leben zwischen den Fiederblättern der Palmen, über den Dolden und Kelchen! Die Luft jonglierte mit unwahrscheinlichen Schmetterlingen, mit Vögeln, die vom Kolibri die Zierlichkeit, vom Paradiesvogel die Pracht, von der Nachtigall den Gesang entliehen zu haben schienen, mit Geschöpfen, die sich in Zephyr badeten, aber nach Gestalt und Eigenart in der uns bekannten Klassifikation nicht unterzubringen waren. Wie denn hier nichts in die gewohnte Ordnung der Dinge paßte; weder die eingeschnittenen Buchten mit nordischem Fjordcharakter, die trotzdem Ausblicke auf vorgelagerte Inselchen wie Isola Bella gewährten, noch die Einzelheiten, welche die Szenerie belebten. Gewiß, es währte einige Zeit, bis wir uns von der Verwirrung erholten und unsere Empfänglichkeit auf die neuen Eindrücke umzustellen vermochten. Dann aber überkam es uns wie eine zum ersten Male erlauschte Sphärenharmonie, wie ein jenseitiges Glück, das ins Diesseits übergriff, mit einer Größe und Schönheit des Stils, die in uns die Mittätigkeit der unbekannten Sinne erweckte.

Erst allmählich gelangten wir zu der Erwägung, wie fruchtbar wohl die Insel sein müsse, im Sinne des praktischen Nutzens. Wenn irgendwo, so war hier das Gelände, auf dem man ernten konnte ohne zu säen, und wo das Bibelwort vom Schweiße des Angesichts seine Geltung verlor. Ich entsann mich der dürftigen Analogien aus dem Boden der alten Welt: in Ceylon wächst eine Banane, die 130 mal mehr Nahrungsstoff erzeugt als Weizen auf gleichem Boden; aber dieser Multiplikator war sicherlich verschwindend gegen die Ergiebigkeit der Gewächse auf Vléha. Sonach war anzunehmen, daß die Bewohner, unberührt von jeder materiellen Sorge dem Genuß leben durften, höchstens auf Maßregeln bedacht, wie sie sich des wuchernden Überflusses zu erwehren hätten.

Freilich bemerkten wir zuerst nicht allzuviel von der paradiesischen Frohlaunigkeit, die bei der Bevölkerung als selbstverständlich vorauszusetzen war. Allein wir hatten ja anfänglich mit der Betrachtung der Naturwunder so viel zu tun, daß wir kaum irgendwelche Aufmerksamkeit für die Menschen zu erübrigen imstande waren. Es war ja auch nicht nötig, daß diese die Symbole ihres Glückes wie eine Kokarde heraussteckten, wenn sie nur innerlich so zufrieden waren, wie sie bei solcher Freigebigkeit des Himmels Ursache hatten, es zu sein.

Es gibt in der Stadt Vléha leidlich eingerichtete Gasthöfe, in der Umgebung Rasthäuser und primitivere Bungalows mit und ohne Verpflegung, nach Art der ostindischen, und diese Unterkünfte sind den Bedürfnissen einer Reisebevölkerung angepaßt, die auf der Insel keine unbeträchtliche Rolle spielt. Denn Vléha genießt im ganzen Archipelagus verdiente Berühmtheit und lockt aus minder gesegneten Eilanden Touristen, die in ihrer Heimat jahrüber hart arbeiten, um hier einige freudige Ferienwochen zu genießen. Hieraus erklärt sich auch, daß das Gebiet von Verbindungsmitteln durchzogen ist, bis hinauf zu Steil- und Drahtseilbahnen, welche die alpinen Herrlichkeiten für rasche und bequeme Besichtigung erschließen. Aus eigenem Antrieb hätten die Vléhanesen desgleichen wohl kaum angelegt, ja nicht einmal an ihnen werktätig mitgewirkt; aber sie hatten auch nichts dagegen, daß die »Fremden«, will sagen die Insulaner aus der Ferne, mit ihren Kapitalien, Maschinen- und

Menschenkräften hier eingriffen. Sie selbst benutzten die Kommunikationsmittel nur in sehr spärlichem Grade, da sie für Ausflüge, und nun gar für Hochgebirgstouren ursprünglich nur geringes Interesse besaßen.

Was uns selbst anlangt, die wirklich Fremden, die Entdecker, so fühlten wir uns hier, wie fast durchweg auf unserer Expeditionsfahrt, kaum als Objekt der Neugier; wie wir auch reziprok keinen erheblichen Anlaß zum Erstaunen hatten, da diese Insulaner in Aussehen und Tracht von den uns bereits bekannt gewordenen Typen nicht sonderlich abwichen. Sie waren um eine Schattierung dunkler als die Baleutenser, in den Bewegungen lässiger, im Gesichtsausdruck kühler. Ihre Bekleidung war dem Klima angepaßt, zumal die der Frauen und Mädchen, auf deren Stoffe die Bezeichnung des Petronius paßte: »gewebter Wind«. Sie trugen ihre gewirkten Nebel mit unstudierter Anmut, ohne sich dessen bewußt zu werden, daß von ihnen ein sinnlicher Reiz ausstrahlte. Unklar blieb die Optik ihrer Augen, die hin und wieder seelischen Ausdrucks fähig, bisweilen gläsern erschienen. Tritt der Mensch dem Menschen als eine Ladung von Energien gegenüber, so hatte ich den Eindruck, als ob diesen Leuten in ihren Energien eine Dimension fehlte.

*   *
*

Wir installierten uns flüchtig in einem Gasthof, der zufällig viel freie Räume darbot, und Herr Mac Lintock hielt es für angebracht zwei ganze Stockwerke zu belegen, mehr der Repräsentation als der Notwendigkeit wegen. Denn wir wollten uns wesentlich nomadisch einrichten, unter Mitwirkung von Zelten, für deren Transport wir Träger zu finden hofften. Aber der Amerikaner wollte auch eine Residenz in der Stadt haben und hier den Leuten etwas zu verdienen geben. Er fragte deshalb nach den Preisen und stieß auf Taxen von märchenhafter Billigkeit. Da herrschten patriarchalische Zustände, im Haus für Wohnung und Verpflegung, entsprechend den Marktpreisen, die ich eigentlich in einer Tabelle hierhersetzen müßte, um bei den Lesern ein Gefühl wollüstigen Neides zu erwecken. Es war wie eine Reise in längstvergangene Jahrhunderte, wo man nach den ausführlichen Rechnungsbelegen des Albrecht Dürer für etliche Weißpfennige in den Herbergen sich mit Schmaus und Gezech fröhliche Tage machen konnte. Mac Lintock erklärte durch Dolmetsch, er behielte sich vor, die ihm genannte Taxe merklich zu erhöhen und bei befriedigender Leistung eventuell zu verzehnfachen. Aber der erwartete Effekt blieb aus, unsere Wirtsleute, ein Ehepaar in mittleren Jahren, trafen nicht die geringsten Anstalten zu freudiger Dankesäußerung. Im Gegenteil entgegnete der Wirt ganz ruhig: »wenn der fremden Gesellschaft die Preise nicht gefielen, so stünde es ihr ja frei, anderswo Einkehr zu suchen.«

Donath brachte die Sache rasch und taktvoll in Ordnung und erkundigte sich noch nebenbei nach einer Einzelheit, die ihm am Herzen lag. Auf einer Insel, die schon von weitem gesehen, einen so durchaus tropischen Eindruck machte, müßte man doch auch gewisse zoologische Zugaben befürchten, etwa Schlangen und Skorpione, und er wünsche zu wissen, wie man sich gegen derartige Besuche in den Zimmern am besten schützte.

Der Wirt begriff die Frage nicht recht, und er konnte sie auch nach Maßgabe seiner zoologischen Kenntnisse nicht ausreichend verstehen. Denn die angedeuteten Tiersippen, die sonst als so wesentliche Begleiter extravaganter Natur erscheinen, fehlen fast gänzlich im Register dieser Insel. Ihre Gebelaune findet hier eine Begrenzung, und ihre Fauna reicht eben nur so weit, als die Species für den Menschen mit Nutzen und Erfreulichkeit in Betracht kommen. Von Schlangen insbesondere erzeugt Vléha nur eine einzige Art, eine Klapperschlange, die – wie wir später erfuhren – in den mit jungem Nachwuchs gesegneten Haushaltungen als lebendige Kinderklapper beliebt ist. Giftzähne? ein unbekannter Begriff. Allerdings besäßen diese Tiere Zahndrüsen, die eine eigentümliche Substanz absondern, nämlich ein Opiat, das sich herausziehen läßt und bei Schlaflosigkeit gute Dienste leistet.

Wir machten uns auf die Wanderschaft, um uns zuerst einmal mit den großen Eindrücken zu sättigen, die mit Sicherheit zu erwarten waren. Die Bekanntschaft mit den Menschen, ihren Denkarten und Einrichtungen, das hatte Zeit und trat für uns zurück, besonders für mich, der ich von tiefem Mißtrauen durchdrungen bin gegen den Chorsatz des Sophokles »Vieles Gewaltige lebt, doch nichts ist gewaltiger als der Mensch!« Hier vollends hätte es heißen müssen »nichts ist nebensächlicher als der Mensch«; seine Kleinheit, seine Schwäche und Unwichtigkeit könnte nirgends so evident sein, als in einer Natur, die sich selbst außermenschlich so gewaltig in Szene setzte.

Auf dem Marktplatze bemerkten wir einen Trauerzug mit einem Wagen in der Mitte, der zwei mit Blumen umwundene Särge trug. Sollten wir das etwa für ein unangenehmes Omen halten? Ich war zu solch trübseliger Erwägung nicht recht aufgelegt, zumal ich in dem spärlichen Gefolge die menschenübliche Andacht vermißte. Die Leute schlenderten, und der Kondukt verlor sich in eine Seitenstraße, um dort vor einem tempelartigen Bau haltzumachen. Wahrscheinlich sollten hier die beiden Leichen mit irgendwelchen Formalitäten eingesegnet werden, und es wäre interessant gewesen, diesen Ritus kennen zu lernen. Allein unser Programm wies uns gebieterisch aus der Stadt hinaus und verstattete keine Abzweigung in Raum und Zeit. Da waren wir schon bei den letzten Ausläufern des Ortes, die sich malerisch am Hügel hinauflehnten. Und hier gab es auch wirklich, von uns als unverhoffte Bequemlichkeit begrüßt, einen Triebwagen, der uns rasch weiter beförderte; erst in sanfter Hebung, dann steiler anstrebend zu jenen alpinen Höhen, deren Magie jeden Kulturmenschen so unwiderstehlich beeinflußt. An einer Haltestelle stiegen wir aus und teilten unseren Trupp. Die Mehrzahl der Herren vermutete ganz mit Recht in der Nähe noch besondere Aussichtspunkte und begab sich zur Rekognoszierung über eine Halde, die mit edelweißartigen Sternchen bestickt erschien. Ihr Ziel war ein isolierter Gipfel, den der Kapitän, nach Augenmaß zu urteilen, als in einer Stunde ersteigbar erachtete. Eva und ich blieben zurück, da sie einen Horizontalweg bevorzugte, dessen Eigenart sie noch sympathischer ansprach. Die Wiedervereinigung wurde nicht chronometrisch vereinbart; Zufall und Laune sollten ein wenig mitspielen, man würde sich schon wieder treffen.

Wir beide überschritten eine Alm und gelangten nach einer Pfadbiegung an einen Vorsprung, der einen ganz neuen Prospekt entschleierte. Eva meinte, er erinnere weitläufig an einen bestimmten, sehr berühmten Punkt in den Rocky Mountains. Was mich betrifft, so meinte ich gar nichts. Mir hatte die Gewalt des Eindrucks die Sprache verschlagen. Eine Steinbank lud uns zum Sitzen, und die Amerikanerin, die kleines Malgerät mitgenommen hatte, schickte sich an, eine Skizze zu entwerfen, was mir im Moment ganz erwünscht war, da ich dadurch der Verlegenheit überhoben wurde, Unaussprechbares konventionell in Worte zu fassen.

Nach einiger Zeit kam ein älterer graubärtiger Mann einher, auf Sandalen schreitend, in der Tracht der Insulaner; er ging barhäuptig, besaß indes eine auf den Rücken zurückgeklappte, an einer Halsschnur befestigte Mitra, die auf besondere Standeswürde schließen ließ. Beim langsamen Dahinwandern las er aufmerksam in einem Buche und er schritt vorüber, ohne von uns Notiz zu nehmen, obschon ein flüchtiger Seitenblick verriet, daß er uns bemerkt hatte. Nach etwa zwanzig Sekunden zögerte er, überlegte, senkte das Buch, kehrte um, blieb vor uns stehen und sagte:

– Beg Your pardon, I was inattentive. I was obliged to willcom You. I do it now.

Mit stummer Bewegung erwiderten wir diesen auffälligen Gruß. Er ließ sogleich die Erklärung folgen, indem er in leidlichem Englisch ergänzte:

– Ich weiß, wer Sie sind, und darf nicht annehmen, daß Sie unsere Landessprache ausreichend verstehen. Aber ich selbst war einstmals draußen in der weiten Welt und habe viel studiert.

Ich entgegnete, daß seine überlegene Sprachkenntnis uns allerdings sehr willkommen wäre, und daß wir es dankbar begrüßen würden, wenn er einige Minuten bei uns verweilen wollte.

– An Zeit fehlt es mir nicht, sagte der Eingeborene. Meine Geschäfte lassen mir sehr viel Muße, obschon sie mich nach europäischer Auffassung stark beanspruchen müßten. Wofür halten Sie mich?

»Nach Ihrer Mitra zu urteilen, dürften Sie Priester sein; andere Anzeichen lassen auf einen weltlichen Gelehrten schließen.«

– Beides ist richtig und wir können es dabei bewenden lassen. Aber da Sie uns von weither aufsuchten, um Land und Leute kennen zu lernen, füge ich hinzu: ich bin der höchste Beamte dieses Landes.

»Oh, der Präsident von Vléha! – Vorausgesetzt, daß wir uns hier in einer Republik befinden.«

– Auf das Wort kommt es nicht an, nicht einmal auf den Begriff. Wir besitzen keine urkundlich niedergelegte Verfassung; nur ein gewisses Gewohnheitsrecht, worin der Titel gar keine und die Funktion eine variable Rolle spielt. Wollen Sie mich Präsident nennen? Nichts dagegen einzuwenden. Ebensogut wäre zu sagen: ich bin hier *König*.

»Beides geht doch nicht zusammen. Entweder Republik oder Monarchie.«

– Oder ein drittes, das keinen Namen hat und keinen zu haben braucht. Es ist Vléha, das genügt. Die Gesetze schweben in der Luft, und es steht keine erzwingende Gewalt hinter ihnen; aus dem einfachen Grunde, weil hier – von unwesentlichen Ausnahmen abgesehen – keine Willensträger existieren, die irgend etwas erzwingen wollen. Die Meinungen und Wünsche finden sich wie von selbst zusammen, ohne Reibung, ohne Aufregung. Einer dieser Wünsche geht dahin, daß einer bestimmten Person Verehrung erwiesen wird. Seit etwa dreißig Jahren bin ich diese Persönlichkeit. Besäße ich einen Sohn, so würde dieser vermutlich nach meinem Tode als Objekt der nämlichen Verehrung in Betracht kommen.

»Und damit wäre der Tatbestand der erblichen Monarchie erfüllt.«

– Doch nicht. Zu irgend einer Zeit könnte sich jener Verehrungswunsch ändern oder gänzlich erlöschen. Sie denken gewiß dabei an Verfassungsumsturz oder Staatsstreich. Aber wie soll eine Verfassung stürzen, die als solche gar nicht vorhanden ist? Ebensowenig wie bei den Singvögeln, die unsere Wälder bevölkern und die ganz erträglich dahinleben, ohne eine Magna Charta zu besitzen.

»Das ist doch nicht dasselbe. Sie selbst sagten, Sie seien hier König. Sie müssen also königliche Funktionen ausüben und beträchtliche Machtvollkommenheiten innehaben.«

– Nein. Ich bin nur darum König – um bei Ihren Vokabeln zu bleiben –, weil auf der Insel kein Mensch lebt, der mehr König wäre als ich. Und die königlichen Funktionen beschränken sich darauf, daß ich gewisse Dinge anordne, die sich auch ohne mich als allgemein einleuchtend und selbstverständlich ergeben würden. Man traut mir die Weisheit zu, die priesterliche Begabung, heute als zweckdienlich zu erkennen, was morgen von allen anderen als zweckdienlich erkannt wird. Es ist also wesentlich eine zeitökonomische Betrachtung, welche die Leute veranlaßt, mir diese Funktion zuzuweisen. Sie glauben, daß ich etwas rascher denke, als sie.

»Und wenn dieser Glaube eines Tages schwindet?«

– Dann erlischt die Funktion; wie eine Flamme, deren Brennstoff aufgezehrt ist. Ob zugunsten eines anderen, das läßt sich nicht vorhersagen und macht uns auch nicht die geringste Sorge. Es wird schon irgendwie weiter gehen. Vorläufig ist es, wie es ist. Was vielleicht nach Jahren wird, kann uns gleichgültig erscheinen. Lebt doch der Mensch in die Zeit hinein, ohne auch nur die Ereignisse der nächsten Sekunde zu erfassen. Unser Inselboden wird unterirdisch geheizt, und diese Heizung kommt in dem großen Vulkan Atrato sichtbar zum Vorschein. Während wir hier reden, kann uns eine vulkanische Katastrophe überfallen und ganz Vléha vernichten. Sollen wir dagegen Vorkehrungen treffen?

»Das ist doch ein Unterschied,« sagte Eva; »im Ablauf der Menschenexistenzen ist doch sehr viel voraussehbar, und man kann rechtzeitig Maßnahmen ergreifen, um Übles zu verhüten.«

– Unbestreitbar, meine Dame, und wir nehmen auch auf solche Maßnahmen Bedacht. Nur daß wir sie nicht in eine Verfassung verlegen, in ein Schema von paragraphierten Einrichtungen, sondern in die Menschenseele. Wir verhüten das Übel, indem wir die Möglichkeit des Übels überhaupt beseitigen. Und dazu gibt es Methoden, die sich bei uns seit vielen Jahrhunderten vollkommen bewährt haben. – Er hielt inne und bog scheinbar ab: – eine Frage, Fräulein, mit was waren Sie eben beschäftigt, als mein Vorüberkommen Ihre Hantierung unterbrach?

»Ich entwarf eine Skizze, oder vielmehr, ich versuchte zu skizzieren; denn was man von solcher Landschaft in Strichen und Farben festhält, müßte ja selbst dem größten Meister ganz ärmlich geraten.«

– Und weshalb versuchten Sie?

»Um ein Andenken zu behalten. Wer ein bißchen künstlerisch veranlagt ist, der wünscht doch ein Abbild zu gewinnen.«

– Das Abbild hätte Ihnen auch ein Spiegel geliefert; und ein weit getreueres.

»Aber ein Spiegelbild kann man doch nicht mitnehmen!«

–Gerade darin liegt sein Wert. Es zeigt sich dem Künstlerbild übergeordnet dadurch, daß es sofort verschwindet. Wenn der Spiegel denken könnte, so würde er urteilen: es verlohnte sich nicht, das festzuhalten; ich verliere es auf immer, und darin ruht die Garantie, daß es mich nie wieder behelligen wird. In der Seele des Spiegels besteht die Maßnahme, sich von allen Eindrücken, denen sie unterliegt, in der raschesten Weise zu befreien ...

»Sie wollen vielleicht darauf hinaus, daß auch die Menschenseele eine ähnliche Maßnahme treffen könnte. Erstens bestreite ich das, und zweitens, wenn es gelänge, wäre es doch ein unermeßliches Unglück. Der Mensch würde einfach aufhören, Mensch zu sein.«

– Er würde anfangen, einer zu werden. Um dies einzusehen, bedarf es freilich einiger Umwege. Bleiben wir einstweilen bei der Landschaft. Sie schwärmen dafür und saugen aus ihr ein Glücksgefühl. Weil Sie sich triebhaft den Eindrücken überlassen, und die Intelligenz ausschalten. Spräche nämlich der Intellekt mit, so müßte er Ihnen sagen, daß diese Eindrücke sich aus Elementen zusammensetzen, von denen nicht ein einziges die geringste Wesensprobe aushält. Sie sehen zunächst Linien und Bergkonturen...

»Und was für welche!«

– Entzückende, so meinen Sie; absolut gleichgültige, so sage ich. Prüfen wir: Zugrunde liegen geometrische Dinge, die sich optisch auf Ihrer Netzhaut in Miniaturen abmalen. Diese winzigen Linien und farbigen Flächen sind in Zahlen auflösbar, nach Verlauf und Lichtschwingung, ja sie sind überhaupt gar nichts anderes als die Verhältnisse der Zahlen, die sich in ihnen objektivieren. Hier nähern wir uns der Wahrheit, die ja auch ihr Europäer und Amerikaner, wenn es euch gerade so paßt, über den leeren Schein stellt. Denn so wie es in Wahrheit unter den Zahlen außer dem Größer und Kleiner keine Rangordnung gibt, wie die Million nicht wichtiger, nicht edler, nicht schöner ist, als die sieben, so beansprucht auch kein Zahlenbild, keine Figur einen Vorrang vor einer anderen.

»Nur dann nicht, wenn im empfangenden Organ die Romantik fehlt und die Ästhetik.«

– Also Zustände, die gewisse Kulturmenschen erfunden haben, und von denen andere Kulturmenschen nichts wissen. Dem Aristoteles galt der Kreis als vollendete Figur, das war die Ästhetik des Aristoteles. Ein für Tonschwingung empfänglicher Denker preist die Sinuslinie, die Wellenlinie als die edelste aller Figuren, das ist die Romantik eines Pythagoräers. Eines so sinnlos wie das andere. Unzählige der verständigsten, und auch vergleichsweise glücklichsten Menschen, haben gelebt in den sogenannten wundervollsten Gegenden, welche die Eigenart der Berglinien nicht einmal bemerkten, geschweige denn würdigten.

»Das lag eben an dem Mangel einer noch nicht voll entwickelten Kultur.«

– Die Sie natürlich inne zu haben glauben, weil Sie zufällig zweihundert Jahr nach Rousseau leben, der diese Kulturform aufgebracht hat, wie eine geistige Mode, wie eine Tracht für die Seele. Alle Wahrscheinlichkeit spricht dafür, daß diese Tracht in weiteren zweihundert Jahren ins Museum abwandern wird, wenn nicht in die Rumpelkammer der Kuriositäten. Denn der Ruf »zurück zur Natur!«, wenn wir ihm Folge geben, bedeutet ja gerade: los von der ästhetisierenden Schwarmgeisterei, zurück zum Urzustand der Menschen, also zu einem Zustand, der mit Ihrer Verzückung vollkommen unvereinbar ist.

»Ihre Ansicht scheint aber nicht einmal hier durchzugreifen. Wir sind mit einer Steilbahn hier heraufgekommen, also mit einer Maschinerie, die ein touristisches Interesse voraussetzt ...«

– und an der wir Vléhanesen vollkommen unschuldig sind. Sie ist das Werk anderer Insulaner, bei denen nach europäischem Vorbild die Landschaftsschwärmerei Eingang gefunden hat; wie die Seuche des Alkoholismus und Morphinismus, die auf Momente das Lebensgefühl steigert, aber auf die Dauer Gesundheit und Sittenbestand untergräbt. Unsere Glückseligkeit hat mit solchen Erregungen nichts zu schaffen.

»Erklären Sie uns nur, Herr Priester, wie Sie zu irgend einer Glückseligkeit gelangen wollen, wenn Sie die Seele gegen die angenehmen Eindrücke absperren.«

– Eben dadurch. Wir erstreben den Sieg des Verstandes über das Gefühl, um die wahre Bestimmung des Menschen zu vollenden. In dem Bewußtsein dieser Vollendung ruht das, was wir einstweilen mit dem ungenauen Namen »Glückseligkeit« bezeichnen; im Grunde ist es noch etwas anderes, Höheres, was sich über die Glückseligkeit erhebt, wie die Notwendigkeit über den Zufall.

»Das klingt sehr nihilistisch und scheint auf einen Nullpunkt des Daseins hinzusteuern. Aber der ist unter lebendigen Menschen niemals zu erreichen. Das Gefühl meldet sich schon, und wenn Sie es noch so sehr überwunden zu haben glauben; es meldet sich mit dem Verlangen nach

Lust und noch weit stärker mit dem Verlangen, die Unlust, den Schmerz von sich abzuwehren.«

– Beides ist identisch und untrennbar wie positiv und negativ elektrische Pole. Der seelische Schmerzpol bleibt dauernd wirksam, so lange dem Lustpol neue Nahrung zugeführt wird. Und daraus folgt, daß es nur eine Methode gibt, um den Schmerz zu überwinden: Abschneidung der Lustzufuhr, Herabsetzung der Lustempfindung bis auf Null. Wird die Seele mit Erfolg hierzu erzogen, so verliert sie automatisch auch die Fähigkeit, auf Schmerz zu reagieren. Sie wird außerhalb des Leidens gestellt, und damit ist die Aufgabe des Verstandes erfüllt, der aus dem unleidlichen Frondienst bei dem Tyrannen »Gefühl« erlöst werden will.

»Halten Sie denn im Ernst eine Unempfindlichkeit gegen den Schmerz für möglich?«

– Ich wäre nicht der Erste, der diese Ansicht vertritt; wie ich ja überhaupt nicht der Erfinder dieser Theorie bin, vielmehr deren Träger. Kennen Sie das Problem des Phalaris?

»Meines Wissens war das nicht ein Problem, sondern ein Marterinstrument; ein Moloch in Gestalt eines ehernen Stieres, der angeheizt wurde und in dessen glühenden Bauch man lebendige Menschen stieß. Es wird wohl aber niemand auf das Problem verfallen sein, ob man sich gegen so etwas unempfindlich machen kann?«

– Es genügt, daß die Frage aufgeworfen wurde, und sie ist auch tatsächlich von einigen Weisen in meinem Sinne beantwortet worden. Da trat einer auf, der erklärte: »Wenn ein Weiser im Stiere des Phalaris gebraten würde, so würde er ausrufen: wie wohl ist mir!«

»Verzeihung, das kann nur ein Asket schlimmster Sorte erklärt haben! Ein zwischen Wahnsinn und Renommisterei taumelnder Säulenheiliger!«

– Sie sind im Irrtum: das hat *Epikur* gesagt, also ein Mann, der nach Ihrer Meinung gewiß den Lebensgenuß begriffen hat. Und ein anderer Weiser, der Stoiker Seneca, pflichtete ihm bei.

»Ich entsinne mich der Tatsache,« schaltete ich ein; »ich möchte mir indes erlauben, Ihr Zitat zu vervollständigen. Seneca ergänzte nämlich, daß ein weiser Mann, wenn die Wahl bei ihm stände, lieber nicht gebraten werden wolle, nicht wegen der Unbehaglichkeit der Sache, sondern weil es der Natur widerspricht, daß ein weiser Mann sich ohne Not braten lasse. Gleichviel, aus Ihrer Betrachtung geht doch hervor, daß Sie dem Epikur eine Autorität zugestehen; und hierin erblicke ich die Möglichkeit, mich mit Ihnen zu verständigen. Sollte am Ende in Ihrer Überzeugung ein Rest von Epikurischem Bewußtsein versteckt sein?«

– Wie *Sie* es verstehen, nicht im Mindesten. Unser Grundbekenntnis konzentriert sich vielmehr auf eine ganz andere Größe. Es wird Zeit, daß Sie hierüber Aufklärung empfangen: *Wir sind Buddhisten!*

»Ein neuer Widerspruch! Ihre Insel mit ihren auf höchste Lebensfreude eingestellten Naturbedingungen hätte doch ein Geschlecht von Genießern hervorbringen müssen, also von Nicht-Buddhisten, von Contra-Buddhisten. Wie sind Sie also darauf verfallen, sich in einem Schlaraffenlande gerade zur Lehre eines Genußbekämpfers zu bekennen? Und auf welchem Wege ist diese Entsagungslehre aus Indien zu Ihnen gelangt?«

– Diese Frage muß umgekehrt werden: Nicht zu uns ist die Lehre gedrungen, sondern von uns nach Indien. Erfahren Sie also: Vor dreitausend Jahren lebte auf unserer Insel ein Mann namens Vlaho, der viel später auf dem Wege der Seelenwanderung im indischen Morgenland wiederkehrte und dort die Figur und den Namen *Buddhas* annahm. Hier bei uns hat er zuerst seine Lehre geschaffen, wir sind die

Träger der Urtradition, ich selbst bin in gerader Linie sein Abkömmling und heiße *Vlaho* wie er.

Diese Mitteilung war nicht geeignet, unsere Stellung in der Debatte zu erleichtern. Mit einem Priester oder König konnte man sich auseinandersetzen, aber auf einen Weltpropheten waren wir nicht eingerichtet. Welche Distanz sollten wir einhalten zu einer Person, die sich offenbar im tiefsten Ernst eine göttliche Sendung zuwies? Die völlig davon durchdrungen war, daß eine Weltreligion von ihr ausging?

Der Mann erriet unsere Verlegenheit und kam uns zu Hilfe: – Sprechen Sie zu mir, wie zu Ihresgleichen. Ich erwarte Widerspruch in jeder Form, und je schärfer Sie ihn fassen, desto sicherer werden wir zur Klärung gelangen.

»Von dieser Erlaubnis werde ich ausgiebigen Gebrauch machen, Herr Vlaho,« sagte ich, »und zwar um Ihnen zu eröffnen, daß ich Ihre Behauptung für unsinnig halte. Es hat nur *einen* Buddha gegeben, und der war in Indien zu Hause. Sie haben aus seiner Lehre etliche Elemente herausgegriffen, vermischen sie mit Brocken der Zyniker und Stoiker, und geben das Gemengsel für Originaltradition aus. Ja, noch mehr: Sie wollen uns eigentlich vorreden, daß Buddha noch immer existiert, und daß wir ihn hier vor uns haben. Das geht zu weit!«

– Wie nun aber, wenn sich das, was Ihnen als Gemengsel erscheint, als eine restlose Einheit darstellt? Buddhas Lehre wurzelt doch im Kreislauf der Wiedergeburten, im »Sansara«, das nichts anderes ist als die ewige Wiederholung des Weltleidens! Und so gewiß, als in Ihnen beiden der alte Adam und die alte Eva noch lebendig sind, so gewiß hat Buddha verschiedene Formen angenommen, in Seelenwandel und Körperspaltung, um sich der Welt zu offenbaren. Die Zyniker Diogenes, Antisthenes, Krates, – sie waren Buddha in Wiedergeburt; die Stoiker von Zenon bis Seneca, Epiktet, Marc Aurel – verwandelter Buddha; in Athen hat er gelebt, in Rom, und als er in Frankfurt wohnte, nannte er sich Schopenhauer. Ebenso war auch sein Auftreten in Hindostan nur eine Wiedergeburt, nachdem er sich hier, auf Vléha, ursprünglich verkündete. Warum hier zuerst? Das ist leicht einzusehen; weil er ein solches Eiland brauchte, damit seine Entsagung den tiefsten Sinn und die höchste Bedeutung erreichte. Nur im Paradiese kann der Baum der Erkenntnis wachsen, und nur dort, wo alle Sinne mit Lust umgaukelt werden, wird die Erkenntnis zum erlösenden Lustverzicht. Dann schließt sich der Ring. Sansara wird überwunden, Nirwana nimmt uns auf, als das selige Nichts, worin das Gelüst und zugleich sein entsetzliches Widerspiel, das Leiden der Welt, verschwindet.

»Und wie kommt es denn, Herr Vlaho, daß Sie selbst als Buddha von heute, leibhaftig vor uns stehen? Warum haben denn Ihre zahllosen Vorgänger das Programm des Nirwana nicht längst vollstreckt? Ihre Existenz wie die aller Ihrer Mitbürger beweist doch, daß das Sansara, die Wiedergeburt, ganz munter weitergeht, daß Sie atmen, Nahrung aufnehmen, sich fortpflanzen, hoffen und begehren. Sie zum Beispiel hoffen in diesem Augenblick offensichtlich, uns zu überzeugen; Ihre Begierde ist darauf gerichtet, uns der Torheit zu überführen, weil wir naiv genug sind, eine himmlische Landschaft als schön zu empfinden und ein genießendes Volk vorauszusetzen, wo die Natur selbst den Tisch so üppig gedeckt hält.«

– Ihr Einwurf bezeugt, daß Sie nicht aufgemerkt haben, als ich Ihnen sagte, seit dem ersten Auftreten unseres Buddha wären dreitausend Jahre verstrichen. Eine kurze Zeit im Ablauf menschlicher Begierden. Gewiß, das Ziel ist noch nicht erreicht, aber es kann nicht mehr verfehlt werden. Und wenn ich, als der letzte Buddha, Sie zu überzeugen wünsche, so geschieht dies in der Erwartung, daß Sie von Ihrer Gastreise einiges hinaustragen in Ihre Heimat; einen

Ansatz von Weisheit für die Völker, denen Sie angehören; damit auch diese anfangen, sich dem Nirwana zu nähern.

Eva lächelte: »Darauf kann ich Ihnen nicht die geringste Hoffnung eröffnen. Es hat sich nämlich bei uns in Amerika und Europa gezeigt, daß die Genußsucht um so höher schwillt, je mehr Abstinenz gepredigt wird. Jedes Argument zur Bescheidung, inneren Einkehr und Entsagung wird vom Volk genau entgegengesetzt beantwortet, und als Betäubungsmittel im Weltelend sucht es nicht eine buddhistische Weisheit, sondern das Amüsement um jeden Preis. Ich gehe noch weiter: Unsere Volksgenossen studieren neuerdings Seneca, Schopenhauer und indische Schriften wesentlich aus Amüsiertrieb. Sie verschlingen diese Bücher, um sich recht lebhaft die Nachtseiten des Denkens vorzustellen, mit denen dann die Lichtseite ihrer Vergnügungen um so freudiger kontrastieren soll. Und ich werde den Verdacht nicht los, daß Sie auf Ihrer Insel etwas ähnliches erleben werden. Wenn Sie, Vlaho, die Lustventile verstopfen, können Sie eine Explosion hervorrufen.«

Da wir einmal im Zuge waren, fuhr ich fort: »Der ganze Buddhismus, der nach Ihrer Versicherung hier regiert, ist ein System, das seine Unmöglichkeit bei Überführung in die Wirklichkeit früher oder später erweisen muß. Auf einem kargen Lande wäre er schon an sich unmöglich, da man nicht entsagen kann, wo nichts vorhanden ist. Auf einem reichen heuchelt er eine Anfangsmöglichkeit hinter einer theoretischen Larve, die nichts anderes verbirgt, als ein in Narrheit grinsendes Gesicht. Es ist hart, es einem Buddha ins Gesicht zu sagen – aber es muß gesagt werden –: der Buddhismus ist eine selbstbetrügerische, papierene Floskel. Das Hohelied der Armut und des Bettlertums! Man erzählt uns, Buddha, der indische, der einem reichen Adelsgeschlechte entstammte, eine Art Prinz, habe sein Wohlleben hinter sich geworfen, um als Bettler in die weite Welt zu ziehen ...«

– Und Sie wollen leugnen, daß hierin Geistesgröße liegt und sittliche Erhabenheit?

»Für mich ist es eine Geste, die für eine dramatische Szene ausreicht, für ein Oratorium, aber nicht für eine Religionsstiftung. Im Theater und Konzert vertrage ich jeden mythologischen Unsinn, aber hier frage ich nach dem Sinn der Geste: bei wem hat er denn gebettelt?«

– Selbstverständlich bei den Reichen.

»Die Existenz der Reichen war sonach die Voraussetzung für seine Erleuchtung. Hätte es keine Begüterten gegeben, so wäre Buddha verhungert und niemals in die Lage gekommen, seine Lehre zu entwickeln. Er wollte also durch Gleichgültigkeit und Verleugnung, genau wie Sie selbst, Herr Vlaho, die Wurzel seiner eigenen Existenz aus der Welt schaffen. Ein vollendeter logischer Zirkel, ein Kreisfehler, aus dem es kein Entrinnen gibt!«

– Sie selbst verstricken sich in einen circulus vitiosus, indem Sie die indischen Anfänge Buddhas mit der Fortsetzung verwechseln. Er begann mit der Entbehrung, um bei der Beschaulichkeit in geweihten Wäldern zu landen.

»Machen Sie ihm das nach, Vlaho! Werden Sie beschaulich wie er, indem Sie die Natur anschauen wie er. Soweit wäre das Vorbild ganz geeignet. Aber sofort meldet sich ein neuer Unsinn. Der gereifte Buddha hat sich nämlich die Haine, in denen er meditierte, schenken lassen, wiederum von den Reichen, er hatte also seine ursprüngliche Habe fortgeworfen, um neuen Reichtum zu erwerben, um sich den verdammten Besitz hintenherum wieder zuzuschmuggeln. Der Hohepriester der Entsagung muß also doch am Besitz Freude empfunden haben.«

– Sie deuten das ganz falsch. Im Brevier des Buddhismus ist für die Freude kein Platz.

»Was Sie mir da erzählen! Meines Wissens wird die Freude schon auf der ersten Seite dieses Breviers nachdrücklich betont und empfohlen. Als Buddha aus seinem ersten Jüngerkreise die Heilsbotschaft in die Welt sandte, geschah es unter der Formel: »Zum Erbarmen, zum Heile, zum Segen, zur Freude für Götter und Menschen!« Er war also nach seinen eigenen Worten ein Freuden-Priester. Aber nein! das stimmt auch nicht. Denn er wird doch als prinzipieller Pessimist ausgerufen, als ein ausgebrannter Asket, der die Kasteiung bis zum Übermaß trieb, durch freiwilligen Hunger, durch Anhalten des Atems, bis zur asketisch erzeugten Besinnungslosigkeit!«

– Das ist allerdings die historische Wahrheit. Sie vergessen indes eine Hauptsache: Als Buddha in Selbstmartern besinnungslos wurde, kam ihm in diesem Zustand die Erleuchtung, daß die Askese nicht zum Heile führe; er hat sie deshalb seitdem wieder verworfen...

»Um die Entsagung desto dringender zu empfehlen. Krasser kann die Vernunft nicht auf den Kopf gestellt werden. Überlegen wir einmal: ist ein Mensch von Haus aus so stumpf organisiert, daß das Fortwerfen des Genusses ihm nichts bedeutet, so bedarf er doch keiner buddhistischen Philosophie; denn sein Stumpfsinn ist ja bereits seine Erlösung. Ist er aber so feinsinnig und empfindlich, daß ihm die Verdunkelung des Daseins zur Pein ausschlägt, dann tritt ihm die nämliche Philosophie mit dem Befehl entgegen: du darfst dich nicht peinigen! Denkfehler ohne Ende, was ja nicht zu verwundern, da sie aus jener in Besinnungslosigkeit entzündeten Erleuchtung herauswuchsen. Sagen Sie mir nun, Vlaho, als Oberhaupt dieses buddhistischen Staatswesens: wie halten Sie es im einzelnen mit der Durchführung des Prinzipes? Eine Verfassung brauchen Sie nicht, behaupten Sie, also auch keinen Gesetzeszwang, kein Strafrecht. Ich frage nunmehr bestimmter: Wie schützen Sie das Eigentum? da unten befinden sich doch Häuser und Gärten, und diese Anwesen gehören, wie wir schon im Gasthof merkten, bestimmten Personen. Was geschieht, wenn der Einzelne seinem Nachbar den Besitz fortnehmen will?«

– Das kommt eben nicht vor. Meine Landeskinder sind seit so vielen Jahrhunderten zur Leidenschaftslosigkeit erzogen, und keiner trägt ein Gelüst nach dem Eigentum des Nächsten. Bei uns ist ein Urzustand der Natur verwirklicht, den Sie auch im Verhalten der Vögel beobachten können. Fragen Sie Ihre deutschen Zoologen: Wenn in einem Garten Rotschwänzchen und Meisen wohnen, so teilen sie die Gartenfläche in zwei Bezirke, ohne daß sie hierzu eines Grundbuches bedürfen; der eine Teil gehört den Rotschwänzchen, der andere den Meisen, die unsichtbare Grenzlinie wird respektiert, und niemals kommt es zu Übergriffen. Solchen stillschweigenden Vertrag, den keine Polizei zu überwachen braucht, haben wir in die menschliche Gesellschaft übernommen.«

»Sehr gut. Ihre Volksgenossen sind Musterkinder in dieser Hinsicht. Nur folgt aus Ihrer Darstellung das Gegenteil dessen, was Sie als Staats- und Sittenprinzip ausrufen. Was bestimmt die Vögel zu ihrer Gepflogenheit? das Gefühl des Eigentums und zwar das Gefühl in solcher Steigerung, daß seine Stärke ausreicht, um alle Rechte zu gewährleisten. Das Eigentum im Grundbesitz ist ihnen so angewachsen wie das Federkleid, es ist ein integrierender Teil ihrer selbst. Steckt hierin eine Entsagung, eine Verleugnung des Glücks? nein, es ist die Höhe der egoistischen Freude, die über die Besitzeslust des Menschen hinausgeht, kraft ihrer selbstverständlichen, absoluten, jeder Sorge enthobenen Sicherheit. Dieser Urzustand ist eigentlich weit raffinierter als der unsrige, und wenn er über Ihre Insel hinausgreifen sollte in die Welt, so führt er zu einem Triumph des Besitzes, von dem sich der Kapitalismus noch gar nichts träumen läßt. Er wird dann wirklich ›in Souveränität stabilisiert wie ein rocher de bronce‹, denn die Selbstverständlichkeit stützt ihn besser als jedes paragraphierte Gesetz, das heute so lautet und morgen ganz anders. Was Sie als Neidlosigkeit bezeichnen, als Ungelüst, ist eine graue, lethargische Asche, unter der die Besitzeslust schwelt und sich mit vielen begleitenden Lüsten zur Eruption bereit hält.«

– Sie versuchen mit sophistischen Spitzfindigkeiten in ein Gebiet zu dringen, wo nur der einfache Gedanke waltet: Überwindung der Materie durch den Geist!

»Durch den Geist der Apathie, der die Züge eines Gespenstes trägt. Die Gleichgültigkeit, die Sie den Wesen einimpfen, ist die Frucht einer im Grunde fanatischen Religion, die das Menschliche im Menschen ausrotten und die Körper in Schatten verwandeln will. Gelänge ihr das, so müßte Ihre Insel zweierlei Gesichter zeigen: ein Volk, dessen Männer in Blödheit erstarren, dessen Kinder nicht spielen, dessen Mädchen nicht lächeln, in einer Natur, die in brausenden Akkorden hinauslacht, und unermeßliche Triebe mit Myriaden von Blütenkelchen hinausläutet. Es ist der Geist des Widerspruchs, zu dem Sie sich als Priester bekennen. Oder haben Sie vielleicht noch eine andere Gottheit zur Anbetung, einen Götzen, einen Moloch wie den von Phalaris?«

– Weder Gott noch Götzen. Beides wäre mit dem strengen Buddhismus unvereinbar. Wir vereinigen uns nur hin und wieder zu besonderen symbolischen Handlungen, in denen wir unser Grundbekenntnis von der Nichtigkeit der irdischen Güter zum Ausdruck bringen. Ohne eigentliche Liturgie und gottesdienstlichen Kultus.

»Aber doch wohl mit irgendwelchen Feierlichkeiten, die auf das Gemüt wirken sollen,« sagte Eva. »Wir bemerkten heute einen Trauerzug, der sich nach einem tempelartigen Gebäude hinbewegte. Da müssen doch also die Leichen eingesegnet worden sein, und ich vermute, daß Sie selbst dabei priesterliche Riten ausgeübt haben.«

– Sie irren sich, meine Dame. Ein Leichenkondukt hat heute nicht stattgefunden.

»Aber wenn ich Ihnen doch versichere – zwei Särge auf einem Wagen!«

– Ganz recht. Allein Sie mißdeuten den Vorgang: das war ein Hochzeitszug! Es ist bei uns Sitte, daß Bräutigam und Braut in luftdurchlässigen Särgen zur Trauung befördert werden. Ein sinniges Symbol dafür, daß sie in Vereinigung und Zeugung ihre Lebenssubstanz einer neuen Generation dahingeben und eigener Existenz entsagen. Der Priester oder der Adjunkt erläutert dies mit einem Hinweis auf das Verhängnis des Sansara, hilft dem Paar aus den Särgen, und die Neuvermählten begeben sich nach Hause, um der Natur das Opfer darzubringen, das sie uns unerbittlich abverlangt.

»Und von den Überwallungen des Herzens, von den Entzückungen der Liebe kein Wort?!« rief Eva; »es fehlt nur noch, daß Sie zum Gegensatz eine wirkliche Trauerfeier mit den Attributen der Freude umgeben und ein Begräbnis ausgestalten wie eine Hochzeit!«

– Diese Barbarei, sagte der Priester, überlassen wir Ihren Nationen, welche die Leichenschmäuse erfunden haben mit üppig gedeckten Tafeln, an denen sich lachende Erben vergnügen und betrinken. Was uns betrifft, so verbleiben wir im Leben wie im Sterben bei der schlichten Disziplin Buddhas, der ein Weib nahm, um es zu verlassen, und der die Erde verließ in dem Bewußtsein, daß der Tod nichts bedeutet, wenn man weise genug war, der Verlockung des Lebens zu widerstehen.

Der letzte Trumpf der Debatte verblieb sonach einstweilen in der Hand Vlahos, der wohl spürte, daß er mit weiteren Argumenten nichts zu gewinnen hatte. Er wies mit der Hand nach der Berglehne, auf der soeben unsere Freunde niederstiegen, um zu bedeuten, daß er beim Erscheinen der Genossen dieses Gespräch nicht zu verlängern wünschte.

Wiederum verschloß er den Blick mit dem aufgeschlagenen Buche und würdevoll schritt der König von Vléha zu Tale.

* *
*

Die Gesellschaft überbot sich in Exaltationen und selbst der Amerikaner erklärte, daß die Extratour sich über alle Maßen belohnt habe. Nie hätte er es als älterer Herr für möglich gehalten, daß die Empfindung der Strapaze bei einem doch immerhin beträchtlichen Marsch so vollständig verschwinden könnte. Da läge noch ein ganz besonderes Wunder in der Luft. Bruchstückweise kam es heraus, wieviel beglückende Sensationen sich hier in gedrängter Folge erleben ließen. Der Vulkan in der Ferne habe eine Rauchfahne aufgesteckt wie eine wehende Palme, so hoch wie der Rigi. Ein Plateau hätten sie durchquert mit einem Kranz springender Geiser. Und dicht dabei versänke der Blick in einen Canon, gegen den – so meinte Ralph Kreyher – die Schluchten von Colorado zum Range ärmlicher Theaterkulissen herabsänken. Und nun wieder der Prospekt in das lachende Tal mit seiner himmlischen Vegetation! Eigentlich sollte man den weiteren Entdeckungsplan gänzlich aufgeben und sich hier auf Monate einrichten. Dann würde man für's übrige Leben genug haben an der neidvollen Erinnerung. Wahrhaftig! zu denken, daß es einige bevorzugte tausend Menschen gibt, denen hier ein Fest auf Lebenszeit bereitet wird. Wie glücklich müssen diese Insulaner sein!

Wie sehr dieser Ausruf daneben traf, erfuhren die Herren aus unserem Bericht. Eva und ich wiederholten ihnen das Wesentliche aus unserer Begegnung mit dem Priester. Und wenn auch die Wiedergabe nicht die überzeugende Kraft des Originals besaß, so wurde ihnen doch klar, daß hier die Schöpfung eine grausame Anomalie zuwege gebracht hatte: eine Insel der glücklichen Bedingungen, bevölkert von einem freudlosen Geschlechte.

Ein kleiner Verdruß ging nebenher: wir vermißten Geo Rottek, unseren Schiffsoffizier. Er hatte sich irgendwo auf der Tour abgezweigt und war nicht wieder zum Vorschein gekommen. Sollte er sich verirrt haben? oder in eine Schlucht gestürzt sein? Ich äußerte Besorgnis, allein der Kapitän verschwor sich mit allen Eiden, es wäre nichts dergleichen zu befürchten; Rottek sei die Umsicht und Gewandtheit in Person, und wenn er sich unsichtbar mache, so geschähe es sicher nur, um uns später mit eigenen Expeditionsergebnissen zu überraschen. Wir verwarfen deshalb den aussichtslosen Plan einer suchenden Streife auf unbekanntem Terrain und warteten das Weitere ab, das übrigens – wie vorweg gesagt werden soll – die Auffassung des Kapitäns als vollkommen zutreffend erwies.

$$* \quad *$$
$$*$$

Als wir in die Stadt zurückkehrten, erlebten wir ein Getümmel. Wir erblickten aufgeregte Gesichter, wie sie in das vorgezeichnete Gesamtbild des Phlegmas durchaus nicht hineinpaßten. Jünglinge und halbwüchsige Burschen drängten sich heran, und einige steckten uns beschriebene Zettel in die Hand. Wir wurden zuerst nicht klug daraus, bis Donath, der ausführlicher herumgehorcht hatte, die Erklärung brachte. Eine Volksversammlung war im Stadthaus angesagt, und die Veranstalter legten Wert darauf, daß wir, die fremden Gäste, uns daran beteiligten; nicht nur als stumme Zuhörer, sondern, wenn es der Gang der Dinge erfordern sollte, mit Abgabe unserer eigenen Meinung. Es ginge um Wohl und Wehe der ganzen Insel.

Es war also ersichtlich, daß in der buddhistischen Aufmachung unseres Gewährsmannes eine Unstimmigkeit heraustrat. Und wir erkannten auch bald, wo das Loch in der Rechnung saß: in dem Widerstreit zwischen Alt und Jung, der durch Jahrhunderte unter Druck niedergehalten, jetzt plötzlich durchstieß. Agitatoren aus den Nordinseln waren eingedrungen und hatten den Samen des Mißvergnügens ausgestreut. Pochte das Glück an die Pforte? Nein, das stand noch weit draußen und wagte sich nicht heran. Aber in jungen, eingeschläferten Herzen war ein Drang erwacht nach einem unbestimmten Ziele. Was dieses Ziel versprach, verkroch sich noch hinter Schleiern; nur das eine wußten sie, ahnten sie wenigstens: es sollte anderswo liegen als dort, wohin der knöcherne Finger des Buddhismus wies.

Auf der Tribüne stand der Hauptagitator Sterridogg von der weitentlegenen Insel Unalaschka, auf der sich schon die klimatischen Einflüsse der antarktischen Region bemerkbar machen. Wir konnten seiner Rede gut folgen, da man uns vornan Plätze angewiesen hatte. Trotzig genug sah der Geselle aus, wie er aus tiefliegenden, verkniffenen Augen die Versammlung musterte, und der Eindruck des Trotzes verschärfte sich noch durch ein bellendes Organ und durch ruckende Kopfwürfe, die seinen schütteren Jungbart in Schwingung versetzten.

Die Senioren der Stadt waren nur spärlich vertreten. Sie mochten wohl der ganzen Angelegenheit keine wesentliche Bedeutung beimessen und sich darauf verlassen, daß die ruhige Beredtsamkeit und die Autorität des einen Vlaho ausreichen würde, die gefährdete Jugend bei Raison zu halten. Der saß abseits, versteinert, ganz Buddha. Und es schien ein Fluidum von ihm auszugehen, wie von einem Gesalbten, in dessen Gegenwart sich keine Stürme erheben dürfen.

Aber die Bewegung war vorhanden. Eine verhaltene Gärung, deren Ursprünge weiter zurücklagen in geheimer Wühlarbeit der fremden Aufwiegler. Deren Sprecher begann:

Vléhanesen! Jungmannen und Jungfrauen! Wir sind hierhergekommen, um euch aufzurütteln zur Ergreifung der Menschenrechte, zu einem Menschentum, von dem ihr nichts wißt, nichts ahnen könnt, da eure Seelen in Gefangenschaft schmachten. Vertiert seid ihr unter der Lehre eurer Väter, die euch Ruhe, Entbehrung, Gleichgültigkeit, Entkräftung auferlegt, in einer von Kräften strotzenden Welt.

Auf den anderen Inseln und auf den fernen Kontinenten leben Menschen, welche arbeiten und kämpfen, in Kampf und Arbeit das Gefühl des Lebens zu erstreiten. Ihr kriecht schleimig dahin als schneckenhafte Wesen, ihr habt Blut in den Adern, aber es pulsiert nicht. Raffet euch auf zur Blutwallung, werdet Kämpfer! Schüttelt ab den Bann, der euch zur Seelenlosigkeit verdammt – unterjocht die Unterjocher!

Wogegen ihr zuerst kämpfen sollt?

Das will ich euch sagen: Gegen die reiche Natur, die euch umgibt, die sich ihre schwelgerische Üppigkeit auf eure Kosten angemästet hat. Heuchlerisch scheint sie den Bewohnern alles zu gewähren, was des Lebens Notdurft verlangt, sie überschüttet sie mit Blüten und Früchten, sie bettet sie in landschaftliche Wonne, aber hinter dieser Freigebigkeit lauert der Verrat: Indem sie euch die Arbeit ersparte und in reglose Beschaulichkeit einlullte, dämpfte sie die Lebensgeister, sog das Mark aus den Hirnen und Nerven. Und nur in also entseelten Seelen konnte sich jene Verderblichkeit entwickeln, die man euch als Philosophie und Religion aufschwatzt: die entbehrende Buddhalehre. Dort hockt er, euer neuer Buddha, dessen eingefrorenes Gesicht nicht euer Erbe werden soll.

Ja, kämpfen wir gegen den Urgrund seiner Lehre, gegen die verweichlichende, geistdämpfende Natur, in der wir die Wurzel des Seelenelends erkennen. Nicht mehr mit Gleichgültigkeit wollen wir ihr begegnen, sondern mit Haß und Zorn. Ausrotten wollen wir ihre Fülle und Schönheit, hinter der sich der Satan verbirgt; ein Dämon, der auf Vléha die schlimmste Form des Lasters verbreitet hat, die Verblödung.

Zornbewehrt werden wir die Natur umgestalten, dieses verruchte Klima, das den Boden schwängert, um den Menschengeist mit Unfruchtbarkeit zu schlagen. Eine schwere Aufgabe? Wohlan, laßt erst euren Haß emporschwellen, daß er gewaltiger werde, als die Schwierigkeit. Laßt uns Bresche schlagen in jenen Gebirgswall, ein Tor öffnen den rauhen Nordwinden, daß sie mit eisigem Hauch das Gelände überfluten! Erprobung tausender, kräftiger, arbeitsbegieriger Männerarme! Seid ihr bereit?

Das Echo geriet nicht so volltönig, als der Agitator erwartet hatte. Nur ein leises Murmeln des Einverständnisses wurde vernehmbar, dann meldete sich ein junger Mann:

»Ich heiße Sergasch, bin Schwesternsohn unseres Königs und sitze auf einem Gütchen, das mich mühelos ernährt. In der überreichen Muße, die auf mir wie ein Alp lastet, habe ich mich dem Bücherstudium überliefert; und es geschah mir beim Lesen, als würde ich aus einem fürchterlichen Traum aufgeschreckt. Mit allem Respekt vor meinem Oheim sei es gesagt, daß mir seine Lehre schon lange verdächtig war. Sehr verständig hat der Sendbote Sterridogg gesprochen, den das Mitleid von seiner steinigen Insel Unalaschka hierher treibt, um uns die Augen zu öffnen. Heraus aus dem Dämmer der Apathie, hinein in die Leidenschaft! Wollen wir nicht verdorren, so müssen wir uns den Zwang zur Tat schaffen. Aber der vorgeschlagene Weg ist ungangbar. Wohl haben die Europäer natürliche Fesseln zerbrochen, in Suez und Panama, wo sie Kontinente zersprengten, um Meere zu vereinigen, allein derartige Menschengewalten vermögen wir Insulaner nicht aufzubringen. Wir können unser Gebirge nicht öffnen, um das Klima hart zu machen. Sinnen wir daher auf andere Mittel. Wir brauchen den Notzwang, und wir werden ihn haben. Not! Befruchterin der Intelligenz, Mutter aller Erfindungen, Nähramme aller Tugenden, komme zu uns! Stehen dir die in Geilheit strotzenden Felder und Fruchtbäume im Wege, so werden wir sie beseitigen. Vernichtung den Hindernissen! Feuer herbei!«

»Feuer an die Plantagen!« – so erschollen Zurufe aus jugendlichen Kehlen.

Jetzt erhob sich Vlaho, dem es allmählich klar wurde, daß er mit einer priesterlichen Geste den Sturm nicht mehr zu beschwichtigen vermochte:

»Meine Kinder! Zum erstenmal in einem langen, von Heilswahrheit gesegneten Leben fühle ich die Notwendigkeit, aus der Gelassenheit herauszutreten. Welch ein Geist ist in euch gefahren! Ihr hört auf die Verführung neidischer Fremdlinge, die eure Seelen verwirren und ihnen die eingepflanzte Köstlichkeit entreißen wollen: die Unnahbarkeit, das Gleichmaß, die Unerschütterlichkeit. Leidenschaft, Haß und Wut wollen sie euch einimpfen, jene Erbübel, die da draußen ihr giftiges Wesen treiben und die ganze Weltgeschichte zu einem Register schreienden Jammers gemacht haben! Wollt ihr werden wie die Europäer von heute mit ihrem verzweifelten Kampf aller gegen alle, wollt ihr euch überschwemmen lassen von Schweiß und Blut, dann rufet die Not, beschwört ein Geschick herauf, gegen das wir Alten euch mit eiserner Brustwehr zu schützen beflissen waren. Denn das war der Sinn unserer Lehre, die man buddhistisch, zynisch, stoisch nennen mag, euch außerhalb des Schicksals zu stellen, durch weise gepflegten Gleichmut. Wir hielten die Eitelkeit der Freuden von euch fern, um euch mit Unempfindlichkeit gegen den Schmerz zu waffnen; euch das zu gewähren, was die weisesten der Griechen als ›Ataraxia‹ gepriesen haben; die Unangreifbarkeit des Geistes, der in der Einsicht von der Leerheit der Genüsse sich zum Herrn über den Körper aufschwingt. Jetzt aber werft ihr die Ataraxie von euch, stürzt in die Arme des Schmerzes und hofft in dieser Umarmung eine Wollust zu erleben ...«

..»Weil es keinen anderen Weg zu ihr gibt« – rief Sterridogg dazwischen – »als den Umweg über Not, Schmerz und saure Arbeit. Dieser Priester dort, der uns mit griechischen Brocken kommt, der in aller Literatur so genau Bescheid weiß, warum unterschlägt er uns die Weisheit des alten Zoroaster und des neuen Zarathustra? der die Not gepriesen hat mit den Worten: Im Schmerz ist so viel Weisheit wie in der Lust, er gehört gleich dieser zu den arterhaltenden Kräften ersten Ranges! daß er weh tut, ist kein Argument gegen ihn, es ist sein Wesen! Menschen gibt es, die beim Herannahen des großen Schmerzes wachsen, die nie stolzer, nie glücklicher dreinschauen, als wenn der Sturm heraufzieht; ja! der Schmerz selber gibt ihnen die größten Augenblicke! Das sind die heroischen Menschen, die großen Schmerzbringer der Menschheit; jene Seltenen, welche dieselbe Apologie nötig haben, wie der Schmerz überhaupt; es sind arterhaltende, artfördernde Kräfte ersten Ranges! Begreift ihr's, unglückselige, verkümmerte Genossen, daß ihr diesen Großen nachzueifern habt? Begreift ihr's, daß die Prediger der anderen Lehre nichts anderes sind als Quacksalber, die euch mit Haschisch betäuben?«

»Feuer an die Plantagen!« antwortete es in verstärktem Chore. Vlaho war zurückgesunken, Eva meldete sich mit einem Zeichen, daß sie zu sprechen wünsche, und aller Blicke hefteten sich auf sie:

»Viéhanesen! Nicht um zu entscheiden, richte ich das Wort an euch, denn wir sind Gäste ohne Richterbefugnis; sondern um dem maßlosen Erstaunen Ausdruck zu geben, das uns befällt, angesichts dieser Vorgänge. Es ist wahr, wir kommen aus Ländern, in denen die Menschen durch Leid, Kampf und Arbeit von der Freude abgedrängt werden. Hier zum erstenmal fanden wir einen Erdflecken, den die Natur in rosiger Laune erschuf, um sich in einem Ausnahmefalle ihrer natürlichen Grausamkeit zu entäußern. Hier wäre der Boden für ein paradiesisches Geschlecht, das nur nötig hätte, seine Sinne offen zu halten, um glücklich zu sein. Und was haben wir angetroffen? Zwei Parteien zwischen Entsagung und Schmerzenssehnsucht, zwischen Gleichgültigkeit und Haß. Wir allein, wir Fremden, konnten hier des Weltelends vergessen, konnten uns aiuf einige Stunden im Glücke sonnen, das ihr nach zwei Methoden von euch abwehrt. Darf ich euch einen Rat geben? fahret hinaus zur Betrachtung der euch unbekannten Welt, wie wir hinausfuhren zur unbekannten Insel, erlebet den Kontrast, und bei der Heimkehr werden eure beiden Parteien verschmelzen zu einer einzigen, der selbstverständlichen Glückseligkeit. Ihr werdet nicht mehr Buddhisten sein und Antibuddhisten, sondern frohe Menschen auf der Insel der glücklichen Bedingungen.«

»Nach Auswandern ist uns schon lange zu Mute,« rief Sergasch dazwischen; »so wie sich Odysseus von der Zauberinsel der Kalypso fortsehnte nach dem steinigen Ithaka. Aber vorher wollen wir Rache üben an der Natur, hinter deren Engelsmaske wir den Belial erkannt haben!«

Ein greller Feuerschein züngelte durch die Fenster in den Versammlungsraum. Einige Verwegene hatten sich schon vorher beim ersten Aufruf des Priesterneffen entfernt und ihr Werk begonnen. Als wir hinauseilten, war es bereits in vollem Gange. Die Pflanzungen brannten und Flammen leckten nach den Ausläufern der Ortschaft. Alte Einwohner standen umher, starrten auf Vlaho, wie in Erwartung eines Signals, ob sie sich auch dieser Katastrophe gegenüber als gleichmütige Stoiker zu betragen hätten. Eine Stunde später befanden wir uns auf der »Atalanta«, vollzählig, denn auch der vermißte Geo Rottek hatte sich inzwischen wieder angefunden; nach einem nicht unfreundlichen Erlebnisse, das er uns erzählte, während sich das Schiff von der illuminierten Insel entfernte.

Die Episode des Offiziers lieferte zu unseren Erfahrungen eine sozusagen lyrische Ergänzung. Er war bei dem erwähnten Aufstieg tatsächlich vom Wege abgekommen, verlockt durch das Erscheinen einer seltsamen Springgazelle, die am Waldesrand sichtbar wurde, im Buschwerk untertauchte, wieder aufschnellte, sich umblickte, so daß Geo der Versuchung nicht widerstehen konnte, der Spur zu folgen. So verlor er den Kontakt mit den anderen und sah sich beim Fortwandern plötzlich auf einer mit Pinien umstandenen Matte, die einen Blick auf Tiefland und Meeresbucht freigab. Auf einer Moosbank saß ein etwa zwanzigjähriges Mädchen, dem er unter den Sehenswürdigkeiten der Insel sogleich eine besondere Stellung anwies. Ja, ihm erschien in diesem Moment der ganze Zauber der elyseischen Umwelt nur als die Fassung zu diesen einem versprengten Edelstein. Er blieb stehen, fragte nach dem Wege zur Stadt, erhielt Auskunft, schlug aber den Weg nicht ein, setzte sich vielmehr auf die Bank neben die junge Person und hatte die Genugtuung, daß diese Kühnheit sie nicht aufscheuchte. Jetzt betrachtete er sie eindringender, mit einer unbewußten, aber ergebnisreichen Analyse der Einzelheiten, die sich hier zur Gestaltung einer exotischen Hebe zusammenfanden. Und mitten in die stumme Entzücktheit hinein fiel eine Enttäuschung: die Augen, so schön sie geformt waren, so reizend sich Iris und Pupille vom zartgeäderten Weiß abhoben, zeigten keine optische Resonanz. Es ging keine Schwingung von ihnen aus, nichts, was auf ein Spiel der Nerven deutete, und es kam ihm in Erinnerung, was der Doktor in den ersten Minuten des Aufenthalts zu ihm gesagt hatte: »diese Menschen haben keine Seele.«

Er versuchte eine Unterhaltung anzubahnen. »Wie heißen Sie?« – »Wrogella«. – »Ein melodiöser Name; freuen Sie sich der Herrlichkeiten um uns?« – Sie verstand nicht. – »Empfinden Sie nichts beim Anschauen dieser Landschaft?« – »Die Landschaft ist überall dieselbe.« – »O nein, sie ist überall verschieden, sie bietet alle Arten von Schönheit; so wie auch Sie verschieden sind von Ihren Schwestern auf der Insel. Wissen Sie, Wrogella, daß Sie schön sind?« – Ein leises Vibrieren in ihren Zügen gab Antwort; schnell genug verschwand es, und sie sagte mit klangloser Stimme: »es ist verboten, das zu wissen.«

Eine großartige Erscheinung zeigte sich am Himmel. Hinter zarten Dunstwölkchen offenbarte sich das Halo-Phänomen, das sonst nur in der Polarregion sichtbar wird. Weitgeschwungene Kreise um die Sonne mit Neben- und Gegensonnen, mit hellfarbigen Berührungsbogen an den äußeren und inneren Bogen. »Wrogella,« rief er, »blicken Sie dorthin! Tausend Jahre könnte ein Mensch alt werden, ohne daß es ihm vergönnt wäre, solches Wunder zu erleben!« Und in der Ekstase ergriff er ihre rechte Hand, die sie nicht zurückzog.

Aber sie blickte auch nicht zum Himmel, an dem das Phänomen nach wenigen Sekunden verschwand.

Kein Zweifel, er saß neben einer Undine, und erriet intuitiv, daß diese undinenhafte Verfassung das wesentliche Merkmal der Rasse von Vléha bilden müsse. Aber er hielt doch ihre Hand, aus deren Fingerpolen ihm etwas entgegenströmte, wie eine Emanation.

Das ist wenigstens ein Vorteil ihrer Empfindungslosigkeit, dachte Geo; sie wehrt sich nicht, wenn ich ihre Hand liebkose. Und während er sie abwechselnd streichelte und an die Lippen führte, fragte er: »Wrogella, sind Sie verlobt? haben Sie einen Freund, einen Geliebten? Wissen Sie überhaupt, was Liebe ist?«

Sie antwortete nicht. Aber in ihren Augen ging etwas vor, mit kristallischen Reflexen, verschleiert im Dunsthauch von Tränen. Und auf einmal öffnete sie ihre Arme und flog ihm an die Brust. Wie ein junges Vogelherz pochte es ihm entgegen. Diese eine Buddhistin war entzaubert zu einem Nirwana, das ihr besseres versprach, als die überlieferte Mystik.

– Das ist der *Anfang* eines Romans, lieber Rottek, sagte Mac Lintock; wie denken Sie sich die Fortsetzung?

»Fortsetzung?« entgegnete jener, »ich dächte, wir wären schon seit ein paar Stunden über den Schluß hinaus. Ich auf dem Schiff, das Mädchen auf der brennenden Insel! Der Vorhang ist gefallen und wird nach menschlichem Ermessen nie wieder gehoben.«

– Das soll man nicht verschwören. Sie machen mir nicht den Eindruck, als wenn der rasche Triumph des Abenteuers Ihnen genügte. Bei einem Helden, der Brünnhilde erweckte, kann auf den Siegfried-Schluß der Anfang der Götterdämmerung folgen: Zu neuen Taten!

»Sie sind ein Menschenkenner, Herr Mac Lintock. Tatsächlich, ich verspüre heftige Reue. Ich hätte auf Vlcha bleiben oder Wrogella mitnehmen sollen.«

– Es gäbe noch eine dritte Möglichkeit. Sie können eines Tages zurückkehren und mit ihr den unterbrochenen Kursus wieder aufnehmen. Ich denke mir das um so vorteilhafter, als ich selbst beabsichtige, in späteren Jahren hier eine Ferienkolonie für uns alle zu begründen.

»Glänzende Idee!« rief Donath, »aber die Pflanzungen sind doch vernichtet?«

– Ich halte diesen Brand für ein Theaterspektakel. In einem Jahre blüht und fruchtet hier alles wie zuvor. Das einzige wirklich Eingeäscherte wird der Buddhismus sein, und der verdiente nichts anderes, denn er ist eine Donquichoterie. Ich taxiere: wenn wir einmal wiederkehren, dann herrschen hier die sogenannten geordneten Zustände, mit Katasterämtern, Steuerbüros und sonstigen Behörden, die den Leuten das Leben genau so sauer machen, wie bei uns. Aber man wird wenigstens wissen, an wen man sich als Businessman zu halten hat. Und wenn inzwischen die Preise nicht gar zu arg hochgeschnellt sind, dann kaufe ich die ganze Insel und gebe sie der hübschen Wrogella zur Mitgift.

Was aber würde unser deutscher Buddha gesagt haben, wenn er mit uns von der Partie gewesen wäre?

Vermutlich folgendes:

Hier auf der Insel der glücklichen Bedingungen war der beste Ansatz vorhanden für das Verwirklichen der Verneinung des Willens zum Dasein. Die Sehnsucht nach Sansara, die Ataraxie, Senecas Doktrin und mein Pessimismus hätten hier auf engem Boden das Zweckdienliche geschafft, die Überwindung der Gattungsexistenz. Dann hätte ein goldenes Zeitalter beginnen können, worin sich die Natur allein auslebt, ohne die störende Mitwirkung der Menschen, welche in keinem Betracht in den Kosmos hineinpassen. Fast waren sie so weit, dieser schnöden Mitwirkung in freiwilligem Verdorren zu entsagen. Da erhob sich ein neues Gewühl zu dem blöden Zwecke, sich das nämliche Joch, das sie eben abwerfen wollten, frisch aufzubinden, mit aller Festigkeit, daß es ihnen den Nacken recht gründlich wundscheuere. Und mitten in dem Getümmel sehen wir die Blicke zweier Liebenden sich sehnsüchtig begegnen, – und warum so heimlich, furchtsam und verstohlen? Weil diese Liebenden die Verräter sind, welche heimlich danach trachten, die ganze Not und Plackerei zu perpetuieren, die sonst ein baldiges Ende erreichen würde.

Die letzten Zeilen stehen so wörtlich in Schopenhauers Hauptwerk. Noch viele gleichwertige wären daraus zu zitieren, lapidare Gedanken, die Satz für Satz wahr, sich insgesamt zu einem grandiosen Fehlerkreis zusammenschließen, zu einem Zirkel, von dem uns soeben die am Horizont verglühende Insel ein lebendiges Abbild geliefert hatte.

Kradak

Die Insel der Perversionen.

Eigentlich ist es eine Gruppe dreier benachbarter Inseln, die man nach ihrer gegenseitigen Lage mit den Borromäischen im Lago maggiore in Vergleich bringen könnte. In ihren Wesenszügen treten Verwandtschaften hervor, die es mir nahelegen, sie gemeinsam zu behandeln, wie wir denn auch unseren Aufenthalt nach Zeit gemessen ziemlich gleichmäßig zwischen ihnen verteilten. Als Ausgangspunkt diente uns die mittlere Insel, Kradak, die mit den anderen einen unablässigen Bootsverkehr unterhält. Sie war, als wir landeten, der Schauplatz einer Verkaufsmesse, richtiger gesagt eines bunten Jahrmarkts und zeigte lebhaftes Treiben auf den Straßen, wie in der Karawanserei, in der wir Unterkunft fanden. Manche Auffälligkeiten traten uns im ersten Anlauf entgegen, sie waren indes nicht hervorstechend genug, um unsere Aufmerksamkeit erheblich zu fesseln; sie erschienen eher als launische Zufallsprodukte, denn als Zeugnisse für einen besonderen nationalen Geistestypus. Äußerlich betrachtet erinnerte die Ortschaft an Honolulu; freilich waren die Maße verkleinert, auf bescheidenere Verhältnisse reduziert, und das ganze hatte einen Stich ins Abenteuerliche, Verschrobene, Inkommensurable. Man könnte sagen: Honolulu ist die mittlere Proportionale zwischen einer europäischen Residenz und Kradak; jedenfalls blieben hier Einflüsse der uns vertrauten Kulturen, wenn auch in Verdünnung, deutlich erkennbar.

Nachdem wir uns eingerichtet, fanden wir uns im Speiseraum der Karawanserei zusammen, deren schwer aussprechbarer Name sich sinngetreu mit »Palace-Hotel« übersetzen läßt; und insofern auch sachgetreu, als tatsächlich ein gewisser Luxus vorhanden war, der die anheimelnde Bezeichnung rechtfertigte. Man aß an kleinen Tischen, und wir wurden deshalb getrennt; was uns nichts ausmachte, da wir gar keinen Wert darauf legten, dauernd zusammenzukleben. Wir verteilten uns also auf gut Glück und erwarteten die kulinarischen Genüsse, mit denen uns das »Palace-Hotel« segnen würde.

Ein Vorzeichen der Erfreulichkeit: Bedienung von zarter Hand. Ich persönlich hege die größte Hochachtung vor dem Kellnerstand, mit dem Vorbehalt, daß mir die einfältigste Hebe lieber ist als der tüchtigste Ganymed. Zwischen Tafelbedienung und Männerhand liegt für mich eine sexuelle Dissonanz. Diese Unstimmigkeit wurde hier vermieden. Die Dissonanzen und Querstände waren nichtsdestoweniger vorhanden, allein sie entluden sich, wie man bald sehen wird, nach ganz anderen Seiten.

Eine Bedienerin schwebte heran und pflanzte eine Schüssel mit angenehm duftendem und offenbar sorgsam präparierten Salat vor uns auf. Als wir, Donath und ich, uns anschickten, auf gut Homerisch gierig die Hände auszustrecken, erhob sich vom Nachbartisch ein Ortseingesessener, trat auf uns zu und sagte: »Ich warne Sie, meine Herren, und möchte Ihnen empfehlen, diese Warnung an Ihre Gesellschaft weiterzugeben. Dieser Salat nimmt unter unseren Volksgerichten die erste Stelle ein, er setzt indes eine Gewöhnung voraus, die man bei Landfremden nicht annehmen darf. Er ist nämlich aus den Blättern des Koka-Strauches zubereitet, der hier überall wild wächst und überdies in verfeinerten Kulturen massenhaft gezüchtet wird.«

»Wir sind Ihnen sehr verbunden,« sagte Donath, »obschon mich die Neugier lockt, wenigstens eine kleine Kostprobe zu nehmen; vorher will ich allerdings unsere Reisegenossen von Ihrer Mahnung verständigen.« – Als er nach einigen Sekunden zurückkehrte, hatte ich den autochthonen Herrn bereits gebeten, bei uns Platz zu nehmen. Der Mann gefiel mir, denn er zeigte weltmännischen Schliff und eine Ausdrucksweise, die auf weitreichende Erfahrung schließen ließ. Die besaß er in der Tat. Er war seit zehn Jahren höherer Beamter im Wohlfahrtsministerium der Inselgruppe mit dem Range etwa eines Staatssekretärs; vordem hatte Herr *Trelloar* (so hieß er) als Emissär im strengsten Incognito ausgedehnte Reisen unternommen, und wir merkten bald, daß ihm unsere Kulturzentren recht gut bekannt waren. »Ich reiste,« berichtete er, »unter der Maske eines finnischen Kaufmannes ...«

»Also mit gefälschtem Paß?«

– Mit gar keinem Paß. Inkommodiert wird man in Ihren Ländern nur dann, wenn man sich überhaupt auf Ausweise einläßt. Verzichtet man darauf grundsätzlich und ersetzt man die Sprache der Schriftstücke durch das Esperanto klingender Münze, so verschwinden alle Verkehrsschwierigkeiten von selbst. Um nun auf unser Thema zurückzukommen ...

Die Bedienerin hatte inzwischen auf sein Zeichen verschiedene andere Speisen aufgetragen, gegen deren Genuß Trelloar nichts einzuwenden hatte; Gerichte, die mit gewissen Abweichungen an die uns geläufigen erinnerten. Jedenfalls waren wir ganz gut versorgt und sonach disponiert, während des Mahles den Ausführungen unseres Partners zu folgen.

– Daß in den Koka-Blättern dieses Salates das wichtige Alkaloid Kokain steckt, ist Ihnen natürlich bekannt. Ebenso, daß diese Substanz nicht nur als schmerzstillendes und verhütendes Mittel gebraucht wird, sondern auch zur Betäubung in weiterem Sinne. Und indem es betäubt, weckt es gleichzeitig seltsame nervöse Zustände nach Art der Narkotika, qualitativ modifiziert, quantitativ stärker, besonders in solchen Mengen genossen wie hier. Unser Kokain – ich sagte Ihnen schon, daß wir die Pflanze nach besonderen Verfeinerungsmethoden pflegen – umhüllt den Genießer mit den angenehmsten Visionen und Phantasmagorien;

nämlich dadurch, daß es den Schmerz aufhebt, der mit dem Dasein selbst verknüpft ist, sagen wir: den Existenzschmerz.

»Gut umschrieben,« bemerkte Donath Flohr, »aber ich als Europäer würde das direkter bezeichnen: der Kokaingenuß an sich ist eine Perversität und erzeugt Perversionen. Also glattweg ein Laster. Schon in winzigen Dosen, eingespritzt oder geschnupft, untergräbt er die sittliche Konstitution. Ich kann mir einstweilen noch gar nicht ausmalen, was aus einem Volk wird, daß sich dieses Zeug gewohnheitsmäßig aus vollen Schüsseln einverleibt.«

Trelloar entgegnete: – Lassen wir es einstweilen bei Ihrem Ausdruck Perversion. Sie werden vielleicht, und ich hoffe es, dahin gelangen, diesem Begriff eine neue Bedeutung abzugewinnen. Was unter gewissen Bedingungen pervers erscheint, kann unter anderen die Form einer harmlosen und durchaus naturgemäßen Gepflogenheit annehmen. Sind Sie Raucher?

»Heftig. Mit Leidenschaft. Ich qualme sogar im Bett.«

– Nun stellen Sie sich vor, Sie allein rauchten, Sie allein besäßen Tabak, kein Mensch außer Ihnen. Dann wären Sie zweifellos ein Perverser. Die Mediziner würden konstatieren, daß Sie dauernd ein starkes Gift schlucken, an dem Sie unabwendlich in wenigen Wochen zugrunde gehen müssen. Sie würden vielleicht auch an Moralprediger geraten, die nach historischem Vorbild beantragen, Ihnen die Nase abzuschneiden, weil Sie kraft höllischen Feuers mit dem Satan im Bunde stehen. Aber im modernen Kulturkreis sind Sie durchaus kein Perverser, sondern ein Raucher unter Millionen, der gedeiht, der als sittliche Persönlichkeit hundert Jahr alt werden kann ...

... »und dem der Tabak,« schaltete ich ein, »die besten geistigen Inspirationen zuführt. Soweit bin ich ganz einverstanden mit Ihnen, Herr Trelloar. Man müßte nur erfahren, welchen besonderen Gepflogenheiten sich Ihre Genossen hingeben, und alsdann prüfen, ob es wirkliche Perversionen in jedem Betracht sind, oder bloß Abweichungen vom Normalgebrauch.«

– Beginnen wir mit Kleinigkeiten. Ich bemerke vorweg, daß ich selbst nur geringes Gewicht auf sie lege, weil sie nur die Äußerlichkeiten, nicht die Tiefe des Lebens betreffen. Dort drüben sitzt ein Bürger von Kradak, der sich eben einen eigenartigen Gang schmecken läßt; Sie können sämtliche Speisekarten zwischen Nordkap und Palermo durchgehen, ohne auf das Gericht zu stoßen: es ist Ziegenkäse mit Sardellen, am Spieß gebraten. Sein Nachbar ißt Krähenzungen in Vanille, nachdem er vorher Kaviar mit Schlagsahne konsumiert hat. Sein Nachbar trinkt getrüffelten Kaffee, und was er darin eintunkt, ist kein Kipfel oder Hörnchen, sondern Salzgurke. Träten diese Dinge vereinzelt auf, so könnte man sie als feuilletonistische Scherze und die Personen als perverse Sonderlinge betrachten. Es steckt aber ein Programm darin. Wir auf Kradak sagen uns, daß wir die Tafelmöglichkeiten vertausendfachen, wenn wir an keinem Menuzwange festkleben. Wir haben unsere Geschmacksnerven auf eine Vielfältigkeit eingestellt, die den Europäern fremd ist, da Ihr aus der Unerschöpflichkeit der Eßkombinationen nur ein Minimum herausholt. Genau genommen haben Sie alle, ob Amerikaner, Deutsche, Franzosen, Schweizer, Skandinavier, alle zusammen nur eine Speisekarte, bestenfalls vier Seiten lang, und Sie unterliegen mit Ihren Tafelfreuden dem ewig Gestrigen, wie Ihr Dichter sagt, das morgen gilt, weil's heute hat gegolten. Wer darüber hinaus will, von Euch aus gesehen, hat einen perversen Geschmack. Salzgurke in süßem Kaffee oder Blindschleiche in Schokolade, das schmeckt abscheulich, so meint Ihr; aber das ist genau so, als wenn Ihr eine Klangmasse oder eine Tonfolge für gräßlich erklärtet, die früher einmal dissonierte; morgen wird sie konsonieren, und ein Ohr, das sich damit befreundet, ist nicht pervers, sondern nur in der Zeit voran.

»Wenn ich Sie recht verstehe, so wollen Sie auf Folgendes hinaus: Gewisse einzelne Perversionen, die vorläufig nur symptomatisch auftreten, sollen sich zu einem System zusammenschließen, und hierin soll zum Ausdruck kommen, daß man dem Leben erheblich mehr Reizungen abgewinnen kann, als man gemeiniglich annimmt.«

– Sie sind auf dem Wege zum Verständnis; allein Sie werden den ganzen Umfang der Reizvermehrung erst dann begreifen, wenn wir auf das geistige Gebiet gelangen. Ja! wir sind allerdings zu der Einsicht gelangt, daß der Mensch im allgemeinen von den Variationsmöglichkeiten, die ihm die Natur selber eröffnet, nur einen ganz kümmerlichen Gebrauch macht; und daß er der Erstarrung anheimfallen wird, wenn es ihm nicht gelingt, sich aus der Umklammerung des Formalismus zu befreien. Das Kennzeichen des Lebens, wie es sich da draußen und besonders bei Ihnen in Europa abgewickelt hat, ist die Monotonie. Unbeschadet der Wechselfälle in Krieg und Frieden, in Revolution und sonstiger historischer Gestaltung unterliegen Sie alle der Anpassung an eine Normale, die Ihnen als Internationalismus oder Kosmopolitismus vorschwebt, die aber im Grunde nichts anderes ist, als eine entsetzliche Gleichmacherei, in welcher die Besonderheiten untergehen, die gewesenen und noch viel mehr die zukünftigen. Das Grundgesetz der Natur, daß es so viele Empfindungen, Daseinsmöglichkeiten, ja Logiken gibt als Einzelmenschen, wird durch den Anpassungstrieb gewaltsam außer Kraft gesetzt. Die Dampfwalze der Nivellierung geht über alles hinweg. Ich stand in London und betrachtete jene endlosen Straßen, in denen jedes Haus dasselbe Bauschema verfolgt, jeder Bewohner dasselbe Leben absolviert, zur nämlichen Stunde das nämliche ißt, trinkt, hantiert, denkt, erledigt, abhaspelt. Und ich fragte mich: warum sind das Millionen, wenn sie in ihrer numerischen Überfülle nichts anderes aufzeigen als irgend ein Dutzend? Dann stand ich wiederum in Paris, Wien, Berlin, Stockholm, Florenz, New York, Kalkutta, und bemerkte zwar nationale Abtönungen, andere Baustile, aber das Grundprinzip blieb dasselbe: die Unterdrückung der Variation zugunsten der Uniformität. Und wenn ich mir die Leute ansah, so war der Eindruck vorherrschend: es gibt bei euch nur noch einen Typus, den langweiligen Kosmopoliten, der überall dieselbe Figur machen will und der sich in längstens einem Jahrhundert zum öden Allerweltsschema durchgesetzt haben wird.

»Erstens wäre das noch kein Unglück; und zweitens übertreiben Sie, indem Sie die gemeinsamen Merkmale allzusehr hervorheben. Gewiß waren in Vorzeit die Differenzen zwischen einem Karaiben und einem Athener hervorstechender als heutzutage die Unterschiede zwischen den Bürgern und Arbeitern der Hauptstädte. Aber eine Verähnlichung in Geschäften, Denkweisen und Lebensgestaltungen ist doch noch nicht eingetreten.«

– Sie übersehen das Wesentliche, die Empfindung, die allerdings in allen Zonen einen bedauerlichen Grad der Egalisierung erreicht hat. Jedermann, er wohne wo er mag, will aus der Unannehmlichkeit heraus in die Annehmlichkeit, er will dies unabänderlich auf Grund seiner ärmlichen fünf Sinne, deren Spiel anscheinend nur geringer Modulation fähig ist. Was dem Londoner angenehm ist, als Sinneseindruck, das berührt alle angenehm, was auf ihn peinvoll wirkt, das wird in der ganzen Welt als peinvoll empfunden. Ihr alle sprecht und empfindet wie der Jude Shylock in eurem Shakespeare: mit derselben Speise genährt, mit denselben Waffen verletzt, denselben Krankheiten unterworfen, mit denselben Mitteln geheilt, gewärmt und gekältet von demselben Winter und Sommer, – wenn ihr uns stecht, bluten wir nicht? wenn ihr uns kitzelt, lachen wir nicht? Religion und Philosophie ändern nichts an diesem Grundbestand. Aber da kommt eine neue Erkenntnisfrage: Wie wenn wir aus dem Mißgefühl ein Wohlgefühl herausentwickeln könnten, aus dem blutigen Stechen einen angenehmen Kitzel?

Wenn wir in unseren Empfindungsapparat eine neue Mechanik einzusetzen vermöchten, die uns den Schmerz ganz direkt zur Lust transformiert?

»Herr Trelloar, das wird masochistisch.«

– Allerdings, und ich füge hinzu, daß wir uns auf diesen Inseln in beträchtlicher Zahl dem Masochismus überliefert haben. Und um die Sache fürs Gespräch zu erleichtern, bleibe ich bei dem Ihnen geläufigen Ausdruck. Also wir huldigen der Perversion des Masochismus in allen Formen, sind uns aber dessen bewußt, daß wir damit den Lebenskreis erweitern und klar zum Ausdruck bringen, was auch im Unterbewußtsein des kosmopolitischen Philisters schlummert. Dem Philister fehlt die Fähigkeit und der Mut, eine angedeutete Gefühlsmöglichkeit zu verfolgen und auszugestalten. Nur beileibe nicht aus dem gradlinigen Normalen heraus! Wir verfahren also zunächst jedenfalls ehrlicher als er, indem wir uns nicht hinter angeblichen ethischen Hemmungen verkriechen, sondern offen zu dem bekennen, was wir sind.

»Verzeihung, das tun wir ja auch; wir sind eben Nicht-Masochisten und betonen dies nachdrücklich.«

– Das heißt, ihr betont eine Unwahrheit, gelinde gesagt eine Unwahrhaftigkeit, denn euer ganzes Verhalten dem Weibe gegenüber ist auf Masochismus eingerichtet, auf eine verhaltene, uneingestandene, mit tausend Kunstmitteln verfälschte Perversität. Erlauben Sie mir, daß ich zum Beweise etwas aushole, um Ihnen die Beziehung der Geschlechter im Gedankengang einer Person zu definieren, die Sie wohl auch als Autorität gelten lassen; weil sie die einzige war, welche die Philosophie der Liebe theoretisch wie praktisch vollkommen beherrschte. Diese Person also, in deren Umarmungen Liebe und Erkenntnis zusammenflossen, – erraten Sie, von wem ich spreche?

»Es könnte Aspasia sein.«

– Getroffen. Wiederholen wir uns ihre Weisheit; die Männer, als die Inhaber aller Machtvollkommenheit, haben alles aufgeboten, um uns, die Frauen – sagt die Griechin – des bloßen Gedankens einer Empörung gegen ihre unrechtmäßige Herrschaft unfähig zu machen: sie fordern zum Preis aller Vergewaltigung, die wir von ihnen erleiden, unsere Liebe: wenden alle erdenklichen Verführungen an, uns zu überreden, daß sie ohne uns nicht glücklich sein können, und bestrafen uns gleichwohl dafür, wenn wir sie glücklich machen. Und wir, die Frauen, verdienen bestraft zu werden, wenn wir blöde genug sind, die Feinde unserer Ruhe, die Tyrannen unseres Lebens unsere Überlegenheit nicht spüren zu lassen. Warum bedienen wir uns nicht der Vorteile, die uns die Natur über sie gegeben hat? Wir sollten das schwächere Geschlecht sein, sie das stärkere? Die lächerlichen Geschöpfe! Wie fein steht es ihnen an, mit ihrer Stärke gegen uns zu prahlen, da die schwächste aus dem Kreise der Weiber es in ihrer Gewalt hat, jeden Helden, ja jeden Halbgott, mit einem lächelnden oder säuerlichen Blick zu ihren Füßen zu legen?! Auf die rhetorischen Fragen der Aspasia gibt das Verhalten der Männer die Antwort; sie unterwerfen sich tatsächlich, sie erhöhen instinktiv die Weibertyrannis über ihre eigene Tyrannei. In aller Lyrik, in allem Troubadourwesen, in aller Galanterie steckt das Bekenntnis und der Wunsch, Gewalt zu spüren vom andern Geschlecht. Das ist der erste Auftakt des Masochismus, der sich mit ideellen Fußtritten und transzendenten Geißelungen begnügt. Wenn wir in der Praxis weiter gehen, und die Wollust nicht gerade da kupieren, wo sie eben anfängt merkbar zu werden, so üben wir nur jene Konsequenz, die ihr ja sonst als männliche Tugend feiert. Ihr verfahrt mit eurem verdünnten Masochismus wie einer, der in die Küche hineinriecht und sich das Essen versagt. Ihr laßt nicht gegenständlich werden, was seiner ganzen Natur nach wie alles Sexuelle auf die Realität hindrängt, und in dieser Resignation – so könnte man sagen – seid ihr die Perversen, da ihr den natürlichen materiellen Verlauf nach der entgegengesetzten Richtung umbiegt, also ganz wörtlich genommen, pervertiert.

»Wir sind da sehr weit auseinander. Zugeben will ich Ihnen, daß ein Drang nach Selbstunterwerfung existiert, der dem natürlichen Willen zur Macht in gewisser Weise widerspricht. Zugeben will ich ferner, daß die ganz unerläßliche Lebensfeinheit der Galanterie ihren Sinn verliert, wenn wir im Zuge zeitlicher Anforderung die politische und soziale Gewalt mit den Frauen teilen, das heißt, die Macht preisgeben. Aber die von uns gepflegte Galanterie, mag auch ein Rest von freiwilligem Sklaventum in ihr stecken, ist doch himmelweit verschieden von der potenzierten Sklaverei des richtigen Masochismus. Ganz banal ausgedrückt: wirkliche Fußtritte und Geißelschläge tun doch weh, wie können Sie so pervers sein, ein Vergnügen dabei zu empfinden?«

– Die Tatsache spricht für sich, und sie steht nicht vereinzelt. Es läßt sich sozusagen geschichtlich erweisen, daß Orgiasmus und Schmerz Erscheinungsformen ein und desselben Vorgangs sind, und daß es in gewissem Grade nur von uns abhängt, sie so oder so zu empfinden. Die alten Hexen- und Folterberichte wimmeln von Bestätigungen. Ich besitze eine ganze Sammlung davon und habe mir erst heute eine bezeichnende Stelle dieser Art ausgeschrieben.« – Er zog ein Blättchen hervor und las: »Ein beglaubigter Gewährsmann von 1730 beschreibt wie ein der Hexerei angeklagtes Mädchen mit einem 30 Pfund schweren Feuerblock in der Magengegend so bearbeitet wurde, daß der Block bis zum Rücken vorzudringen schien, und daß man hätte meinen sollen, sämtliche Eingeweide wären unter der Wucht der Schläge zerschmettert. Das Opfer aber rief nur dem Peiniger zu: Das tut gut! Mut, mein Bruder, schlage noch mehr, wenn du kannst!«

»Das ist Hysterie.«

– Sie setzen nach alter Gewohnheit ein Wort für die Sache und sind dann fertig mit dem Problem. Wir fassen es tiefer. Wenn auch nur in einigen Fällen der Schmerz als Lust wahrgenommen wird – die Fälle sind zu Hunderten erwiesen – dann sind die Kategorien Schmerz und Lust überhaupt nicht in Trennung aufrecht zu erhalten. Mit der neuen Kategorie aber, mit dem Lustschmerz oder der Schmerzlust gewinnt der Mensch eine Unzahl von Emotionen, die im alten Register vollständig fehlen. Und wenn wir unsere sensiblen Nerven hierzu trainieren, so erreichen wir damit Variationen, in denen sich ein gesteigertes Lebensprinzip ausspricht.

* *
*

Wir traten auf die Straße, da Trelloar uns ein wichtiges Staatsgebäude zeigen wollte. Wir beide hatten uns Zigaretten angesteckt, und Donath hielt auch ihm sein Etui anbietend entgegen. Allein der Kradaker bevorzugte seine eigene Sorte und entzündete sich einen Stengel, dessen Aroma wir im geschlossenen Speiseraum schwerlich ausgehalten hätten. – Sehen Sie, sagte er, auch im Rauchen sind Sie beim ersten, leisen Perversitätsansatz stecken geblieben, da Sie an dem unvariablen Dogma festhalten: »Nur Tabak!« was ungefähr dem primitiven Standpunkt des Säuglings entspricht, dessen Dogma lautet: »nur Milch!« Ich habe hier in meiner Dose zwölf verschiedene Sorten, und unsere Industrie erzeugt hunderte, unter denen der Tabakstyp höchstens zu fünf Prozent vorkommt. Die Zigarette, an der ich mich eben delektiere, ist aus den Blättern des Bilsenkrauts gewickelt, in den andern befindet sich Löwenzahn, Euphorbium, Schierling, Fingerhut, Meerzwiebel, Taumellolch, und so weiter, lauter Giftpflanzen, deren Alkaloide es mit Ihrem Nikotin getrost aufnehmen können.

»Pfui Teufel!« rief Donath; »wenn Ihre Giftnudeln so schmecken wie sie duften, dann möchte ich diese Perversion allerdings nicht mitmachen.«

»Ich zwar auch nicht,« sagte ich, »aber trotzdem bist du hier offenbar gegen unseren Mentor im Unrecht. Wir dürfen – so viel habe ich von seiner Lehre schon begriffen – den Stand unserer Gaumen- und Nasennerven nicht als den alleingiltigen ansprechen, da wir sonst in denselben Urteilsfehler verfallen würden, wie der absolute Rauchfeind gegen den Raucher. Ich halte es für durchaus möglich, daß uns die Kradaker auf diesem Gebiet, wenn auch nicht überlegen, so doch in der Zeit mächtig voraus sind.«

– Ich freue mich, daß Sie sich bemühen, das Prinzip als solches zu würdigen, bemerkte Trelloar. Und ich verkenne Ihre Anstrengung um so weniger, als wir ja selber mit allen Einzelheiten des Prinzips noch nicht im Reinen sind. Wir befinden uns in vieler Hinsicht noch im Versuchsstadium, da wir erst seit wenigen Generationen die Wohltat der Variation und die Unwürdigkeit der Monotonie erkannt haben. So sind wir zum Beispiel mit dem Trachtenwesen immer noch in gewisser Abhängigkeit von den alten Stilen ...

»Das sieht man auf den ersten Blick,« äußerte Donath wegwerfend, indem er die Jahrmarktsmenge mußterte. »Es ist ein Durcheinander aller erdenklichen Bekleidungen, die auf unsereinen chaotisch, barbarisch und grotesk wirkt. Die Gruppe dort sieht aus wie aus einem Apachenball hierher verschlagen; Mädchen in Zwittertracht zwischen einer friesischen Magd und Indianerin, zwischen Bonne und Kokotte. Der junge Mann dabei trägt ein Schurzfell, ein Spitzenjabot und einen blanken Zylinder mit Gemsbart und Spielhahnfeder. Das alles ist Potpourri, Olla potrida, aber keine Nationaltracht.«

– Wir wünschen auch gar keine, denn damit würden wir uns schon wieder der Schablone überliefern. Vergegenwärtigen wir uns, daß in aller Mode, aller Trachtenbildung zwei Elemente stecken, ein revolutionäres, das uns aus der Kralle der vorigen Mode befreien will, und ein konservatives, das die neue Mode wie eine sakrosankte Herrscherin ausruft. Man befreit sich nur aus einer Kralle, um in eine neue zu fallen, man vertauscht Fesseln mit Ketten. Ein dunkler Trieb sagt uns: befreit euch endlich vom Diktat der Schneider und Konfektionäre, und jedesmal, wenn wir eben daran sind, den Zwang abzuschütteln, akzeptieren wir schon ein neues Ultimatum ...

»Nicht übel! Man kann allerdings den Modezwang als ein System von Sanktionen auffassen, worin unsere wehrlose Körperfläche die Rolle des besetzten Gebietes spielt. Man kann machen was man will, es werden immer neue Fahnen und Fähnchen aufgepflanzt, wir bebürden uns mit den Besatzungskosten, werden nie Herren unserer selbst und tragen, was andere uns auferlegen.«

– Das ist die eine Seite. Andrerseits aber wickelt sich alle Modeflucht in einem traurigen Turnus ab, der heute modern macht, was schon anno Olim modern, inzwischen aber verpönt war. Warum verpönt? weil das Schreckenswort »geschmacklos« sich aufbäumte. Da drüben gehen einige Insulanerinnen mit Krinolinen...

»Gräßlich.«

– Jawohl, finde ich auch. Aber die nämlichen Tonnenröcke hatten in Europa vier Mal lange Blütenperioden und können noch heute, ballettartig stilisiert, entzückend wirken.

»Ich wiederhole trotzdem: gräßlich, weil sie die schöne weibliche Linie vollkommen unterdrücken und zu einer komischen Bauschkurve karikieren.«

– Es fragt sich nur, ob die weibliche Naturlinie wirklich schön ist. Ich brauche mich gar nicht anzustrengen, um die Linie einer Medusenglocke schöner zu finden. Wie ja auch andere Trachten, die Ihnen sympathisch sind, auf die weibliche Linie nicht die mindeste Rücksicht nehmen. Der weite Ärmel bauscht den Arm zum Flügel, die Schleppe nimmt ihr Modell vom Pfauenschweif oder vom Fisch. Desinit in piscem mulier formosa superne. Aber die umfangreiche Afterflosse stört uns durchaus nicht, wir finden sie formos, obschon sie die Naturlinie der Extremitäten vergewaltigt. Die Hauptsache ist und bleibt, daß eure europäische Mode immer auf eine tyrannische Einheit hindrängt, während wir auf eine freiheitliche Vielheit hinsteuern. Was ihr nur vereinzelt, etwa auf einem Kostümfest erlebt, das erheben wir zur Regel. Wir versteifen uns nicht auf eine Nationaltracht, wir mischen die Stile, machen uns unabhängig von Jahr und Datum.

»Und ich glaube, man muß sehr viel Kokain im Leibe haben, um das erträglich zu finden...«

– Oder einen sehr trägen Puls, um sich nicht aus dem Trachtenzwang hinauszuwünschen.

Wir waren bei einem weitgestreckten Gebäude angelangt, und Trelloar erklärte: Dies ist unser Institut für verdiente Gelehrte und überhaupt für Männer, denen wir eine Erweiterung der Anschauungen zutrauen. Ihre Aufgabe ist es, die Schablone zu überwinden, neue Denkwege zu erschließen.

»Perverse Denkwege natürlich.«

– Bleiben Sie meinetwegen bei dem Ausdruck; aber erkennen Sie es an, daß diese Leute hier auf Staatskosten verpflegt und unterhalten werden. Es ist, sozial betrachtet, wie ein Prytaneion und hat zugleich einen klösterlichen Anstrich wie der Port Royal, worin forschende Einsiedler vom Format eines Pascal gänzlich frei von materieller Sorge Ihren Studien leben. Gestehen Sie nur, daß Sie dergleichen in Deutschland nicht besitzen.

»Unsere Geistesarbeiter erheben auch gar nicht solche Ansprüche; sie sind schon zufrieden, wenn der Staat sie im Genuß ihrer Schmachtriemen ruhig vegetieren läßt. – Aber ich hätte Lust, und mein Gefährte gewiß ebenso, mich mit einigen ihrer Gelehrten zu unterhalten.

Dies lag auch im Programm unseres Führers. Nach wenigen Minuten standen wir im Privatgemach eines philosophischen und theosophischen Forschers, der uns als der Magister Fordax vorgestellt wurde.

»Dürften wir uns erkundigen,« fragte ich, »was Sie augenblicklich bearbeiten?«

– Einige okkulte und abwegige Fragen, deren Erhellung im Interesse der Menschheit liegt. Mit geradem Verstande sind sie nicht zu lösen, folglich müssen sie mit taumelnder Vernunft angefaßt werden, im Zickzack, exzentrisch.

»Zum Beispiel?«

– Jetzt eben behandle ich folgendes Problem: Ist Gott imstande ...

»Halt! der Anfang klingt blasphemisch. Selbstverständlich ist Gott zu allem imstande. Und es wäre Widersinn und Lästerung, an seiner Allmacht zu zweifeln.«

– Dann ist er also auch imstande, etwas Geschehenes ungeschehen zu machen?

»Ein zweiter Widersinn. Sie konstruieren absichtlich eine Unmöglichkeit, um sie gleichzeitig in eine Möglichkeit umzufälschen. Das geht nicht. Übrigens hat schon die alte Scholastik diese Frage aufgestellt, und wir wollen doch nicht in den Unsinn von vor siebenhundert Jahren zurückfallen. Die Scholastiker operierten mit einer entarteten Dialektik ...«

– Mit dem Geiste des Aristoteles, den Sie sonst in allen Tonarten preisen. Habt ihr Europäer nicht auch die Alchymie durch Jahrhunderte für Unsinn erklärt? Und was ist eure moderne Chemie anderes als Alchymie? Ihr verwandelt das Element Radium in das Element Blei, ihr seht die weitere Verwandlung in das Element Gold voraus, ihr seid wieder Alchymisten geworden und werdet wieder Scholastiker werden. Ich bin es schon heute und erkläre sonach: Gott ist imstande etwas Geschehenes ungeschehen zu machen. Vermag er dies aber, dann ist es nach dem Gesetz der Wahrscheinlichkeit so gut wie sicher, daß er diese Allmacht schon in unzähligen Fällen ausgeübt hat, an unzähligen Geschehnissen, die wir als historisch betrachten. Cäsar ist ermordet worden, und der erste Kreuzzug hat stattgefunden, so lernen wir aus den Büchern. Wenn Gottes Allmacht inzwischen anders beschlossen hat, so ist Cäsar nicht ermordet worden, und der erste Kreuzzug hat nicht stattgefunden. Somit ist die ganze Wissenschaft der Weltgeschichte eine hohle Seifenblase, die in Nichts zerstiebt, wenn wir sie nur mit der Spitze meiner Frage berühren.

»Perversität des Denkens! Wir können doch unser Wissen nachprüfen und jede Tatsache durch andere Tatsachen kontrollieren.«

– Nein, das können Sie nicht. Sie kontrollieren immer nur Berichte an Berichten. Sie sind überzeugt, daß der Kongo in Afrika fließt. Weil es Ihnen in vielen Worten und Schriften versichert worden ist. Und weil Sie in diesem Moment Ihrem Gedächtnis vertrauen, das Ihnen versichert, Sie hätten das wirklich gehört und gelesen. Sie stehen auf dem Boden der Glaubwürdigkeit, das heißt, Sie glauben an den Kongo, wie an die Richtigkeit eines Dokumentes, das hundert Historiker für echt erklären, und das sich nachher dennoch – wie die berühmte Königinhofer Handschrift – als gefälscht erweist. Außerdem glauben Sie aber an die Allmacht Gottes, der, ohne Sie um Erlaubnis zu fragen, vor einer Stunde den Kongo und ganz Afrika aus der Liste aller heutigen und obendrein aller jemaligen Existenzen gestrichen haben kann.

»Sie leugnen also jedes Wissen überhaupt?«

– Bis auf eines: Ich etabliere die Wissenschaft des theurgischen Widerspruchs, die unendlich reicher ist, als die von Ihnen gepflegten monotonen und in sich zusammenfallenden Wissenschaften.

»Ein wahres Glück, daß Sie bei aller Exzentrizität wenigstens das höchste Wesen gelten lassen.«

– Tat ich das? dann muß ich natürlich in der Linie des Widerspruchs mystagogisch weiterfolgern: Ist Gott allmächtig, so könnte er, wenn er wollte, *sich selbst* abschaffen. Und da wir von seinem Willen nichts wissen, so ist eine Welt ohne Gott möglich. Nun sind im Universum alle Möglichkeiten verwirklicht, somit führt die strengste Orthodoxie zum Atheismus ...

Ich kann mich für die Wörtlichkeit seiner Schlußäußerung nicht verbürgen, denn wir hatten uns schon vor seinen letzten Silben mit einem raschen Sprung durch die aufgeklinkte Tür seinen weiteren Denkwagnissen entzogen. Auf dem Korridor begegneten wir unseren Expeditionsgefährten, die von einem anderen Führer geleitet ebenfalls den Weg in dieses Prytaneion gefunden hatten. Mac Lintock sah sehr aufgeräumt aus, ich vermutete, daß ihn der Kostümwirbel auf der Straße belustigt hätte. Erstlich das, gab er mir zu verstehen, dann aber habe ich für alle Fälle auf dem Markt bei einem Grossisten so und so viel Doppelzentner Kokablätter franko Schiff gekauft. Direkt geschenkt. Das ergab, zu Newyorker Kokainpreis umgesetzt einen Nutzen von schwindelerregenden Ziffern. Doktor Wehner war mit seiner Taxe betreffs des Geisteszustandes der Insulaner nahezu fertig: »eine verkehrte Welt; Paranoia!« – während Eva beschäftigt schien, der methodischen Linie dieses Wahnsinns nachzuspüren: Wir möchten nicht unterlassen, einen bestimmten Gelehrten des Institutes, den sie soeben interviewt habe, zu besuchen. Ihr sei freilich mancherlei unklar geblieben, allein sie glaube doch, daß man die scheinbaren Fäulnisse dieser Denkart nicht mit dem billigen Urteil »pervers« einfach abtun dürfe.

Ich hatte mich inzwischen von dem Theosophen soweit erholt, daß ich mich in der Verfassung fühlte, ein weiteres Kolleg über mich ergehen zu lassen. Ich folgte daher dem Wink der Amerikanerin, und wir begaben uns zu dreien in die Räume des Magisters Curaxo.

Alles wies darauf hin, daß wir einem Vertreter der exakten Wissenschaft gegenüber standen. Man erblickte Laboratoriumsgegenstände, und im Hintergrund am Fenster schien ein junger Assistent mit Experimenten und teleskopischen Beobachtungen beschäftigt.

Schon nach kurzer Einleitung waren wir beim Hauptthema, beim Wesen aller Dinge, bei der Zahl. Und ich erfuhr, daß die bekannte Methode, mit Zahlen zu operieren, in diesem akademischen Gehege keine Geltung hatte.

– Die Physik, sagte Curaxo, beruht auf quantitativ messenden Ergründungen, mithin auf dem Rechnen. Wer falsch rechnet, kann zu keiner richtigen Naturkunde gelangen.

»Das ist unbestreitbar, Herr Magister. Unsere Arithmetik wie wir sie in den europäischen Schulen betreiben...«

– ... ist in den alten Euklidischen Formeln stecken geblieben, also gelinde gesagt, antidiluvianisch. Schon die Starrheit eures Zahlengerüstes wirkt auf einen Vorgeschrittenen empörend.

»Also Sie haben ein biegsames Zahlensystem?«

– Ein vollkommen elastisches, in der jede Zahl mit jeder vetauscht werden kann, getreu unserem Grundsatz, daß der Schematismus überwunden werden muß, um der freien Variation Platz zu machen. Ich gehe davon aus, daß 2 mal 2 gleich 5 ist.

»Der Scherzbeweis ist mir bekannt; er beruht auf einem Trugschluß.«

$$7 \quad = \quad 3 + 4$$

$$4 \times 3 \; + 4 \times 4 \; - 5 \times 7 \; = \; 4 \times 3 \; + \; 4 \times 4 \; - 5 \times 7$$

identische Gleichungen -

durch Addition ergibt sich wiederum identisch:

$$4 \times 3 \; + \; 4 \times 4 \; - \; 4 \times 7 \; = \; 5 \times 3 \; + \; 5 \times 4 \; - \; 5 \times 7$$

oder anders geschrieben:

$$4 \quad (3 + 4 - 7) \quad = \quad 5 \, (3 + 4 - 7)$$

links und rechts befindet sich multiplikativ derselbe Klammerausdruck; dividiert man ihn beiderseitig fort, so erhält man

$$4 \quad = \quad 5$$

$$2 \quad \times \quad 2 \quad = \quad 5$$

– Ich werde Ihnen zeigen, daß es ein Ernst-Beweis ist, und daß Sie sich selbst betrügen, wenn Sie dem Schluß und seinen unabsehbaren Folgen ausweichen.

»Sachte, Herr Magister! Jener Beweis fußt auf richtigen, identischen Gleichungen, worin der geschlossene Ausdruck auftritt: 3 + 4 - 7. Diesen Ausdruck heben Sie beiderseitig durch Division fort, und das dürfen Sie nicht; denn 3 + 4 - 7 ist Null, und es ist in der Mathematik streng verboten, durch Null zu dividieren.«

– Der richtige Europäer! Wir verhandeln Mathematik, und er kommt mit der Polizei, – man darf nicht! er verbietet eine Rechnungsart, so wie er die Päderastie verbietet, während er die ganze äquivalente Tribadie erlaubt! Aber man hat auch durch Jahrhunderte die Rechnung mit imaginären, mit irrationalen Größen, ja sogar mit Negativzahlen verboten und sich schließlich doch dazu aufgerafft. Ja, Sie hätten überhaupt keine Algebra ohne die so lange verpönten Imaginärgrößen.

»Das ist nicht dasselbe, Herr Magister; denn mit Ihrer Null-Division gelangen Sie zu einem evident falschen Resultat.«

– Eine schöne Logik! Sie erklären das Resultat für falsch, weil es Ihnen nicht einleuchtet. Aber dem großen Newton hat sie eingeleuchtet, denn er glaubte an die Trinität, an die Dreieinigkeit, also an 3 gleich 1. Und aus 3 gleich 1 läßt sich durch die einfachsten, auch von Ihnen gebilligten Operationen direkt ableiten 4 = 5, obendrein 4 = 2, und wenn ich diese Zahlen wiederum geometrisch verwende, so gewinne ich etwas ganz Neues, nämlich den elastischen Pythagoreischen Lehrsatz. Nehmen Sie etwa das Dreieck mit den Seitenlängen von 3, 4 und 5 Zoll: ist das rechtwinklig?

»Zweifellos: denn 3 im Quadrat plus 4 im Quadrat ist gleich 5 im Quadrat.«

– Da ich nun, wie eben gezeigt, die 3 durch 1 und die 4 durch 2 ersetzen kann, so bleibt auch das Dreieck 1–2–5 rechtwinklig: und hier ergibt die Quadratur offensichtlich: das Quadrat über der Hypotenuse ist 5 mal so groß, als die Summe der Kathetenquadrate. Ändert sich aber der Pythagoras nach meinem Belieben, so ändert sich das gesamte Weltbild, das heißt; ich bin in jedem Moment befähigt, alle Geometrie, alle Physik, alle Anschauung überhaupt in größter Freiheit umzuformen. Begreifen Sie nun die geistige Engnis, zu der Sie sich selbst verurteilen, weil Sie an dem verrotteten Strafparagraphen mit dem Nullverbot festkleben?

»Ihre Variationslust, Herr Magister, imponiert mir durch die rücksichtslose Konsequenz, mit der Sie sozusagen bolschewistisch an den Denksäulen rütteln. Ich bin nunmehr auf Ihre neue Physik gespannt.«

– Sie haben einen guten Moment abgepaßt, sagte er, während ein unheimliches Freudenfeuer in seinen Augen glomm: denn wir sind eben dabei, eine epochale Versuchsreihe abzuschließen. Und zu dem jungen Assistenten gewandt, der im Hintergrund hantierte, fragte er; Sind Sie fertig, Paraspo?

»Sogleich!« rief dieser. »Ich bin eben dabei, die Ergebnisse tabellarisch zu ordnen. Es stimmt alles aufs Haar nach Ihren Voraussagungen, Magister!«

– Es geht hier um keine Kleinigkeit, ergänzte der Forscher. Ich habe nämlich den Raum und die Zeit definitiv ergründet, weit über alle Relativitäts-Theorie hinaus. Ist es Ihnen bekannt, daß jedes Atom genau so gebaut ist wie das ganze Sonnensystem?

»Freilich, das ist ja nach den Untersuchungen der modernsten Forscher ganz exakt festgestellt.«

– In dieser Linie bin ich vorgeschritten und habe per analogiam ermittelt, daß unser Sonnensystem nichts anderes darstellt als das kleinste Atom; was sich auch in bester Übereinstimmung mit meiner Zahlentheorie befindet. Ursprünglich galt das Universum als unendlich groß, nach der Relativitätstheorie wurde es endlich begrenzt, und nun vollziehe ich den letzten Schritt mit der Ansage: das Universum ist unendlich klein, ist Null; das will sagen: *der Raum existiert überhaupt nicht*. Das ist aber erst der Anfang. Ich habe durch einen von mir konstruierten Fernseher festgestellt:

alle Sterne spiegeln. Blicke ich nach dem Polarstern, so sehe ich auf ihm ein Spiegelbild der Erde.

»Das wäre theoretisch denkbar.«

– Und ist praktisch beweisbar. Da nun der Polarstern, wie die Astronomen sagen, 40 Lichtjahre von uns entfernt ist, und da der Lichtstrahl für Hin und Her die nämliche Zeit braucht, so sehe ich heute in diesem Spiegel die reflektierte Erde, nicht wie sie jetzt ist, sondern wie sie vor achtzig Jahren war: ich werde Zuschauer und Teilnehmer der geschichtlichen Vorgänge von 1841. In derselben Minute kann ich aber auch von entfernteren Sternen das irdische Spiegelbild auffangen, das mir die Völkerwanderung zeigt, die Gründung Roms, den Trojanischen Krieg, den Bau der Cheopspyramide, die Steinzeit, die Entwicklung des Erdplaneten aus seiner feuerflüssigen Urgestalt. Mithin schrumpfen in diesem Erlebnis alle Epochen zusammen, die Zeit verschwindet, und es gibt hierfür nur die eine erkenntnistheoretische Erklärung: die Zeit existiert überhaupt nicht. Nun beruht aber alle Physik auf der mechanischen Ergründung der Bewegungen, die sich in Raum und Zeit vollziehen, und wenn diese Elemente fortfallen, so ergibt sich unweigerlich; es gibt keine Bewegung, keine Mechanik, keine Physik!

»Das wäre der vollendete Nihilismus. Sie wollten mir doch aber gerade das entgegengesetzte Prinzip beweisen, nämlich die Variationsfreiheit, die Vielfältigkeit Ihres Denkens gegenüber unserem, in der Schablone erstarrten?«

– Das habe ich auch restlos getan. Wenn in der Welt, wie ich bewies, keine Physik regiert, so ist sie kein Kosmos, sondern ein Chaos, anarchistisch, gesetzlos. Und was Ihnen an uns Kradakern als pervers erscheint, ist nur der Ausdruck dafür, daß wir diese Gesetzlosigkeit der anarchischen Natur auf uns Menschen ausgiebig übertragen.

In diesem Augenblick kam der Assistent herangesprungen, um seine Ausarbeitung dem Magister zu überreichen. Curaxo überflog das Manuskript, lächelte befriedigt und erklärte; »Ganz vorzüglich, das verdient eine Belohnung!« Und zur Bekräftigung seiner Freude zog er aus dem Wams eine Karbatsche, mit der er dem Gehilfen einige krachende Hiebe verabfolgte. Der jauchzte auf und verzog sich mit seinen Verzückungen wieder in den Hintergrund.

Nur eine Sekunde lang war ich perplex, dann begann ich zu kombinieren; sollte hier die Synthese zweier Fehltriebe vorliegen? der Lehrer Sadist – der Schüler Masochist? – Trelloar fing meinen fragenden Blick auf und nickte bestätigend. Der Magister wollte uns zum Abschied die Hand reichen, allein Donath und ich verzichteten nach dem erlebten perversen Idyll auf die Berührung.

* *
*

Wir verließen das Staatsinstitut und verfügten uns in den Gasthof zurück, wo wir die Genossen antrafen, die sich inzwischen auf eigenen Beobachtungswegen getummelt hatten. Herr Trelloar äußerte den Wunsch, bei uns zu verbleiben, und wir hatten nichts dagegen, knüpften indes eine Bedingung daran; er sollte uns im Hotel einen hübschen Extrasalon verschaffen und darin einen richtigen Tee servieren lassen: einen Tee ohne Wenn und Aber, ohne Narcotica, Aphrodisiaca und sonstige Ungehörigkeiten. Dies wurde ebenso prompt zugesagt wie erfüllt, und nach einer Viertelstunde erhob sich bei regulär duftenden Tassen ein angeregter Disput.

Trelloar: Vor allem, sehen Sie jetzt schon etwas klarer in das Getriebe unseres Organismus?

Donath: Ich denke ja, und ich denke auch, es war die höchste Zeit, das wir ihn kennen lernten; denn wenn Sie bei Ihrem ruinösen Prinzip bleiben, wird diese ganze kleine Inselwelt durch nervöse Überreizung aussterben.

Trelloar: Sie sind im Irrtum. Wir besitzen schon heute eine günstigere Mortalitätsziffer als die meisten Länder Europas, und sie wird sich noch weiter verbessern. Ihre Verurteilung beweist nur, daß Sie das Prinzip unseres Gemeinwesens noch gar nicht begriffen haben: Was Ihnen als die Insel der Perversionen erscheint, ist in Wahrheit

Die Insel der Hinaufpflanzung!

Dr. Wehner: Machen Sie sich nicht lächerlich! Das wird ein schöner Menschentyp werden, der sich aus einem Prinzip der gepflegten Abnormität entwickelt!

Eva: Wir müssen versuchen, die Sache zu klären. Vielleicht gelingt es, zwischen unseren widerstreitenden Anschauungen eine neutrale Linie aufzufinden. Daß ich Ihre ethischen Hemmungslosigkeiten aufs äußerste mißbillige, versteht sich ja von selbst, und ich bitte mir aus, daß diese Verirrungen aus der Debatte ausscheiden. Allein ich halte es trotzdem nicht für unmöglich, daß in Ihrem Prinzip irgendwo ein berechtigter Kern steckt. Die Abnormität an sich befremdet mich zwar, aber sie erschreckt mich nicht mehr als sonst ein Kuriosum, und ich meine sogar, wenn es überhaupt eine Hinaufpflanzung gibt – was freilich zu bezweifeln – so kann sie nur mit Hilfe der Abnormität zustande kommen.

Mac Lintock: Aber Eva! was für eine Sprache! Du hast empört zu sein, wie wir alle!

Ich: Gestatten Sie mir, Ihre Nichte in Schutz zu nehmen. Mit der blanken Empörung kommen wir nicht durch. Und ihre Bemerkung, daß die Hinaufpflanzung irgendwie mit der Abnormität zusammenhängt, ist doch wohl nicht ganz absurd. Wir müssen jedenfalls hören, was sich ein Kenner der hiesigen Verhältnisse denkt, wenn er für seine Insel einen solchen Ehrentitel in Anspruch nimmt.

Trelloar: Ja, das will ich Ihnen jetzt erklären, in einzelnen Etappen. Zunächst werden Sie mir zugeben, daß jede Emporzüchtung eine Auslese voraussetzt, und zwar die Auslese gewisser Individuen, die vom Normaltypus abweichen. Erst durch dieses »Nicht ganz normal« erhält jede Züchtung überhaupt einen Sinn. Und alles Organische stünde heut noch auf der Stufe des ersten Protoplasmaklümpchens, wenn sich nie etwas anderes durchgesetzt hätte, als das Normale. Es wird gezüchtet, natürlich und künstlich, um die Abnormität zu vervielfältigen und zugleich, um immer neue unvorhergesehene Abnormitäten hervorzubringen. Hierauf beruht alle Entwicklung, aller Fortschritt. Und wer das nicht einsieht, der beweist nur, daß er nicht mit den Augen der Zukunft zu sehen vermag.

Dr. Wehner: Das ist nur bedingungsweise richtig. Die Abnormität bedroht uns mit zwei immensen Gefahren. Erstlich kann sie einen Rückfall in Vergangenes darstellen, zweitens eine krankhafte Art, die den ganzen Gattungstypus gefährdet.

Trelloar: Beide Gefahren werden durch eure europäischen Methoden und Wünsche heraufbeschworen, da ihr gleichzeitig das Optimum der Masse und das Ideal des »Übermenschen« ersehnt. Das eine ist ein Hinunterdrücken in etwas Vorzeitliches, Untermenschliches, Insektenhaftes, das andere ein Hinaufwollen in ein Vakuum, worin jede körperliche Existenz unmöglich wird. Zum Glück ist euer Übermensch eine Utopie. Ihr habt ein ganz gutes Wort: Nullum ingenium sine dementia. Nun hat es sich eklatant gezeigt, daß in der Fortpflanzung der Genialen das Ingenium verschwindet, und wesentlich nur der Schwachsinn übrig bleibt; falls nicht die blanke Unfruchtbarkeit jede Zukunftslinie abschneidet. Der Übermensch, wie ihr ihn denkt, wird nicht existieren, weil sein vorgestellter Urahn entweder gar nicht zeugungsfähig war oder nur seine Minderwertigkeiten vererbte. Euch schweben Grundtypen vor: Alexander der Große, Cesare Borgia, Napoleon, Goethe, Bismarck – verlängert die Liste wie ihr wollt, ihr findet in der Deszendenz entweder Nichts, oder weniger als Nichts, nämlich die platte Gewöhnlichkeit. Nein, so geht es nicht; auf diesem Wege wird keine Hinaufpflanzung.

Der Arzt: Also wie sonst? Etwa durch Ihre gewaltsamen Exzentrizitäten?

Trelloar: Ja, das klingt sehr sonderbar; wird aber trotzdem als unabweislich herauskommen. Sind Sie aufgelegt zu einer philosophischen Betrachtung der letzten Dinge?

Eva: Oh, freilich! Aber ich ahne schon: Sie wollen die Grundnatur des Menschen verändern.

Trelloar: Ihre Ahnung kommt mir entgegen. Ja, darum handelt es sich. Der Mensch ist nämlich zweiseitig gestaltet, wie fast alle Tiere, bilateral, und auf diese anscheinend unüberwindliche Organisation ist es zurückzuführen, daß er aus seiner Erbärmlichkeit nicht herauskann, wenigstens bis jetzt noch nicht herauskonnte.

Ich: Die Zweiseitigkeit steht fest – die hat ja übrigens unser Forscher Haeckel schön und ausführlich behandelt – die Erbärmlichkeit will ich Ihnen auch konzedieren, aber über den Zusammenhang dieser beiden Dinge müssen wir uns noch auseinandersetzen.

Trelloar: Sie sind tatsächlich untrennbar. Unsere Zweiseitigkeit nach Rechts – Links, Vorn – Hinten, Oben – Unten, die ursprünglich eine rein körperliche Angelegenheit ist, hat auch unserem gesamten Denken und Fühlen jenes unheilvolle Zweierlei aufgedrängt, worin alles Elend der Menschheit wurzelt. Wir kennen immer nur das Entweder – Oder, das So oder So, das polar Entgegengesetzte. Durch unsere Seele läuft eine feste, unveränderliche Achse, nach dieser orientiert sie sich mit ihrem Gut und Böse, Schön und Häßlich, Wahr und Falsch, Gott und Teufel, Liebe und Haß, Ehre und Schande, Recht und Unrecht, Tugend und Laster, kurzum mit der Zweiseitigkeit, die all und jedes wie mit scharfem Messer entzweispaltet. In dieser Polarität vegetieren wir, denkerisch, sittlich, politisch – leben wir, wie in zwei reibende Mühlsteine eingeklemmt. Erbarmungslos zerquetschen uns von rechts und links die Begriffe, Freund und Feind, Partei und Gegenpartei, vor allem das gräßliche Begriffspaar Ich und Nicht-Ich, worauf der schaurige Kampf ums Dasein, der Kampf aller gegen Alle sich gründet. Milliarden von Möglichkeiten, in denen vielleicht Tausende von Wonnen, von wahren Übermenschlichkeiten verschlossen liegen, dringen uns niemals ins Bewußtsein: das könnten sie aber, wenn wir vielachsig und vielseitig konstruiert wären.

Eva: Wenn! Wo in der Welt zeigt sich auch nur ein Ansatz zu diesem Wenn?

Trelloar: In der sogenannten niederen Tierwelt, die uns in diesem Betracht weit voraus ist. Bei einem kugelförmigen Infusor ist nicht mehr zwischen Rechts und Links zu unterscheiden, und in dessen Bewußtsein wäre deshalb kein Platz für die fatalen Entwederoder, die unser ganzes Dasein verschlammen und verseuchen.

Dr. Wehner: Allgütiger! So weit hinunter wollen Sie also mit uns, bis zu den mikroskopischen Aufgußtierchen, die Sie doch selbst als die niedrigsten Lebewesen bezeichnen!

Trelloar: Finde ich denn einen anderen Ausdruck in unserer Sprache und Anschauung? »Höher und Nieder« – da haben Sie wieder so eine blöde Polarität, die unser gesamtes Denken anthropomorph versimpelt. Was verschlägt es uns, daß solch Infusor, eine Monere, die sich vor unseren Augen unabsehbar teilt und vervielfältigt, das lebendige Sinnbild der Unsterblichkeit bietet? Wir, die Sterblichen, die mit Verwesungsfluch belasteten, retten unsere Ansprüche in den Anthropomorphismus und klassifizieren nach dem einfältigen Schema Oben – Unten, das nicht der Ausdruck der Wahrheit, sondern nur des menschlichen Dünkels ist.

Eva: Aber diese Zweiseitigkeiten sind doch nicht nur naturgewollte Erscheinungen, sondern es läßt sich doch nach den Meistern der Entwicklungstheorie direkt beweisen, daß sie so entstehen mußten! Die zweiseitige Grundform, mit Gleichgewicht der rechten und linken Körperhälfte, erklärt sich doch auf die einfachste Weise durch die Selektion: denn sie ist unter allen denkbaren Grundformen die tauglichste für regelmäßige Fortbewegung in einer beständigen Haltung und Richtung des Körpers. Daher sind ja auch alle unseren künstlichen Bewegungsmittel, Schiffe, Wagen, Flugzeuge, nach derselben Grundform gebaut, damit die Last möglichst gleichmäßig auf die beiden symmetrischen Hälften verteilt ist.

Trelloar: Ausgezeichnet, mein Fräulein! Man hört aus Ihnen förmlich die Meister sprechen, die sich auf menschliche Instrumente berufen, um menschliche Dürftigkeiten zu beschönigen. Sie vergessen dabei bloß die kosmischen Bewegungsmaschinen, die Planeten, Sonnen, kugelförmigen Sternhaufen, die doch im Universum etwas mehr bedeuten als unsere Karren und Droschken. Alle diese überlegenen Fahrzeuge kennen kein Rechts und Links, keine Zweiseitigkeit, und deshalb kommen ihnen diejenigen Organismen am nächsten, die sich wie sie der Kugelform nähern. Das Ideal wäre sonach, den Menschen in derselben Richtung zu entwickeln, um ihn von seiner Bilateralität zu befreien. Dieses Ideal ist durch körperliche Züchtung nicht zu erfüllen, aber vielleicht bis zu merklichem Grade durch geistige; durch Überwindung der feststehenden Achsen im Intellekt, durch Häufung der Variationen im Denken und Fühlen, kurzum durch das, was wir auf Kradak betreiben, um möglichste Abweichungen und Vielfältigkeiten zu erzielen, auf die Gefahr hin, daß unsere Gepflogenheiten Ihnen als Perversitäten erscheinen.

Ich: Von dieser Taxe loszukommen ist auch äußerst schwierig und bedenklich. Aber ich will mir einmal Gewalt antun und mich wie eine Ordensnovize auf den Standpunkt stellen »credo quia absurdum«. Also ich glaube – interimistisch und auf Widerruf – daß zwischen Wahr und Falsch tausende von Zwischengliedern liegen, die wir mit unserer ererbten Zweiseitigkeit nicht bemerken, und die Sie und Ihre gelehrten Genossen vom Institut durch abnormes Denken bemerkbar machen. Aber wie kommen Sie nun weiter? Sie sprechen doch von Hinaufpflanzung?

Trelloar: Tatsächlich versuchen wir, die erworbenen Eigenschaften in Steigerung zu vererben. Auf unserer Nebeninsel Gulliu wird gezüchtet. Dorthin kommen unsere abnormsten Exemplare, Männer und Weiber, um sich zu paaren. Nach unserer Verfassung hat das oberste Staatsamt, das Auslese-Ministerium, gar keine andere Aufgabe, als die hervorstechendsten Typen zu ermitteln und sie auf Gulliu zum Zweck der Fortpflanzung anzusiedeln. Ergeben sich Sprößlinge, so werden diese abermals nach dem Prinzip der Exzentrizität durchgesiebt, und die vorzüglichsten gelangen zu weiterer Pflanzung nach einer dritten Insel unserer Sondergruppe. Durch diese Methode begünstigen wir eine progressive Steigerung der Anomalien, und in einer Reihe von Generationen werden wir, das steht zu hoffen, einen neuen Menschenschlag erzielen: die Zukunftsmenschen mit beweglichem Koordinatensystem im Denken und Fühlen, Universalmenschen, losgelöst von der starren Axialität, die uns so unleidlich versklavt.

Ich: Solche Menschen würden außerhalb der Kausalität stehen, und bei weiterem Verfolg Ihrer Ausführungen müßte man dahin gelangen, die Natur selbst als unkausal aufzufassen.

Trelloar: Das ist sie auch. Nur wir, auf unserer heutigen Denkstufe tragen die Ursächlichkeit, die Gesetzmäßigkeit in sie hinein. Die Natur selbst weiß gar nichts davon. Sie ergeht sich in Myriaden von Gesetzlosigkeiten, die dem Verstande entschlüpfen, und macht uns nur ganz vereinzelte Zusammenhänge wahrnehmbar, die wir dann zu einem Naturgesetz umstempeln. Dem chaotisch denkenden Zukunftsmenschen, den wir Kradaker aufzüchten wollen, wird die Anarchie der Natur direkt einleuchten und das wird ein Fortschritt sein.

Eva: Wenn dies eine Möglichkeit ist, so müßte sie sich doch nach Darwin durch natürliche Auslese von selbst verwirklichen?

Trelloar: Absolut nicht. Darwins Prinzip ist das unbeholfenste und unfähigste von der Welt und bewirkt an sich nur die Verschlechterung der Arten und Rassen. Nirgends in freier Natur findet eine Auslese der Besten statt, vielmehr werden die Besten durchweg von den Mittelmäßigen und den Minderwertigen überwuchert. Nur wenn der Mensch praktisch nachhilft, kann das Darwinsche Prinzip etwas leisten. Aber wie wird in Ihren Kulturländern nachgeholfen? Direkt kontraselektorisch, da Ihre Moral und christliche Humanität gerade den Schwächlichen und Unfähigsten das Leben verlängert und die Fortzeugung ermöglicht. Was hilft es, daß eure Naturforscher das Kunststück zuwege bekommen, einem blinden Olm künstliche Augen anzuzüchten? Das sind zwecklose Tricks. Experimentiert doch lieber am Menschen und versucht seinen Sinneshorizont zu erweitern! Die Grottenlurche sind sehend geworden, aber eure Hirne und Nerven bleiben blind.

Eva: Ich muß hier widersprechen: Die Experimente am Menschen werden auch bei uns betrieben, und der Begriff des Züchtungsstaates ist uns nicht fremd. In einer deutschen Gelehrtenstadt, in Jena, ist eine Menschenzucht-Anstalt unter dem Namen »Mittgart« begründet worden, in der 1000 gutgewachsene Frauen und 100 kräftige Männer zur Züchtung künftiger Edelmenschen angesiedelt und gepaart werden. Also im Prinzip beinahe wie bei Ihnen, ein Menschengestüt. Nur mit dem Unterschied, daß unsere Methode – wir nennen sie Eugenik – die Kraft und die Schönheit betont, während in Ihrer Hinaufpflanzung von diesen Qualitäten gar nicht die Rede ist.

Trelloar: Weil wir längst erkannt haben, daß die Muskelkraft eine rein animalische Angelegenheit und die Schönheit ein ganz einfältiger Selbstbetrug ist. Nehmen wir den Einzelfall: für Ihren Menschengarten Mittgart werden ganz bestimmte Frauen und Männer mit geraden Beinen ausgesucht...

Eva: Zweifellos; wir wollen doch nicht O- oder X-Beine züchten.

Trelloar: Wir denken weiter. Für uns ist das gerade Bein nur eine Interimserscheinung, und auch das kaum. Das Grundgesetz der Ästhetik müßte lauten: Zwischen zwei Punkten ist die gerade Linie die langweiligste. Die Natur kennt sie überhaupt nicht, da sogar, wie Sie wohl wissen, der Lichtstrahl gekrümmt ist. Und in der Körperwelt der Organismen kommt sie gar nicht vor. Legen Sie nur einmal das Lineal an das beste Skelett. Sie werden weder im Oberschenkelknochen noch in dessen Fortsetzung zum Schienbein die gerade Linie antreffen. Es ist mir bekannt, daß ein holländischer Professor darüber eine Statistik aufgenommen hat. Er fand unter 200 Frauen und Mädchen der Großstadt nur 40 mit geraden Beinachsen, auf 75 mit X-Beinen und 85 mit O-Beinen; weil er nämlich unter »gerade« galanterweise nichts anderes verstand, als »schwach gekrümmt«. Eine strenge Statistik findet nicht 80, sondern 100 Prozent geschweifte Extremitäten.

Auch der Apollo von Belvedere und die mediceische Venus sind krummbeinig. Seit ein paar Jahrtausenden schwebt den

Menschen die niemals verwirklichte Gradbeinigkeit als ein Schönheitsideal vor: der Edelmensch der Zukunft wird vielleicht elliptische oder zykloidische Beine besitzen, und unser Ideal wird ihm ein Abscheu sein, wie uns ein ungeschweifter Mund oder ein ungebogener Busen. In noch fernerer Zeit wird unser gesamter Schönheitstyp revidiert und als veraltet erkannt werden. Warum unabänderlich zwei Ohren, zwei Augen, ein Mund? Warum immer nur die geringe Verschiebung der nämlichen Elemente mit den nämlichen zwei Nasenlöchern? Ein Mädchen ist hübscher als das andere, es repetiert aber immer dasselbe. Eure Franzosen haben eine leise Vorahnung; plus ça change, plus ça reste la même chose. Sie sagen auch; c'est sa laideur qui fait sa beauté. Man wird einmal anfangen, die Häßlichkeiten selektiv zu permutieren, um aus der Langeweile der ewigen Wiederkehr des Gleichen herauszukommen. Vorläufig begnügen wir uns mit dem uns Erreichbaren. Wir schalten die Rücksicht auf die körperliche Schönheit aus, da sie als Gegenstand heutiger Erkenntnis gar nicht existiert. Desto intensiver betreiben wir die geistige Auswahl und Züchtung, nach dem Prinzip der Anomalie, die dem auf die Galeerenbank des normalen Denkens angeschmiedeten Menschen die Befreiung bringen wird.

Eva: Ihre Auslese der Begabten hat mit dem, was wir darunter verstehen, recht geringen Zusammenhang.

Trelloar: Sie ist diametral entgegengesetzt. Die Begabten, die Sie auf der Schule durch Prüfung ermitteln und im Fortkommen begünstigen, das sind die Höchstnormalen, die auf der Zwangsbank der Galeere exakter und ausdauernder rudern, als die anderen. Und Sie übersehen dabei völlig, daß von den wenigen, denen Sie wirkliche Fortschritte verdanken, kaum einer die Begabtenprüfung bestanden hätte. Fünfundneunzig Prozent Ihrer Größen waren schlechte Schüler und haben die Schule als ihren Feind bezeichnet. Wie ganz natürlich, da die Schule jede Perversität unterdrückt, während jeder Große pervers auftritt. Waren die Taten des Kopernikus, des Gauß, des Riemann nicht pervers? Galten nicht Newtons Fernkräfte sogar noch in den Augen von Huyghens und Leibniz als Perversitäten?

Ich: Und Sie übersehen wiederum, daß wir in allen Irrungen uns schließlich doch zurechtfinden und dem Genie auch in seine Abwegigkeiten folgen. Nur hüten wir uns vor dem Trugschluß, der durch alle Ihre Ausführungen hindurchbricht: das Genie ist absonderlich, mithin ist das Absonderliche genial. Nein, das Absonderliche bleibt verdächtig und hat sich erst durch tausend Proben zu rechtfertigen, bevor es in die Klasse der Gültigkeit eintreten darf. Mit diesem Mißtrauen bewehrt halten wir Umschau unter den Exzentrizitäten, die uns oft genug Vergnügen gewähren. Denn der Trieb zum Abnormen ist auch bei uns vorhanden, zwar nicht wie bei Ihnen als die herrschende Macht, aber als ein Faktor des Reizes und der Farbigkeit im Leben.

Trelloar: Ich drücke dies etwas anders aus: Ihr Trieb zum Abnormen ist die Karrikatur des unsrigen, er äußert sich fast durchweg in geistlosem Getue und in Snobismus. Er bleibt verkleidetes Philistertum, schwingt sich nie zum Schauspiel auf, verkümmert beständig im Varieté und in der Clownerie. Weil ihm die Einsicht und der Mut fehlt, sich im Entscheidenden zur Anerkennung des Abnormen zu verstehen, gibt er sich in kleinlichen Lächerlichkeiten aus. Euer ganzes Leben ist davon durchsetzt. Auf allen Gebieten stellt Ihr Rekords auf, vom Luftschiffer und Radfahrer bis herab zum Wettraucher und Wettklavierspieler: die schnellste Leistung, die größte Ausdauer, die kürzeste Zeit; die Abnormität wird bestaunt. Aber es ist gar keine Abnormität, sondern nur die stumpfsinnige Verlängerung einer alten Linie. Oder das Abnorme wird aus dem Widerspruch konstruiert: im Januar werden Kirschen gegessen. Schmecken sie besser, auch nur anders als im Juli? Nein; aber die Absonderlichkeit kitzelt den Snob, der weiter nichts erlebt, als eine kalendarische Verschiebung. Er könnte mit dem gleichen Genuß seine Julikupons zum Januar abschneiden. Ein neues Buch wird herausgebracht, sehr unterhaltsam, weil abnorm in der Ausstattung. Sein Einband ist mit Metallspangen verriegelt, man kann es nur mit größter Anstrengung öffnen, und wenn es gelingt, so erblickt man den Druck in abnormen Buchstaben, die kein Mensch lesen kann, am allerwenigsten der Snob, der das Buch gekauft hat. Es wird ermittelt: welcher Ort am Menschenkörper ist der ungeeignetste zum Anheften einer Uhr: man stellt fest: die Kniegegend; sogleich meldet sich die Abnormität mit der Schrulle: die Uhr wird am Strumpfband getragen. Die nämliche Dame begehrt einen Fächer; dessen Zweck ist: Windzufuhr. Aber er soll ja abnorm sein; folglich ist er so porös und luftdurchlässig, daß er bei keiner Bewegung Wind erzeugt. Sobald seine Unbrauchbarkeit erwiesen, ist die Dame befriedigt, denn sie hat sich aus der Gewöhnlichkeit herausgehoben. Man will sich amüsieren und erinnert sich der Tatsache, daß es nichts Unangenehmeres gibt als Magenbeschwerden, Übelkeit, Gehirntaumel und Seekrankheit. Lösung des Problems: ein Vergnügungspark, der mit seinen Rutschbahnen und Rotierscheiben den einzigen Zweck verfolgt, jene Greuel für schweres Geld zu verkaufen. Also zugestanden, der Trieb zur Perversität ist auch bei Euch vorhanden, andeutungsweise und in engem Horizont. Noch keine Spur im Bewußtsein, daß die Perversion, zum System erhoben, auf einen neuen Menschenweg hinweist. Wollt ihr euch darüber beklagen, daß euch auf diesem Eiland eine Ahnung zugeflogen ist?

Eva: Wir werden darüber nicht weiter debattieren, denn es gibt Dinge, die mit Gründen und Gegengründen eben nur bis zur Grenze der Ahnung verfolgbar sind. Nur noch eine letzte sachliche Frage: Wenn Sie zum Zweck der Hinaufzüchtung Ihre extremsten Individuen zusammenpaaren, lassen Sie denn da die Neigung irgendwie mitsprechen?

Trelloar: Die Neigung? erotisch genommen? in unserem Statut steht nichts davon. Sie würde, wenn sie zufällig aufträte, kein Hindernis bilden. Sie ist aber in unserem Prinzip ganz entbehrlich, wie übrigens auch in ihren Kulturländern, sofern wir die Aussage Ihrer größten Persönlichkeiten gelten lassen. Ich kann es mir nicht versagen, Ihnen einige Worte vorzutragen, die sich mir eingeprägt haben: »Ich halte die Liebe für einen Schädling der Gesellschaft und des persönlichen Glückes der Menschheit; es würde eine einer gütigen Göttin würdige Wohltat sein, die Welt von diesem Übel zu befreien...

Ich: Das könnte ein Enzyklopädist gesagt haben.

Trelloar: Höher hinauf! Es ist von dem anerkanntesten Übermenschen, von Napoleon. Und ich bin unbeschadet meiner sonstigen Eigenheiten höflich genug, um in Gegenwart europäischer Gäste das Urteil einer solchen europäischen Autorität nicht in Zweifel zu ziehen.

Damit entfernte sich unser Mentor, während wir nachdenklich zurückblieben. In uns wogten die Leitmotive: Jenseits von Wahr und Falsch – jenseits von Weisheit und Absurdität – Jenseits von Norm und Entartung, bis sich diese Polaritäten in den übereinstimmenden Wunsch auflösten: in einer Stunde wird die Expedition fortgesetzt, jenseits der perversen Inseln!

Sarragalla

Die mechanisierte Insel.

Wir waren noch eine tüchtige Strecke von der Insel entfernt, die eben in blaugrauen Umrissen am Horizont auftauchte, als der Funkapparat uns eine Nachricht zurief: »Fahrt verlangsamen!« Bald darauf erschien in der Luft ein bewegter körperlicher Punkt, der sich in rascher Annäherung zu einer menschlichen Figur entwickelte. Um es kurz zu machen: wir erhielten Besuch aus den Lüften. Der Apparat des Fliegers zeigte ein uns unbekanntes Modell von verblüffend kleinen Dimensionen; es umspannte ihn so eng, daß Flieger und Maschine wie eine Einheit erschienen. Es war also ersichtlich, daß ihm zum Antrieb und Flug ganz außergewöhnliche Kräfte zur Verfügung stehen mußten. Der Mann schien wirklich fliegen zu können, während unsere Luftkünstler, vergleichsweise betrachtet, hocken und sich von einem Apparat schleppen lassen.

Er landete auf Deck, entledigte sich seines motorischen Anhängsels und stellte sich vor: *Forsankar*, Ingenieur; beauftragt, uns zu begrüßen und uns schon während der Seefahrt einige Besonderheiten seines Inselgebietes zu erläutern. Auf diesem, wie wir sogleich erfuhren, spielt die *Technik* die ausschlaggebende Rolle; damit verbunden die Anspannung der Produktionsmethoden und die Zeitersparnis in jedem Betracht. Herr Forsankar betonte gleich zu Anfang, daß ihm andere Persönlichkeiten der Eilandgruppe als Erfinder noch überlegen wären; immerhin dürfe er sich als einen Exponenten seiner Heimat Sarragalla bezeichnen, zumal er auch zu den Spitzen der republikanischen Regierung zähle.

»Ihr Besuch erfreut uns,« sagte der Kapitän, »obschon wir eigentlich die Absicht hatten, Sie zu entdecken, während es jetzt beinahe so aussieht, als würden wir von Ihnen ent-

deckt. Sie werden also unser Schiff »Atalanta« früher be-
sichtigen, als wir die Insel Sarragalla. Bis dahin haben wir,
so taxiere ich, noch gute fünf Stunden; das bedeutet also für
Sie eher ein Zeitopfer, als eine Zeitersparnis.«

– Rechnen wir genau, versetzte der Ingenieur; mein Hauptzweck ist doch, Sie möglichst rasch zu informieren, und da
Sie sieben Hauptpersonen sind, so stehen bei Ihnen 35
Stunden Zeitgewinn gegen nur 5 Stunden Zeitverlust bei
mir, somit ...

»Sie rechnen sehr liebenswürdig,« unterbrach ich, »mit dieser Bevorzugung unserer Überzahl. Nur steht zu vermuten,
daß Ihre Zeit kostbarer ist als die unsrige, da Sie ja Ihre Arbeit unterbrechen mußten, um uns zu belehren, während wir
als Teilnehmer einer Expedition eine wunderschöne Seefahrt absolvieren und gar nicht ängstlich auf die Uhr zu blicken brauchen.«

– Trotzdem. Sie werden bald bemerken, daß ich unserem
Prinzip der Zeitersparnis auf meine Weise sehr zweckent-
sprechend diene. Ich habe keinen Grund zu verhehlen, daß
hier noch ein besonderes Motiv zu Grunde liegt; ein Motiv,
daß mich sogar veranlassen wird, für die volle Dauer Ihres
Aufenthalts meine Berufsarbeit zu vernachlässigen, um Ihnen meine freie Zeit zu widmen.

»Hört, hört! Hier wird uns ein Rätsel aufgegeben.«

– Dessen Lösung allein in Ihrer Hand liegen wird. Für jetzt
nur soviel, daß wir schon in wenigen Tagen, vielleicht
Stunden mit einer großen Bitte an Sie herantreten werden.
Und wir versprechen uns die Erfüllung dieser Bitte um so
eher, je schneller es uns gelingt, Sie von den Vorzügen unserer Einrichtungen zu überzeugen.

Wir entschlossen uns in aller Höflichkeit, die weitere Aufklärung abzuwarten. Zunächst unternahmen wir einen kurz-
en Rundgang auf der »Atalanta«, für deren Besichtigung

unser Gast Interesse an den Tag legte. Mancherlei gefiel ihm, zumal die Ausstattung der Wohnräume. Allein bei den Maschinenanlagen änderte sich seine Haltung, wenngleich er bestrebt war, den Ton wohlwollender Beurteilung festzuhalten.

– Vorzüglich konstruiert, sagte er, wenn man bedenkt, daß Sie gezwungen sind, nach den Erfordernissen der alten Mechanik zu arbeiten. Daß dieser Typus an sich nicht mehr standhält, ist ja Ihren Gelehrten längst bekannt, denn er beruht auf der ungeheuerlichen Vergeudung an Brennstoff. Sie sind nicht die Herren, sondern die Sklaven des Materials. Äußersten Falles holen Sie aus einem Kilo Kohle 4000 nutzbare Kalorien, während Sie Billionen davon ungenützt darin stecken lassen. Ihre Kohle verhält sich wie ein Arbeiter, dem Sie mit ungeheurer Raumverschwendung Wohnräume bereiten, und der dafür pro Tag nur den Bruchteil einer Sekunde arbeitet. In dieser Hinsicht sind wir erheblich weiter.

»Wie, Herr Ingenieur!« rief ich, »sollte es Ihnen wirklich schon gelungen sein, durch Atomzerspaltung die ungeheuren Energien aus der Kohle freizumachen, die wir darin nur vermuten, ohne sie entwickeln zu können?«

– Nicht alle Energien, aber einen sehr lohnenden Teil, rund eine halbe Million Kalorien aus dem Kilogramm, also mehr als das Hundertfache Ihrer Leistung. Und wir brauchen dazu nicht einmal Kohle, jede beliebige Substanz liefert uns diesen Arbeitseffekt; wie Sie ganz richtig voraussetzen, durch Zermalmung der Atome. Wir benützen hierzu eine von uns entdeckte neue Strahlenart, die radioaktiven »Lambda-Teilchen«, die uns in unermeßlicher Fülle zu Gebote stehen. Diese Lambdas haben die Fähigkeit, Atome zu zerfällen, zwar nicht restlos, aber doch soweit, daß der eben genannte Effekt zu Tage tritt. Und Sie können sich vielleicht vorstellen, was unsere Maschinen bei solcher Energieentfaltung zu leisten vermögen.

»Nein, das kann ich mir vorläufig absolut nicht vorstellen; obschon uns ja Ihr eigener Flugapparat eine anschauliche Probe geliefert hat. Aber wenn Sie dermaßen im Großen wirtschaften, wo kriegen Sie die vielen »Lambdas« her? Alle radioaktiven Mittel sind doch nur in minimalen Mengen vorhanden und unerschwinglich teuer; liegt denn das Radium bei Ihnen auf der Straße?«

– Sozusagen. Zwar nicht direkt bei uns, wir beziehen es vielmehr von unserer Nachbarinsel *Vorreia*. Dort sind die Minerale Thorium und Uran in unerschöpflichen Lagern vorhanden, die dortige Erde ist der niemals auszuleerende Kraftspeicher, aus dem wir die Radioaktivität in beliebigen Mengen gewinnen.

In Mac Lintocks Augen begann es wieder einmal kalkulierend zu züngeln. Spottbilliges Radium? Wo man in Amerika und Europa schon für ein tausendstel Gramm tief in die Tasche greifen muß – das eröffnete unabsehbare Aussichten.

Forsankar ergänzte: Ich muß hinzufügen, daß diese Nachbarinsel uns nicht nur materiell, sondern auch ideell ganz hervorragend befruchtet. Unsere besten Methoden und Erfindungen stammen von dort. Sie sind in der Mehrzahl dem Kopfe eines Mannes entsprungen, der auf Vorreia lebt. Er heißt *Algabbi*, und vereinigt in sich alle Genialitäten des physikalischen Forschers und Technikers. Eine Kombination von Lionardo, Faraday und Edison in erhöhter Potenz. Er war es auch, der als Geologe die radiumhaltigen Mineralschätze der Insel erschlossen hat, die Energiereservoire, die auf der Welt nicht ihres Gleichen haben.

»Verzeihen Sie, Herr Forsankar, – dann wäre es doch für uns eigentlich ratsamer, direkt nach Vorreia zu steuern. Bei aller Hochachtung vor Ihnen und Ihrer engeren Landesgenossenschaft scheint mir doch nach Ihren eigenen Superlativen die Insel Vorreia wichtiger; um doch vor allen Dingen einen Mann wie diesen Algabbi kennen zu lernen, von dem Sie solche Wunder erzählen.«

– Das wird leider nicht so einfach sein. Algabbi ist alt und launisch, und es hält schwer, zu ihm vorzudringen. Mir persönlich wäre das ganz unmöglich; vielleicht macht er mit Ihnen später eine Ausnahme, wenn Sie zuvor erfahren haben, worauf es ankommt; und hierzu ist es eben unerläßlich, daß Sie Ihren ersten Besuch unserer Insel Sarragalla widmen, auf der die technischen Impulse jenes Mannes ihre weiteste Ausbreitung gewonnen haben.

Auf dem Bodensatz unserer Unterhaltung blieb nach wie vor ein ungeklärter Rest. Wir stellten natürlich unsere Neugier zurück, und es fiel uns nicht schwer abzulenken, da der Ingenieur den Wunsch äußerte, unsere Schiffsbücherei ein wenig genauer zu betrachten. Sie war zuvor nur gestreift worden, und uns selbst lag daran, diese Schätze vor dem Besucher paradieren zu lassen. Seine Sprachkunde ermöglichte ihm eine ausreichende Würdigung der Büchersammlung, und er verstieg sich zu der schmeichelhaften Äußerung, daß wir in dieser Hinsicht wenigstens keinen Wettbewerb zu scheuen hätten.

»Die Bücher stehen für die Zeit unserer Anwesenheit zu Ihrer Verfügung,« sagte Eva.

– Ich werde vielleicht davon Gebrauch machen, entgegnete er, – oder vielmehr, da ich gewohnt bin, sehr rasch zu lesen, so würde mir die Vergünstigung genügen, darin eine Viertelstunde blättern zu dürfen.

Wir ließen ihn eine Weile allein und begaben uns auf Deck, angesichts der inzwischen sehr nahegerückten Insel. Als wir zurückkehrten, trat er uns mit einem aufgeklappten Bande entgegen und rief frohlockend: – Denken Sie nur, ich habe hier einige Hinweise gefunden, die in wenigen Zeilen auf das Programm unserer Insel deuten...

Und ich werde Ihnen auswendig sagen, worin Sie gelesen haben, erwiderte ich: in den Werken von Walther Rathenau. Ein Zufall für Sie, keiner für mich, denn die Kombination liegt nahe: Wenn Ihr Land wirklich im Zeichen der höchstentwickelten Technik steht, so möchte ich es schon jetzt als »*die mechanisierte Insel*« bezeichnen. Und der Begriff der Mechanisierung ist von keinem Autor so schön und tiefgründig erörtert worden, als eben von Rathenau. Er hat ihm gleichsam Flügel gegeben und ihn befähigt, die ganze konkrete Wirklichkeit zu durchfliegen.

Donath meldete sich: Dann schlage ich vor, einige Kernworte daraus vorzulesen; wenn man nur wüßte, welche; ich weiß in diesen Schriften nicht Bescheid.

Der Ingenieur reichte mir den Band hin, ich ergänzte ihn noch durch einen andern und wählte auf gut Glück etliche Stellen:

»Gegeben ist die Quantität der menschlichen Einzelleistung, gegeben die bewohnbare Erdoberfläche, gegeben, aber praktisch fast unerschöpflich und nur an den menschlichen Arbeitseffekt gebunden, ist die Menge der greifbaren Rohprodukte, praktisch unermeßlich sind die verwertbaren Naturkräfte. Aufgabe ist es nun, für die zehnfach, hundertfach sich vermehrende weiße Bevölkerung Nahrung und Gebrauchsgüter zu schaffen... Dies war nur auf einem Wege möglich: wenn der Effekt der menschlichen Arbeit um ein vielfaches gesteigert und gleichzeitig ihr Emanat, das produktive Gut, auf das vollkommenste ausgenutzt werden konnte. Erhöhung der Produktivität unter Ersparnis an Arbeit und Material ist die Formel, die der Mechanisierung der Welt zugrunde liegt...« »...Wenn ich einen Brief zur Post trage, kostet dieser Brief mich fünf Arbeitsminuten; trage ich sechzig Briefe auf einmal zur Post, so kostet mich jeder Brief fünf Arbeitssekunden...«

»...Dem wirtschaftlich Betrachtenden erscheint die Mechanisierung als Massenerzeugung und Güterausgleich; dem gewerblich Betrachtenden als Arbeitsteilung, Arbeitshäufung und Fabrikation; dem geographisch Betrachtenden als Transport- und Verkehrsentwicklung und Kolonisation; dem technisch Betrachtenden als Bewältigung der Naturkräfte; dem wissenschaftlich Betrachtenden als Anwendung der Forschungsergebnisse; dem sozial Betrachtenden als Organisation der Arbeitskräfte; dem geschäftlich Betrachtenden als Unternehmertum und Kapitalismus; dem politisch Betrachtenden als real- und wirtschaftspolitische Staatspraxis...«

»Die Mechanisierung erscheint als eine ungeheure, nie endende *Vorbereitung*; Geschlechter werden erzeugt, ernährt, vermehrt und ins Grab geworfen, ohne Aufschauen, ohne Ausblick, und die Bewegung schreitet weiter, zu vergrößerten Zahlen, erhöhten Dimensionen und gesteigerten Kräften. Diese Not ist mit keiner zu vergleichen, die früher war. Denn sie ist nicht von den Elementen gesendet, wie Kälte, Dürre, Flut und Sterbe, sie ist vom eigenen Willen der Menschheit entfacht und hochgetrieben...«

»...Hieraus folgt, daß eine gewaltige *Zunahme* jener Weltbewegung, die ich Mechanisierung genannt habe, uns bevorsteht ... daß die intellektuale, seelenlose Geistigkeit der Mechanisierung, ihren Zenith *noch lange nicht erreicht* hat.«

– Ganz gewiß, schloß der Ingenieur an, ist damit die Linie der Notwendigkeit vorgezeichnet, und wir ziehen auf unserer Insel die vorläufig letzten Konsequenzen. Sie werden somit wie in einen Zauberspiegel blicken. Wenn schon ein Zenith der Mechanisierung erreichbar ist, dann dürfen gegen diesen Aufstieg keine Bedenken auftreten. Denn sie ist und bleibt eine geistige Angelegenheit, worin der Intellekt triumphiert; der Intelligenz geoffenbart in einem Höchstmaß der Technik wie wir sie, den Spuren Algabbi's folgend, zum Regulativ und durchgreifenden Prinzip erhoben haben. »Wenn es so ist, wie Sie sagen – und die Vorzeichen sprechen ja dafür – dann liegt für uns genug Anlaß zur Bewunderung vor. Ein Land der erhöhten Technik ist nach üblichem Maßstab ein Land der erhöhten Kultur. Es wäre nur zu erörtern, wie Technik und Mechanisierung in den Grundwurzeln zusammenhängen. Ergäbe sich hier eine Identität, so müßte man ja auch in der Mechanisierung des Lebens selbst den größten Fortschritt anerkennen. Und ich verhehle Ihnen nicht, daß sich hiergegen etwas in meinem Innern sträubt. Mir ist die Mechanisierung bei uns zu Lande, in Europa, in mancher Hinsicht schon so widerwärtig, daß ich der Hochspannung dieses Prinzips nur mit Bangen entgegensehe.«

– Uns gilt als Hauptsache, daß Ihnen die Gestaltung imponiert, und daß Sie Ihre Kenntnisse erweitern. Darin liegt doch ein geistiger Gewinn, den Sie gerechterweise nicht verkennen werden. Übrigens sind wir jetzt am Peer, und wenn Sie nichts dagegen haben, bleibe ich in Ihrer Gesellschaft.

* *
*

Die Ortschaft bot den Anblick einer ganz modernen belebten Fabrikstadt mit Anflügen aufgetünchter Eleganz, ohne Hintergründe einer geschichtlichen Vergangenheit. Kein Edelrost lenkte in dieser versteinerten Gegenwart den Sinn auf etwas Gewesenes, und schon beim ersten Aspekt spürte man, daß es da keine verlorenen Winkel geben konnte, in denen sich etwa Spuren von Romantik versteckt hielten. Es sei aber vorweggenommen, daß die Menschen aus hellen Augen um sich blickten und keinen gedrückten Eindruck machten; der revolutionierende Typ des murrenden Fronarbeiters trat nur in ganz vereinzelten Exemplaren auf. Es bestand also eine gewisse Harmonie zwischen Stadtbau und Bevölkerung, insofern sich die Fassaden nach keiner Vergangenheit, die Menschen nach keiner Zukunft sehnten; alles war auf die zu erlebende Minute eingestellt.

In den meisten Straßen gab es keinen Wagenverkehr, sie waren vielmehr den Fußgängern vorbehalten, die man aber genauer als Fußfahrer bezeichnen müßte. Denn der ganze Straßenbau war beweglich und glitt unablässig, in der Mitte geteilt, nach den beiden Richtungen. Was auf einigen europäischen Ausstellungen als »Trottoir roulant« gezeigt wurde, war hier nicht eine belustigende Kuriosität, sondern eine ständige Verkehrseinrichtung. Es gehörte eine gewisse Körpertechnik dazu, um sich aus dem Zustand der stehenden Ruhe auf die schnell dahineilende Plattform zu schwingen und sich im Augenblick ihrer Geschwindigkeit anzupassen. Allein wir lernten es rasch, und selbst unser wenig gelenkiger Amerikaner, der zuerst über die verdammte Akrobatik schimpfte, kam nach einigen grotesken Anläufen in ein leidliches Gleichgewicht. Und schon bei der zweiten Fahrt meinte er, dies wäre eigentlich die ideale Lösung des Beförderungsproblems: ein Automobil von Meilenlänge, jeder Mensch Autobesitzer, jeder Punkt Haltestelle, keine Sekunde Stillstand, und was doch auch mitspräche: durchweg Gratisfahrt, also eine soziale Wohltat für die unteren Klassen. Tatsächlich war das Ganze eine staatliche Einrichtung, die einmal vor Jahren konstruiert, nur sehr geringe Unterhaltungskosten beanspruchte; da ja all das, was wir unter Betriebsspesen verstehen, vermöge der Atomspaltung beinahe auf Null zusammenschrumpfte.

Der fahrbare Boden beschränkte sich nicht auf die Hauptstadt, sondern erstreckte sich weit über die Vororte; während tiefer ins Land hinein eingleisige Eisenbahnen führten. Denn die Insel Sarragalla besitzt eine bedeutende Ausdehnung, und der Handelsverkehr von Ort zu Ortschaft, von Fabrik zu Markt, entspricht in seiner Lebhaftigkeit den Größen der Warenproduktion. Zu neun Zehntel werden die Güter erzeugt, weil und damit man sie verlangt, und sie werden verlangt, weil und damit sie erzeugt werden, so daß Nachfrage und Angebot zusammen eine Schraube ohne Ende bilden. Trotz dieser Massenhaftigkeit des Konsums und der Offerte genügt die eingleisige Anlage der Bahnen, ja das »Geleis« dient hier nur in Form *einer einzigen* Schiene als Grundlage.

Wir fanden das erstaunlich. »Wieso fallen die Züge nicht um, wenn sie mit nur halber Räderzahl auf einem einzigen Stahlstrang rollen?«

Der Ingenieur erläuterte: Die Ihnen geläufige Anordnung mit Rädern rechts und links auf der Doppelschiene gehört für uns zu den Unbegreiflichkeiten der altväterlichen Technik. Jedes Straßenkind, das seinen Kreisel peitscht, hätte Ihnen sagen können, daß ein sausender Schwerkörper sogar in einem einzigen Punkte die genügende Gleichgewichtsunterlage findet, weil die Rotation eine widerstandskräftige Achse erzeugt. Es ist also lediglich eine Aufgabe vorgeschrittener Mechanik, in dem Zuge so starke Rotationskräfte wirken zu lassen, daß ein Überkippen zur Rechten oder Linken der einzigen Mittelschiene ausgeschlossen wird. Sobald nun ein Gegenzug signalisiert wird, senken sich vorn und hinten zwei gebogene Tangentialflächen herab, die, wie der ganze Zug, gleichfalls mit einer Mittelschiene versehen sind. Dann fährt der Zug B über den Zug A glatt hinweg; und wenn man unseren Insassen erzählte, daß man zu derselben Prozedur anderswo vier Stränge samt einer Menge von Weichen und Stellwerken braucht, so käme ihnen das wie eine schnurrige Anekdote vor.

»Und der Gefahrfaktor? Bei der allergeringsten Inkorrektheit in so heikler Maschinerie müssen sich doch bei Ihnen die ärgsten Katastrophen ereignen!«

– Aus dieser Befürchtung spricht wieder die Rückständigkeit eines Bürgers, der noch in den Kinderschuhen der Mechanisierung steckt. Auch Sie besitzen eine Feinmechanik, allein Sie verwenden sie hauptsächlich zu zwecklosen physikalischen Spielereien, mit denen man Studenten im ersten Semester verblüfft: etwa um in eine Glastafel unsichtbare Gitter zu ritzen, die sich unter dem Mikroskop als schön quadratisch entpuppen, oder um eine Wage für das Gewicht eines Staubkorns empfindlich zu machen. Daß man aber die Feinmechanik mit der Starkmechanik in einem Apparat verschmelzen kann, das geht euch nicht ein. Werden sie so verschmolzen, wie Sie es hier erleben, dann funktioniert eben die Großkraftmaschine selbst auf schmalster Unterlage mit absoluter Unfehlbarkeit, und Sie können eher erwarten, daß der Erdplanet, als daß einer unserer Züge auf seiner Bahn entgleist.

Dieser Äußerung folgte eine Bewegung, die wir nicht recht verstanden. Herr Forsankar griff nämlich in seine Tasche, zog seine Uhr, sah aufs Zifferblatt, hielt sie an den Mund und lispelte hinein. »Was machen Sie da?« fragte Rottek: »Sie sprechen mit Ihrer Uhr?«

– Ich habe soeben eine wichtige Unterredung mit meinem Ressortchef geführt, der zu dieser Stunde meinen Anruf erwartete. Das Instrument ist allerdings auch eine Taschenuhr, aber kombiniert mit einem drahtlosen Telephon in der nämlichen Goldkapsel. Warum soll man zwei Gegenstände mit sich schleppen, wo einer genügt?

»Und eine wichtige Besprechung erledigen Sie in einer halben Minute?«

– Durch Breviloquenz. Es ist mir sehr wohl bekannt, wie Sie in Europa trotz der ungeheuerlichen Fernsprechtaxen telephonieren. Sie, und besonders Ihre Damen hängen sich viertelstundenlang an den Hörer zur Erörterung und Beplauderung der gleichgültigsten Angelegenheiten; weil Sie eben so wenig mechanisiert sind, daß Ihnen der kostbarste, gar nicht ersetzliche Rohstoff, die Zeit, für nichts gilt. Unser Prinzip der Zeitersparnis hat uns dazu geführt, eine neue, überaus kompendiöse Kurzsprache zu erfinden. Wir sprechen brachistolinguisch; in Abkürzungen, die ich natürlich nicht anwenden darf, wenn ich mich mit Ihnen unterhalte, die aber bei uns von jedermann vestanden werden.

»Diese Methode ist uns nicht ganz fremd. Wir sagen Hapag, Ufa, AEG, Aboag, Sipo und viele derartige Abbreviaturen, die längere Wortgebilde ersetzen. Wir haben auch im Telegrammverkehr ein Register von Chiffreworten zur Ersparnis längerer Sätze. Wenn ich an ein Hotel telegraphiere »Belab Gransera« so versteht der Empfänger ohne Weiteres: Ich wünsche für heute zwei Zimmer mit zwei Betten und gedenke zwischen sieben Uhr abends und Mitternacht dort einzutreffen.«

– Sie haben also eine dunkle Ahnung vom Prinzip, dessen Ergiebigkeit Ihnen völlig verborgen bleibt. Es ist so, als wären Sie beim ersten elektrischen Lichtbogen zwischen zwei Kohlenspitzen stehen geblieben, ohne zu vermuten, daß sich darin die Beleuchtungstechnik für die ganze Welt versteckt; oder als hätten Sie eine Erzader angeschlagen und begnügten sich mit den ersten paar Kilogramm, während dahinter Millionen von Tonnen des kostbaren Minerals lagern. Mit einem Wort: diese Breviloquenzen, wenn Sie zur Zeitgewinnung wertvoll werden sollen, müssen das Hauptprinzip der ganzen Verkehrssprache werden. Tatsächlich läßt sich der längste Sinn durch Fortlassung alles Entbehrlichen und durch Komprimierung der Sätze, Worte und Silben auf Elementarlaute in den knappsten Ausdruck pressen. Sie würden staunen in unseren Ministerkonferenzen und Kammerdebatten; von der ersten Vorbereitung eines Gesetzes bis zur Annahme: ein Vormittag. Maximale Sprechdauer eines Redners 35 Sekunden.

»Wir würden das Durchpeitschung in drei Lesungen nennen.«

– Das sind mindestens zwei Lesungen zuviel; denn wenn man sich zuvor zwischen Ministern und Abgeordneten ausreichend drahtlos verständigt hat, genügt eine breviloquente Sitzung von kürzester Dauer. In der Zeit, die Sie für eine Zeile der Geschäftsordnung brauchen, verbunden mit den persönlichen Beschimpfungen der gegnerischen Parteien, erledigen wir einen ganzen Jahresetat. Und wenn ein Gesetz bei Ihnen im amtlichen Druck zwanzig Seiten verschlingt, so kommen wir mit einer halben Spalte aus; und proportional hierzu mit einer winzigen, leicht zu besoldenden Beamtenschar.

»Wir halten eben auf Genauigkeit im Gesetzestext, während sich doch bei Ihnen leicht Mißverständnisse einstellen können.«

– Umgekehrt, verehrter Herr! Wir sind ja über eure Verhältnisse gut unterrichtet, und wir wissen, daß sich bei Ihnen das Volk über den Inhalt der Paragraphen genau so den Kopf zerbricht wie die Behörden, die das Gesetz auszuführen haben. Weil Unklarheit und Mißverständnis die natürlichen Kinder der Weitschweifigkeit sind. Ihr Deutschen insbesondere seid ja ein Volk der Dichter und der Denker, das heißt, ihr habt auch in das Gesetzwesen von den Dichtern den Schwulst und von den Philosophen die Dunkelheit übernommen. In jedem Deutschen steckt ein dunkler Heraklit, da er im Grunde wenig mechanisiert ist. Wäre er wirklich auf Exaktheit eingerichtet, so hätte er längst die Kunst der Stenologie, der Formelsprache, des zeitsparenden Ausdrucks erfunden.

»Können Sie uns nicht einige Proben dieser Kunst aufsagen?«

– Sie würden sie kaum verstehen, weil Sie von Natur aus gewöhnt sind, in breiten, grammatisch konstruierten Sätzen zu denken. Aber oberflächlich will ich Ihnen andeuten, worauf es ankommt. Ich knüpfe dabei an die überaus seltenen Fälle an, in denen Sie selbst die Vielwörterei als lästig und unökonomisch empfinden, die Verkürzung – Aposiopese oder Ellipse – dagegen als eine Wohltat. Im Virgil beschwichtigt Neptun die Winde mit dem berühmten Kurzruf »Quos ego!« Kein Substantiv, kein Verbum, keine Spur eines Satzes. Die Drohung bedeutet aber: Hört mal, ihr Winde, wenn ihr jetzt nicht Ruhe gebt, dann will ich euch meine Macht fühlen lassen, daß euch das Blasen vergehen soll! Hat nun die Kürze die Deutlichkeit beeinträchtigt? Im Gegenteil, sie hat sie verstärkt. Oder stellen Sie sich vor, Sie kämen auf den Bahnhof einer Provinzstadt und läsen dort die Bekanntmachung: »Da hier erwiesenermaßen viele Taschendiebe verkehren, die sich das Gedränge zunutze machen, um ihr unsauberes Handwerk auszuüben, so wird das Publikum aufgefordert, mit geschärfter Aufmerksamkeit auf seine Wertsachen Acht zu geben, damit es keinen durch die Langfinger verursachten Verlust beklage, wobei zu bemerken, daß diese Warnung nicht nur den Reisenden selbst gilt, sondern überhaupt allen Personen, die sich zu irgendeinem Zwecke in den Hallen dieses Bahnhofes aufhalten.« Wie umständlich! würden Sie denken, wie langatmig, zweckwidrig, vorsintflutlich! da doch die zwei Worte »Achtung Taschendiebe!« ganz dasselbe besagen. Nun, genau so wie Sie dieses Provinzplakat taxieren, so beurteilen wir Ihre gesamte Verkehrssprache. Und wohl verstanden: mit der Fortlassung der entbehrlichen Worte ist es nicht getan; es müssen tausende von Formeln erfunden und durch Verabredung eingebürgert werden, tausende von Sigeln, die in wenigen Silben lange Gedankengänge aufnehmen; sowie die kurzen Formeln der Fallgesetze alle erdenklichen Möglichkeiten des freien Falles umspannen. Daraus ergeben sich Ersparnisse, die sich auf europäische Dimensionen übertragen zu Milliarden von Arbeitsstunden summieren würden. Und nun überlegen Sie, welche Unsummen Sie durch Ihre Longiloquenz vergeuden, und mit wie geringem Recht Sie sich den Titel mechanisierter Völker beilegen.

»Aber soeben unterhielten Sie sich doch durch Ihr Taschentelephon. Sie können, wie es scheint, beliebig anrufen und angerufen werden; und hieraus folgt doch, daß bei Ihnen Jedermann die Zeit Jedermanns beanspruchen darf.«

– Das wäre ein Fehlschluß. Unsere ganze Erziehung ist auf den Respekt vor der Zeit eingerichtet, und die Sekunde des Nebenmenschen wird mit Ehrfurcht behandelt. Vielleicht liegt gerade hierin der größte Vorteil unserer durchgreifenden Mechanisierung. Jeder hat freilich die technische Möglichkeit des Anrufs, allein ehe er sie ausübt, wartet er auf das Gebot der dringendsten Notwendigkeit. Wir kennen keine telephonierenden Zeiträuber, von Person zu Person herrscht betreffs der Zeit sozusagen Eigentumsbegriff, und ohne meinen Willen wird aus meinem Zeittresor nichts herausgenommen.

»Das hört sich ja ganz moralisch an. Aber wie halten Sie es nun mit Ihrer »freien Zeit«, die ja danach recht erhebliche Maße erreichen muß.«

– Wieder ein Fehlschluß. »Freie Zeit« ist, recht betrachtet, ein Unding. Der mechanisierte Kulturmensch hat sie nicht, vermißt sie nicht, und wenn er sie hätte, so würde er versuchen, sie mit Arbeit zu füllen. Der Mensch ist das Integral seiner Lebenserscheinungen, und diese wissen nichts von freier Zeit. Der Atem, der Blutumlauf, die Erneuerung der Gewebe, die Verdauung, sie sind die idealsten Arbeiter, kennen keine Pause und machen keinen Feierabend. Der Mensch hat die mechanischen Vorbilder in sich selbst, warum sollte er ihnen nicht nacheifern?

»Weil er müde wird und sich erholen muß.«

– Je mehr er sich mechanisiert, desto weniger ermüdet er. Das Werk einer Uhr braucht nicht in die Ferien geschickt zu werden; ja wenn es technisch vollendet ist, bedarf es kaum einer Kraftergänzung. Diese Taschenuhr ist zum letzten Mal vor sieben Jahren aufgezogen worden, und sie geht heute noch. Gewiß, zu solcher Leistungshöhe wird sich der Mensch mit seiner animalischen Struktur niemals erheben, und um den leidigen Zwang der Schlafpause kommen wir nicht herum; aber unsere Physiologen sagen uns, daß sie auf dem besten Wege sind, Impulse herzustellen, die auch den schlaflosen Menschen nahezu in ein perpetuum mobile verwandeln werden. Was nun die Erholung betrifft, die vergnügliche Muße, so glaube ich, daß sie aus der Zeit der Sklaverei stammt und eines freien Mannes gar nicht würdig ist. Ruhe haben, das heißt für Unsereinen: Ruhig und ungestört arbeiten können; und wer über Nervosität klagt, der soll dafür nicht die Übermüdung, sondern die Überschonung verantwortlich machen. Bei sinniger Tätigkeit kann der Drang nach Kurzweil gar nicht auftreten, da er ein Symptom des Irrsinns bildet; denn Zeit und Raum sind gleichwertig, und wer sich mit Absicht, technisch zwecklos, die Zeit verkürzt, ist nicht anders zu beurteilen, als einer, der sich mutwillig den Raum verengt. Außerdem schlägt ihm der Effekt fast durchweg zum Gegenteil aus, denn niemals wird die Zeit so lästig, als wenn man sich amüsiert. Einem echten Arbeiter bietet das Amüsement nichts anderes als kristallisierte, glitzernde Langeweile.

»Aber Sie pflegen doch wohl auch die Künste und haben, wie wir im Vorbeigleiten bemerkten, Unterhaltungsstätten gebaut?«

– Für die kleine Minderheit der Genossen, die den Wert der Eigenarbeit noch nicht vollkommen erfaßt haben und deshalb vermuten, daß es außerhalb ihrer noch ein Vergnügen geben könne. In dieser Hinsicht sind wir tolerant und lassen ein Ventil offen, das sich bei völliger Durchmechanisierung der Bevölkerung von selbst schließen wird. Übrigens werden auch unsere Theater dem Prinzip der Kurzsprache unterworfen, so daß unsere längsten Schauspiele – beiläufig gesagt, sehr gediegene Werke – nicht länger dauern als bei Ihnen ein Sketch. Wir beginnen in der Regel um sechs Uhr nachmittags und schließen um halb sieben, wonach zwischen Theater und Nachtschlaf immer noch einige wertvolle Stunden für die Abendarbeit herauskommen.

»Bravo!« mußte ich unwillkürlich ausrufen. »Unser Impressionismus und Expressionismus verblaßt vor dem Kompressionismus, wie Sie ihn in Szene setzen. Ich muß Ihnen gestehen, daß ich die Länge der Kunst schon seit Jahrzehnten als eine Tortur empfinde, und daß ich im Konzert noch heute nicht weiß, mit welchem Recht ein Symphoniker mich stundenlang auf den Platz festnageln darf.«

– Auch hier wird die Mechanisierung die erlösende Maßregel finden. Unsere Musikveranstalter haben bereits mit der »Brevisonanz« begonnen; das ist eine neumetronomisierte Tonkunst, die sich dem veränderten Zeitempfinden der Hochkultur anpaßt und vor allem die in der Altmusik grassierende Wiederholung der Phrasen, Takte und Noten vermeidet.

»Kann ich mir vorstellen. Wenn zum Beispiel Beethoven in seiner siebenten Symphonie den Ton E mindestens zwanzigmal hintereinander anschlägt und gar nicht davon loskommt, so genügt Ihnen an dieser Stelle ein einziges E; und wenn Sie dazu thematische Abbreviaturen einführen und das Tempo im Verhältnis von Blitzzug zu Postschnecke beschleunigen, so wird sich zu der Symphonie ein ganz erträgliches Verhältnis gewinnen lassen.«

– Sie wollen ironisieren und schildern doch ganz getreu eine zukünftige Gewißheit. In dem Wort vita brevis ars longa ist allerdings ein Mißverhältnis ausgesprochen, das sich der Kulturbürger späterer Jahrhunderte ganz gewiß nicht mehr gefallen lassen wird. Er wird wirklich nur die Wahl haben, solche Symphonie als hinderlichen Ballast auszuwerfen, oder sie auf den Maßstab seiner Emfangsorgane zu setzen.

»Wohl mir, daß ich kein Enkel bin!« sagte Eva; »womit ich mich durchaus nicht gegen eine beschleunigte Bewegung ausspreche; ich wäre jetzt sogar für ein Prestissimo – raten Sie mal wohin, Herr Ingenieur ...«

– Sie meinen Ihren Gasthof und die Mahlzeit, die uns im »Hotel Experiment« erwartet. Einverstanden. Ihr Wunsch deckt sich nebenbei mit meinem Programm, denn ich wollte eben anfangen, Ihnen über die Ernährungsverhältnisse der Insel Vortrag zu halten. Da kann sich nun das Theoretische mit dem Praktischen bündig vereinigen.

»Ich vermute, es wird Fische geben,« bemerkte Eva, ohne ihren Scharfsinn sonderlich anzustrengen. Denn Fische scheinen auf einer Insel mit ausgedehntem Seebetrieb selbstverständlich, und wir hatten zudem bei einem Durchblick auf Meer und Hafen zahlreiche Fahrzeuge erblickt, die zu je zweien mit Netzwerk bespannt waren. Trotzdem stimmte die Prognose der Gefährtin nicht mit den Tatsachen. Es gab keine Fische, sondern *Plankton*.

Ausschließlich Plankton. Das Nationalgericht der Sarragallesen und zugleich das Lebenselement, worauf das soziale Gleichgewicht der Insel sich gründet.

Es ist anzunehmen, daß noch keiner meiner Leser eine richtige Planktonmahlzeit genossen hat. Ich möchte indes schon hier ansagen, daß unsere Nachkommen das von den Vorfahren versäumte milliardenfach nachholen werden; und daß es ihnen dann wie eine trübselige Legende vorkommen wird, wenn sie vernehmen, daß in grauer Vorzeit so etwas wie eine »Ernährungsfrage« die Menschheit beunruhigt hat.

Die Naturgeschichte des Planktons läßt sich kurz erläutern. Es ist ein in unermeßlichen Mengen vorhandener, sich beständig erneuernder Meeresauftrieb, der unorganische Substanz in organische umsetzt. Bei Filtration liefert es einen Rückstand von einzelligen Pflanzen und kleinsten Tieren in immenser Anzahl. Auf einen einzigen Kubikmeter Wasser entfallen ungefähr drei Millionen Organismen, winzige Algen, Diatomeen, Peridineen und viele Tausende von kleinen Krebschen. Alle Nahrungsernten auf dem festen Lande verschwinden in Quantität vollständig gegen die Planktonernte, die sich bei geeigneter Konstruktion der Erfassungsmittel aus dem Ozean gewinnen läßt.

Die zwischen den Schiffen ausgespannten, versenkbaren Netze gehen auf ein Urmodell zurück, das vor langer Zeit in Europa von Palombo erfunden wurde. In seiner Vervollkommnung durch Algabbi löst es das Problem derartig, daß die Planktonernte direkt in die Schiffe gelangt, fertig vorgebildet für eine kurze chemische Behandlung, welche die ozeanische Substanz in einen für Menschen und Tiere geeigneten Nahrungsstoff verwandelt. Er enthält Eiweiß, Kohlehydrate, Fette und Nährsalze in Prozentsätzen, die sich nach dem Willen des Chemikers beliebig verändern lassen. Da die Bearbeitungskosten gering sind, und das Material an sich von der Natur selbst in Unerschöpflichkeit geliefert wird, so begreift es sich leicht, daß diese hochwertige Nahrung auf Sarragalla fast so wohlfeil ausfällt wie Luft und Trinkwasser.

Das Plankton ist aller Aggregatzustände fähig; es läßt sich als Flüssigkeit genießen, als Brei, als Streifen und Scheiben von beliebiger Konsistenz. Aber hier erhebt sich der Einwand: wird nicht ein Löffel, ein Bissen so schmecken wie der andere? und wo bleiben die feineren Anforderungen, die sich auf Varietät des Genusses richten?

Aber gerade hierin offenbart sich der Triumph dieser Ernährungsmethode. Er bedeutet zugleich einen Erfolg der Wissenschaft, den wir nach dieser Seite vordem für unmöglich gehalten hätten: eine hohe Messe, die von der letzten Physik zelebriert wurde, über Grundakkorde, die schon Lord Kelvin, Helmholtz, Faraday und Hertz vordem leise angeschlagen hatten.

Während wir Europäer nur über die Bedingungen der Geschmacksempfindung etwas wissen, nichts aber über die Art, wie sie zustandekommt, haben die Physiker der Insel deren eigentlichen Grund aufgedeckt. Sie schlugen die Brücke von den optischen und akustischen Erscheinungen zu den hier obwaltenden und haben ermittelt: der Geschmack beruht auf Wellenerregungen, auf Schwingungen der Elektronen in den Atomen der Zungen- und Gaumennerven. Saporische Kraftfelder wurden entdeckt, in denen die Phänomene der Interferenz, der Polarisation und der Induktion auftreten. Die Geschmacksnuancen wurden in eine bestimmt verfolgbare Reihe aufgelöst, wie die der Farbe und des Tons. Und so wie sich eine schwingende Saite auf eine gewollte Tonhöhe einstellen läßt, so gelang es hier, jeder eß- oder trinkbaren Substanz jede gewünschte Geschmacksschattierung zu induzieren. Das Instrument, das dieses Wunder leistet, ist der »Telegusto«.

Es arbeitet mit einer Präzision, die dem verwöhntesten Feinschmecker genügen muß. Bevor die einzelne Planktonplatte tafelbereit aufgetragen wird, durchläuft sie den Wirkungsbereich des Telegusto, der in hundertfältigen Abstufungen die saporische Beeinflussung bereit hält. Sämtliche Früchte und Gewürze sind darin vertreten, dazu alle Geschmäcke von Wild, Fisch, Haustier, von allem was für Küche, Brauerei und Weinkultur in Betracht kommt. In dem Register des Telegusto gibt es keine Lücke. Auf einen Fingerdruck liefert er nach Bedarf ebenso die Auster, die Languste, den Sterlett, wie das Rehfilet, das Backhuhn, wie das Vanilleeis, die Schlagsahne, wie irgend einen Edelwein. Auf dem Wege der Illusion? Die Frage hat keinen rechten Sinn, denn unser Geschmack arbeitet auch im normalen Genußbetriebe mit einer Fülle von Illusionen. Außerdem hat sich hier ein Seitenzweig der Technik der Angelegenheit bemächtigt: die Maschine greift ein, um die Figur, die Härtegrade, die Farbe der Gerichte dekorativ zu modeln. So verwirklicht sich hier durch Wissenschaft und Instrument das Märchen vom Tischleindeckdich. Und wenn Fräulein Eva zuvor Fisch vermutet hatte, so war ihr Instinkt doch nicht ganz auf falscher Fährte: als dritter Gang erschien ein Gericht, das man nach üblichem Sinnenmaß für Aal in Kapernsauce nehmen konnte, optisch, haptisch und saporisch. Auch der Chemiker hätte kaum widersprechen dürfen, höchstens der Biologe mit der Feststellung: eigentlich ist es Plankton, und in der Substanz besteht zwischen diesem Fisch und diesem Gemüse kein Unterschied.

Mit einer leisen Dissonanz entlud sich Mac Lintock beim Nachtisch. Er erklärte: ihn könne man nicht täuschen, er spüre bei diesem Fruchtgelee ganz deutlich den Planktongeschmack auf der Zunge.

– Höchst merkwürdig! entgegnete Forsankar; Sie sind nämlich der einzige Tafelgast, der wirkliches Fruchtgelee ohne Plankton bekommen hat. Ich ließ es auf Ihren Teller schmuggeln, um einen Kontrollversuch anzustellen; dessen Ergebnis beweist, daß wir allen Grund haben, mit der Illusion wie mit einer Wirklichkeit zu rechnen.

Es schmeckte uns ausgezeichnet, und der Gedanke, daß alle Insulaner ohne Ausnahme sich solcher ebenso vorzüglicher wie billiger Genüsse erfreuen durften, stimmte uns über sonstige Lebenshöhe. Denn der Neid wurde hier niedergehalten durch die elementare Freude an der erreichten Kulturhöhe. Sarragalla in der Welt voran! Ein Land, in dem sich die Gedanken frei auswirken können, da der Kopf von der drückendsten aller Sorgen, von der Magennot entlastet wird!

»Mir wird jetzt mancherlei klar,« sagte ich, »und vor allem sehe ich die Mechanisierung in neuem Lichte. Wenn es der Technik gelingt, das Ernährungsproblem in so großem Stil zu lösen, dann hat es gewiß längst das Gespenst der sozialen Frage verscheucht.«

– Nicht längst. Denn auch wir befinden uns noch in einem sozialen Übergangsstadium. Richtig ist, daß wir die Morgenröte einer neuen Zeit erlebt haben, deren Licht dem sozialen Gespenst das Umherspuken gewaltig erschwert. Allein wir leiden doch noch an gewissen Nachwehen einer dunklern Vorzeit, die durch mangelhafte Technik und also auch durch soziale Mißstände charakterisiert war. Richtig ist vor allem, daß unsere Arbeiterschaft allen Grund zur Zufriedenheit besitzt, und daß die Lohnkämpfe auf der so schön bereiteten Ernährungsgrundlage nahezu allen Sinn verloren haben. Wo noch unausgeglichene Reste zwischen Anspruch und Bewilligung existieren, da finden wir uns in der Regel leicht auf einer mittleren Linie. Denn unsere Arbeiterschaft besitzt, wie begreiflich, einen Zug ins Geistige, sie hat fast durchweg die Stufe des Frondienstes überwunden, um in die Edelarbeit hineinzuwachsen. Jeder Gedanke unserer Forscher setzt eine Unsumme von Arbeitskräften in Bewegung, die sich im Experiment, an der Maschine, zu praktischem Behuf betätigen müssen, um den Gedanken zu allseitig brauchbarer Wirklichkeit auszufolgern. Wenn ein Mechanismus bedient wird, so wiederholt sich nicht ein und derselbe Handgriff in trostloser Unendlichkeit, sondern die Tätigkeit selbst differenziert sich erfinderisch in der Hand des Arbeiters. Wissen Sie, was uns schon passiert ist? Wir hatten in einem bestimmten Betrieb für die Arbeiten den Achtstundentag von Staats wegen eingeführt. Da regte sich die Unzufriedenheit, es entstand eine Bewegung unter den Leuten ... »Dergleichen ist uns bekannt; sie wollten Verkürzung auf sieben oder sechs ...«

– Nein, Verlängerung auf zwölf Stunden. Und zwar ohne gewinnsüchtige Absicht, denn sie waren ohnehin am Ertrage reichlich beteiligt. Allein sie erklärten, sie hätten soviel Interesse an der Arbeit, soviel geistigen Genuß, daß sie sich dieses Vergnügen nicht durch ein knappes Limitum beschränken lassen wollten. Unsereiner kann das ja nachfühlen, denn ich zum Beispiel, den die geistigen Obliegenheiten bis in die Träume hinein verfolgen, ich kann mich getrost auf einen zwanzigstündigen Normalarbeitstag berufen; und ich würde direkt in Geistesnot geraten, wenn mir mitten im Tage mit einem Klingelzeichen Schluß befohlen würde.

»Das könnte zu einer neuen Auslegung des Trägheitssatzes von Galilei führen: der geistige Mensch arbeitet unausgesetzt, weil ihm die Trägheit, das Beharrungsvermögen dazu zwingt; er ist zu träge, um aufhören zu können.«

– Klingt ein bißchen paradox, ist aber richtig. Die Hauptsache im mechanisierten Staate bleibt, daß sich der Muß-Arbeiter zum Will-Arbeiter umbildet. Innerhalb der Kohlewirtschaft ist das unmöglich. Allein da wir uns durch die Lambdakräfte von der Kohle emanzipiert haben, so werden wir dieses Ziel in wenigen Jahrzehnten auf der ganzen Linie erreichen. Erst jetzt beginnt man zu fühlen, daß die Intensität der Arbeit Selbstzweck ist; daß die Zeit reif wird zur Überwindung des Millionär-Kapitalismus, um den geistigen Kapitalismus an seine Stelle zu setzen. Das alles verträgt sich sehr gut mit einer Sozialisierung, in der die Individuen der Unterschicht ganz von selbst in die intellektuelle Oberschicht hineinwachsen. Die Freude an der Bewältigung der mechanischen Probleme, Jedermann als Teilhaber des Lustmonopols, der Staat als Freudenversorger, die Mechanisierung und der Sozialismus als rein geistige Angelegenheit, – das sind die Dinge, auf die es ankommt.

»Sind Sie denn nun mit der Sozialisierung wirklich fertig geworden?«

– Noch nicht, oder vielmehr, wir beabsichtigen gar nicht, es zu werden. Denn sie ist unvollendbar; es gibt kein Finale und keinen Schlußpunkt. Aber es wird Sie interessieren, einiges aus den Zwischenstadien zu erfahren, in denen allerdings viel experimentell Unfertiges zu Tage trat. Da waren Schwarmgeister, die nicht nur die Betriebe, sondern auch die Ehe und die Familie sozialisieren wollten. Das Reservat des Einzelnen an die Frau sollte beseitigt werden. Andere begnügten sich nicht damit, die Liebe aus dem Privatbesitz auszuschalten, sie wollten sogar die Freundschaft in Kommunalverwaltung überführen.

»Das ist ein hübscher Gedanke. Der Staat als Monopolist aller seelischen Neigungen, der die Bedürfnisse des Gemütes als ein Rechenexempel behandelt. Er ermittelt die Summe der vorhandenen Liebes- und Freundestriebe, dividiert sie durch die Kopfzahl und weist jedem sein Quantum zu. Eigentlich wäre diese Rationierung ganz korrekt; denn es ist ja nicht nötig, daß der eine als ein Krösus an Freundschaften und zarten Beziehungen dasteht, während sein Nebenmensch um ein bißchen Zuneigung betteln muß. Man könnte die Idee noch weiter spinnen. Ich denke es mir beispielsweise gar nicht übel, wenn das Sanitätswesen gründlich sozialisiert würde.«

– Dafür haben wir in der ganzen Welt die Ansätze im Impfzwang, in der Krankenversicherung und anderen Einrichtungen. Wir hatten allerdings vor zehn Jahren radikale Reformer mit weit schärferem Programm. Sie behaupteten, es müsse der medizinischen Technik gelingen, die Einheitsarznei herzustellen und verlangten die gleichmäßige Verteilung dieses Medikamentes an sämtliche Patienten; auch dürfe keinem Kranken eine kräftigere Diät oder eine längere Bettruhe verordnet werden als dem andern. So weit ließ sich die Nivellierung natürlich nicht durchführen, ebensowenig auf gewissen anderen Gebieten. Einige Extremisten versuchten sich an der Kunst; sie forderten das sozialisierte Theater und Orchester. Der Dirigent, so sagten sie, ist ein Monarch mit autokratischen Befugnissen; also fort mit ihm. Die Musikkapelle ist eine soziale Einheit, in der jedem Teilnehmer das gleiche Recht an Taktzahl, Tonschwingung und Klangstärke zusteht. Ähnlich im Theater. Wie kommt eine Heroine dazu, sich oben zehnmeterweis in Raumwillkür auszutoben, während unten die Souffleuse bewegungslos im engen Käfig hocken muß? Warum soll ein prominenter Schauspieler mehr Beifall und Lohn beziehen als ein Kulissenschieber? Tatsächlich ist dieses Extremprogramm sehr weit verfolgt worden; bis wir merkten, das wir über all diesen Organisationen, Tariffragen und Gewerkschaften die Kunst doch allzusehr aus den Augen verloren ...

»Es gibt kein ›allzusehr‹, sollte ich meinen, in einem Staate, der doch ohnehin auf die Kunst keinen entscheidenden Wert legt. Entweder man sozialisiert, oder man unterläßt es...«

– Oder man sucht die gesunde mittlere Linie, wie ich bereits betonte; auf die Gefahr hin, mit diesem Suchen niemals zu Ende zu gelangen. Genug davon! Ich möchte Sie jetzt einladen, mir in das Experimentier-Institut zu folgen. Sie werden dort Einblicke in Experimente gewinnen, die zum Teil in eine großartige mechanische Zukunft hinweisen. Dort werden Sie auch erfahren, daß gewisse Sorgen uns bedrücken, zu deren Linderung Sie beitragen können. Sie entsinnen sich, daß ich Ihnen bereits auf dem Schiff davon sprach.

»Jawohl. Und wir verstehen Ihre Andeutungen jetzt ebensowenig, wie vorher. Aber gleichviel. Sie halten unserer Neugier eine neue Verlockung vor, – also zu den Experimenten!«

* *
*

Wir gelangten in eine Abteilung für technische Versuche, von denen die Mehrzahl den Zweck verfolgte, unbeachtete Energien in nutzbare umzuwandeln. Hier galt das Prinzip: es darf nichts verloren gehen; und selbst wenn es sich um unerhebliche Beträge handelt, sind wir verpflichtet, das Brauchbare aus ihnen herauszuholen. Das gehört zu den moralischen Erfordernissen der Mechanisierung.

Als wir uns in den Experimentiersälen umsahen, bearbeitete einer der Hauptforscher, Professor Dnali, gerade das Problem der menschlichen Kinnbacken. Er hantierte mit etlichen Versuchspersonen, an denen er mittels sinnreich konstruierter Apparate folgendes konstatiert hatte: ein erwachsener Mensch von durchschnittlicher Körperanlage leistet mit seinen Backzähnen bei einmaligem Kauen eine Kraft von rund 90 Kilogramm. Zur Verarbeitung der Nahrung braucht er aber nur 10 Kilogramm Kraftaufwand. Mithin werden bei jeder Kaubewegung 80 Kilogramm nutzlos verschwendet, welche der Allgemeinheit dienstbar gemacht werden können. Die Aufgabe besteht also darin, einen Mechanismus zu konstruieren, der die überschüssige Kaukraft auffängt und in zweckdienliche Arbeit umsetzt. Die Schwierigkeit liegt wesentlich darin, diesen Mechanismus so zu gestalten, daß er den Esser bei der Mahlzeit nicht behindert, ja von ihm gar nicht bemerkt wird. Dies bewirkt Professor Dnali durch Telekinese. Das ist ein Verfahren der neuesten Technik, Kraft durch Projektionen und Effluvien in die Ferne zu verpflanzen. Eine Erweiterung der drahtlosen Kraftübertragung, bei der die Elektrizität durch vitale Schwingungen ersetzt wird. In ihren Prinzipien ist die Telekinese viel zu abgründig, als daß sie hier erörtert werden könnte. Genug, sie ist vorhanden, wir sahen ihre Effekte, ohne die physikalischen Zusammenhänge ergründen zu können. Und diese Effekte waren erstaunlich: hier saß eine Reihe von Leuten beim Essen – dort, auf Distanz und kausal scheinbar abgetrennt, wurde Holz gespalten und industriell verarbeitet. Die Kraftquelle aber lag in den Kinnbacken.

Ein Assistent Dnalis exerzierte im Nebenraum mit Tänzern und Tänzerinnen.

Unabhängig von dem Tanzvergnügen, das man den Tänzern willig gönnt, werden diese selbst im Sinne der Forschung und Technik als Rotationsmaschinen betrachtet. Man berechnet: so und so viele Umdrehungen in der Stunde, so und so viel Meterkilogramm Kraftarbeit, die nicht nutzlos in die Welt verfliegen darf. Dieser Energiebetrag ist aber bei einem Ball von Durchschnittsfrequenz ein ganz ungeheurer. Und wiederum tritt die Telekinese in Funktion. Irgendwo in der Ferne werden Pfähle gerammt, Schienen genagelt, Granitblöcke behauen. Wer rammt, nagelt, behaut? Die rotierenden Tanzpaare mit ihrer aufgefangenen und fortgeleiteten Kraftabgabe. Hierin liegt es auch begründet, daß man auf der Insel in den Tanztouren selbst die kräftigen Urformen bevorzugt, den Galopp und andere Arten mit stampfenden Rhythmen. Während wir beobachteten, wurde die überschüssige Tanzkraft gerade dazu benutzt, um zwischen zwei Häusern der Stadt einen Wohnungsumzug mit sehr erheblichem Möbeltransport zu bewerkstelligen.

Der genannte Professor hat es sogar ermöglicht, die *Tanzmusik* zur Arbeit heranzuziehen; freilich nur, um die Theorie zu stützen, denn es handelt sich hierbei um sehr geringe Beträge. Eine Kalorie ist nämlich äquivalent der Energie eines eben noch hörbaren Tones von zehntausend Jahren Klangdauer. Professor Dnali hat nun gezeigt, daß die Klangwucht eines vollbesetzten, den ganzen Abend hindurch spielenden Ballorchsters ausreicht, um einen Löffel kalte Planktonbrühe aufzukochen.

Aber auch die geistigen Funktionen kommen für die Energie-Umwandlung in Betracht; und hier geraten wir in ein Gebiet der Zukunftsmechanik, in der die Praxis mit der Theorie noch nicht gleichen Schritt zu halten vermag. Die seelische Güte zum Beispiel, die Geduld, die Ungeduld, das Hoffen, der Neid, sind nach Dnali Naturkräfte wie die Elektrizität. Wir müssen hier in eine neue Tiefendimension der Natur hinabsteigen und es zu erfassen suchen – was übrigens auch schon ein europäischer Gelehrter angedeutet hat – daß Elektrizität und seelische Funktion nicht nebeneinander in der Fläche, sondern hintereinander in der Perspektive liegen. Wonach also der Mensch im Wirkungsfeld artverschiedener, horizontal und vertikal wirkender Energien steht. Hier nun greift die Zukunftsmechanik ein mit der Forderung, die Arten ineinander zu überführen, das heißt also: Güte, Haß, Hoffnung, Neid und so weiter in Elektrizität zu verwandeln und damit eine Glühbirne zu speisen oder einen kleinen Motor anzutreiben. Die angestellten Experimente eröffnen hierfür die beste Aussicht, und vielleicht schon in einem Jahre wird man die ersten greifbaren Resultate erblicken. Dann wird man zum Beispiel imstande sein, eine unverhoffte Freude als Staubsauger zu verwenden oder mit einem bestimmten Quantum Langeweile ein Brett zu hobeln.

»Da kann ich nicht mehr mit!« bemerkte Eva, als dies auseinandergesetzt wurde. »Möglich ist ja auf Ihrer Insel alles, aber diese Entwicklung führt doch in eine Schreckenskammer der Wissenschaft; hier erlebt man ja eine mechanische Vergewaltigung des Seelischen.«

– Ich kann das nicht finden, entgegnete der Forscher, denn die Seele selbst ist etwas durchaus Mechanisches und verlangt als solches Eingriffe von außen. Das läßt sich beweisen. Vergegenwärtigen Sie sich einen historischen Fall: der große Pascal wurde in einer Nacht von heftigem Zahnweh gequält und griff zu dem Hilfsmittel einer Betäubung; nicht durch eine narkotische Substanz, sondern durch eine innere Vergewaltigung; er dachte angestrengt nach und fand in derselben Nacht eine große mathematische Wahrheit, nämlich das Gesetz der Cycloide. Also Ursache: der Zahnschmerz, Effekt: eine Erkenntnis.

Dieselbe Wirkung hätte sich vielleicht eingestellt, wenn der Schmerz ausgeblieben und statt dessen dem Gehirn eine winzige Dosis Phosphor zugeführt worden wäre. Mithin war der Zahnschmerz äquivalent einer gewissen Phosphormenge. Da haben Sie schon den Übergang von der Psyche zum Stoff. Denn jene Phosphormenge vermag Kalorien zu erzeugen, sie wirkt chemisch mit meßbarer Energie, und ich bin sonach berechtigt, den nämlichen Energiebetrag dem Zahnschmerz zuzuschreiben.

Er hat etwas gehoben, hat eine Arbeitsleistung vollbracht. Ich selbst verwende in meinen Instrumenten das Cykloidenpendel und die cykloidische Konstruktion für Zahnräder, die einen technischen Effekt ausüben; und selbst in diesen Effekten steckt noch ein Nachklang von Pascals Zahnschmerzen.

Forsankar unterbrach diesen Kursus mit dem Antrag, ihm in den Seitenflügel zu folgen, wo der Professor Japanurro medizinisch operiere.

»Will der am Ende die sozialisierende Einheitsmedizin herstellen?« fragte Eva.

– Keineswegs. Er individualisiert sogar; aber er behandelt die Kranken nach einem neumechanischen Prinzip, das die gesamte Therapeutik außerordentlich vereinfacht.

Wir gelangten in einen weiten Saal, an dessen Wänden hunderte von kleinen Wachspuppen aufgestellt waren. Jede Puppe bot das porträtähnliche Abbild eines bestimmten Insulaners und galt mit diesem als identisch in klinischer Hinsicht. Sobald nun jemand erkrankt, wird nicht der lebendige Mensch, sondern sein Wachsabbild in Behandlung genommen, es unterliegt besonderen chirurgischen Eingriffen, mit dem Effekt, daß sich die Heilwirkung auf den wirklichen Patienten überträgt.

Dieses Verfahren, hier real ausgeübt, wurzelt in einem uralten Zauberglauben der Griechen und Römer, die abergläubisch den schrecklichen Empusen die nämliche Fähigkeit beimaßen, die nunmehr mit dem Rüstzeug der Wissenschaft bewehrt vor uns auftritt. Wie ja zahlreiche Märchenwunder der alten Welt durch die moderne Technik nicht nur verifiziert, sondern sogar überholt worden sind. Die Empuse, so glaubte man, setzt ein Wachsbild dem Feuer aus, während gleichzeitig das Herz des lebenden Originals sich erweicht und dahinschmilzt. *Paracelsus* hat diese Idee gedankenexperimentell weiter verfolgt, *Charcot* gab ihm das wissenschaftlich experimentale Gerüst, und auf Sarragalla wurde die Methode bis zur unbedingten Brauchbarkeit vervollkommnet. Sie heißt »*Telurgie*« und verhält sich zur alten Medizin wie die Funkentelegraphie zum urväterlichen Briefbotendienst. Der noch zu erwartende Fortschritt bezieht sich lediglich auf die numerische Ausdehnung des Verfahrens; denn wir erblickten doch nur eine Minderzahl von Objekten, während die Regierung beabsichtigt, sämtliche Einwohner in Puppen zu reproduzieren. Ist dies erreicht, dann wird sich die gesamte Heilpraxis des Staates in einem einzigen großen Gebäude bewältigen lassen.

Der telepatische Rapport wird durch magnetisierte Spiegel und eine besondere Strahlenart, Sigma-Strahlen, hergestellt. Mit deren Hilfe erfährt der Arzt schon an der Puppe ein etwa erst beginnendes Leiden, oft genug, bevor noch der lebendige Mensch die schmerzhaften Symptome wahrnimmt. Eben war der Professor Japanurro dabei, eine Darmoperation auszuführen, während ein Assistent der benachbarten Puppe den Magen auspumpte. Die Ausdrücke sind nicht ganz wörtlich zu verstehen. Es handelt sich vielmehr um höchst minutiöse Eingriffe der ärztlichen Feinmechanik, für die ich den groben Ausdruck andeutend verwenden muß, da unser Sprachregister das zutreffende Wort noch nicht enthält. Jedenfalls unterliegt die telurgische Wirkung keinem Zweifel: das lebende Original wird durch die Operation geheilt und erfährt erst später, bisweilen sogar überhaupt nicht, daß seine Puppe mit Instrumenten bearbeitet worden ist.

Auch das Prinzip des Ausgleichs und der Transfusion kommt zur Anwendung. Zeigt sich zum Beispiel an einer lebenden Person Hypertrophie, an einer anderen Atrophie desselben Organs, so werden die entsprechenden Puppen durch Überleitung des Plus auf das Minus ausgeglichen, wodurch sich bei den zwei Originalen der Normalzustand automatisch einstellt.

Zahlreiche Fragen bestürmten uns, und immer größer erschien die Schwierigkeit, in dieser Welt einer gesteigerten Mechanik das Leitseil der Erklärung in der Hand zu behalten. Man stelle sich einen Menschen der Steinzeit vor, der plötzlich in die moderne europäische Technik gestellt wird und hier mit seinem primitiven Warum und Weil aus einer Unbegreiflichkeit in die andere geschleudert wird. So ähnlich war uns zu Mute. Unsere Maßstäbe reichten nicht aus, das Schema unserer Erklärungsmöglichkeiten versagte. Uns blieb nur die Zuflucht in den waghalsigen Gedanken: Alles was mechanisch ausdenkbar ist, läßt sich auch mechanisch verwirklichen. Und es gibt nur eine Unmöglichkeit, nämlich die: etwas mechanisch Unmögliches zu ersinnen.

* *
*

Man bat uns, in ein Konferenzkabinett einzutreten. Hier erwartete uns der Sektionschef, mit dem unser Ingenieur, wie erinnerlich, durch die Taschenuhr telephoniert hatte. Er empfing uns mit höflicher Begrüßung und steuerte sofort auf den Hauptpunkt:

– Als Sprecher der Regierung bin ich beauftragt, Ihnen für Ihr Interesse an unseren Einrichtungen zu danken. Sie legt Gewicht auf die Meinung unserer fremden Gäste, zumal von dem Grade Ihrer Wertschätzung sehr Bedeutendes für uns abhängt. Wir befinden uns nämlich in der Lage, Ihre Hilfeleistung anrufen zu müssen.

Wie Ihnen bekannt geworden, basieren unsere technischen Errungenschaften vorwiegend auf der Verwendung der Lambda- und der Sigma-Strahlen, die aus den Uran- und Thoriumlagern unserer Nachbarinsel Vorreia gewonnen werden. Fast alle Betriebe sind hierauf eingestellt, da sie mit den sublimen Kräften arbeiten, die jene Strahlen durch Atomzerfallung aus der Materie herausholen. Aber auch unsere Feinmechanik, die Sie bestaunten, beruht letzten Endes auf den Wirksamkeiten der Lambdas und Sigmas, und sonach hängt unsere ganze Zukunftsentwicklung von dem Bezug jener Grundsubstanzen ab, die uns die Nachbarinsel bis vor Kurzem in ausreichenden Massen geliefert hat.

Bis vor Kurzem, heute nicht mehr! Denn seit vier Monaten hält sich Vorreia gegen uns wie mit einem undurchdringlichen Panzer abgesperrt und läßt keine Unze der Substanz hinaus. Unsere Vorräte gehen auf die Neige, wir arbeiten schon jetzt nur noch mit Drittelenergie, die Krisis steht vor der Tür. Gelingt es nicht, auf irgend eine Weise die Sperre zu durchbrechen, so ist die Katastrophe unabwendbar. Eine Umkehr zur alten Technik ist für uns schon deshalb unmöglich, weil wir nicht einmal Kohlen besitzen, dann aber vornehmlich, weil ein Volk wie das unsrige das Abwelken seiner mechanischen Blüte gar nicht überleben würde. In längstens einem Jahre stünden wir vor unserem geistigen Tode.

»Mir drängt sich die Vermutung auf,« sagte ich, »daß der gelehrte *Algabbi* auf der Nachbarinsel diese Sperre verhängt oder verursacht hat.«

– Ja, er selbst. Er ist zwar politisch genommen nicht der König der Insel, übt aber dort eine geistige Autokratie aus, der man sich beugt. Und er hat wissen lassen, daß die einmal verfügte Sperre bestehen bleiben müsse, so lange er noch einen Atemzug in der Brust habe.«

Von unserer Seite kam die Frage, was ihn wohl zu dieser verhängnisvollen Sperre veranlaßt haben könnte, und ob da vielleicht ein Konkurrenzneid mitspräche.

– Kaum anzunehmen. Das läge nicht im Charakter dieses Forschers. Wir kennen seine Motive nicht und betrachten

sie bis auf weiteres als ein Gewebe unergründlicher Alters-
schrullen. Algabbi selbst verweigert jede Auskunft. Wir haben alles Erdenkliche aufgeboten in Verhandlungen, Depu-
tationen, Bittschriften – ganz vergeblich. Seit einer Woche
läßt er von uns überhaupt nichts mehr an sich heran, keinen
Menschen, keine Zeile. Und nun kommt das Erstaunlichste:
Als Sie noch auf hoher See waren, empfingen wir von ihm
eine ganz unvermutete radiographische Botschaft, als Antwort auf unser letztes Gesuch vom vergangenen Monat. Ich
will Ihnen den Wortlaut dieser Botschaft vorlesen:

»Ich verbleibe auf meiner Weigerung, so weit sie sich auf
die Regierung und die Angehörigen der Insel erstreckt. Dagegen wäre es mir erwünscht, mit den fremden Gästen Füh-
lung zu nehmen, die demnächst bei Euch landen. Ich bin
bereit, den Urheber der europäisch-amerikanischen Schiffs-
expedition zu empfangen.

Algabbi.«

Sie können sich vorstellen, wie diese Mitteilung bei uns
einschlug. Sie bedeutet für uns den ersten Pfeiler zu einer
Brücke der Verständigung. Ja, vielleicht haben Sie es jetzt
in der Hand, unser Schicksal zu wenden. Zunächst ist es
wohl selbstverständlich, daß Sie der Aufforderung Folge
leisten. Dann aber könnte doch der betreffende Herr den
Anlaß wahrnehmen, um Algabbi zu unseren Gunsten umzustimmen. Er sollte es wenigstens auf den Versuch ankommen lassen, in Sachen der Sperre etwas auszuwirken, da er
der einzige ist, der dort zu Worte kommt, der einzige, der
unser Retter werden kann. Dies ist der Inhalt unserer Bitte,
die Ihnen Freund Forsankar bereits auf dem Schiff angedeutet hat.

»Herr Minister,« entgegnete ich, »Sie legen eine gewaltige
Verantwortung auf meine schwache Schulter. Ich verspüre
den Druck umso stärker, als ich eben erst anfange, mich in
dieser mit so vielen Erstaunlichkeiten durchsetzten Welt ein

wenig zu orientieren. Es ist mir deshalb sehr zweifelhaft, ob ich imstande sein werde, einer überlegenen Größe wie Algabbi gegenüber geeignete Argumente aufzubringen. Wenn ich, wie doch wahrscheinlich, unverrichteter Dinge zurückkehre, wenn ich betreffs des Uran- und Thorium-Exports nichts ausrichte, so wird mich entweder der Verdacht treffen, mein Wille hätte versagt, oder eine höchst peinliche Abschätzung meiner Fähigkeit als Parlamentär. Nichtsdestoweniger erkläre ich mich bereit, unter einer Bedingung: wenn der von mir erzielte Bescheid abschlägig ausfällt, so entbinden Sie mich von der leidigen Verpflichtung, Ihnen den Inhalt meiner Unterredung mit dem Manne ausführlich mitzuteilen; ich bringe dann nichts zurück als das einfache »Nein«.«

– Ich verstehe Ihre Bedenken. Sie argwöhnen, daß Algabbis Motive vielleicht noch niederdrückender sein könnten, als die harte Maßregel an sich. Also bleibe es bei dieser Bedingung. Man benachrichtigt mich soeben, das ein kleines Boot unterwegs ist und in wenigen Minuten hier anlegen wird, um Sie an Bord zu nehmen. Das ist ein verheißender Anfang. Algabbi läßt Sie abholen! Daraus ist zu schließen, daß er sich Ihnen gegenüber nicht auf absolute Unerbittlichkeit festlegen wird.

Die Gefährten begleiteten mich zur Abfahrt. Unterwegs brachte Mac Lintock eine praktische Anregung zum Vorschein; falls es mir nämlich gelänge, betreffs der radioaktiven Substanzen etwas zu erzielen. Sein Gedankengang war wie schon wiederholt sehr einleuchtend: auf Vorreia herrscht Überfluß an diesem Stoff, in New York wird das Gramm Radium, wenn überhaupt erlangbar, mit 100 000 Dollars bewertet. Die Konklusion für den nüchternen Geschäftsverstand lag nahe.

Vorreia

Die rückschrittliche Insel

Die Fahrt zur Überquerung des vierzehn Kilometer breiten Meeresstreifens währte nur wenige Minuten. Der Fährmann, der die Bootsmaschine bediente, geleitete mich auch als Führer durch die stille, provinziell anmutende Ortschaft. An mehreren Stellen bemerkte ich Fabrikschornsteine, die nicht rauchten, Leitungsdrähte, die außer Funktion zu sein schienen, da sie zerrissen oder zerschnitten herabhingen. Ich erkannte die Anlage eines rollenden Straßenpflasters, das sich außer Betrieb befand, und in dessen Fugen junges Unkraut sproß. Die Menschen bewegten sich ohne Hast, blieben vielfach stehen, sahen in den Himmel, machten den Eindruck von Leuten, die nicht recht wußten, was sie mit dem Tage anfangen sollten. In verschiedenen Vorgärten saßen Gruppen bei der Mahlzeit, anscheinend beim Frühstück, obschon sich die Sonne dem Untergang zuneigte. Zwischen Bäumen auf der Straße spannten sich Hängematten, in denen sich Männer und Weiber wiegten. Auf einem Geleise stand ein unbenutzbarer Trambahnwagen, aus dessen Fenster Trockenwäsche in den Wind hinauswedelte.

Wir waren am Wohnhaus des Forschers angelangt, und mein Begleiter verließ mich. Ich kann nicht behaupten, daß ich besonders feierlich empfangen wurde. Eine Magd, die die Treppe fegte, wies mich mit nachlässigem Fingerzeig nach oben. Eine Entreeklingel war nicht vorhanden, allein die Tür war nur lose angelegt und sogleich stand ich in einem behaglichen Gemach, dem Manne gegenüber, der sich mühsam vom Lehnstuhl erhob, und mir die Hand reichte. Sein Äußeres entsprach dem Bilde, das ich mir von ihm entworfen hatte. Ein Leonardo da Vinci in bebrillter Ausgabe. Die Vorhänge waren geschlossen, und der Raum lag in der matten Beleuchtung einer Hängelampe. Nichts deutete auf Laboratorium oder Versuchswerkstatt. Auch die Bücherstapel und Skripturen verrieten kaum mehr, als daß man sich eben bei einem Geistesarbeiter befand, der darum durchaus noch nicht eine Leuchte der Wissenschaft zu sein brauchte. Aber von der Person ging ein Fluidum aus, etwas Transzendentes, wie eine magische Welle, deren Strömung man im Finstern verspürt hätte.

Minder transzendent war die erste Anrede: »Sie sehen angestrengt aus, wie erklärlich, da Sie von Sarragalla herkommen. Die dortige Gesellschaft wirkt strapaziös. Also ruhen Sie sich zunächst einmal gründlich aus. Sind Sie hungrig?«

Ich verneinte.

– Dann leisten Sie mir beim Schlafen Gesellschaft. Damit kann man nie früh genug anfangen und spät genug aufhören. Hier ist ein breites Sofa, darauf sollen Sie sich bequem ausstrecken. Morgen wollen wir weiter reden.

Ich wagte keinen Widerspruch und fügte mich seiner Anordnung. Ich hatte Herzklopfen und sah der Nacht mit Bangen entgegen. Der Andere war in seinen Sessel zurückgesunken, und seine ruhigen Atemzüge rhythmisierten die träge schleichenden Minuten. Schließlich löste sich meine innere Spannung, und ich unterlag der Müdigkeit. Als ich erwachte, war die Lampe erloschen, der Tag leuchtete durch die offenen Fenster.

Gegen neun Uhr saßen wir am Tisch, der recht einladend mit Tee, Milch und Früchten besetzt war. Anheimelnd und gemütlich. Er bot mir eine schlanke Zigarre, während er sich selbst eine behäbige, auf Dauer berechnete Pfeife zurechtmachte. Ein paar Mal hatte ich angesetzt, um das große Thema aufzurollen – denn ausschließlich um zu schlafen und zu essen war ich doch nicht von Berlin bis Vorreia gefahren – aber eine abwinkende Handbewegung meines Wirtes bedeutete jedesmal: hat noch Zeit; nur keine Überstürzung. Endlich kam er meiner Ungeduld entgegen:

– Sie sind zu mir gekommen, lieber Herr, weil ich Sie eingeladen habe und weil Sie sich eines Auftrages von da drüben entledigen wollen. Dieser Auftrag wird uns nicht lange beschäftigen, wenigstens soweit er das Endergebnis betrifft. Dieses steht unverrücklich fest: die Sperre bleibt bestehen. Weit wichtiger indes als diese Tatsache sind die Motive, die mich zu dieser Maßregel bewogen haben. Denn die Sperre ist nur eine lokale Angelegenheit zwischen zwei Inseln, die Motive aber betreffen die ganze Welt. Und es liegt mir daran, daß sie so weit als möglich hinausgetragen werden. Deshalb habe ich in meinem gestrigen Funkspruch Ihren Besuch beantragt.

»Herr Algabbi!« sagte ich, »gestatten Sie mir das Geständnis, daß ich einen Teil Ihrer Motive errate und würdige. Nichtsdestoweniger möchte ich mich der Hoffnung nicht verschließen, daß es mir gelingen könnte, Sie umzustimmen. Die Insel, deren Einrichtungen unsere Bewunderung erregt haben, befindet sich in offenbarer Not. Aus den Mienen des Ministers, der mir Ihre Einladung übergab, las ich die Furcht vor der Vernichtung. Wie auch die Dinge liegen mögen – zwischen Schuld und Sühne besteht hier kein Gleichgewicht. Und je höher Sie als Geistesmensch emporragen, desto lebhafter muß Ihnen Ihr sittliches Bewußtsein zurufen, daß Sie nicht grausam sein dürfen.«

– Sie werden gut tun, die Begriffe grausam und mild ganz beiseite zu lassen. Nicht einmal der Begriff der Gerechtigkeit paßt hierher. Ich richte nicht, sondern vollziehe eine Notwendigkeit. Gewiß, ein Verhängnis steht bevor, aber ein ganz anderes als die da drüben vermuten. Die reden von Vernichtung, denken an körperlichen Untergang. Glauben Sie das nicht. Die Leute werden nicht verhungern. Äußersten Falles würde aus einem übervölkerten Lande ein untervölkertes werden, und das wäre für die Übrigbleibenden kein Unglück. Maximum ist ganz bestimmt kein Optimum, und wenn Hesiod gesagt hat, die Hälfte ist mehr als das

Ganze, so ergänze ich: ein Zehntel lebt besser als zehn Zehntel. Das Verhängnis, dem ich einen Riegel vorschieben will, liegt in der Mechanisierung selbst, die nicht nur die Bevölkerung der Gegenwart, sondern auch die der Zukunft verwüstet; um so rascher und radikaler, je weniger die Menschen Zeit behalten, darüber nachzudenken. Zwei Jahrzehnte der Besinnung würden vielleicht genügen, um die schlimmsten Folgen abzuwehren. Indem ich ihnen das Mineral absperre und ihre diabolischen Maschinen zum Stillstand bringe, verschaffe ich den Menschen die Atempause zur *Besinnung*; und darauf kommt es mir an.

»Meister Algabbi,« rief ich, »Sie legen Maschinen still, die Sie selbst geschaffen haben, die gar nicht existieren würden ohne Ihr Genie! Und Sie fallen Menschen in den Arm, die nur Ihre eigenen Impulse ausfolgern und praktisch fortsetzen!«

– Ja so, ich bin inkonsequent. Aber die Konsequenz gilt mir als keine Tugend. Ich befinde mich in der Lage jenes Bildhauers, der seine eigene Skulptur mit dem Hammer zerschlägt, weil er und nur er allein, die Fehler seines Werkes erkannt hat. Oder in der Lage des großen Papstes Pius-Piccolomini, dessen Hauptleistung darin bestand, daß er eine feierliche Bulle gegen sich selbst schleuderte. Newton, der Vater der Mechanik, bekannte sich schließlich zum Concursus Dei, also zum übernatürlichen Eingriff in das natürliche Fundament der Mechanik. Voltaire, der Kirchenzertrümmerer, endete als Kirchenerbauer mit Empfang der Sakramente, mit Beichte und Absolution. Ja, ich zog aus als Saulus und bin Paulus geworden, ich habe meinen Tag von Damaskus erlebt. Und in diesem Erleben liegt die Erkenntnis beschlossen: die mechanische Kultur muß abgebaut werden. Herunter mit dem Götzen der Zwangsläufigkeit, Umsturz der Altäre, die wir mit so vieler Kunst errichtet haben, um diesen Moloch hinaufzupflanzen!

»Dieser Kampfruf würde bedeuten: fort mit der ganzen Technik! denn sie ist doch die Ursache der Mechanisierung, die wiederum dem Bedürfnis nach Fortschritt entspringt. Ich gebe zu, daß es schwer ist, das auseinander zu halten; man könnte ebenso sagen: der Wille zur Verbesserung läuft voran, und die Technik muß folgen.«

– So oder so – jede technisch überwundene Not erzeugt eine größere. Wir erfüllen einen Moment mit Befriedigung, um augenblicklich neue Nöte heraufzubeschwören, die zuvor gar nicht existierten. Wir kratzen mit den Nägeln in juckenden Wunden, die nur durch Ruhe ausheilen könnten. Das Ganze ist ein abscheulicher Circulus vitiosus; ein dummes Karussel. Sie kennen das Kinderspielzeug, Hund und Hase auf der gedrehten Kreisscheibe. Der Hund verfolgt den Hasen. Aber selbst das stupideste Kind begreift, daß da ebenso der Hase den Hund verfolgt. Nur die erwachsenen Menschen verrennen sich in die Ultrastupidität, hier nach Vorher und Nachher zu fragen. Tatsächlich spielen Technik und Mechanisierung, Erfindung und Bedürfnis, die Rolle von Hund und Hase, die im Kreise wirbeln. Jedes jagt und wird gejagt, flieht und verfolgt. Ja, wenn es nur bei der blöden Betrachtung bliebe! aber nein; dieses wertlose Spielzeug erscheint uns so großartig, daß wir den höchsten Preis dafür aufwenden. Was es auch koste, gleichviel; wir bezahlen es mit uns selbst, mit dem Einsatz unserer Persönlichkeit, mit unserem ganzen Leben. Noch mehr: wir stellen einen Schuldschein auf die Existenz unserer Kinder und Enkel aus, mit der Verpflichtung, daß auch diese niemals aus dem Wirbel herauskommen sollen. Eine Sanktion bis ins Unabsehbare, niemals zu tilgen!

»Die Zwangsläufigkeit der Prozedur darf gewiß nicht verkannt werden. Aber wir haben doch unsere Triebe nicht geschaffen, vielmehr sie in uns vorgefunden. Einer dieser Triebe drängt zu verstärkter Arbeitsleistung in Zeitersparung. Und da ist es doch evident, daß Erfindung und Technik diese Aufgabe in glänzender Weise bewältigen.«

– Die Erfindung an sich hat damit gar nichts zu tun; so wie ich sie verstehe als eine geistige Arbeit, die auf der Entdeckung beruht. Wenn ich teils intuitiv, teils experimentell Substanzen untersuche, neue Strahlungen aus ihnen entwickele, deren Wirkung berechne und ausprobiere, so betätige ich mich als Entdecker, der des Wissens Umfang erweitert. Vorerst denke ich nicht im Mindesten daran, daß der Techniker späterhin meine Strahlen vor seinen Karren spannen wird. Ebensowenig wie Oerstedt, Ampère, Ohm, Arago und Faraday an elektrische Eisenbahnen gedacht haben, als sie den Geheimnissen des Elektromagnetismus nachspürten. Aber dem Techniker entgehen wir nicht, und – leider! – oft genug fährt nachträglich die technische Besessenheit in uns selbst! In dieser Hinsicht bekenne ich mich als mitschuldig. Ja, ich habe praktische Maschinen erbaut, und was für welche! Ich habe ausgiebig mitgewirkt an dieser vielgepriesenen Zeitersparnis, die in Wahrheit nichts anderes ist als der vollendete Zeit-Bankerott! Das ungeheuerste Volksvermögen an Zeit hätte sich doch daraus aufsammeln müssen, mit jedem einzelnen als Zeit-Millionär; und nun zeigen Sie mir einen einzigen Zeitkapitalisten, auch nur einen, der an Zeit einen Notgroschen übrig hätte! Die Zeit-Abundanz, aufgeblüht aus all den ersparten und aufsummierten Tagen, Stunden und Minuten, wäre nämlich der einzige Kapitalismus, für den es verlohnte, zu arbeiten. Wir müßten florierende Zeitbörsen haben, hochdividendige Zeitaktien, Zeitsparkassen, die gar nicht wüßten, wohin mit den vielen Werteinlagen. Statt dessen rennen wir mit keuchender Brust und heraushängender Zunge hinter der einen Minute her, die wir nicht einholen können. Das ist unser Genuß an den großen Erfindungen, das ist der Segen der Technik! Und da wir alle gleichmäßig japsen, alle in derselben egalisierten Besinnungslosigkeit, da wir alle innere Besonnenheit ersäufen in dem einen Triebe der Minutenjagd, so verwandeln wir uns aus Individualitäten in unterschiedslose Glieder einer Meute, einer Horde. Die Persönlichkeit erlischt, wie im Insektenstaat. Der Vergleich reicht noch nicht. Denn die Ameisen und Bienen erfinden wenigstens keine neuen Beschleunigungen, sie wollen nichts überholen. Sie kennen zudem die Differenzierung nach Arbeitern, Kriegern, Befruchtern und Königinnen. Verfolgen Sie das Tempo der Entwicklung und Sie werden erkennen, daß wir in der Egalisierung über jede Insektenmöglichkeit hinauswollen. Wir lösen uns in Zellen auf, in Moleküle. Noch ein paar solche Erfindungen, wie ich sie gemacht habe, und dann spalten sich wie in den Substanzen, so auch im Menschenbestand die Atome. Wir werden Kraftfelder, innerhalb deren kein Bewußtsein sich mehr sagen wird: »höchstes Glück der Erdenkinder ist nur die Persönlichkeit!«

»Keine schöne Perspektive. Aber letzten Endes werden Sie die Mechanisierung und Egalisierung doch kaum aufhalten können. Lassen Sie darüber abstimmen in der Welt, und Sie werden die überwältigende Mehrheit bei dem Prinzip der Menschengleichheit finden. Weil wir darin eine Forderung der Gerechtigkeit erkennen, und weil sich unser Gewissen gegen das Prinzip der Ungleichheit aufbäumt.«

– Ich werde nicht darüber abstimmen lassen. Und wenn ich es könnte, so würde ich eigenwillig erklären: die Minorität hat immer Recht. Swift erzählt von einem Idealstaat, der darum so vortrefflich gedeiht, weil immer das Gegenteil der durch Mehrheit der Gesetzgeber erzielten Beschlüsse praktisch ausgeführt wird.

»Sie schwärmen also für die Ungleichheit?«

– Der Ausdruck ist falsch. Sie könnten ebenso fragen, ob ich für Tangenten schwärme oder für Logarithmen. Ich nehme sie einfach als Gegebenheiten. Von Natur aus ist alles verschieden, quantitativ wie qualitativ. Gehen wir einmal auf das Allerelementarste zurück, auf die Reihenfolge der natürlichen Zahlen. Jede hat eine unendliche Menge überlegener Vordermänner, jede steht an dem Posten, über den Sie nicht hinauskann ...

»Das betrifft doch nur die Größe, die numerische Rangordnung; im arithmetischen Wesen sind sie wohl gleich.«

»Keineswegs. Die Primzahl besitzt Qualitäten, die keine Nichtprimzahl mit ihr teilt. Eine Kubikzahl offenbart Besonderheiten. Gauss hat gezeigt, daß einzelne Zahlen eigentümliche Genialitäten besitzen, so die 17, die 257. Die große Masse der Zahlen verliert sich bestimmten Anforderungen gegenüber in der Herde, während andere sich auszeichnen. Verändere ich die Anforderungen, so treten aus der Herde neue auserwählte hervor. Ähnlich ist es bei den Kurven. Was eine Parabel leistet, bringt keine andere Kurve zuwege, sei sie auch noch so wenig von ihr verschieden. Ich will zu einem bestimmten optischen Effekt einen Hohlspiegel konstruieren. Da können Sie dekretieren, freie Bahn allen Tüchtigen, aber nur eine vermag sich da zu ertüchtigen, eben die Parabel. Und diese wiederum versagt vollständig, wenn die Aufgabe so gestellt wird, daß nur der Kreisbogen herankann. Jede Figur hat ihre Talente und Minderwertigkeiten. Nirgends besteht Gleichheit.

»Aber bei Organismen liegt das doch ganz anders!«

– Nämlich noch viel unterschiedlicher. In der kleinsten lebenden Gruppe Gleichheit vermuten oder gar anordnen, das ist so, als wollten Sie zwischen Schwalbe und Mücke Gleichheit ansetzen. Wie ungerecht, daß die Schwalbe in einer Stunde fünfhundert Mücken verschlingt! Diese Tyrannei muß aufhören. Aber nach Ausmaß der inneren Qualitäten unterscheiden sich Schwalbe und Mücke nicht stärker als zwei Lebewesen von derselben Art. Ein Kopf, zwei Arme, sieben Paar obere Rippen, zwölf Brustwirbel, das bedingt keine Gleichheit. Es kommt auf die Kurven an, welche die Elektronen in den Nervatomen beschreiben, und da setzen die Verschiedenheiten ein, milliardenweise. Könnte man diese Ungleichheiten ins Sichtbare hinaus projizieren, so würde man Erstaunliches erleben. Es wäre dann, als ob Mensch und Nebenmensch gar nicht derselben Art angehörten. Nehmen wir den Herrn Forsankar, der dort drüben seine Sache ganz talentvoll macht. Wenn der einen Kopf hat, so besitze ich hundert.

»Meister, Sie widersprechen sich. Nicht mit den hundert Köpfen, die ich Ihnen gern zubillige, aber mit der Anwendung des Prinzips. Wenn die Ungleichheit naturgesetzlich feststeht, wie könnte dann die Mechanik alles egalisieren!«

– Sie kann es nicht, aber sie will es, und indem sie ihren Willen mit Brutalität verfolgt, wirft sie uns zurück. Ich berufe mich noch einmal auf das Kurvenbeispiel: die Parabel als Phänomen läßt sich nicht vergewaltigen, aber ein parabolisches Metallstück kann man mit der rohen Zange biegen, und es verliert dann seine parabolischen Eigenschaften. So verfährt die Mechanik mit uns. Sie verändert unsere seelische Figur nach einer Schablone. Wir bleiben auch nach der Verbiegung noch ungleich genug, so ungleich wie eine Herde von einander sehr verschiedener Schlemihle, die allesamt ihre Schatten, ihre Persönlichkeiten verloren haben.

»Soeben sagten Sie, die Mechanik wirft uns zurück. Sie selbst aber wollen die Kultur ebenfalls nach rückwärts revidieren.« – Also wieder eine Inkonsequenz. Nur daß mein Zurück anders aussieht als das der Technik. Diese hat das Zeitalter der Dampfkraft heraufgebracht, das der Elektrizität, ist jetzt bei der Radioaktivität und wird beim Zeitalter der Atomisierung, der allgemeinen Vergasung, landen; immer mit dem Vorgeben, ein goldenes Zeitalter zu erreichen. Ich stelle mich auf eine ganz andere Perspektive ein: Nur die Maschinenkultur will ich zurückschrauben zugunsten der Menschheitskultur, die sich zu jener verhält wie die künstlerische Freiheit zur Schablone. Ja, auch ich will nivellieren, aber nicht die Menschen untereinander, daß sie zum uniformen Brei werden, sondern die Hindernisse will ich abtragen, die sich der persönlichen Differentiierung entgegenstellen. Mein Zurück ist ein Vorwärts, mein Ideal liegt gar nicht in der Vergangenheit. Nur in einzelnen Menschenbildern soll es die Züge der Vergangenheit tragen, in Menschenbildern, deren Träger stark genug sein sollen, um alle Schlüssel zu den Krafttresors der Natur zu erobern, und weise genug, um sie unter Verschluß zu lassen. Ich kann also nicht sagen, diese oder jene Vergangenheit wünsche ich zurückzukonstruieren; wohl aber einzelne Persönlichkeitsmomente und Bewußtseinsinhalte der Vorzeit. Ich denke an das alte Alexandrien, an Smyrna, zur Zeit, da der Geist des Hippias dort umging, an das Perikleische Athen, an Lionardos Florenz, und wenn ich bis zur Neuzeit vorstoße, an das Goethesche Weimar. Wir auf den Inseln haben dergleichen nicht erlebt, da wir vom Schwungrad der Erfindungen umhergewirbelt wurden, bevor noch Persönlichkeiten sich entwickeln konnten.

»Und wie müßten die Idealmenschen beschaffen sein, die Ihnen vorschweben?«

– Ganz gewiß nicht antidiluvianisch. Sie müßten etwas vom Pythagoras in sich haben und vom Epikur; vom Appollonius und vom Galilei; vom Protagoras und Laplace. Ich stelle sie mir vor intuitiv veranlagt, mit Antennen des Geistes, die von der Achtung des Wirklichen bis zur Schätzung des Unwirklichen ragen; befähigt, die ganze Mechanik der Welt zu begreifen, ohne sich ihr auszuliefern.

»Ich freue mich, daß der Wert des Unwirklichen in Ihrer Kulturmessung eine Rolle spielt. Mir fällt dabei die elegische Betrachtung unseres Dichters ein: Gleich dem toten Schlag der Pendeluhr dient sie knechtisch dem Gesetz der Schwere, die entgötterte Natur! Darin steckt der Fluch der Mechanik in weitestem Sinne, und es klingt, poetisch gefaßt, nicht viel anders, als Ihre Gelehrtenprosa.«

– Es besteht aber ein Unterschied. Dem entgötterten Menschen können wir einen Teil der verlorenen Gottheit wieder zuführen, schon dadurch, daß wir ihm die Augen öffnen für die destruktive Wirkung des Mechanisierens. Freilich genügt es nicht, ihm das Chaos im Bilde zu zeigen. Ich habe zu robusteren Mitteln gegriffen, nach der Methode Similia similibus. Will ich gegen die Mechanik etwas ausrichten, so muß ich mechanisch zu Werke gehen, also mit Brutalität.

»Auf so kleinem Gelände wie hier mag das möglich sein; in der großen Welt würde Ihre Gegnerin Sie überrennen.«

– Irgendwo muß der Anfang gemacht werden, und einer meiner Zugriffe ist Ihnen ja bekannt geworden. Es war nicht mein erster. Hier auf Vorreia konnte ich teilweis etwas milder verfahren, sozusagen feinmechanisch, weil ich hier keinen Trotz zu befürchten habe.

»Auch in Sarragalla habe ich nichts von Trotz bemerkt.«

– Man hat Ihnen nicht alles erzählt. Es gab drüben eine kleine, einflußreiche Partei, die meine Mineralsperre mit Gewalt brechen wollte. Das wäre schlimm ausgegangen. Denn unter uns, ich verfüge noch über einige kleine mechanische Hausmittelchen, durch die ich im Ernstfalle ihre ganze Insel hätte versenken können. Übrigens sind die Leute Idioten, denn sie besitzen in ihrer eigenen Erdtiefe Uran und Thorium und wissen bloß nicht wo. Ich habe die Minerallager durch meine eigenen fernmesserischen Beobachtungen festgestellt und werde mich hüten, ihnen die Stellen zu verraten.

»Bleiben wir, bitte, bei der Hauptsache. Sehen Sie denn schon irgendeinen Erfolg Ihrer Kulturreform? Können Sie mir dafür irgendein Beispiel angeben?«

– Die Einzelproben sind noch nicht überwältigend, allein sie genügen als Symptome und als Anweisungen auf die Zukunft. Vorreia hatte nämlich vordem eine sprunghafte

Entwickelung. So besaßen wir die elektrische Beleuchtung lange vor den Europäern und Amerikanern, sie folgte bei uns im jähen Satze auf die Epoche des brennenden Kienspans, der Fackel und der Talglaterne. Eine der vielen Überrumpelungen, welche die Technik zuwege bringt. Vor einiger Zeit nun verordnete ich die Ablieferung sämtlicher elektrischer Glühkörper. Das gab zuerst viel Verdutztheit und Kopfschütteln. Womit sollen wir beleuchten, Algabbbi? fragten die Insulaner. Mit einem weit besseren Apparate, den ich erprobt habe, sagte ich und stellte ihnen die Öllampe auf den Tisch. Man fand die Leuchtkraft zwar etwas geringer, allein bald hieß es: wie praktisch, wie modern, ganz unabhängig von Drähten, von Anschluß, von Stromtücken! überall hin transportabel! Ein Kaufmann sagte mir neulich: für mich ist das eine wahre Erlösung; heut, da Sie noch leben, Algabbi, gehorcht Ihnen ja alles, aber wenn Sie einst tot sind, macht mir doch der erste Elektrizitätsstreik alle Räume finster! ich wäre ganz in der Hand einer übermächtigen Menge, die über mich Licht und Dunkelheit verhängen darf. Jetzt, da wir in die Epoche der Öllampe eintreten, ist diese Gefahr glücklich beseitigt. Und davon abgesehen, wie traulich wirkt dieses Licht, wie gesellig und anheimelnd! Etwas menschlich Intimes strahlt von ihm aus, wie vom Herdfeuer im alten Märchen, – ja richtig, Algabbi, das müssen Sie uns auch noch verschaffen; statt der kommunalen Fernheizung, die bei allem Wärmeeffekt die Gemüter erkältet; und die uns frieren lassen wird, wenn die Maschinisten draußen einmal Frost beschließen.

»Worauf Sie natürlich mit der Erfindung des Kachelofens eingriffen. Sehr rückschrittlich, antikulturell im Kulturzeitalter der Lambdakräfte, aber doch dem goldenen Zeitalter um eine Idee näher als unsere Zentralheizung, die viel weniger nach meinem Temperaturbedürfnis fragt, als nach der sozialen Laune meines Hauspförtners.« – Ich ging zu den Fabriken über und legte einige still. Zuerst Anstalten, in denen unnützes Zeug produziert wurde, Flitterkram und mechanisierter Tand. Da hatten wir, um ein Beispiel herauszugreifen, eine Fabrik für selbstspielende Flöten und Klarinetten; wie denn überhaupt unser akustischer Mechanismus eine Vorprobe dessen gibt, was Ihnen in Europa an klingenden Automaten noch bevorsteht.

»Sehr gut so weit; aber Sie erzeugten durch die Schließung eine Anzahl Arbeitsloser.«

– Die größtenteils in anderen Betrieben Unterkunft fanden, besonders in lebenden Orchestern. Nämlich man entsann sich der urväterlichen Methode, diese Instrumente nicht durch verwickelte Apparate, sondern mit den Lippen zu blasen. Das hatte in der mechanisierten Umwelt zunächst den Reiz der Neuheit. Ein Zug der Modernität wurde spürbar in dem Verfahren, das menschliche Regung auf Instrumente überpflanzte, nachdem so lange das umgekehrte Prinzip geherrscht hatte. Andere Fabriken mußten auf meinen Befehl folgen, mit dem Ergebnis, daß wir jetzt wieder die Anfänge eines Kunsthandwerks erleben. Manche Gebrauchsgegenstände, wie Kassetten, Hausgeräte, vor allem Bücher, fangen wieder an, uns mit menschlicher Seele anzublicken, mit der Seele derer, die sie persönlich fertigen, und die vor wenigen Jahren in den uniformen Handgriffen der Fabrik zu Maschinen erstarrten.

»Sagen Sie doch, Meister, wie halten Sie es mit dem Telephon?«

– Dem Telephon gegenüber gibt es eigentlich nur ein passendes Argument: die Axt!

»Da wären Sie ja wieder bei der Brutalität. Aber ganz aufrichtig gesagt, und mit Verleugnung der Mission, die mich zu Ihnen führte, bekenne ich mich zu Ihrer Abneigung; obschon ich selbst viel telephoniere und manchmal ohne Telephon ganz ratlos wäre.«

– Weil die Generalaxt, die sämtliche Telephone in Splitter schlägt, noch nicht in Tätigkeit getreten ist. Nehmen Sie den Ausdruck bildlich. Entweder verfällt die Menschheit rettungslos der Mechanisierung, dann hat es keinen Zweck, sich bei dieser Erfindung aufzuhalten, die nur mitmordet, wo so viele technische Wunder den Seelenmord betreiben. Oder ein höheres Bewußtsein bricht durch, ein anscheinend antikulturelles, dann wird dieses sich endlich besinnende Bewußtsein die Rolle der Axt übernehmen. Und wenn sie das, unwahrscheinlich genug, in Europa erleben sollten, dann werden Sie nicht mehr ratlos sein ohne Telephon; vielmehr nur ratlos, wieso sich die Menschheit diese Tortur hat so lange gefallen lassen.

»Wenn ich Sie recht verstehe, Herr Algabbi, so meinen Sie: der Einzelne kann sich des Apparates nicht entäußern, wohl aber alle zusammen.«

– Wie ich das hier schon durchgesetzt habe, durch generelles Schließen des Betriebes. Es wurde gemurrt und geknurrt, das darf ich Ihnen nicht verhehlen. Aber nach einiger Zeit befragte ich die besten Autoritäten der Volkswirtschaft, die Ärzte, die Juristen, und ließ sie bestimmte Statistiken aufnehmen: hat sich das Volksvermögen verringert? Ist die Sterblichkeit gestiegen oder die Kriminalität? Allgemein gesagt, ist im Gebiet der körperlichen und geistigen Güter ein Verschlechterungskoeffizient wahrnehmbar geworden? Und es hat sich ergeben: keine Verschlimmerung in irgendeinem Felde, dagegen Verbesserung in vielen; Abnahme der Nervositäten, Zunahme an Zeitbesitz. Jawohl, Zunahme! Eben weil alles langsamer ging und die Zeitbedrängnis des Einzelnen nachließ. Diese Bedrängnis ist nichts anderes als der persönliche Ausdruck der umklammernden Hetze Aller mit Allen. Wird diese Klammer gelockert, so verwandelt sich die ungefühlte Minutenersparnis in einen deutlich gefühlten Stundengewinn. Freilich müßte eine Generation erst völlig vergessen haben, daß jemals telephoniert wurde, um die volle Segnung des Nicht-Telephons auszukosten.

»Das will sagen, Sie haben noch jetzt Widerstände zu überwinden; sehr erklärlich; denn nichts Härteres kann dem Menschen zugemutet werden, als das Durchbrechen einer Gewohnheit.«

– Ich arbeite auf lange Sicht, und treffe Vorkehrungen, die mich überleben sollen. So habe ich ein Anti-Patentamt gegründet, und an dem Zuspruch, den dieses Institut findet, merke ich die wachsende Sympathie für meine Reform. Das Anti-Patentamt prüft alle Vorschläge, die eine praktische Abschaffung früherer Erfindungen bezwecken, vorwiegend unter dem Gesichtspunkt, daß der Ersatz langsamer arbeitet, das Hetzprinzip der Technik verleugnet und auf Einzel-, nicht auf Massenproduktion hinzielt. Und was glauben Sie, da regen sich neue Kräfte, vornehmlich unter den Jüngeren, die meine Kehrwendung mit Überzeugung und Intelligenz mitmachen. Ich kann Ihnen sagen, selbst damals, als ich die große Entdeckung machte, den Blick-Strahldruck des Auges in mechanische Energie zu transformieren, war ich nicht so stolz auf meine Errungenschaft, wie jetzt auf diese Gefolgschaft jener Leute, die aus der barbarischen Kultur der Mechanik herauswollen! Eben für diese Stunde hat sich eine kleine Schar angemeldet, die mir ihre neuverfaßten Schriften überreichen wird. Wenn es Ihnen Recht ist, lasse ich die Stürmer – genau gesagt Rückwärtsstürmer – eintreten.

Da waren sie schon, Jungmannen mit eigenem Persönlichkeitsausdruck; wie Figuren aus der Arena, bei denen sich der körperliche in geistigen Sport umgesetzt hatte. Menschen, deren technisches Wissen sich in verschiedenen Richtungen entlud, philosophisch, physikalisch, dichterisch, sarkastisch; gesondert wie Kreisradien, die alle Punkte der Peripherie aufsuchen, zusammengehalten durch die Einheit ihres Mittelpunktes, des Meisters, von dem sie ausstrahlten.

Ihm brachten Sie ihre Gaben in schönen, handgebundenen Schriftexemplaren; jeder Autor sein eigener Buchbinder.

Algabbi nahm die Arbeiten entgegen, blätterte darin, lächelte befriedigt und reichte sie mir zur Einsicht. Aus ihren Titeln und Texten möchte ich einiges erwähnen:

»*Die Mythologie als Hauptdisziplin in der Schule.*« Neubelebung der alten totgeglaubten Symbole. Der Junge soll angeleitet werden zu einer Weltauffassung, die den Glauben an die starre Mechanik überwindet und alles Erschaffene, Pflanzen, Gesteine, Ozeane, Bachquellen, Gewitter und Echo mit persönlichen Lebewesen erfüllt. Eine klassische Farbigkeit des Bewußtseins soll wieder anerzogen werden.

Die Mythologie, so wird ausgeführt, offenbart ihre Hochkultur am deutlichsten in ihrer Feindschaft gegen Technik und Erfindung. Prometheus wird mit Recht vom Geier zerfleischt, denn er ist der Vater der Erfindungen. Wie schon sein Name ausdrückt: Prometheus, der Vordenkende, der nichts davon weiß, daß das Heil der Seele in der Besinnung auf alle Vergangenheit beschlossen liegt; der den Blitz stiehlt und dadurch die metallurgische und elektrische Fron über die Welt bringt. In seiner Bestrafung liegt Götterweisheit.

Folgt Nebenexkurs auf Dädalus, den Urheber der Flugtechnik. Er selbst kommt mit dem Leben davon, aber sein Sprößling Ikaros muß abstürzen und ersaufen. Sinniges Symbol: die Sünden der Väter werden heimgesucht an den Söhnen. Dazu Hephästos-Vulkan, auch ein Sinnbild der Erzmechanik; der einzige mißgestaltete Gott, krumm und humpelnd, betrogen in der Liebe, Objekt des homerischen Gelächters. Er, der Hervorbringer technischer Wunderwerke, der sich keine Ruhe gönnt, nie aufhört zu vervollkommnen, ist für die höheren Gottheiten eine komische Figur.

Eine andere Schrift brachte die Zeugnisse anerkannter Denker über den Unwert der im heutigen Sinne verstandenen

Kultur. Aus den Schriften von Montaigne und Darwin wurde haarscharf gefolgert, daß diese Kultur mit aller Notwendigkeit zur Verschlechterung, ja zur Verelendung der Rasse führen müsse. Sie zitierten Stellen aus Ovid und Horaz, die von der Jämmerlichkeit und immer steigenden Erbärmlichkeit der nachfolgenden Generationen handelten. Genannt wird Lamartine: »Der Fortschritt ist eine Absurdität«; Fénelon-Rousseau: »Alle Laster entwickeln sich mit der Kultur, Gerechtigkeit, Weisheit, – alle Tugenden wohnen bei den Halbwilden.« Schopenhauer-Hartmann: »Die fortschreitende Intelligenz macht die Menschen unglücklicher.« Chamisso findet die echte Kultur nur auf den unzivilisierten Inseln, dagegen in den Zivilisationskreisen der Fortschrittswelt die Barbarei. Dagegen gibt es nur einen Trost und eine Hoffnung: die zyklische Wiederkehr alles Geschehens. Nietzsche? bewahre! Die Theorie bestand schon weit schöner bei den Orphikern und Pythagoräern; Cicero hat sie wiederholt, ähnlich Macchiavell und Johannes Bodinus: velut in orbem redire videntur, die menschlichen Vorgänge sind Umwälzungen, sie scheinen wie in einem Kreise wiederzukehren; ist also, wie die Alten mit Recht annehmen, der Fortschritt eine Verschlechterung, so kann nach der Zyklentheorie wiederum eine Verbesserung eintreten, und hieraus ergibt sich die einzige menschenwürdige Aufgabe: wie beschleunigen wir diese Rückkehr? Durch die gesteigerte Intelligenz, die in allen Kulturschäden die Mechanisierung aufspürt und diesen Despoten niederkämpft.

»Meister!« sagte einer der Adepten, »Wir sind außerdem gekommen, um Sie an ein Versprechen zu erinnern. Sie wollten uns doch Ihr neues Lichtbild-Theater zeigen.« Wie wäre es, wenn Sie dies auf der Stelle täten?«

– Dazu wäre ich gern bereit, erwiderte Algabbi. Allein ich habe hier einen Gast aus Europa, der mich gern auf Widersprüche festnagelt, und deshalb müßte ich eine Erklärung vorausschicken. – Und zu mir gewandt erläuterte er: Sie werden erstaunt sein, daß sich meine Jünger auf eine neue Erfindung von mir berufen. Ich, der ich mich auf meine alten Tage zur Antitechnik bekehrt habe, dürfte doch wohl selbst nicht mehr erfinden. Allein hier werden Sie einen Ausnahmefall erkennen. Diese von mir aufgestellte Novität bezweckt nämlich nur, sinnfällig und körperlich-drastisch das Nämliche aufzuzeigen, was wir soeben theoretisch entwickelt haben. In ihr schließt sich der Kreis. Sie ist der letzte Ausläufer der Mechanisierung, dem ein überletzter nicht mehr folgen darf, und sie rechtfertigt sich dadurch, daß sie selbst den Beweis unserer Lehre in sich schließt.

Was wir nunmehr erlebten, war ein dreidimensionales Kino; also ein Filmtheater, das sich von den Bedingungen der Flächenprojektion losgelöst hatte, um die Vorgänge in vollkommen körperlicher Optik darzustellen. Mit Figuren, die sich von lebenden Menschen anscheinend in nichts unterschieden, und die keine malerischen Perspektive brauchten, da sie im wirklichen Raume agierten. Nur dem Tastsinn hätten sie nicht standgehalten. Im übrigen bewegten sie sich, handelten und sprachen sie wie Menschen, diese körperlichen Schatten; denn in ihnen war auch das akustische Problem vollkommen gelöst durch eine restlos synchrone Phonographie, die zwar mechanischen Ursprungs war, aber in keinem Laut die mechanische Herkunft verriet.

Der Wohnraum Algabbis verdunkelte sich, eine Seitenwand verschwand, zerfloß im Nebel und gab den Ausblick frei in ein beleuchtetes Laboratorium, worin mehrere Ingenieure eben dabei waren, das äußerste Werk der Technik zu vollenden. Sie arbeiteten an einem wundervollen Modell, das die Krönung aller Mechanik vorstellte. Das war »der automatische Mensch«, »der automatische Fabrikarbeiter«, der, aus toten Substanzen hergestellt, vermöge des feinsten Innenwerkes einen vollkommenen Ersatz für den wirklichen Arbeiter bot. Ja, er funktionierte noch weit exakter, als ein lebender, Fehlgriffe kamen bei ihm nicht vor, alle automatischen Handgriffe ergänzten einander bis zur Höchstleistung. Sie besaßen die mechanisierte Seele, in der das Taylor-System bis ins Extrem durchgebildet, mit psychischer Notwendigkeit herrschte.

Während der folgenden Szenenbilder sah man diese Automaten bereits in voller Tätigkeit an den Maschinen, die sie bedienten. Nur bei geschärfter Aufmerksamkeit konnte man erkennen, daß ihrem Menschentum ein minimaler Rest von Unorganischem anhaftete. Im Gange hatten sie etwas Synkopiertes, in der Rundung ihrer Bewegungen gab es hin und wieder infinitesimale Ecken. Der menschliche Blick ihrer Augen verriet auf Bruchteile von Sekunden einen kristallischen Schimmer. Ein ganz leises Knarren schien von ihren Muskeln auszugehen, und wenn sie sprachen, so schwebte in den Organen ein befremdlicher Unterton.

In bestimmten Zeitintervallen öffneten die arbeitenden Automaten eine kleine Seitenklappe an ihren Körpern, um eine ölige Flüssigkeit einzuträufeln. Dann ging es weiter. An einer großen Wanduhr konnte man den Zeitablauf in Beschleunigung ablesen; in verkürzten Stunden, Tagen, Wochen, Monaten. Und hieraus entnahmen wir den Tatbestand, daß diese Automaten niemals ermüdeten. Sie arbeiteten vierundzwanzig Stunden am Tage, und ein Tag war wie der andere.

Ja, sie schienen sich durch ihre Tätigkeit nur immer mehr zu vervollkommnen. Wie eine Cremoneser Geige, die doch auch nur ein Instrument ist, beständig in den menschlichen Gesangston hineinwächst, so überwanden auch diese Menschen-Maschinen von Stunde auf Stunde das Instrumentale. Immer seltener wurden die kristallischen Reflexe ihrer Blicke, und ihre Sprechstimmen gewannen Obertöne, die beinahe rednerische Klangfarben erzeugten. In den mechanischen Seelen ging etwas vor, das über die Absicht der konstruierenden Ingenieure hinauswollte.

Und plötzlich unterbrachen die arbeitenden Automaten ihre Beschäftigung, um zu einer Verständigung zusammenzutreten. Eben hatten sie noch in ihre Seitenklappen am Körper frisches Öl aufgegossen, aber schon in dieser Bewegung lag Widerwilligkeit; in ihren Augen funkelte Drohung. Über den Vorgang konnte ein Zweifel nicht obwalten: Die Automaten organisierten sich.

Die Ingenieure und die Unternehmer stürzten herbei um nach dem Rechten zu sehen und den unterbrochenen Betrieb wieder herzustellen. Aber das gelang nicht. Die Automaten hatten die Mehrheit und die Stärke für sich; und sie übten diese Überlegenheit in radikaler Form. Hier erfüllte sich das Schicksal des Zauberlehrlings: die ich rief die Geister, werd' ich nun nicht los!

Man versuchte den rebellischen Automaten ihre Minderwertigkeit und Gehorsamspflicht klarzumachen: Ihr seid doch nur die Geschöpfe der Menschen, die euch ersonnen haben, deren göttergleiches Ingenium doch gerade in eurer Konstruktion so glänzend zu Tage trat!

»Göttergleich wollt ihr sein?!« schrie ein Automat, der kurz zuvor an einer Buchdruckermaschine gearbeitet hatte. »Und was schreibt ihr selbst über euch, was gebt ihr selbst über euch in den Druck?« Er schwenkte ein eben fertiggestelltes Buchblatt. »Hier steht es in Lettern: »Die Menschheit ist eine an Größenwahn erkrankte Affenspezies«!

Algabbi flüsterte mir zu: »Das Wort ist von einem deutschen Philosophen, von dem hervorragenden Vaihinger.«

»Wir aber, wir Automaten« – setzte der Druckmaschinist fort – »sind keine Affen, und daß wir nicht an Größenwahn leiden, werden wir euch durch die Tat beweisen. Denn hart an hart zeigt sich die wirkliche Größe. Nur in uns steckt sie, nicht in euch. Kriechet zu Staub, ihr Kleinen, vor der Gewalt der Automaten!«

Das szenische Schlußbild gewährte einen symbolischen Ausblick in die durch jenen Aufstand erzwungene Neuordnung der Dinge. Vor den Betrachtern erschien ein Raum, der das oberste Staatsamt der mechanisierten Welt darstellte. Einige wirkliche Menschen schlichen darin umher als Boten, Aufräumer, Faszikelträger, etliche schrieben in Maschinen nach Diktat. Minister-Automaten diktierten, verfügten, befahlen. Gewisse synkopierte Rhythmen in den Bewegungen blieben auch hier noch erkennbar. Hin und wieder griff eine Regiermaschine sich an den Leib und prüfte das Festsitzen der Schrauben. Aber das korrekte Wirken des gesamten Staatsmechanismus schien verbürgt, und kein Protestlaut hob sich aus den Brüsten der menschlichen Lebewesen, die als Überbleibsel einer überwundenen Epoche anachronistisch und spukhaft vorüberglitten.

* *
*

»Meister Algabbi,« sagte ich beim Abschied, »ich habe mich in Ihren Gedankengang einzuspinnen versucht und gestehe, daß Ihr Kinospiel bei aller Phantastik auf ziemlich realem Hintergrund steht. Man braucht bloß statt des arbeitenden Automaten die neuzeitliche Maschine zu setzen, dann sind wir bei der Wirklichkeit. Sie, die Dienerin, die wir erschufen, um uns zu entlasten, tyrannisiert uns, unterjocht unsere Seele, saugt uns das Gemüt und die Zeit aus allen Poren, und wenn sie uns dafür als Lohn ihre Massenprodukte hinwirft, so sind wir die Lohnsklaven der Maschine«.

– Da hätten wir uns ja verstanden; und nun begreifen Sie wohl, weshalb ich zur Gegenorganisation aufrufe. Es ist die letzte Wehr gegen die Tyrannis der Objekte. Auf unserer Flagge darf nur der eine Merkruf stehen: »Besinnung«!

»Trotzdem wiederhole ich noch einmal meine erste Bitte. Ich möchte nach Sarragalla nicht ganz mit leeren Händen zurückkommen. Träger einer fatalen Botschaft zu sein ist ein undankbares Geschäft; und bei den Leuten überwuchert die unmittelbare Gegenwartssorge alle Besinnungsmöglichkeit. Sie verweisen sie auf eine Zukunft, die von ihnen, wie sie befürchten, gar nicht erlebt werden kann. Vielleicht entschließen Sie sich bezüglich der Minerallieferung zu einer geringen Konzession. Für jede Tonne von ehedem ein einziges Pfund; damit doch die Fäden zwischen den Schwesterinseln nicht gänzlich abreißen.«

Auch das setzte ich nicht durch. Es blieb bei der strikten Weigerung, und der Bescheid, den ich zurückbrachte, lautete bündig: Solange Algabbi lebt, keine Unze!

Die Stimmung war trostlos, und wir Gäste litten mit unter der unheimlichen Spannung. Ich hatte das vorgefühlt, und man sagte uns nichts Neues, als man uns mitteilte, die Leiter des Staatswesens hätten auf meinen Besuch bei dem großen Gelehrten trotz alles Vorangegangenen die allergrößten Hoffnungen gesetzt. Man hatte sogar schon ein Freudenfest geplant, in dessen Mittelpunkt wir gestellt werden sollten. Jetzt herrschte Trauer, und wenn auch nicht aus Worten, so doch aus Blicken war der Vorwurf herauszulesen: dieser Deutsche hat es doch wohl an Nachdruck und Beredsamkeit fehlen lassen; Algabbi hat ihn eingewickelt, und schon beim ersten Motiv lag er wahrscheinlich platt am Boden.

Aber das Bild änderte sich. Wir hatten den begreiflichen Wunsch, von der verurteilten Insel je eher je lieber loszukommen, und wir bemerkten auch keine Anstrengungen der Leute, uns zu längerem Aufenthalte zu nötigen. Nur sollte es nicht wie Flucht aussehen; wir setzten daher noch einen zweitägigen Zwischenraum. Als wir am späten Nachmittag abreisten, meldete sich Forsankar, um uns bis ans Schiff zu begleiten. Auf seiner Physiognomie waren alle Wolken verflogen.

»Also Sie haben sich beruhigt,« sagte ich, »Recht so! Ihre Prognosen waren ja auch viel zu schwarz. Sie werden sehen, daß Sie einen Teil ihrer lebenswichtigen Betriebe auch ohne Zufuhr von Uran- und Thoriumerzen aufrecht erhalten werden.«

– Sie befinden sich im Irrtum. Die Betriebe wären verkümmert – Mein Ihnen so unvermuteter Optimismus hat einen anderen Grund. Die Sperre wird fallen.

»Nicht so lange Algabbi lebt.«

– Er ist tot.

Ich verstummte in Erschütterung. Eva fragte: »Ein Schlaganfall?«

– Wie man's nimmt. Es gibt auch Fernschläge. Und das Mittel, solche Schläge auf Distanz auszuteilen, beruht auf wissenschaftlichen Tatsachen, die kein anderer ermittelt hat, als Algabbi selbst. Ich persönlich habe damit nichts zu tun. Aber einer meiner Kollegen hat sich wohl dieses Verfahrens entsonnen, das wir jetzt seit zehn Jahren kennen, ohne es je benutzt zu haben.

»Dann hat er gemordet, der Schurke!«

– Sie hatten nicht so viel Entrüstung in Bereitschaft, als der Erfinder dieser Tötungsmethode uns durch seine Sperre morden wollte. Was ist schließlich geschehen? Ein Menschenleben weniger, ein längst verwirktes. Nicht der Rede wert im Vergleich mit so vielen. Dafür hat ja auch Ihre Ethik eigene ausreichende Rechtfertigungsgründe.

Wir wandten uns ab und begaben uns auf die »Atalanta«, die sich sofort in Bewegung setzte. Vom Lande her wehten uns geschwungene Tücher entgegen. Als es dunkel wurde, bemerkten wir durchs Teleskop das Aufsteigen zahlreicher Freudenraketen. Sie befanden sich offenbar wieder auf der Höhe der Situation, die Bewohner der mechanisierten Insel.

Helikonda

Die Insel der schönen Künste.

Ein beneidenswertes Eiland. Es möge ununtersucht bleiben, welchen Umständen die Insel ihre bevorzugte Stellung verdankt, ihre Wohlhabenheit und politische Ruhe. Genug, daß diese Voraussetzungen erfüllt sind, und daß diejenigen Elemente, die wir sonst als Verfeinerungen und angenehme Arabesken des Daseins betrachten, von der Bevölkerung als das Wesentliche ihrer Existenz mit allem Nachdruck gepflegt und ausgebaut wird. Die Kunst als Selbstzweck ist das Kennzeichen dieser Insel.

Ihr leuchtete eines Mediceers Güte, der mit seinen enormen Reichtümern das Gefilde der Kunst berieselte. Von großzügigem Mäzenatentum erfüllt kannte er keinen anderen Lebenszweck, und nachdem er Appollini et Musis reichliche Einzelaltäre erbaut hatte, verfiel er auf den Gedanken, eine Stadt zu gründen, die durchaus und ausschließlich den schönen Künsten gewidmet sein sollte. Die Neigung des Volkes kam seinem Vorhaben entgegen, und mit der Schnelligkeit, mit der sonst nur in einem neuentdeckten Goldlande menschliche Siedelungen aufblühen, wuchs diese Stadt empor: *Helikonda*, deren gesamte Anlage vom ersten Plan angefangen als ein Dorado der Kunst gedacht war.

Ihr war und ist das ganze Land tributär. Was Gewerbe und Handel in den anderen Ortschaften erzeugen, findet den materiellen Abfluß nach Helikonda. Ja, man kann sagen: diese andern Ortschaften stellen das sehende, hörende, genießende und zudem zahlende Publikum, während Helikonda, zum Range der Hauptstadt erblüht, den Inbegriff von Theater, Konzert, Museum und Kunstschule darstellt.

In einem Dialog bei Moliere könnte man einen schwachen Hinweis auf diese Entwickelung finden. Dort werden der

Tanz und die Musik der Philosophie übergeordnet und als die höchsten Lebensnotwendigkeiten ausgerufen: »Ohne Musik kann ein Staat nicht bestehen.« Eine etwas weiter reichende Folgerung zog Berlioz in seiner »Euphonia«, die er als imaginäre Kunstgemeinde in den deutschen Harz verlegte. Das war ein gedanklicher Versuch mit unzureichenden Mitteln. Tatsächlich verhält sich jene Skizze zu dem Helikonda, das wir erlebten, wie der schüchterne Auftakt eines kompositorisch beanlagten Knaben zum Lebenswerk eines Meisters; oder wie der erste Wettlauf zweier prähistorischen Wilden zu den olympischen Spielen.

Es erinnerte an die pythagoreische Vorstellung vom tönenden Weltall. Die ganze Stadt klang, wenn man unter Klingen nicht etwas rein Akustisches, sondern etwas Kosmisches versteht. Schon in ihrer äußeren Anlage gab sie selbst sich als ein durch Plan, Ordnung und Programm bestimmtes Kunstwerk. In dessen Zentrum und Brennpunkt befindet sich ein ungeheurer, mit Kolonnaden im Berninistil eingefaßter, kreisrunder Platz, dessen Bauwerke bildnerischen, dramatischen und konzertanten Vorführungen dienen. Säle bei Sälen, darunter einer für Monstre-Darbietungen, bei denen dreitausend Mitwirkende sich vor zwölftausend Hörern vereinigen können. Museen, Ausstellungshallen, Kunstschulen, Meisterateliers und die Paläste der Kunstbehörden vervollständigen das Rondell. Von diesem Platz strahlen sternförmig viele Wohnstraßen nach außen hin, die jede für sich einen ausgeprägten Berufscharakter aufzeigen; es gibt eine Straße der Theaterdichter, der Epiker, der Lyriker, der Komponisten, der Sänger, der Instrumentalvirtuosen, der Ästhetiker, der Maler, der Bildhauer; und aus der Entfernung ihrer Häuser vom Zentralplatz läßt sich ein Schluß auf ihr künstlerisches Bekenntnis ableiten: die Konservativsten wohnen dem Mittelpunkt zunächst, die Entfernung von diesem bemißt sich nach dem Grade ihrer Sonderbestrebung, so daß die extremsten Vertreter der Neukünste bis an die Peripherie der Stadt rücken. Die Radialstraßen werden wiederum von konzentrischen Kreisstraßen durchschnitten, wonach sich also die einfachste Orientierung ermöglicht: Verfolgt man eine gradlinige Straße, so verbleibt man im bestimmten Fach und steigt in diesem vom Alten zum Modernen; bewegt man sich in einer Kreisstraße, so durchkreuzt man alle Berufe auf einer bestimmten Stufe der Entwicklung.

So weit hätten wir Fremdlinge uns auch ohne besondere Anleitung zurechtgefunden. Es gelang uns aber schon am ersten Tage, den Anschluß an einen Prominenten zu erreichen, nämlich an den Jahres-Präfekten der Stadt. Dieser wird nach einem festgelegten Turnus aus den Einzelberufen gewählt, und es fügte sich, daß zur Zeit unseres Besuches ein Ästhetiker das oberste Amt verwaltete. Herr Spiridon, Kunstforscher und Spezialist in tonkünstlerischer Analyse, diente uns fortan als Führer und Erläuterer auf Helikonda.

Die Rolle des Präfekten ist wesentlich als dekorativ aufzufassen, wenngleich er auch administrative Befugnisse besitzt. Wir finden sie vorgebildet in Alt-China, das sich nach dem Zeugnis der Chinesenbibel, des »Chouking«, eines besonderen Musikministers erfreute. In dessen Händen gediehen nach der uralten Überlieferung Akustik und Politik zu einer höheren Einheit, so daß er nur sein Spezialinstrument, den »Klingstein«, anzuschlagen brauchte, um unter allen Beamtenhäuptern volle Einstimmigkeit zu erzielen. Ein gewisser Nachklang dieser Einrichtung besteht auch auf unserer Insel, insofern die Musiker ihrem numerischen Übergewicht entsprechend, am häufigsten für die Präfektur in Betracht kommen. Im Vorjahr war ein Trompeter Präfekt gewesen, der wiederum einen Organisten abgelöst hatte. Ausnahmsweis kann sogar ein Instrumentenbauer, ja ein einfacher Handwerker zu diesem Posten aufsteigen, denn sie werden in sozialem Betracht den Künstlern gleichgestellt, bewohnen ihre eigenen Straßen und betreiben ihre Fähigkeiten mit künstlerischem Einschlag, wie einst die zünftigen

Meistersinger von Nürnberg, die mit der Tabulatur so gut Bescheid wußten, wie mit dem Bügeleisen und dem Schusterpfriem. Wandelt man durch die Gassen der Inselstadt, so vernimmt man nicht selten Rhythmen schwierigster Gattung, die unsereiner dem äußersten Futurismus zuweisen würde; sie entquellen aber den Kehlen ortsansässiger Tischler, Spengler und Maurer, die vermöge ihres Berufes für das Gemeinwesen unentbehrlich, das allgemeine Prinzip der Ortschaft in ihre Persönlichkeiten aufgenommen haben.

Bevor wir noch zum eigentlichen Genuß der klingenden und bildlichen Offenbarungen gelangten, hielt es Spiridon für nötig, uns historisch-analytisch in gewisse Besonderheiten seines Milieus einzuweihen. Er gab uns einen Abriß der hauptsächlichsten Entwicklungsstadien: die Insel besaß ursprünglich nur eine primitive Eigenkunst, bis die abendländische Kultur, durch Sendlinge in gedruckten und getönten Proben heimgebracht, wie eine Sturzwelle hereinbrach. Was sich auf europäischem Boden im Laufe der Jahrhunderte entfaltet hatte, das alles drang fast gleichzeitig in die Insel und stellte an das Auffassungsvermögen der Bewohner die stärksten Anforderungen. »Es kam vor,« – so sagte er – »daß unsere Genossen Böcklin und Leibl – natürlich in getreuen Kopien – früher kennen lernten als Cimabue und Giotto; Reger, Korngold, Busoni und Schönberg früher als Clementi und Mozart; Stefan George vor Rückert und Eichendorff. Sie lernten nach rückwärts, von der Peripherie zum Zentrum. Aber auch für die Mehrzahl, die annähernd in der richtigen Chronologie verblieben, ergaben sich Bedingungen einer Mentalität, die sich anderswo nicht wiederholen können. Anpassung und Fortproduktion vollzog sich in einem Tempo, dessen Rapidität jeden Vergleich ausschließt.«

»Danach,« meinte ich, »hätten wir in der hiesigen Entwickelung ein verkürztes Abbild der unsrigen zu erwarten, eine mit Siebenmeilenstiefeln absolvierte Kunst-geschichte.«

– In den Hauptzügen gewiß. Ich möchte da noch eine andere Parallele heranziehen. Sie kennen das biogenetische Grundgesetz: Die Keimesgeschichte ist ein Auszug der Stammesgeschichte; die Entwickelung des Individuums von der Eizelle bis zum fertigen Menschen ist eine kurze und schnelle Wiederholung aller Vorgänge, die in dem langsamen Werden des ganzen zugehörigen Stammes enthalten waren. Fassen Sie unser Gemeinwesen als eine Person auf, so haben Sie das Gegenbild; es hat in kurzem Ablauf den ganzen Werdegang Ihrer europäischen Kunst repetiert. Und da es dieses Tempo als eine Lebensfunktion in sich aufnahm, so ist es auch befähigt, Kunsterscheinungen zu verwirklichen, die bei Ihnen, in der alten Kulturwelt, noch in weiter Zukunft schlummern.

»Sie machen mich neugierig, Herr Präfekt; obschon ich mich da gewisser schwarzseherischer Ahnungen nicht entschlagen kann. Ich fürchte, uns werden da Schwaden entgegenwehen wie aus einem Hexenkessel. Mit Leidenschaft und Genuß blicke ich in die Vergangenheit der Künste, und gern flüchte ich aus der Gegenwart, um mich im Pantheon des Gewesenen zu ergehen. Aber gerade weil ich gewohnt bin, historisch zu fühlen, graut mir vor der Umkehrung der Perspektive. Wenn nicht alle Anzeichen der von mir erlebten Gegenwart trügen, wird das Pantheon der Zukunft stärker von Fratzen als von Götterbildern erfüllt sein.«

– Das können wir in Voraussicht kaum entscheiden. Nur müssen wir uns als kunstsinnige Menschen auf alle noch so fernen Möglichkeiten einrichten. Hätte Ihre Anschauung stets gegolten, so wäre die Kunst nie über die Uranfänge herausgekommen, sie stünde noch heut bei Amphion und Orpheus, bei den Höhlenmalereien der Steinzeitmenschen, und die Welt hätte niemals einen Michelangelo, geschweige denn einen Archipenko erlebt. Also bleibt uns nichts übrig, als auch im Extremsten die berechtigten Kerne herauszuspüren und sie als entwicklungsberechtigt gelten zu lassen. Wichtiger als jeder Rückblick ist die Witterung für die lebendigen Genies, die ihre Fühlhörner in die künftigen Neuländer strecken.«

»Haben Sie solche Genies auf der Insel?«

– Sie werden Sie kennen lernen. Ganz offen gestanden, hatte ich in mir selbst schwer zu arbeiten, ehe ich mich zur vollen Anerkennung ihres Wertes durchrang. Aber ich habe den Läuterungsprozeß bestanden; und jetzt spreche ich nicht nur für mich, sondern für die überwältigende Mehrheit meiner Volksgenossen wenn ich verkünde, diese Künstler, unsere Vorstürmer, sind wahre echte apollinische Genies. Nicht mehr darauf angewiesen, sich wegen einiger Tropfen zum kastalischen Quell zu bücken, da sie den kastalischen Ozean entdeckt und für uns erschlossen haben. Vor allen sind da drei Größen erster Ordnung, Siriusse am Kunsthimmel von Helikonda: der Komponist und ausübende Tonkünstler Kakordo, der Dichter Dadalbra und der Maler-Bildhauer Patzoha. Schwer genug hat es mir ja die Trias bisweilen gemacht, ihren Spuren zu folgen, und mich in den zahlreichen Richtungen ihrer Stile zurechtzufinden ...

»Erlauben Sie – es sind doch drei, da kann doch höchstens von drei Richtungen die Rede sein?«

– In diesem Irrtum war auch ich befangen, und viele mit mir. Bis uns die eigentliche Natur dieser Bahnbrecher aufging. Deren Stärke besteht nämlich darin, daß sie immer wieder neue Richtungen auffinden, in die sie uns jedesmal durch die Genialität ihrer Offenbarungen hineinzwingen. Ja in ihren eigenen Werken und Theorien wechseln sie unablässig die Richtung. Und wie die neuesten Physiker behaupten, man müsse für jeden Punkt im Weltall eine besondere Mathematik in Bereitschaft halten, so stellen sie für jeden Punkt ihrer Hervorbringung ein neues künstlerisches Glaubensbekenntnis auf.

»Ich würde das Zickzack nennen.«

– Das erschien mir ursprünglich ebenfalls so. Allein wenn wir abfällig Zickzack sagen, so spricht aus uns ein geometrisches Vorurteil. Wir könnten ebenso den Blitz bemängeln, weil er im Zickzack dahinfährt. Diese gebrochene Linie gehört eben zum Fulminanten, und jene drei Meister verstehen sich aufs Blitzen. Übrigens brauchen wir ja nicht mit den kompliziertesten Erscheinungen zu beginnen; wenn es Ihnen beliebt, beschäftigen wir uns vorerst mit einfacheren Kunstübungen.

Wir hatten das Gespräch in der Wandelhalle eines Hauptgebäudes am Zentralplatz geführt. Jetzt betraten wir einen Musiksaal von bescheidenen Ausmaßen. Es fiel mir auf, daß Spiridon den alten graubärtigen Saalhüter, der uns die Tür öffnete, mit »Herr Kollege« anredete.

– Ein schnurriger Kauz – erzählte unser Begleiter – der auf diese Titulatur Wert legt, da er vor zwanzig Jahren Präfekt der Ortschaft gewesen ist. Er hatte damals gewisse Verdienste um die einheitliche Organisation unserer Kunststadt, nur daß er die Sache allzusehr ins stramm Militärische übertrieb. Die Zunftordnung genügte ihm nicht, vielmehr betrieb er die Einteilung der Künste nach Bataillonen, Kompagnien und Rotten mit Uniformen und Gradabzeichen. Es gab komponierende Rittmeister, dichtende Hauptleute, die zu Majoren befördert wurden. Die Allegrosätze der Symphonien sollten ein für allemal auf den Pendelschlag des auf 100 gestellten Staatsmetronoms gestellt werden. Dazu kamen eigensinnige Verbote, zum Beispiel gegen Stücke, die von Posaunisten mehr als sieben Kubikmeter Blaseluft beanspruchen. Er scheiterte schließlich an den Kabalen einer Sängerin von der dritten Sopran-Batterie zu Fuß, die er wegen Versagens der hohen Töne zum Altistinnen-Train versetzt hatte. Noch heute, als längst Pensionierter, beklagt er die Verwahrlosung des Ordnungsprinzips und träumt sich in die gute alte Zeit zurück, da er noch auf Zucht und schärfstes Kommando im Kunststaate halten durfte.

Schon durch die geschlossene Tür waren die Töne der Mozartschen »Jupiter-Symphonie« zu uns gedrungen, und als wir den Saal betraten, intonierte die Kapelle den letzten Satz, das Meisterstück kontrapunktischer Kunst mit der Tripel-Fuge, das uns mit allem Glanz eines olympischen Jupiters entgegenstrahlt. Also doch auch Pflege der Klassizität in einem so vorgeschrittenen Musikstaat! Und diese erfreuliche Überraschung steigerte sich noch durch die Pracht der orchestralen Wiedergabe. Freilich merkten wir bald, daß es damit weniger auf die Entzückung, als auf die Belehrung der Hörerschaft abgesehen war. Denn nach dem Finale betrat ein Theoretiker das Podium, ein Conferencier, der in wohlgesetztem Vortrag die eigentliche Bedeutung dieser historischen Konzerte erläuterte. Er sprach von Mozart als von einem Petrefakt, von seiner Symphonie als von einem fossilen Überbleibsel einer antidiluvianischen Epoche. Mit frostigen Worten zergliederte er deren Bauart, so wie ein Zoologe das Skelett eines Ichthyosaurus erklärt, mit dem Hinweis darauf, daß die lebendige Wirklichkeit sich nur noch aus wissenschaftlichen Gründen mit solchen vermorschten Gerippen zu beschäftigen hätte. Hierin läge der Sinn dieser historischen Konzerte, welche die grauen Schatten der Vergangenheit heraufbeschwören, um im Kontrast die Errungenschaften der künstlerischen Neuzeit desto heller aufleuchten zu lassen.

Der Vortragende sprach von diesen Errungenschaften. Vom Durchgangsstadium des klingenden Expressionismus, der mit der äußersten Zähheit einer gänzlich in geistigem Erleben aufgelösten Transzendenz die Innengewendetheit zu einer expressiven Durchschlagskraft umbilde, gleichsam in vorausschauender Exzessivität des Aktivismus; sprach noch zahlreiche derartige Erbaulichkeiten, die uns Fremdlinge nicht ganz fremdartig anmuteten; erging sich in schleierhaft wehenden Redewendungen, um das Ergebnis zu gewinnen: man müsse auch von den unbeholfenen Stammeleien eines Mozart, eines Bach Kenntnis nehmen, um die neuesten Kunstblüten und Kunsttendenzen, namentlich in den Schöpfungen des großen auf Helikonda wirkenden Meisters Kakordo so recht würdigen zu können.

Lebhafter Beifall folgte diesen Ausführungen, während die Symphonie vorher kein Zeichen der Ergriffenheit ausgelöst hatte. Nur ein vereinzeltes ältliches Fräulein war uns aufgefallen, die den Klängen Mozarts mit stiller Verträumtheit und mit beseligten Reflexen im Antlitz folgte. »Das ist nämlich eine Unbelehrbare,« sagte uns der Präfekt; »eine ganz rückständige, die wir in der Gemeinde als ein Kuriosum mitschleppen. Sie bedeutet unter den Empfangenden ebenso ein Fossil, wie Mozart unter den Hervorbringern. In der nächsten Generation werden derartige Versteinerungen nicht mehr vorkommen.«

Wir wandten uns einigen Nebensälen zu, die den Ausübungen der Virtuosität gewidmet waren. Hier gab es noch die vertrauten altertümlichen Instrumente, Pianoforte und andere, während für die letzten Ausläufer der Helikondischen Kunst, wie wir bald erfuhren, ganz andere Apparate in Tätigkeit treten. »Die Virtuosität,« erklärte Spiridon, »gilt uns als ein Kunstfaktor für sich. Wäre sie nur eine gesteigerte Handfertigkeit, so würden wir sie verleugnen. Sie beruht aber auf dem Zusammenwirken der Koordinationszentren im Gehirn und muß somit als eine geistige Angelegenheit gepflegt werden.« Bis zu welchem Grade die Materie durch den Geist überwunden werden kann, davon erhielten wir eindringliche Proben: Fünfzig Pianisten spielten gleichzeitig ein und dieselbe schwierige Toccata in vollkommenstem Unisono und absoluter Koinzidenz. Bei geschärftester Aufmerksamkeit vernahm man tatsächlich nur das eine Stück, mit fünfzig multipliziert. Hiernach exekutierte ein anderer Künstler die vollständige Appassionata von Beethoven in vier Minuten. Nicht etwa der Zeitersparnis wegen, denn dies Prinzip der mechanisierten Insel spielt hier keine Rolle, sondern lediglich zum Beweise einer über alle Vorstellung hinausragenden musikalischen Technik. Der nämliche Virtuos lieferte folgende erstaunliche Zugabe: er meisterte mit der rechten Hand die Paganini-Etüden von Brahms und gleichzeitig mit der Linken die spanische Rhapsodie von Liszt. Das hatte einen doppelten Zweck. Erstens offenbarte sich die magistrale Unabhängigkeit in der Massendisziplin der Finger, zweitens ergaben sich aus diesem unerhörten Duo von Rechts und Links Neuklänge mit ungeahnten musikalischen Offenbarungen. Es war sehr nebensächlich, daß sie unseren Ohren übel klangen; wir waren eben nicht vorgebildet genug, um in der Kakophonie die klanglichen Schönheiten so sicher herauszufühlen, wie die Mehrzahl der Hörer.

Ein Raum war zur Manege umgeformt und hatte die Bestimmung, einer gewissen Zukunftskunst zu dienen, in der musische Elemente mit Sport und Gymnastik zusammenfließen. Hier üben parnassische Muskelmenschen. Einer spielte, am Schwebetrapez mit den Zähnen hängend ein vielgriffiges Geigenkonzert, zu dem ein mit Zentnergewichten balancierender Dichter in anapästischen Dithyramben den dichterischen Kommentar vortrug. Ein Reiter auf raschem Pferd stehend entwarf die kubistische Skizze einer Landschaft auf festgehaltener Leinwand. Unsere Gefährtin Eva vermißte darin die Naturtreue und Perspektive. Allein der zufällig anwesende Großmeister Patzoha fand zu lobenden Äußerungen Veranlassung, und gegen das Urteil dieses Ultra-Malers gibt es in Helikonda keine Berufung.

Weiterhin gerieten wir an die »Optophonische Abteilung«, der das Problem zufällt, Sichtbares in Klingendes umzuwandeln. Im Prinzip durfte diese Aufgabe schon seit Jahrzehnten als gelöst betrachtet werden, da sich durch Einschaltung verbindender Induktionsströme eine Brücke von der Optik zur Akustik schlagen läßt. In den einzelnen Vervollkommnungen werden alle Scheidewände zwischen den zwei Welten eingerissen; hier zeigt uns die Gilde der Optophonisten, daß es möglich ist, jeden gegenständlichen Vorgang, insonderheit jede bildliche Darstellung, zu einem tönenden, konzertanten Ereignis umzubilden.

Man kam uns, den Rückständigen, insoweit entgegen, als man uns zunächst verständliche und allgemein bekannte Farbengemälde vorführte. Das Optophon war so montiert worden, daß es die Figuren eines Heiligenbildes aus der Renaissance der Reihe nach bestrich und in Klangvibration versetzte; wodurch wir den Eindruck gewinnen sollten, als ob die gemalten Gruppen des Rafaelischen Schinkens den melodiösen Kommentar zu ihrer eigenen Existenz lieferten. Unsere Erwartung war auf einen kirchlichen Choral gerichtet, allein es erhob sich nur ein summendes, formloses Geräusch. Woraus zu schließen war: das Experiment hatte seine Schuldigkeit getan, und nur wir mit unseren unzulänglichen Organen waren dem Experiment nicht gewachsen.

Nun wurde das Verfahren umgekehrt. Man spielte die Hebriden-Ouverture von Mendelssohn und verwandelte sie optophonisch in ein Bild. Wiederum scheiterten wir am Effekt, da wir nur einige irre Lichtzuckungen wahrnahmen. Aber die mit überlegenen Empfangsnerven ausgerüsteten Nachbarn im Saal erklärten, sie sähen ganz deutlich die optisch-landschaftliche Erscheinung der Fingalsgrotte. Vielleicht kommt es auf die Stärke der Phantasie an, die der Seh-Hörer oder Hör-Seher solcher Veranstaltung entgegenbringt. Und es war ja schließlich erklärlich, daß die Kunstinsulaner über eine regere Einbildungskraft verfügten, als wir im Philistertum dämmernden Fremdlinge.

Der Direktor der optophonischen Abteilung gab uns noch einige wertvolle Winke. Seiner Ansicht nach steht die Optophonie mit all ihren Mirakeln erst im Anfang ihrer Entwickelung. Deren Schluß wird bedeuten: Ersetzung des Komponisten, des Malers und schließlich sogar des Dichters durch das Instrument. Wir bezweifelten dies, und ich muß anerkennen, daß der Präfekt unserem Zweifel zu Hilfe kam. »Gewiß,« meinte er, »wird man binnen kurzem elektrisch komponieren und farbdichten, nur werden sich diese Hervorbringungen an Tiefe und Bedeutung niemals mit den Werken unserer Ultra-Genialen zu messen vermögen.«

Wo waren nun diese Werke? Wie klangen sie, wie sahen sie aus? Darüber blieben wir einstweilen im Dunkeln. Es schienen betreffs ihrer Vorführung Schwierigkeiten obzuwalten, die man uns nicht erklären konnte oder wollte. Auch die letzte Nummer, die uns auf dieser Streife geboten wurde, bewegte sich noch in einem Fahrwasser, das uns, wenn auch nicht vertraut, so doch nicht ganz außerweltlich vorkam. Sie betraf eine von dem Vorläufer Kakordos verfaßte Symphonie in K-Dur. Dies ist eine in unserem System nicht existierende Tonart, die sich auf der Skala C, Cis, Es, F, Halb-Ges, Dreiviertel-As, Hoch-B, C aufbaut. Sie ist für ein Orchester von 3000 Mann geschrieben, und zwar so, daß sie eine Minderzahl, etwa von 2800 Musikern, gar nicht aufzuführen vermag. Die Gesamtgestaltung des Werkes ging über meine Fassung hinaus, indes vermochte ich doch gewisse Leitmotive nicht nur zu erkennen, sondern sogar wiederzuerkennen. Ich habe nämlich einmal vor langer Zeit, auf einer Weltausstellung, ein Orchester von Bantunegern gehört und einige Themen in der Erinnerung behalten. Da zeigten sich mir auffallende Ähnlichkeiten. Die Qualität des Ganzen freilich war eine ganz andere und übertraf dynamisch sogar die Höhe der Klassizität. Die Eroica zum Beispiel läßt sich mit 50 Mann sehr gut aufführen, und man hat nur noch nötig, 50 in 3000 zu dividieren, um herauszubekommen, daß jene K-dur-Symphonie 60 mal stärker wirkt, als die in Es-dur von Beethoven.

* *
*

An einem der nächsten Abende befanden wir uns im Heim des Präfekten, der uns zu Ehren einen kleinen Empfang veranstaltete. Dort lernten wir auch die drei Übergenialen kennen, denen die Insulaner nahezu göttliche Ehren erweisen. In zwanglosen Gruppen wurden Themen angeschlagen, deren Erörterung mehrfach zu ungeahnten Gipfeln der Ästhetik emporführten. Ich werde die Gesprächspartner nicht durchweg einzeln nennen; rechne vielmehr darauf, daß der Leser auch dort, wo ich es unterlasse die Stimmen genügend auseinander halten wird. Bei künstlerischen Auseinandersetzungen ist das »Was« wichtiger als das »Von Wem«. Es liegt mir auch nichts daran, die Argumente in lückenloser Folge wie die Perlen am Faden aufzureihen. Denn ich berichte ja aus der Erinnerung, die mir Einzelheiten zuträgt, ohne alle Zwischenglieder und Übergänge aufzubewahren.

Wir sprachen zuerst, um einen Verständigungsboden zu gewinnen, von den Grenzen der Kunst. Hat sie überhaupt Grenzen? Ist sie endlich oder unendlich?

Die ideale Existenz Helikondas hängt an der Beantwortung dieser Frage, die besonders vier Kämpen in die Streitarena rief: Einen jungen Tonsetzer, mich, Fräulein Eva und einen Bewohner der Ästhetiker-Straße, der auf der Insel die Linie des »Exaktismus« betreibt. Er hatte kurz zuvor ein Werk herausgegeben mit dem Titel: »Die Kunst, eine mathematische Angelegenheit«.

Der Tonsetzer vertrat natürlich das Prinzip der Unendlichkeit: »Wir Künstler dürfen nur eine Sendung anerkennen: in der schrankenlosen Weite der Kunst das Neue aufzufinden. Streng genommen geben wir alle, auch mit verwegenstem Futurismus, immer nur Anfänge, deren Fortsetzungen sich

243

niemals erahnen lassen. Aus dem einfachen Grunde, weil unsere Kunst unendlich ist und in alle Ewigkeit die in ihr beschlossenen Möglichkeiten nur andeuten, aber niemals vollenden kann.

Der berechnende Ästhetiker widersprach: »Ihr produzierenden Künstler wiegt euch alle in einer unhaltbaren Illusion. Ihr haltet euer Reich für unbegrenzt, es läßt sich aber beweisen, daß es von *zahlenmäßig angebbaren*, vom Verstande erfaßbaren Grenzen umspannt wird. Diese Erkenntnis mag schmerzlich sein, sie besteht aber vor der Logik zu Recht, und wer sich ihr verschließt, der ergibt sich einer abergläubischen Phantasieschwelgerei.«

Ehe der Angegriffene erwidern konnte, nahm Fräulein Eva impulsiv seine Partei: »Verzeihen Sie, wenn ich die zuletzt gehörte Behauptung absurd finde. Was Sie als Aberglauben zu bezeichnen belieben, ist tatsächlich der heilige Glaube ausnahmslos aller, die jemals Kunst geschaffen und genossen haben. Dieser Glaube trägt seine Evidenz in sich, jede Welle unseres inneren Singens und Klingens zeugt für ihn. Und dieser Glaube an die Unbegrenztheit ist die Vorbedingung nicht nur alles Schaffens, sondern auch jeder Kunstbetrachtung. Ob Futurist, ob Klassizist, das ist hier ganz gleichgültig. Schlagen Sie die Bekenntnisse der Meister auf, wo Sie wollen, überall finden Sie diesen Glauben an das Selbstverständliche, aller Diskussion Entrückte. Der ganze Richard Wagner ist nichts anderes, als ein großer Psalm über die Motive Unendlich, Unermeßlich, Unergründlich, Uferlos, die wir alle als ganz unabtrennlich vom Wesen der Kunst betrachten.«

Der Berechner: »Das meinte ich ja eben. Es ist das Los der Künstler, sich in diese vermeintliche Selbstverständlichkeit zu verbeißen, und es hält tatsächlich sehr schwer, irgendeinen von seinem Irrglauben zu kurieren. Aber der Exakte, der nicht phantasiert, sondern überlegt, erkennt die Zusammenhänge anders als der Schwärmer, dem die Vielheit der

Erscheinungen sogleich eine Unendlichkeit vorgaukelt. Der Musiker zum Beispiel operiert mit einer bestimmten Vielheit der Töne, chromatisch gerechnet mit hundert, und jede auf dieser Basis existierende Komposition stellt einen bestimmten Permutationsfall dieser Elemente dar. Steht das Werk aufgeschrieben vor uns, so erkennen wir leicht, daß sich alles, restlos alles, in Tonfolge, Modulation, Akkord, Rhythmik, Stärkestufe, Tondauer und Klangverbindung auf auszählbare Grundelemente zurückführen läßt. Das sind Endlichkeiten, die allerdings sehr hohe Zahlenwerte erreichen; wie ja alle Kombinatorik sich rasch ins Ungeheure auswächst, ohne darum jemals die Grenze des Endlichen zu überschreiten.«

Der Künstler: »Ihre Rechnung hat ein Loch. Wir sind ja über die Halbtöne bereits hinausgegangen zu Drittel- und Vierteltönen, und wir werden in der Zerkleinerung der Intervalle noch fortschreiten.«

Der Berechner: »Gewiß. Und ferne Jahrtausende werden sich vielleicht mit einer Chromatik von Zehnteltönen abzufinden haben, falls dann überhaupt noch musiziert wird. Aber auch damit gelangen Sie nur zu einer Hinausschiebung, keineswegs zur Vernichtung der Grenzen bis ins Uferlose.«

Eva: »Sie wären mit Ihrer Deutung schließlich imstande, die Zahl aller möglichen Stücke direkt zu berechnen. Also sagen Sie wenigstens: unter wie vielen Möglichkeiten haben die Tonschöpfer die Auswahl, wenn sie schon verurteilt sind, das Pensum der Endlichkeit aufzuarbeiten?«

Der Berechner: »Diese Rechnung wäre theoretisch möglich, allein ich ziehe es vor, Ihnen eine Grenze zu bezeichnen, die jedenfalls sehr viel weiter liegt, als alle jemals erdenklichen Werke in allen Künsten zusammengenommen. Wie leicht spricht es sich aus: 10 zur millionten Potenz! Nun wohlan, diese Zahl ist unabsehbar größer als jede

Kombination in der Kunst, und diese wird bis in alle Ewigkeit weltenfern hinter ihr zurückbleiben. Und damit gelangen wir an die Hauptsache, nämlich an die leidige Gewißheit, daß die Ewigkeit der Zeit gar nicht imstande wäre, der Kunst zu helfen; weil bei irgendeinem Zeitpunkt alle Möglichkeiten erschöpft sein müssen und selbst der genialste Meister gar nichts anderes mehr vermag, als das zu wiederholen, was schon vor Aeonen eine längstvergangene Kunst hervorgebracht hat. Und Sie ahnen gar nicht, wie rapide wir uns diesem Zeitpunkt nähern. Achten Sie auf die atavistischen Rückfälle unseres Kollegen auf Helikonda, wie in der K-dur-Symphonie, die Sie ja auch gehört haben!«

Der Künstler: »Wäre Ihr Kalkül richtig, dann müßte ja unsereiner die Produktion an den Nagel hängen, und sich selbst dazu.«

Ich: »Wenn er richtig wäre ... er ist aber *falsch!* Ich habe jene Atavismen in dem Schreckenswerk sehr wohl herausgehört, und trotzdem, bei allem Widerwillen gegen die Gehirnkrämpfe der Futuristen behaupte ich: Ihre Betrachtungen über Endlich und Unendlich sind lediglich symbolische Spiele mit Vorstellungen, die von einer höheren Warte gesehen, jeglichen Sinn verlieren.«

Der Berechner: »Sie werden doch nicht aussagen wollen, daß es jenseits der mathematischen Evidenz noch eine andere, übergeordnete gibt?«

Ich: »Das vertrete ich allerdings. Und die bloße Gefühlssicherheit von der Grenzenlosigkeit der Kunstgestaltung wäre schon Beweis genug. Aber auch dem Mathematiker graut bisweilen vor seinen eigenen Abgrenzungen und vor den Paradoxien, die auf ihnen wachsen. Wir besitzen Aussprüche vom größten aller Mathematiker, von Gauss, in denen der Abscheu vor diesen selbstgeschaffenen Paradoxien deutlich zum Ausdruck kommt. Ihr Unendlich, mein Herr, ist der Wirklichkeit gegenüber eine haltlose Fiktion, des

Künstlers Unendlichkeit schöpft aus dem Leben, zeigt dessen Puls und offenbart sich ihm als eine unmittelbare, nie zu erschütternde Gewißheit. Sie starren auf arithmetische Grundsätze und rufen eine Größe wie 10 zur millionten Potenz als begrenzt aus, während Sie tatsächlich allen denkbaren Erscheinungen gegenüber mit der vollen Wucht der Unendlichkeit auftritt. Ein Beispiel für viele: Jede wissenschaftliche Wahrheit, so fordert der Entdecker der Spektralanalyse, muß so beschaffen sein, daß sie sich auf einem Quartblatt aufschreiben läßt. Die Buchstaben, die sich darauf tummeln können, sind begrenzt; sonach stellen alle jemals möglichen wissenschaftlichen Wahrheiten nur endliche Permutationen dar, das würde heißen: der Inhalt alles Wissens ist begrenzt, ist vollendbar.«

Der Berechner: »Stimmt vollkommen. Die Wissenschaft hat in dieser Hinsicht das Los der Kunst zu teilen, beide erschöpfen sich. Das mag paradox klingen, allein es gibt da keinen Ausweg.«

Ich: »Doch, es gibt einen. Man braucht sich bloß zu einem radikalen Denk-Akt zu entschließen und zu erklären: Es besteht kein *Unterschied* zwischen dem unfaßbar Großen und dem Unendlichen. In diesem Augenblick versinkt Ihre hochgeschraubte Kombinatorik, und das wissenschaftliche Weiterdenken, wie alles Kunstschaffen triumphiert in voller Freiheit. Mit einem Akt des Denkwillens lassen sich die von Ihnen errechneten Grenzsteine entlarven als papierne Symbole, als leere und gänzlich wirkungslose Nummernzeichen. Sie sind Phantasiegebilde aus einer Formelwelt, die sich mit der Welt des Erlebens und Gestaltens in keinem Punkte berührt.«

Der Berechner: »Dann verleugnen Sie also den Pythagoras: Das Wesen aller Dinge ist die Zahl?«

Ich: »Durchaus nicht. Allein Pythagoras findet eine Ergänzung in Leibniz: Musik ist geheime arithmetische Übung der Seele, welche zählt, ohne es zu wissen. Der Künstler darf es nicht wissen und er wäre verloren, wenn er es wüßte. Er wirkt im Unendlichen, und sein Universum beginnt dort, wo die numerische Geltung der Zahl aufhört.«

* *
*

Unser Gesprächskreis vergrößerte sich, die Gewaltigen, die Ultra-Genies waren mit dem Präfekten herangetreten. *Kakordo*, ersichtlich in aufgeräumter Stimmung, pflichtete mir in der Häuptsache bei, vermißte indes bei mir das klare Bekenntnis zum Letzten und Überletzten.

»Sie bewilligen,« sagte er, »der Kunst die Unbegrenztheit, legen aber doch zugleich Ihrem Geschmack Hemmschuhe an; Sie lassen der Zukunft alle Freiheit, allein – reden wir doch ganz ehrlich – Sie sind froh, wenn Sie von ihr möglichst wenig zu sehen und zu hören bekommen! Da fehlt der Schwung der Konsequenz. In welchem Gesetz steht es geschrieben, daß man nicht schon heute in Drittel- und Vierteltönen tondichten darf? Von mir gibt es ein Trio in Sechsteltönen, und wie Kenner versichern – fragen Sie nur herum —«

Spiridon nickte zustimmend: »Mir war die Sache zwar anfänglich etwas schleierhaft, allein ich fand mich doch allmählich hinein, wie viele andere, die den guten Willen mitbrachten, den freudigen Entschluß zum Selbstzwang; und dann begann es in mir wunderartig mitzuklingen; ich kann nur sagen, das Trio ist fabelhaft.«

»Dieser Genuß wird mir versagt bleiben. Und wenn Sie nach dem Gesetz fragen, so nenne ich ganz einfach die Verfassung unseres Ohres, die mit unserem guten oder üblen Willen nicht das Mindeste zu schaffen hat ...«

– Und die es auch bewirkte, daß noch vor zwei Generationen jedes Fortschreiten in parallelen Quinten verpönt war. Heut lacht man schon in allen Konservatorien von Europa über dieses Verbot. Der erste Grieche, der die kleine Terz aufstellte, verstieß gegen die Verfassung des Ohres, wie Terpander, als er dem Ohr zum Trotz die Kithara mit sieben Saiten bespannte, statt mit den verfassungsmäßigen vier Klangfäden. Rousseau, der Philosoph und nebenher erfolgreicher Opernkomponist, dazu Erfinder des Melodrams, erklärte die Melodie allein für Musik, die neuere Harmonie dagegen für eine unnatürliche, barbarische, verfassungswidrige Zutat. Also mit diesem Argument ist es nichts.

»Aber es heult doch, es quietscht katzenhaft, wenn man die Halbtöne spaltet!«

– Die Katze ist ein sehr wichtiger Musikfaktor. Angefangen von Scarlattis berühmter Katze, die über die Klaviertasten hinweglief und damit dem Italiener das Thema zu seiner herrlichen Katzenfuge verschaffte. Noch ungleich bedeutender wird die Katze in Fragen der Intonation und Modulation. In ihrem Gesangsorgan besitzt sie ein Portament, das für unsere eigenen Ausübungen richtunggebend zu werden verspricht.

»Wenn Sie schon an animalische Naturlaute anknüpfen, dann wären doch andere empfehlenswerter: die Kadenzen der Nachtigall, der Wachtelschlag und Kuckucksruf, nach dem Vorbild der Pastoral-Symphonie; oder die Melismen der Goldammer, die dem Beethoven das Hauptthema seiner fünften Symphonie zutrug.«

– Ein Beethoven der Zukunft wird seine Klangmuster nicht von den Bäumen, sondern von den Dächern herholen. Übrigens richtet sich mein Ehrgeiz gar nicht auf diesen Titel, denn wir haben mit Beethoven kaum noch das Substrat gemein. Die Kunst, das was wir Kunst nennen, *muß überhaupt erst erfunden werden*; und das ist ein schweres Geschäft.

– Davon weiß ich ein Liedchen zu singen, bemerkte der Dichter Dadalbra. In der Poesie liegt die Sache mindestens ebenso schwierig. Eine Dichtkunst wird erst anfangen, zu sein, wenn sie von der *Sprache* vollkommen *losgelöst* wird. – Und erst in unserem Fach! rief der Maler-Bildhauer Patzoha. Wieviel Irrwege sind da erst zu verlassen, ehe es gelingt, die Natur zu überwinden. Den europäischen Futuristen schwebte ja ein gewisses Ideal vor, als sie anfingen, den menschlichen Körper aus Mohrrüben, Gurken und Knackwürsten zu formen, aber sie verblieben trotzdem in der nachbildenden Schablone und sie begriffen nicht, daß aus der menschlichen Anatomie nie und nimmer etwas Kunstbrauchbares werden kann, mag man sie noch so sehr korrigieren, läutern und stilisieren. Alles Gegenständliche ist Anekdote, eine Landschaft ebenso, wie eine Historie, wie irgendein dinglicher Komplex, und der Mensch, wie die Natur ihn schuf, ist sogar eine Anekdote ohne Pointe. Bildet man sie nach in Öl, Stein, Holz oder Erz, so verfällt man in die naive Rolle eines Kindes, das seinen Fibelvers aufsagt. Noch schlimmer, man wird Widerkäuer, man kaut reproduktiv nach, was einem die Natur mit den plumpen Mahlzähnen der Schöpfung und der Geschichte vorgekaut hat. Auf diesem Wege ist eine Kunst überhaupt nicht zu erzielen.

»Und wie sonst?«

– Durch Wollungen und Ballungen. Wohl verstanden: das was wir an der Peripherie von Helikonda betreiben, ist noch ganz etwas anderes. Aber um überhaupt aus dem Kunst-Nichts ein Kunst-Etwas herauszuwirken, muß man damit anfangen, Wollungen zu wollen und Ballungen zu ballen. Andernfalls erdrosselt sich die Idee zu einem distanzlosen Phänomenon, während sie sich gerade durch antinomische Propädeutik zum infinitesimalen Noumenon transsubstanzieren soll.«

– Der Dichter zumal muß sich aus dem Sumpf der Logik und der Verständlichkeit herausätherisieren. Jene vordem gerühmte Hippokrene, der klassische Musenquell, hat sich als ein Morast erwiesen, als ein Dreckpfuhl, dem gegenüber alle Pontinischen Sümpfe zusammen wie ein lauterer Tautropfen anmuten. Somit ist der Inhalt der Literaturgeschichte etwa von Pindar bis zum Anbruch der Neuzeit nichts anderes als der Bericht aus einem Malariahospital. Die erste Besserung trat ein, als gewisse Dichter sich entschlossen, anstatt zu dichten, ihre internen Vorgänge durch Rufe, animistische Gedankenstriche, expansive Pausen und Evokationen in die Welt zu projizieren.

»Diese Methode ist mir nicht ganz unbekannt. Alle Tage liest man in Deutschland begeisterte Kritiken über Poeten, die uns als kochend, verkrampft, aus ihrer eigenen Hirnwelt herausspringend vorgestellt werden. Sie haben das Gestalten aufgegeben, um hinauszubrüllen, hinauszuächzen, hinauszudonnern, hinauszustöhnen, hinauszukreischen. Vielen Rezensenten gefällt das, wenigstens tun sie als ob, und sie geben Tips aus für das dichtungssportelnde Stadion. Ein Teil des Publikums geht mit und entflammt sich für diese Poeten mit der nämlichen Bereitwilligkeit, wie für Derbyrenner, Stafettenläufer oder Meisterboxer. Ich persönlich halte dafür, daß es nicht darauf ankommt, wie einer schreit, brüllt, ächzt und kreischt, sondern erheblich mehr darauf, was er zu sagen hat. Ich mache gern mit fremden Gedanken und Empfindungen Bekanntschaft, aber ich hasse es, wenn mir der andere seine Gedärme um die Ohren schlägt. Solchen Wollungen und Ballungen gehe ich in weitem Bogen aus dem Wege.«

– Sie haben dergleichen hier auch nicht zu befürchten, denn wir sind über diese Zwischenstadien längst hinaus. Sie waren wichtig als Etappen auf dem Wege zur Kunst, die wir nunmehr erschaffen, als die einzelnen Signale, die wir selbst errichteten, um die Umwelt auf die einzige große Kunst der Zukunft vorzubereiten.

»Was verstehen Sie unter diesen Signalen? Ich vermute, das sind die »Ismen«, die auch bei uns umgehen, und denen man sich auf Leben und Tod verschreiben muß. Die Sakramente, auf die man sich verpflichtet, und die alle zusammengenommen – wie ich sie beurteile – nur einem höchst komplizierten Götzendienst und Fetischkult dienen. Also sagen Sie: auf welche Ismen muß oder mußte man bei Ihnen schwören? Auf den Im- oder Expressionismus?«

– Vorübergehend auch auf diese. Und es lag in unserer Methode, einen Ismus immer so lange als den einzig gültigen zu verordnen, bis es uns angezeigt erschien, radikal mit ihm zu brechen. Darin offenbarte sich unsere Vielseitigkeit. So schufen wir den Extremismus, den Futurismus, und den Plusquamperfektismus; ferner den Zentrifugismus, den Satanismus, den Vampirismus, den Echolalismus, den Psychapathismus, Delirismus und Paranoiismus.«

– Mit diesen letzten Formen hatten wir schon schwer zu ringen, ergänzte Spiridon; bis wir uns klar machten, daß der Irrsinn selbst von der Geschichte seine sakramentale Weihe empfangen hat. Waren nicht Lenau, Wiertz, Schumann, Courbet, Makart, Manet, Overbeck, Rethel, Stauffer-Bern, Nietzsche irrsinnig in der psychiatrischen Bedeutung des Wortes? Gehört nicht Dostojewski, der Epileptiker, in diese Reihe? Erzählen uns nicht die Biographen, daß van Gogh sich ein Ohr abschnitt, um es einem Bordellmädchen zu schenken? Sonach Hut ab vor den Deliristen!

»Diese Reverenz mache ich mit, Herr Präfekt, soweit sie den Persönlichkeiten gilt. Und ich komme Ihnen sogar noch weiter entgegen: in jedem Ismus, als Prinzip, steckt etwas Paranoia. Das Reich der Kunst und das der Ismen sind völlig getrennte Welten, und wer in der einen die andere vermutet, der begibt sich in eine ästhetisierende Faselei. Die Kunst an sich ist richtungslos...«

– Das heißt, sie wartet auf die Kräfte, die ihr die Richtung geben. So war es eine große Tat unseres Meisters Patzoha, als er sie mit der Richtung des Sphäro-Kubismus beschenkte. Sie war um so bedeutender, als es sphärische Würfel in der Natur gar nicht gibt. Er aber ging weiter und erfand die Richtung des zylindrischen Prismatismus. Nebenbei erweiterte er die Maltechnik, indem er eine ideale Landschaft formte, in der er sämtliche Objekte aus wirklichen Hosenknöpfen auf die Leinwand nähte und nagelte. Das Gemälde befindet sich im Ehrensaal des Museums.

»Wir werden nicht verfehlen, dieses Werk in Augenschein zu nehmen.«

– Davon möchte ich Ihnen eigentlich abraten, sagte der Urheber, denn es ist schon wieder veraltet. Auf dem Bild kommt die Sonne vor, freilich fünfeckig, aber auch in dieser Figur entspricht sie nicht mehr meinem heutigen Empfinden, denn die Sonne ist eine Anekdote. Außerdem wurde meine Methode durch Nachahmung allzusehr vulgarisiert. Einer meiner Schüler lieferte eine Quellnymphe aus natürlichen Fischgräten ins Museum, ein anderer komponierte aus Schuhabsätzen, Zahnstochern und Zigarrenstummeln eine Nackttänzerin ohne Unterleib. Sehr talentvoll übrigens, als Erhöhung der Flächenmalerei zur Raumkunst. Aber die ganze Richtung ist, wie gesagt, schon wieder überholt.

– Und dies ist auch der Grund, weshalb wir noch zögern, Sie mit den letztjährigen Erzeugnissen bekannt zu machen, die doch schon wieder der Vorzeit angehören. Noch vor einem Jahre wäre es mir ein Vergnügen gewesen, Ihnen meine logarithmische Symphonie vorzuführen oder mein Streich-Sextett über das Kraftparallelogramm. Beide Kompositionen sind preisgekrönt, und dennoch, ich erkenne sie aus dem Gesichtswinkel dieser Stunde als unzureichend.

»Seien Sie nicht allzu bescheiden!« monierte der Präfekt. »Die Sachen waren vorzüglich, und unsere Kritiker rühmen sie noch heute, wenn sie auch andeuten, daß auf den Bildern der Rhythmus und in den Tonwerken das Ultraviolette fehlte.«

Dadalbra erläuterte: Das sind Worte einer futuristischen Kritik, Ausdrücke, die ich früher einmal geprägt habe, um der Sprache ein bißchen Prägnanz zu verleihen. Ich gelangte dazu bei der Betrachtung meiner eigenen Poesien, als ich entdeckte, daß Theaterstücke etwas Ovales haben müssen...

»Wie ist das zu verstehen?«

– Sie müssen es nachfühlen. Eine Szene ohne elliptischen Kontrapunkt besitzt keine Entelechie. Nehmen Sie dies als gedanklichen Ausgangspunkt, so erfließen die kritischen Folgerungen von selbst. Der Wert eines Gemäldes hängt von seiner Parallaxe ab, bei einer Skulptur kommt es auf die polarische Dominante an, und ein Konzertstück wird man nur dann richtig beurteilen, wenn man es von seiner konkaven Seite auffaßt. Allen Künstlern gemeinsam ist schließlich das negativ subsumierte Konzentrat, oder noch besser gesagt, die Spirale der paramagnetischen Ubiquität. Das mag Ihnen vielleicht etwas fremdartig erscheinen...

»Doch nicht so ganz, Herr Dadalbra; mir ist es sogar, als hörte ich Heimatsklänge; Ihre Ausführungen berühren mich wie der Vorklang der kritischen Stimmen, die wir demnächst in Deutschland zu erwarten haben. Und ich erkenne auch ohne weiteres: das überlieferte Vokabular kann nicht ausreichen, wenn sich erst wirklich eine Notwendigkeit ergibt, die Halbtöne zu spalten.«

– Gut, daß Sie auf diesen Hauptpunkt zurückkommen. So lange man überhaupt noch in irgendwelchen Ton-Intervallen komponiert, liegt die Musik in Regeln und Fesseln; ist sie an die Erde geschmiedet, während sie in ihrer Göttlichkeit sich danach sehnt, der Linie des Regenbogens zu folgen.

»Wunderschön gesagt. Nur gestatte ich mir den Einwand: die Linie des Regenbogens bietet keine Loslösung von der Regel; im Gegenteil; schwingt sich die Tonkunst wirklich wie der Regenbogen, so trotzt sie jeder Willkür und vollzieht im höchsten Grade das kosmische Gesetz!«

– Es war doch nur ein bildlicher Vergleich, der das Unsubstantielle der Kunst bezeichnen sollte. Aber jedes Intervall ist ein Rest von Substanz. Es handelt sich nicht mehr darum, mit Sechstel- oder Zehnteltönen zu operieren, sondern den Ton überhaupt infinitesimal aufzulösen. Erst das Unendlichkleine in der Stufung wird das Unendlichgroße der Kunst herbeiführen. Denn dann werden die Permutationen wahrhaft unendlich, und der mathematische Ästhetiker verliert das Spiel definitiv. Trillionen von Melodien und Harmonien, die jetzt noch uneingefangen in der Luft hängen, steigen zu uns herab, sobald wir nur noch eine Tonart mit unendlich vielen und unendlich benachbarten Tönen anerkennen.

»Und was machen Sie mit den Instrumenten, die doch bestimmte Töne liefern von bestimmtem Charakter, mit bestimmten Obertönen und Klangfarben? Von denen jedes in seiner eigenen Technik lebt, in seiner eigenen Sprechweise und Gestaltungsmöglichkeit?«

–Sehr einfach: Ich schaffe sie sämtlich ab. In der freifließenden Komposition sind Geigen, Klaviere, Orgeln, Flöten, Klarinetten und wie sie alle heißen, nicht mehr zu brauchen. Statt ihrer haben wir jetzt einen transzendentalen Tonerzeuger, der sich freimacht vom Primadonnentum der Geige, von der Arroganz der Trompete, von der Schmachtlappigkeit des Cello, von all dem Gekräh, Gekrächz, Gebrumm, Geschmetter bornierter, koketter urid rüpelhafter Orchesterinstrumente.

Darauf hatte ich gewartet. Denn mir kamen hier gewisse höchst geistreiche Anregungen hervorragender europäischer Meister in Erinnerung. Sollte ihre dämmernde Ahnung auf Helikonda Erfüllung finden?

Die Herren wechselten Blicke und gaben Zeichen, ihnen zu folgen. Wir gelangten von den Wohnräumen in einen Saal, dessen Querwand von einem ungeheuren Apparat mir unbekannter Konstruktion ausgefüllt wurde. Ein Mittelding zwischen Orgel und Dynamomaschine. Telephon-Diaphragmen vermittelten zwischen Luft und elektrischen Strömen, die nicht nur das Intervallproblem lösten, sondern durch beliebige Mischung der Obertöne alle jemals denkbaren Klangkolorite hervorzauberten. Die Maschine wurde von einer Klaviatur aus bedient, deren Einzeltasten je nach dem Fingerdruck das ganze Kontinuum der Schallschwingungen mit Einschluß aller Irrationalzahlen durchliefen. Wenn zum Beispiel das eingestrichene A ursprünglich auf 435 Schwingungen eingestellt ist, so braucht sich nur der Anschlagsdruck unmerklich verändern, um es nach beliebigen Dezimalen zu erhöhen oder zu vertiefen. Kakordo setzte sich an das Manual und spielte eine Phantasie über das Thema »Abracadabra«, worin alle Klangstärken vom zartesten Gesäusel bis zum betäubenden Gewitter vorkamen. Mit dem, was Unsereinem als Musik gegenwärtig ist, hatte sie so wenig zu schaffen, wie der Wind, wenn er durch den Kamin fährt oder um die Straßenecke pfeift. Allein wir unterdrückten unser Votum, bis auf Donath, der sich als Gast verpflichtet fühlte und »Bravo Dacapo!« rief. Zum Glück blieb es bei der einmaligen Spende, denn jede Vorführung auf dem Transzendental-Tonerzeuger ist ein Unikum, nicht in Notation festzuhalten und niemals wiederholbar. Spiridon strahlte und gab zu verstehen, daß der Meister sich soeben selbst übertroffen habe.

»Wenn das durchdringt,« sagte ich, »werden Ihre Kapellmeister wenig zu tun haben.«

–An denen liegt nicht viel. Wir rechnen die Orchesterdirigenten schon heute zu den Leichtathleten mit einem Anflug von Komik. Ihre Bewegungen am Dirigentenpult sind illustrative, nicht ernst zu nehmende Turnübungen. Der eine sticht mit dem Taktstock wie mit einer Nadel in die Violinpassagen, der andere angelt mit ihm einen imaginären Fisch aus der Kapelle, der dritte produziert sich mit Verrenkungen als Schlangenmensch. Unser Dynamophon macht diesen Clownerien ein Ende.

* *
*

In einem reizenden, von bunten Strahlkörpern erhellten Gartenpavillon wurde der Tee eingenommen. Zur Vergnügung der Gesellschaft hatte unser Wirt mehrere Tänzerpaare bestellt. So konnten wir auch etliche Blüten der Tanzkunst erhaschen, ohne unsere Auffassungskraft besonders zu strapazieren. Denn zu den Tänzen gab es keine elektrische Tonkunst, sondern die Begleitung eines richtigen kleinen Orchesters. Es sah nicht viel anders aus, als in einer großstädtischen Diele.

Jeder Nummer lag sozusagen eine zoologische Idee zu Grunde; wie ja auch bei uns der Fuchs und der Grislybär die wertvollsten choreographischen Grundmotive gegeben haben. Die Kunst-Insel hat sich natürlich von diesem viel zu engen Schema emanzipiert und den Umkreis der Tiermotive wesentlich erweitert. Sehr sinnig imitierten hier die gleitenden und hüpfenden Darsteller eine Mannigfaltigkeit aus allen Gebieten der behaarten, geschwänzten und gefiederten Welt: den epileptischen Kranich, den elegisch vibrierenden Moschusochsen, den wirbelnden Polypen, und eine durch Selbststich zum Tanzorgiasmus erregte Tarantelspinne. Die Beziehung des Tanzes zur Begleitmusik bestimmt sich dadurch, daß die Taktarten konträr gegeneinanderlaufen. Daß der Tanz als eine Darstellung seelischer Zustände, durch Menschenbewegung verkörpert, eine gewisse lyrische Übereinstimmung mit dem Klangrhythmus bedingt, ist durch die Ästhetiker der Insel längst und auf immer widerlegt.

Zu später Stunde trennten wir uns von der gastlichen Stätte. Die drei Gewaltigen begleiteten uns, und Kakordo beantragte ein kleines gemütliches Stündchen bei einem Glase Wein in seiner Behausung. Meine Gefährten waren zu erschöpft, um dieser Einladung zu willfahren, ich allein entschloß mich zu dem weiten Weg an die Stadtgrenze. Unterwegs eröffneten mir die Ultragenialen, daß sie seit drei Monaten dabei wären, die definitive Neukunst zu erfinden, gegen die alles frühere zum Range von Gestammel und Geklexe herabsinken sollte. Die gesamte Intelligenz der Insel fiebre schon dieser erlösenden Tat entgegen; der Vereinigung aller Künste zu einer einzigen, als deren Träger und Empfänger nicht Auge noch Ohr in Betracht komme, sondern die Nase.

Daß die Sinne selbst diese Vereinigung verlangen, sagte Dadalbra, das steht außer allem Zweifel; sogar vom Tast- und Geschmackssinn läßt sich das behaupten. Man kann ein und dieselbe Sonate in gelb, rosa oder grün spielen. Für meine Empfindung tragen Sie, mein Herr, eine Krawatte in D-dur und die amerikanische Dame, die wir eben verließen, trägt einen Hut in As-moll. Ich subjektiv empfinde einen Septimenakkord als viereckig und eine diatonische Skala als sauer. In einem meiner Dramen kommt ein Held vor, der immer ein salziges Echo in der Pupille hat, und der sich mit einer spitzigen Fuge ersticht. Jeder Klarinetttriller riecht nach roten Nelken und jede Triole nach Moschus. Vertieft man sich in diese Phänomene, so erkennt man, daß sämtliche Sinne nur Ausstrahlungen eines einzigen sind, und dieser einzige sitzt in der Nase.

»Warum denn grade dort? Auge und Ohr sind doch für uns wesentlicher?«

– Es geht nicht nach der physiologischen Wichtigkeit, sondern nach der transzendentalen Bedeutung. Diese sublimiert sich in der Nase zu einer Höhe, hinter der alle andern Sinne weltenfern zurückbleiben. Wir stehen hier durchaus auf dem wissenschaftlichen Boden der Forschungen von Spallanzani, Ribot und Lubbock. Dementsprechend schaffen wir die Nasenkunst durch die »odorische Symphonie«, welche die Dichtung, Musik und Bildnerei überflüssig machen wird.

»Aber, um Himmelswillen, durch welche Instrumente wollen Sie denn das bewirken?«

– Durch gar keine Instrumente. Nur durch trajektorische Willensakte, die vom Genie ausgehen und die Nasennerven suggestiv bearbeiten. Dann werden sich im Empfangsapparat des Geruchmenschen Schwingungen entwickeln, die ihm das wirkliche Wesen aller kombinierten Künste offenbaren.

Ich verstummte und verharrte in meinem Schweigen, als wir uns schon im Salon des Tonkünstlers zu nächtlicher Runde niedergelassen hatten. Vor uns standen die gefüllten Kelche. Plötzlich löste sich mir die Zunge in spontanem Durchbruch: »Na prost, meine Herrschaften, es lebe der Schwindel! Den habe ich heute in seinem genialen Maximum erfahren, und für dieses Erlebnis bin ich Ihnen dankbar.«

Die Ultras wechselten seltsame Blicke. Ich wartete auf Bescheid. Unser Amphitryo sagte zögernd: »Sie sind recht unhöflich.«

»Sagen Sie lieber: sehr aufrichtig. Und in meiner Aufrichtigkeit steckt ein größeres Lob, als in allen Hymnen, die Sie umrauschen. Sie sind für mich die größten Meister, denen ich je begegnet bin; Meister der Neukunst, über alle Widerstände des überlieferten Kunstverstandes zu triumphieren. Meinen eigenen nehme ich aus. Der ist nämlich auch eines trajektorischen Willensaktes fähig, und er verlangt von Ihnen: Vergelten Sie Gleiches mit Gleichem. Ehrlichkeit gegen Ehrlichkeit! Sie haben sich über so viele Peripherien hinweggesetzt, überspringen Sie noch die letzte, die Ihr vorgespiegeltes Jenseits von meinem bescheidenen Diesseits trennt – dann wollen wir uns die Hände reichen.«

Kakordo biß sich auf die Lippen: »Wie lange gedenken Sie noch in Helikonda zu bleiben?«

»Das hängt von Ihrem Bescheid ab. Oder wollen Sie mir Bedingungen stellen? Ich akzeptiere jede, die Sie ohne Vorbehalt aussprechen. Keine Hintergedanken – das ist meine Bedingung.«

– Gut. Sie werden morgen mit dem Frühesten die Anker lichten. Und Sie geloben mir bei dem Höchsten, was Sie in der Kunst kennen, bei Gott, Goethe und Beethoven, daß Sie keinem unserer Volksgenossen von dem, was wir Ihnen eröffnen werden, eine Mitteilung machen.«

»Mein Wort darauf. Ihre Eröffnung verrät sich danach von selbst. Sie werden mir anvertrauen, daß Sie nicht eine Silbe von dem Hokuspokus glauben, den Sie der Insel vormachen.«

– Er ist ein Mittel im Kampf ums Dasein; eine Leiter zum Aufstieg; und die Hauptsache: In den Anfangsstadien glaubt man selber an ihn. Man gerät in den Bann der Halluzinationen, und verfängt sich in Wahngebilden, deren Betörung auf den Urheber zurückwirkt. Später gerät man an einen merkwürdigen Punkt, wo Erkenntnis, Ironie und Verachtung zusammenfließen. Man probiert, wie weit man im Kunstgebiet mit dem Bluff gehen kann, und man findet keine Grenze. Folgt erst einer, dann ergeht es dem ganzen Troß wie den Hammeln des Panurg; besonders wenn ein so tüchtiger Oberhammel vorhanden ist wie unser Präfekt Spiridon. Für den Veranstalter der Charlatanerie liegt eine psychologische Wollust in dem sicheren Vorgefühl: er darf alles wagen, alles bieten, noch so dick aufstreichen – die Leute kriechen auf die Leimrute. Es ist wie eine Lotterie ohne

Nieten. Man setzt auf die Verblendung der Betölpelten und kommt immer mit Gewinn heraus. Jede Exaltation wird die Mutter einer Horde von Gaukeleien. Ja, wir haben die ganze Insel unter Bluff gesetzt, und in den nächsten Wochen werden sich alle an unserer Odorischen Symphonie berauschen, die gar nicht existiert und niemals existieren kann. Wo die Möglichkeit des Erzeugers aufhört, fängt die Phantasie der Genießer an.«

»Es wird Ihnen aber schwer fallen, danach noch einen neuen Ismus aufzubringen.«

– Gar nicht schwer. Aus jeder Vokabel im Lexikon läßt sich ein Ismus destillieren, der besorgt dann allein seine Propaganda. Und schließlich, warum soll man der Gemeinde ihre Illusionen rauben? Sie würde unglücklich sein, wenn sie erführe, daß es in Wahrheit nur zwei Ismen gibt: den Talentismus und den Stupidismus! Jeder bezeichnet die ewige Richtung, und ihr wollen wir noch eine kleine Huldigung bringen, bevor wir auseinandergehen.«

Er holte drei Pulte herbei und die Extremisten griffen nach den alten Instrumenten. Erste Überraschung: richtige Streichwerkzeuge waren im Hause des Ultra vorhanden, und richtige Notenblätter aus der überwundenen Epoche. Zweite Überraschung: auch der Maler und der Dichter verstanden sich auf die tönende Kunstübung, und ich erfuhr, daß sich die drei Verwegenen hier allwöchentlich bei tiefer Nacht zusammenfanden, um heimlich Kammermusik zu machen.

Und nach wenigen Sekunden intonierten sie Mozarts Streichtrio in Es-dur vom Jahre 1788. Alle sechs Sätze wurden gespielt, und in blühenden Figuren stiegen sie auf, aus einfachen Motiven mit seraphischer Kunst entwickelt. Wie seltsam, daß solcher Zauber aufzukeimen vermochte, in den antiquierten Ganz- und Halbtönen, ohne elektrischen Transzendentaltonerzeuger, ohne Dynamobetrieb, bloß aus einigen mit Schafsdärmen bespannten Holzbrettchen!

Ich träumte mich in die Rückertsche Gestalt hinein, in den ewig jungen Chidher: »und aber nach fünfhundert Jahren will ich desselbigen Weges fahren«. Unausdenkbar, welche Futurismen dann auf der Kunstinsel Helikonda umgehen werden. Aber vielleicht werden auch dann noch in einer verlorenen Ecke des Eilandes solche Töne der Vorwelt auferstehen, um in gänzlich zurückgebliebene Ohren ein Glücksgefühl zu träufeln.

Die Zwischen-Inseln

Bei den Zweiflern. – Die Relativisten und die Als Ob-Leute. –
Insula complicatoria. – Die Epikureische Insel. – Die Pramiten.
– Die Insel des Einsamen.

Unser jeweiliger Aufenthalt auf den einzelnen Inseln war
nicht so kurz, als es nach dieser Darstellung manchem Leser scheinen möchte. Ich habe mich da eines Verfahrens bedient, das auch der Lehrfilm anwendet, wenn etwa das
Wachstum einer Pflanze in Zeitverkürzung veranschaulicht
wird. Gerade durch Überschlagung der zwischenzeitlichen
Glieder soll die Deutlichkeit des Vorgangs gesteigert werden. Sonach verlief unsere Fahrt, chronologisch genommen
doch erheblich gedehnter, als dieser Bericht verrät, und
mancherlei Einzelheiten, die hier als im Minutenmaß ausgeführt wurden, haben in Wirklichkeit Stunden und Tage beansprucht. Und hieraus erklärt es sich auch, daß eine auf's
Praktische gestellte Natur wie unser Amerikaner allmählich
gewisse Zeichen von Ungeduld aufsteckte. Er wäre nun
schon so lange unterwegs, das Entdeckungsprogramm sei
doch im Großen und Ganzen schon vollzogen, und er verspüre Heimweh nach seinen heimischen Geschäften; und
wenn er sich auch nicht als Despoten der Expedition auf-
spielen wolle, so wünsche er doch bald ein Limitum.

Das mußten wir ihm schon bewilligen, und zwar derart, daß
wir eine bestimmte Gruppe als die letzten festlegten, auf der
wir Aufenthalt nehmen wollten. Ich hatte in meinem Nostradamus eine Stelle gefunden, die lose auf sie anzuspielen
schien, und dieser dunkle Hinweis wurde durch gewisse
Mitteilungen ergänzt, die uns unterwegs gerüchtweise ange-
flogen waren. Ich entsann mich einer gelegentlichen Äußerung Forsankars, der von »*Inseln Ethischer Kultur*« gesprochen hatte; und durch weiteres Kombinieren mit Hinzuzie-
hung unserer Lagekarte ließ sich deren Position auch mit einer gewissen Wahrscheinlichkeit im Süden der Tuskarora-

-Fläche nautisch bestimmen.

Dahin hielten wir also den Kurs, mit dem Versprechen, etwaige kleinere Inseln, an denen wir nunmehr vorbeikämen, nur ganz flüchtig zu berühren. Es sollte uns genügen, wenn wir von diesen Objekten nur soviel erhaschten, als nötig war, um das Gesamtbild der Entdeckung abzurunden. Dementsprechend wird hier auch der Bericht eine abermalige Zusammendrängung erfahren. Nur die äußersten, eindringlichsten Momente will ich herausstellen, mit dem Vorbehalt, den Finalsatz der Expedition auf den Inseln der Ethischen Kultur wiederum etwas breiter auszumalen. –

Die nächste Insel, die wir anliefen, *Dubiaxo*, liegt klimatisch wie geistig in einer Atmosphäre des Nebels. Ich möchte sie die »*Insel der Zweifler*« nennen, nach dem Hauptprinzip, das auf ihr Geltung gewonnen hat. Die Bewohner haben sich – wie schon manche Philosophen seit Pyrrho – in den Gedanken versponnen, daß der Mensch überhaupt in keinem Betracht zu einer halbwegs sicheren Einsicht gelangen könne. Die Natur, so meinen sie, und besonders unsere Organe und Verstandesapparate befinden sich in einem unaufhörlichen Wechselspiel des Täuschens und Getäuschtwerdens, alles was uns als Denkprozeß, als Empfindungsvorgang, als Erlebnis erscheint, ist nur Halluzination. Und aus diesem Prinzip ziehen sie logisch ziemlich einwandfrei die Folgerung, daß es im Grunde recht gleichgültig wäre, was der Mensch beginne, wie er plane, arbeite, sein Leben gestalte, da er ja nie wissen könne, ob er überhaupt ein Leben absolviere.

Es verlohnt sich nicht, ihnen mit Beweisen beizukommen, denn sie halten ihre Argumente für unüberwindlich, und so phlegmatisch sie auch diese Argumente vortragen, so merkt man doch, daß es ganz unmöglich ist, sie zu entwurzeln. Freilich könnte man ihnen zurufen: wenn ihr schon ganz waschechte Skeptiker sein wollt, so bezweifelt doch auch euren Zweifel! Wo nichts Denkbares gilt, kann doch auch euer Argument der absoluten Ungültigkeit nichts gelten!

Sie haben dagegen nur ein trübes Lächeln. Diesen Fehlerzirkel des Denkens, so murmeln sie, haben wir in uns selbst schon tausendmal abgehaspelt. Schließlich muß man an irgendeinem Punkte dieses Zirkels haltmachen, sonst bliebe man ganz ohne Prinzip, und an irgendein Prinzip muß man sich doch klammern. Das ist ein Zwang, dem wir nicht ausweichen können, also sind wir Skeptiker und leben skeptisch.

»Also ihr gebt wenigstens zu, daß ihr lebt. Das ist schon ein Zugeständnis.«

– Wenn euch an diesem Scheingeständnis etwas liegt, so soll es uns scheinbar freuen, in dem Zustand, der uns augenblicklich wie eine reale Existenz vorkommt. Ob dieses wirklich der Fall ist, das läßt sich niemals ermitteln, denn zwischen Wachen und Träumen ist ein zuverlässiges Kriterium niemals auffindbar. Sie, Herr, sind fest überzeugt, daß Sie sich auf einer Expedition befinden, und daß Sie soeben die seltsame Insel der Zweifler entdeckt haben. Hätten Sie sich aus ihrer Heimat nie herausgerührt und die ganze Fahrt nur geträumt, so wären Sie davon genau ebenso überzeugt, so lange der Traum anhält.

»Aber das Moment des Erwachens gibt die wirkliche Sicherheit. Ich habe in der verflossenen Nacht geträumt, ich befände mich in Berlin. Als ich aufwachte, erkannte ich meinen Irrtum mit absoluter Helligkeit. Das Schiff, meine Gefährten, unsere Matrosen, der Ozean und der Anblick ihrer Insel gab mir im Augenblick die volle Evidenz des wahren Erlebens.«

– Nur die subjektive Evidenz, die auch alle Täuschungen begleitet. Sie können in der nächsten Minute abermals aufwachen und eine ganz neue, völlig ungeahnte Evidenz erleben. Sie können sich dann auf einem fernen Stern der

Milchstraße vorfinden, oder in der Arche Noahs, oder in einem außermenschlichen Zustand Ihrer Körperlichkeit. Niemals gelangen Sie an eine objektive Instanz. Der Stuhl des entscheidenden Richters ist unbesetzt, und Ihre eigene Persönlichkeit zerfällt immer in zwei Parteien, von denen nur die eine gegenwärtig ist, während die Gründe der abwesenden gar nicht gehört werden. Sobald Sie aufwachen oder einschlafen, tritt das Gegenspiel ein: die andere Partei deklamiert, und die erste ist verschwunden. Es wird also immer nur in die Luft hineinplädiert, ohne daß die leiseste Möglichkeit vorhanden wäre, ein Urteil zu erzielen.

»Schließlich bleibt immer noch die Sicherheit des Gefühls. Man kneift sich mit aller Gewalt in den Arm, man spürt den Schmerz und daran erkennt man, daß der Traum aufgehört hat.«

– Und darauf wollen Sie sich verlassen? Das ist, mit Verlaub zu sagen, kindisch und einfältig. Alle Sinne führen irre, und das Gefühl mindestens so stark, wie Auge und Ohr. Nehmen Sie eine Flocke von fester Kohlensäure. Sie ist so eisig kalt, daß Quecksilber darauf im Augenblick gefriert. Aber wenn Sie sie mit dem Finger berühren, erklären Sie sie für kochend heiß, und der Schmerz objektiviert sich in einer Brandblase. Wenn einem das ganze Bein abgenommen ist, spürt man immer noch die Hühneraugen am nicht vorhandenen Fuß; der Verstümmelte weiß, und das Auge bestätigt, daß das Glied fehlt, sein Gefühl behauptet trotzdem das Gegenteil. Von den übrigen zahllosen Sinnestäuschungen ganz zu schweigen. Selbst der gelehrteste Mensch steht den Erscheinungen gegenüber, wie das Kind, das nach dem Mond greift. Ja, der ganze Inhalt Ihrer europäischen Wissenschaft ist doch gar nichts anderes als der fortgesetzte und auf ewig unerfüllbare Versuch, den Menschen aus diesen Täuschungen herauszuwickeln, wobei immer nur ein alter Sinnentrug durch zehn neue ersetzt wird. Wir auf der Insel Dubiaxo verfahren nur konsequent, indem wir ein für allemal den Zweifel als den alleinigen Souverän des Denkens erklären.

»Und wie verhalten Sie sich, wenn einmal alle Sinne *aller* Beteiligten über eine Tatsache *genau dasselbe* melden? Da haben Sie doch eine unumstößliche Kontrolle?«

– Nicht im Geringsten. Denn das, was Sie eben sagen, kommt überhaupt *niemals* vor. Die Sinne widersprechen einander schnurstraks und dauernd, im Größten wie im Kleinsten. Ich sehe Sie, mein Herr, was heißt das? Es ist die Umschreibung dafür, daß ich von Ihnen ein winzig kleines Bildchen auf der Netzfläche meines Auges habe. Und dieses Miniaturbildchen steht verkehrt, mit dem Kopf nach unten. Schon haben Sie den Krieg zwischen Gesicht und Gefühl, denn der Tastsinn bebehauptet ganz etwas anderes. Er führt das Auge ad absurdum, er will mit festen Maßstäben messen und verfällt nun seinerseits ins Absurde, denn um aus den Maßstäben etwas zu erfahren, müssen wir wieder das Auge heranholen, dessen verschrumpfendes Zeugnis wir soeben verworfen haben. Also unlöslicher Wirrwarr schon im ersten Anlauf aller Betrachtung.

»Aus dem die Physik und Mathematik den Ausweg zu finden hat.«

– Schöne Auswege haben wir da erlebt. Die Physik soll eine mathematische Angelegenheit sein. Ei, wie pompös! Sie hat sich mit mathematischer Unfehlbarkeit aufgedonnert, um schließlich herauszubekommen, daß für jeden Punkt im Universum eine andere Geometrie gilt. Wo aber unendlich viele Herren mit unendlich verschiedenen Verordnungen Gewalt haben, da regiert selbstverständlich gar keiner, das besagt: die Geometrie ist ein Phantom, sie existiert überhaupt nicht als reale Brauchbarkeit. Selbst die Exakten geben heut zu, daß die mechanisch-mathematische Weltanschauung in allen Fugen kracht und nahe daran ist, sich in einen Trümmerhaufen zu verwandeln. Und nun gar in aller Psychologie, in der Erkenntniskritik, wo sie Wunder versprach, was hat die Mathematik geleistet? Ein einziges fadenscheiniges Gesetzelchen, einen papierenen Paragraphen, eine Lächerlichkeit! Nun ist aber – nach Ihrem Kant – in jeder Lehre so viel Wissenschaft enthalten, als Mathematik darin anzutreffen. Und da in allen Geisteslehren nicht eine Spur von zuverlässiger Mathematik steckt, so gibt es gar keine Geisteswissenschaft, und nichts bleibt übrig als die absolute Skepsis an allem, was gedacht wird. Der mathematische Siegesrausch ist verflogen und hat sich in einen kontramathematischen Katzenjammer verwandelt ...

»Sie wollen sagen, die Menschheit hat ein paar Jahrtausende lang regulär mathematisch geträumt und findet sich beim Erwachen in einer irregulären, unmathematisch konstruierten Welt?«

– Beim Erwachen? Wieso denn? Auch davon wissen wir ja nichts. Es ist vielleicht nur eine andere Traumphase, die Ihnen jetzt, wo Sie sich in unseren Verdacht einzufühlen anfangen, als Wachzustand erscheint.

»Ihnen aber ebenfalls. Sie sind augenblicklich davon überzeugt, daß Sie mir etwas erklären. Was haben Sie zuvor getan und was werden Sie nach unserer Abreise tun?«

–Ich habe, ein Amt, das heißt, ich bin in der Illusion befangen, ein Amt zu verwalten. Äußerlich betrachtet leben wir ja, und Ihnen selbst mag die Wirtschaft auf dieser Insel nicht sehr viel anders vorkommen, als Ihre eigenen imaginierten Lebensformen. Also was mein Amt betrifft, so bin ich hier »Skeptophylax«.

»Das würde ungefähr dem »Nomophylax« der alten griechischen Freistaaten entsprechen, also dem Gesetzeshüter, der obrigkeitlich über die Beobachtung der Normen zu wachen hat.«

– Daher der Name. Ich sorge dafür, daß das Prinzip des Landes, die Skepsis, der Verdacht, der Argwohn, durchweg aufrecht erhalten wird; angefangen von den Schulen, deren Lehrplan mir unterstellt ist. Die Knaben, Jünglinge, Mädchen und Jungfrauen lernen ihre Fächer, erhalten ihren Unterricht in Sprache, Rechnen, Geographie, Geschichte, und so weiter, wie vermutlich auch anderswo. Nur daß der Lehrer in jeder Lektion ihnen unablässig das größte Mißtrauen gegen den Lehrgegenstand einträufelt. Sie erfahren zum Beispiel, daß die Erde sich um die Sonne dreht, vorausgesetzt, daß man provisorisch die Existenz einer Erde und einer Sonne annehmen will. Der Lehrer erläutert dazu, daß auch die gegenteilige Behauptung – Drehung der Sonne um die Erde – ihre Berechtigung hat. Ich selbst kontrolliere oft den Unterricht und verschärfe die Zweifel: es wäre sehr wohl möglich, daß überhaupt gar keine Drehung stattfände und daß alles stillstünde...

»Herr Skeptophylax, das geht zu weit. Sie übertreiben die Skepsis. Gewisse Dinge bleiben doch dem Verstand erkennbar.«

– Nicht ein einziges. Muß ich Sie an Ihre eigenen Berühmtheiten erinnern? Parmenides hat jede Bewegung geleugnet. Wir folgern das nur weiter aus und halten darauf, daß in den jungen Seelen der Zweifel aufsteigt; auch an der Sonne und an deren Helligkeit. Anaxagoras lehrte, daß der Schnee schwarz sei. Wir tragen das den jungen Leuten vor mit dem skeptischen Anhang »vielleicht«. Wir können es nicht wissen. Möglicherweise ist der Schnee schwarz und die Sonne dunkel.

»Bei dieser Erziehung wird es Ihnen schwer fallen, irgendwelche Definitionen aufzustellen.«

– Brauchen wir auch nicht. Es gibt keine Definitionen, sondern nur Infinitionen. Sie unterscheiden zum Beispiel mit anmaßender Sicherheit zoologische Arten. Die Natur weiß hiervon nichts, und wenn der Mensch Unterscheidungsstriche einträgt, so betrügt er sich selbst. In der Südsee gibt es Inseln, deren Bewohner vor anderthalb Jahrhunderten nur Vögel und Fische kannten. Danach also hatten sie ihre Definitionen. Als fremde Fahrer zum erstenmal Ziegen heranbrachten, erklärten die Insulaner: das sind bestimmt keine Fische; folglich müssen die Ziegen zu den Vögeln gerechnet werden. Einfältige Leute? Aber genau so einfältig verfahren Sie, wenn Sie irgendwelche Abgrenzung für möglich halten. Dem Skeptiker fließt alles ineinander, die Arten, die Individuen, die Erscheinungen, das Ich und das Nicht-Ich.

»Damit sind Sie ja nahe beim Solipsismus?«

– Nahe? Nein. Wir sind längst darüber hinaus. Der Solipsist glaubt nur an sein Innenbewußtsein und hält es für unmöglich, von diesem auf die Dinge und auf andere Menschen zu schließen. Wir glauben auch nicht an das Innen-Ich. Was da innen vorgeht, und was ihr andern nach Verstand, Instinkt, Vernunft, Empfindung, Wort, Begriff und griechisch nach Nous, Dianoia, Logos, Idea auseinanderlegt, das schwebt für uns in einem gestaltlosen Nebelchaos, und wir geben uns gar keine Mühe, da irgendwelche Sichtung zu veranstalten. Und dieser Verzicht ist die beste Vorschulung für das Weitere, für den jungen Menschen, der mit Zweifel gesättigt aus der Schule ins Leben tritt. Ich muß mich schon so ausdrücken, in der Ihnen geläufigen Redeweise, da wir uns sonst ganz und gar nicht verständigen könnten. Also er handelt sozusagen, er arbeitet, schafft sich eine Existenz und pflanzt sich fort. Aber der anerzogene Denk- und Willensverzicht bleibt ihm treu. Er quält sich nicht damit, weite Pläne zu bauen, lange Veranstaltungen zu treffen und sich in einer Welt der Zwecklosigkeiten auf umständliche Ermittelung des Zweckhaften einzulassen. Ihm genügt das Nächstliegende, zumal auch in diesem die Tat beständig von der Täuschung begleitet wird. Ein Beispiel: Wir hatten vor zwei Jahren ein Schadenfeuer in einem Gäßchen der

Stadt. Was tut man in einem solchen Fall? Man löscht mit Wasser, weil man eben von der alten eingewurzelten Übung nicht los kann. Aber die Skepsis meldet sich auch hier mit der Frage: hat dieses Löschen einen Sinn? Wäre es nicht vielleicht zweckhafter, mit Spiritus, mit Öl oder mit Sauerstoff zu spritzen?

»Es ist anzunehmen, daß Sie diesem törichten Zweifel kein Gehör gaben, sondern bei der stets bewährten Wassermethode verblieben.«

– Ja, das taten wir aus alter Gewohnheit, Aber eines der abgelöschten Häuser war, wie sich später herausstellte, ein Seuchenherd. Die Pestilenz griff um sich, und in der Stadt starb der vierte Teil der Einwohnerschaft. Hätten wir damals mit Spiritus gespritzt, so verbrannte das Seuchenhaus mit allen Infektionskeimen in wenigen Minuten, und das wäre sehr viel zweckvoller gewesen. Da sind wir wieder bei den Definitionen: man sagt Schadenfeuer, wo man Nutzfeuer sagen sollte. Und so auch umgekehrt. Sie in Europa haben in einer Welt von gescheiten Nutzvorrichtungen gelebt und Sie haben den gräßlichsten Schaden davon gehabt. Ihnen fehlen ein paar Millionen Skeptiker. Jetzt blicken Sie nach rückwärts und glauben, die Fehler zu entdecken. Aber Ihr ganzes System war ein einziger großer Fehler, und wird ein Fehler bleiben, wenn Sie bei der vermeintlichen Zweckmäßigkeit und bei weitausschauenden Plänen verharren. Weil sämtliche Richtigkeiten von heute lauter Falschheiten von morgen sind. Wir auf der Insel Dubioxa sind wenigstens von vornherein mit den Enttäuschungen befreundet, und diese fallen um so geringer aus, je weniger wir Veranstaltungen treffen, um ihnen zu entgehen.

»Ich schließe aus alledem, daß Sie eine Art Schattendasein führen. Und die Menschen sehen auch danach aus. Ein eigentlicher Lebensdrang, ein turgor vitalis, wird in ihrem Äußeren nicht ersichtlich. Eine verschwommene Melancholie liegt über ihnen, etwas unbestimmt Vernebeltes...«

– Sie brauchen uns deswegen nicht zu bedauern. Ein Schatten lebt auf seine Weise ganz erträglich. Er stößt sich nirgends, er gleitet um alle Ecken, Kanten und Vorsprünge herum, an denen der Vollkörper Hindernisse findet und sich wundschlägt. Da ist ein Graben, eine Schlucht, ein Abgrund; Sie als Person müssen ausweichen, wenn Sie nicht tötlichen Absturz erleiden wollen, der Schatten fliegt glatt hinüber. Weil der Schatten ein zweidimensionales Gebilde ist, das von der Körperwelt nur die geometrischen Bedingungen, aber nicht die praktischen empfängt. Ein Schattendasein ist somit weit unabhängiger und ideeller als ein körperhaftes, und wenn es dem zum System erhobenen Zweifel gelingt, uns den Schatten anzunähern, so müßten Sie uns darum beneiden. Allerdings sind wir noch nicht ganz soweit, das an sich vorzügliche Prinzip hat sich noch nicht vollkommen ausgewirkt. Wir zollen der Körperlichkeit noch manchen Tribut, so durch Schmerzempfindung. Ich zum Beispiel werde sehr von Gallensteinen geplagt, und habe gerade in diesem Augenblick einen bösen Anfall.

Unser Doktor Wehner machte sich anheischig, ihm zu helfen, eventuell durch einen operativen Eingriff. Aber davon wollte der Mann nichts wissen: Skepsis ist besser als Chirurgie. Auch beim ärgsten Schmerz verläßt mich nie die Zweifelsfrage: ist es denn wirklich nicht bloß eine geträumte Qual? Ich könnte ja im nächsten Moment zu einer gänzlich schmerzfreien Existenz erwachen, etwa als ein Schatten, dem die zweidimensionalen Gallensteine nicht die geringste Beschwerde verursachen.

Es fiel mir schwer, diese Möglichkeit mitzudenken. Allein ich mußte mir gestehen, daß eine derart ins Extreme gesteigerte Skepsis ihrem Inhaber tatsächlich einen gewissen Vorteil zu gewähren vermöchte. Wie war es denn mit den klassischen Skeptikern mit Pyrrhon, Karneades, Ainesidemos, Sextus Empirikus? Man muß sie wohl als Vorläufer des auf der Insel herrschenden Prinzipes gelten lassen. Und wahrscheinlich operierten sie alle mit der Vermutung, daß im Höchstgrad des Zweifels eine Wohltat verborgen liegen könnte. Auf den Vorstufen eines Hauses bemerkten wir ein paar kleine Mädchen, die mit Puppen spielten. Diese noch lange nicht schulpflichtigen Kinder zweifelten nicht. Sie wußten ganz genau, daß ihre Puppen lebendige Geschöpfe waren. Es gab also doch noch einleuchtende, unbedingte Wahrheiten in dieser vom Mißtrauen zernagten Gemeinschaft, die vom Wissen nichts wissen wollte.

* *
*

Nicht weit von Dubioxa befinden sich etliche Inseln, die wir aus dem bereits erwähnten Grunde der Zeitbedrängnis nur von fernher mit den Blicken begrüßen durften. Sie wären uns gänzlich verschlossen geblieben, hätte uns nicht unser Gewährsmann von der Zweifel-Insel einige Angaben zufließen lassen. Es muß späteren Expeditionen vorbehalten bleiben, festzustellen, ob diese Mitteilungen den Tatsachen entsprechen, oder ob gerade hier das Prinzip des Zweifels ein neues Feld der Betätigung findet.

Die Bewohner der Insel Tivarela, so erfuhren wir, sind seit langer Zeit zur Vorstellung eines besonderen Weltbildes erzogen worden. Während wir in Europa bis in dieses Jahrhundert auf die Offenbarungen der Relativitätstheorie warten mußten, besteht diese Lehre dort bereits seit vierzig Dezennien. Ein großer ortsansässiger Forscher Namens Olhazen, ein Zeit- und Geistesgenosse des Kopernikus, war ihr Begründer. Und so kam es, daß die Insulaner fast gleichzeitig das kopernikanische und das relativistische System in sich aufnahmen. Hieraus ist zu folgern, daß sie in geistiger Hinsicht einen enormen Vorsprung vor uns besitzen. Während wir uns noch anstrengen, der gedanklichen Schwierigkeiten Herr zu werden, ist ihnen die Relativität aller Erscheinungen längst in Fleisch und Blut übergegangen. Wie eine Selbstverständlichkeit hat sie von ihnen Besitz ergriffen, und es erscheint sonach angezeigt, das Gebiet nach dem herrschenden Prinzip als die Relativitäts-Insel zu bezeichnen.

Die Leute kommen sozusagen mit ererbten relativen Vorstellungen zur Welt. Wenn ein Kind einen Kreisel treibt, so fühlt es bereits die Relativität der Rotation. Es macht ihm Spaß, den Kreisel als stillstehend und das Weltganze um das Spielzeug rotierend zu denken. Oder es läßt einen Drachen steigen; sobald es ihn heranzieht, sagt es sich mit innerer Genugtuung: diese Erscheinung bliebe ganz unverändert, wenn der Drache hoch in der Luft feststünde und wenn die Erde mit allem was darauf an dem Faden heraufgezogen würde.

Ein derartig organisiertes Bewußtsein verflüssigt natürlich auch die Ausdrucksform und verwandelt die starre Rede in eine Relativsprache. Die Insulaner sagen mit derselben Leichtigkeit: »dieser Wagen fährt auf der Landstraße« und die »Landstraße fährt entgegengesetzt unter diesem Wagen«. Ganz eingebürgert sind Redewendungen wie: »Der Brei geht um die Katze« – »der Kork wird entflascht« –»das Haar fährt durch den Kamm« – »man rupft die Gans aus den Federn« – »der Park promeniert vorüber« – »das Siegel wird entbrieft« – »das Laub bebäumt sich« – »man schneidet sich die Füße von den Hühneraugen« – was alles übrigens so genau ist wie die Ansage: »die Sonne geht im Osten auf«.

In der relativen Welt dieser Insel führen Raum und Zeit nur noch das Scheindasein, zu dem sie die neue Erkenntnisphysik verurteilt hat. Das heißt, jeder feststehende Maßstab ist verschwunden, und die Dimension der Zeit ist mit jeder Raumdimension vertauschbar. Und diese Einsicht hat sich dort längst in der Praxis des täglichen Lebens durchgesetzt. Auf die Frage: wie spät ist es? kann man die Antwort hören: sechs Meter; wie groß ist dein Schwesterchen? zwei Sekunden. In den Gedankenkreisen der Tivarelaner hat der

Begriff der Gleichzeitigkeit seine Prägnanz verloren, zwischen Vergangenheit und Zukunft, Vorher und Nachher, Ursache und Wirkung verfließen die Grenzlinien. Sie führen keine Geburts- noch Sterberegister, weil diese an zeitliche Bestimmungen gebunden sind, deren Wesenlosigkeit sie erkannt haben. In ihrem Unterricht erscheint die Weltgeschichte relativiert und auf den Grundton »Vielleicht« abgestimmt, der ihre Verwandtschaft mit den Skeptikern der Nachbarinsel verrät: Es ist »möglich«, daß Cäsar und Cleopatra zur gleichen Zeit gelebt haben; daß die Hinrichtung der Maria Stuart und ihr Tod auf denselben Tag fielen; es ist auch möglich, daß Christus im Jahre 7 nach Christi Geburt geboren wurde. Vom Standpunkt des Beurteilers hängt es ab, ob er die Schlacht von Marathon als die Ursache oder als die Wirkung des Griechensieges über die Perser bezeichnen will. Und wenn »Entdeckung« definiert wird als das Gewahrwerden eines bis dahin Nichtbekannten, so läßt sich behaupten: die Amerikaner haben den Kolumbus entdeckt.

Diesen Anschauungen gemäß finden sich auf der Insel Einrichtungen und Gepflogenheiten, in die sich unsereiner kaum hineinzudenken vermag. Behörden und Ehen gelten als relativ, die Ämter und die Gattinnen sind sonach – wie die Dimensionen – vertauschbar. Wenn ich meinem Gewährsmann trauen darf, so vollzieht sich dies in Formen, die zwar sehr grotesk auftreten, aber doch nicht aller Möglichkeit widerstreiten. Es wird zum Beispiel ein Schulmann plötzlich Polizeiminister, während der bisherige Polizeipräfekt zur Post, und der Oberpostmeister zur Schule versetzt wird. Wir dürfen dagegen nicht einwenden, daß solches Hinundher doch üble Folgen haben könnte. Denn die Begriffstrennung nach Böse und Gut wird ja nicht anerkannt, und zudem hat sich hier gezeigt, daß man ein Amt vorzüglich verwalten kann, ohne von dessen Wesen und Obliegenheiten die geringste Ahnung zu besitzen. Ja, viele Insulaner behaupten sogar, daß sich eine wahre Objektivität in staatlichen Geschäften nur bei solchen Beamten einstellt, die nicht eine Silbe von dem verstehen, was sie verfügen und unterschreiben. Was nun die Beziehung von Gatten zu Gattinnen betrifft, so weisen die Leute darauf hin, daß auch in den Bereichen des absoluten Denkens, also in den alten Kontinenten, relative Ehen vorkommen sollen; sie hätten also nur ausgebaut und zum Prinzip verallgemeinert, was sich anderswo höchstens in Andeutungen hervorwagt. Unnötig, besonders zu betonen, daß hier eine falsche Information mitspricht. Ich weiß wohl, daß sich Perikles einmal auf ein verändertes Bezugsystem einrichtete, als er seine legitime Gemahlin mit Aspasia vertauschte; ich muß aber daran festhalten, daß sich ein solcher oder ähnlicher Fall seitdem in Europa nicht wiederholt hat.

Einige Besonderheiten verdienen Erwähnung. Nietzsche hat die Frage aufgeworfen und als diskutierfähig bezeichnet, ob die Zeit »umkehrbar« sei; ob man retrospektiv empfinden könne. Die Bewohner dieser Insel suchen dies dadurch zu ermitteln, daß sie gewisse Personen zu einem Leben mit umgedrehter Zeit anhalten; also wie in einem verkehrt abgerollten Film. Einigen Individuen soll dies schon bis zu einem gewissen Grade und in engen Zeitspannen geglückt sein. Unterstützt wird diese Methode durch äußerst schnell bewegte Karussells, da nach der Relativitätstheorie eine rasche Rotation verjüngt. Der Technik und dem Willen der Versuchspersonen wird dabei natürlich das Äußerste zugemutet. Sollte auf Tivarela das Problem des relativen Daseins mit verkehrtem Ablauf gelöst werden, so wären die Ergebnisse vorerst ganz unvorstellbar. Denn bei der sukzessiven Verjüngung gelangt man doch schließlich an den kritischen Punkt des Geborenwerdens, und hier versagt unsere Phantasie. Aber die Ultrarelativisten der Insel behaupten, daß sie die Aufgabe dereinst auch über diesen schwierigen Punkt hinaus bewältigen werden. Und sie fügen zu Ehren des Prinzips hinzu, daß gerade hierin der wahre Lebenszweck der Menschen begründet liege. Wir fahren im Dasein, so sagen sie, beständig gegen den Wind, und aus dieser Anstrengung entspringen all die schauderhaften Symptome der Überalterung. Überwältigen wir die Zeitgebundenheit, machen wir uns die Zeit tributär, die uns so lange vorwärts gepeitscht hat! Es muß gelingen, den Kurs radikal umzustellen, mit dem Winde zu segeln, und dadurch zur Jugend des Menschentums überhaupt zu gelangen. Alles ist relativ, und nur das Relative ist absolut. Das will sagen, daß wir am Ende aller Dinge doch auf etwas Absolutes hinsteuern, auf das absolute Glück einer konstanten Verjüngung, die einzig und allein durch unser Prinzip der Relativität erzwungen werden kann!

* *
*

Wenn man sich mit leidlich gebildeten aber nicht gerade erleuchteten Menschen über hochwissenschaftliche Leistungen unterhält, so stößt man oft genug an die Frage: wozu dient das? was kann man im Leben damit anfangen? Und man gerät dann wirklich in Verlegenheit, weil jene Leistungen eben nur sich selbst bezwecken. Hier zum erstenmal auf den entlegenen Inseln zeigte es sich, daß rein theoretische Dinge auch einer lebendigen Gestaltung fähig sein können. Und so traf uns auch die Kunde nicht ganz unvorbereitet, daß in der Nähe von Tivarela sich ein anderes meerumspültes Gebiet befände, dessen Kultur sich auf ein ursprünglich abstraktes Prinzip gründe.

Es handelt sich um die Insel *Obalsa*, deren Bevölkerung ein, wie ich glaube, recht lohnendes Studienobjekt darbietet. Denn sie verwirklicht bis zu ansehnlichem Grade ein Prinzip, das im neuzeitlichen Denken zu immer stärkerer Geltung gelangt. Ich spreche von der »*Philosophie des Als Ob*«.

Wenn wir von ihr reden, so denken wir zunächst an den berühmten deutschen Weltweisen Hans *Vaihinger*, der sie zuerst systematisch entwickelt und sie zugleich zu einem Instrument für künftige Denkforschung geschärft hat. Aber gerade er hat auch in Vorläufern, zumal in Kant, gewisse Urquellen des Als Ob nachgewiesen, und ich nehme an, daß auf der genannten Insel noch andere, uns unbekannte Quellen gerauscht haben mögen. Der an sich einfache Grundgedanke zeigt uns das Gesicht eines gedanklichen Abenteuers: der denkende Mensch erreicht seine Wahrheiten nur auf Wegen, die mit lauter Unwahrheiten gepflastert sind. Auf diesen Unwahrheiten spazieren wir dahin, »Als Ob« sie selbst Wahrheiten wären. Wir schreiten auf Unmöglichkeiten, um bei Gewißheiten zu landen. Man denke an den Reiter, der über die dünne Eisdecke des gefrorenen Bodensees dahintrabt. Er müßte logischer- und dynamischerweise einbrechen und ertrinken. Trotzdem erreicht er das sichere Ufer. Ohne bildlichen Vergleich: in allen Wissenschaften werden bewußtfalsche Begriffe und Urteile angewendet, Fiktionen, die als solche gänzlich unhaltbar sind, die sich aber in aller Falschheit als vortreffliche Werkzeuge zur Wahrheitsfindung erweisen. In der Physik, Chemie, Mechanik, Mathematik, aber auch in der Ethik und Religionsphilosophie wimmelt es von solchen Fiktionen, deren wir uns bedienen, »Als Ob« sie richtig wären. Sie sind sozusagen die Falschschlüssel oder Dietriche, die wir probieren müssen, um die Geheimfächer der Natur zu öffnen und die darin verborgenen Echtheiten herauszuholen.

Auf der Insel Obalsa hat dieses Prinzip blühendes Leben angesetzt. Die Staatsform war vordem konstitutionell-monarchisch, und der König hatte sich so zu benehmen, Als Ob er sich durch seinen Eid ganz streng an die Verfassung gebunden fühlte. Bei einer bestimmten Gelegenheit wurde der Monarch entthront, und seine Getreuesten schwenkten von ihm ab, Als Ob sie niemals in ihrem Blut einen Tropfen monarchischer Überzeugung verspürt hätten. Diese Getreuen bekannten sich nunmehr zur republikanischen Staatsform, und man glaubte an ihr Bekenntnis, Als Ob sie niemals vorher das Entgegengesetzte beschworen hätten.

Die Diplomatie und das Rechtswesen sind auf Treu und Glauben gestützt, haben unbedingte Ehrlichkeit und Offenheit zur Voraussetzung. Man fertigt Aktenstücke mit einem sittlichen Ernst, Als Ob man fest entschlossen wäre, jede Zeile in der Ausübung zu bewahrheiten, man unterschreibt sogar unmögliche Verträge, Als Ob man an deren Möglichkeit glaubte. Jedes Gesetz erhält eine klare Fassung und lautet so präzis, Als Ob es nur einer Auslegung fähig wäre und nicht etwa auch einer anderen, die seinen Sinn ins Gegenteil verkehrt.

Im Staatsetat der Insel Obalsa figurieren Summen als Aktivposten, die arithmetisch so sicher auftreten, Als Ob sie vorhanden wären. Der Kämmerer verwaltet den Schatz und er verknüpft dabei Finanzkenntnis, Umsicht und Gewissenhaftigkeit derart, Als Ob er in seinem Schatze wirkliches Geld vermutete.

Bezüglich der Unterrichts- und Religionsanstalten möge eine Erinnerung das Verständnis erleichtern. Wir besitzen alte Dokumente, die uns darüber belehren, daß schon in grauer Vorzeit die bewußtfalsche Fiktion förderlich gehandhabt wurde. Ich zitiere aus den Bekenntnissen eines Isis-Priesters zu Memphis: Man bekümmert sich nicht darum, uns zu überzeugen, daß Isis und Osiris, Horus, Serapis und Typhon wirklich Götter sind; aber man gewöhnt uns an, ihnen, ihren Bildern und Allem was nur die mindeste Beziehung auf ihren Dienst hat, so zu begegnen, »Als Ob« sie Götter wären ... Wer weiß besser als wir Priester, daß dieser Apis, ungeachtet seines weißen Dreiecks auf der Stirn ebensosehr ein Stier als irgendein anderer Stier, daß der Ibis eine Art von Störchen, und daß es lächerlich ist, einer Katze wie einer Göttin zu begegnen oder vor einer Meerzwiebel sich demütig im Staube zu wälzen? ... Wenn es also Betrug ist, Wahrheiten vor dem Pöbel zu bekennen, deren Glanz er nicht ertragen könnte, so ist es ein heilsamer, ein notwendiger Betrug; und eben dadurch hört die Sache auf, diesen

Namen zu verdienen. Jenes Als Ob wird gerechtfertigt, und es macht keinen Unterschied, ob die Augurn nach Memphis, nach Rom oder nach Obalsa versetzt werden.

Ihre professoralen Gefährten von den Wissenschaftskanzeln ähneln ihnen auffallend. Sie halten Vorlesungen in allen erdenklichen Disziplinen und dozieren so, als ob sie das wüßten, was sie dozieren. Und eben dadurch offenbaren sie ihr Ingenium, denn wie schon Montesquieu hervorgehoben hat: man braucht viel Geist, um das zu lehren, was man nicht weiß.

Es wird auf der Insel sehr viel geheiratet und geschieden. Und beinahe in jedem Fall von Eheschließung und Ehetrennung absolviert der Mann zwei fiktive Erlebnisse; da er zuerst der Vorspiegelung unterliegt, er könne nicht ohne, und später, er könne nur ohne diese Frau existieren. Genau so, Als Ob ananfänglich nur diese eine in Betracht gekommen wäre, und nachher, Als Ob gerade diese eine nicht hätte in Betracht kommen dürfen. Ist ein Hausstand begründet, dann gibt das Paar, so lange die Ehe vorhält, Gesellschaften, Als Ob nicht ein Dasein zu zweien, sondern nur zu sehr vielen einen rechten Sinn hätte. Die eingeladenen Gäste reden über Tische alle gleichzeitig, Als Ob dies das beste Mittel wäre, sich zu verständigen und angenehm zu unterhalten. Sobald eine Gesellschaft bis tief in die Nacht dauert, sucht man die Teilnehmer mit aller Gewalt am Aufbruch zu verhindern, Als Ob man nicht froh wäre, daß sie endlich nach Hause gehen.

Kunst und Literatur finden auf Obalsa ausreichende Pflege. Romandichter und Bühnenschriftsteller schaffen Werke über Werke mit einem Produktionseifer, Als Ob ihnen bei der Niederschrift etwas einfiele. Die Komponisten entwickeln in Sonaten und anderen Konzertstücken wahre Wunderbauten polyphoner Steigerung, Als Ob sie Themen und Motive besäßen, aus denen sich etwas entwickeln ließe. Die Autoren empfinden bei ihren Arbeiten eine Art Wollust,

Als Ob sie die Muse begatteten. Wie ja auch die Verschnittenen gewisser sinnlicher Erregungen fähig sein sollen, die ihnen ein sexuelles Vermögen vortäuscht. Jene Autoren der Insel stellen vielleicht eine Art geistiger Eunuchen dar, die ihre Fähigkeiten so anzuwenden wissen, Als Ob durch sie eine Befruchtung erfolgen könnte.

Das Zeichen des »Als Ob« ist das Symbol. Dementsprechend verlangt das Prinzip der Insel, daß dem Symbol die allergrößte Wichtigkeit beigemessen werde. Die Fahne gilt als bedeutsamer, als die Sache, die durch die Fahne symbolisiert wird. Hunderte von erfindungsreichen Bürgern zerbrechen sich unablässig die Köpfe darüber, welche Veränderungen man an den Farben, an den Dimensionen, an den Stellungen der heraldischen Vögel auf der Flagge anbringen könnte; und sie legen größeres Gewicht auf die zeichnerische Einzelheit eines Dokuments, eines Aktensiegels oder behördlichen Gummistempels, als auf den Inhalt der zugehörigen Urkunden. Die Tatsachen, die hinter oder unter dem Symbol stehen, mögen ja oft genug unerfreulich sein; allein sie wirken doch so, Als Ob sie durch das Symbol gedeckt ihren eigenen verdrießlichen Charakter verleugneten. Und das gilt den Als-Ob-Leuten genau so, Als Ob die Tatsachen an sich angenehme Erscheinungen wären.

Alles in allem genommen gehören also die Bewohner dieser Insel zu dem kleinen Bestand der relativ Bevorzugten. Auf dem Polynes zwischen Hawai und Aleuten dürften sie in dieser Hinsicht in der vordersten Reihe stehen. Ich glaube aber, daß auch wir in den alten Kontinenten ihnen kaum den Rang streitig machen können. Weil bei uns das Prinzip des Als Ob noch nicht als Lebensnorm durchgedrungen ist, unsere Völker sich vielmehr so verhalten, als ob nur die Wirklichkeit, nicht aber irgendwelche Fiktion für sie Geltung besäße. Hierfür dient als Grundlage die durchgreifende Ehrlichkeit im Bewußtsein unserer Völkerkonzerne, und ich

hoffe, mit dieser Annahme auf keinen Widerspruch zu stoßen.

* *

*

Sollte in späterer Zeit ein Leser auf den Gedanken verfallen, sich in diesem Archipelagus anzusiedeln, so würde ich
es als besondere Pflicht erachten, ihm den Wohnsitz auf einer bestimmten Insel zu widerraten. Ich meine auf *Atrocla*,
einem Staatswesen, dessen Beschreibung mir nicht leicht
fällt. Es ist ein Gelände der Unbequemlichkeit, dessen
Hauptprinzip mir darin zu liegen scheint, daß die eine Hälfte der Bevölkerung es darauf anlegt, der anderen Hälfte das
Dasein zu versäuern. Man muß indes hier die an der Ober-
fläche liegenden Erscheinungen und deren Gründe ausein-
anderhalten. Forscht man tiefer, so erkennt man, daß hier
beachtenswerte Kulturmotive am Werke waren.

Seit Alters her erfreut sich nämlich die Insel einer rührigen
Bevölkerung, die es durch Arbeit und Intelligenz zu be-
trächtlichem Wohlstand gebracht hat. Zudem war der Fiskus mit Staatsdomänen, Waldungen und Bodenschätzen so
reichlich gesegnet, daß er, weit entfernt davon, die Einwohner zu bedrücken, diese vielmehr zur Teilnahme an seinem
Überfluß einzuladen vermochte. Bürgerlich gesprochen: es
wurden keine Steuern erhoben, sondern ausgeteilt; jedermann erhielt vom Staat eine jährliche Menge von Gütern in
bar und in Naturwerten. Allein in den letzten Jahrzehnten
gewannen Gedanken die Oberhand, die sich zu dem ur-
sprünglichen Modus in starkem Widerspruch setzten.

Diese Gedanken, wie sie sich im Schoße der Regierung
mehr und mehr herausbildeten, wurzelten in folgenden Er-
kenntnisgründen: Wenn es dem Menschen allzugut ergeht,
so muß er degenerieren. Die allgütige Mutter Natur legt es
ersichtlich darauf an, Wohltaten in unabsehbarer Zahl auf
die Menschheit herabzuschütten, ihr jedes Übel zu ersparen
und sie mit so vielen Beglückungen zu überhäufen, daß die

282

Individuen sich in der Fülle des Segens kaum noch zurechtfinden. Dies ist eine unausweichliche Folge der (seit Leibniz) allbekannten Tatsache, daß die vorhandene Welt die beste unter allen möglichen Welten darstellt. Krankheit und Sorge, Not und Tod spielen eine so geringe Rolle in der besten Welt, daß man mit der Laterne umhersuchen muß, um überhaupt eine Spur von ihnen zu entdecken. Woraus unmittelbar zu schließen, daß es im Haushalt der Natur an dem nötigen Gleichgewicht fehlt. Ihre Einrichtungen sind so beschaffen, daß sie durchaus nur verweichlichen, aber nicht im mindesten abhärten. Hieraus muß sich früher oder später eine Katastrophe ergeben. Der Mensch wird einmal anfangen, unter der Überbürdung des nimmermüden Glückes zu stöhnen, ohne doch die Kraft zu besitzen, diese Last abzuschütteln. Soll also diese beste der Welten nicht etwa unversehens in ihr Gegenteil umschlagen, so muß der Mensch selbst korrigierend in die Speichen des Weltrades eingreifen. Und dies kann nur auf eine Weise geschehen: wir müssen gewisse Annehmlichkeiten hinaus- und ein entsprechendes Quantum von Unannehmlichkeiten in das Leben hineinschaffen.

Hierfür ist der Weg vorgezeichnet. Es werden Einrichtungen aufgestellt, die es den Menschen ermöglichen, sich wechselseitig das Dasein zu vergällen. Und zwar nach einem wohldurchdachten Prinzipe. Dessen Grundwesen ist die Ars complicatoria, die staatlich betriebene Kunst, alle Lebensforderungen so zu verwickeln, daß sie durch kein Genie wieder auseinandergewickelt werden können. In dem beständigen Kampfe gegen die Komplikation müssen die Kräfte der Menschen erstarken, und um so sicherer wird man dieses Erfolges sein dürfen, je aussichtsloser sich dieser Kampf gestaltet.

Das Eiland Atrocla ist sonach zutreffend als Insula complicatoria anzusprechen. Sie steht im Zeichen von Verordnungen, Erlassen, Vorschriften, Verfügungen und Satzungsparagraphen, die aus dem dicken behördlichen Gewölk in wahren Sturzbächen herabregnen. Es gibt in diesem Staate nicht einen einzigen Menschen, der auch nur zum tausendsten Teile eine Ahnung davon hätte, was alles in diesen Verordnungen und Paragraphen steht. Dagegen wird von jedem Einzelnen verlangt, daß er sie sämtlich befolgt, und daneben noch die Zeit übrig behält, um während der Befolgung einer Norm hundert andere auswendig zu lernen, die eine Stunde zuvor noch gar nicht existierten. Unkenntnis schützt nicht vor Strafe, denn in der verbesserten besten Welt wird die Ignoranz als ein Laster angesehen, das unbedingt ausgerottet werden muß. Mit jedem Atemzug schlürft man Strafandrohungen wie Luftbazillen. Es gibt nur noch wenig Nichtvorbestrafte auf der Insel, und man mißtraut ihnen mit Recht, denn da man normalerweise nicht am Gefängnis vorbei kann, so hält man die wenigen, die noch nicht darin waren, für ganz verschmitzte Verbrecher, die in die gute Gesellschaft keinen Zutritt finden dürfen.

Die Nationalbibliothek enthält in 350 000 Bänden alle bis zum Vorjahre erschienenen Gesetze und Verordnungen und wird beständig von zahllosen Bürgern bestürmt, die sich darin Rat holen wollen. Der bloße Katalog dieser Sammlung wiegt 27 Zentner; er wird dauernd unter Verschluß gehalten, weil sonst die Gefahr obwaltet, daß man etwas finden könnte. Die beamteten Bibliothekare zerfallen in zwei Kategorieen: solche die überhaupt keine, und solche, die prinzipiell falsche Auskunft erteilen.

Die Statistik, als eine komplizierte Wissenschaft, wird eifrig gepflegt. Das statistische Material wird dadurch erlangt, daß Jedermann unablässig angehalten wird, Formulare und Fragebogen auszufüllen. Man hat immer etwas zu ermitteln, in den Wohnungen, Beständen, Verrichtungen, nach Längeneinheiten, Quadratmetern, Kubikfußen, Stückzahl und sonstigen statistischen Elementen. Daraus ergeben sich die interessantesten Aufgaben als Tagewerk von früh bis abends. So zum Beispiel hat der Normalmensch, – nennen wir ihn Cajus – zu untersuchen, was herauskommt, wenn er die Zahl seiner Familienmitglieder in den Luftraum der Wohnung dividiert und hiervon die Summe seiner Preßkohlen vermehrt um das Doppelprodukt aus Fenster- und Türenflächen abzieht. Hat er tagsüber dieses Problem, und einige Dutzend ähnliche gelöst, so überträgt er das Resultat in die Formulare und bringt sie in neunmaliger Ausfertigung auf neun verschiedene Ämter, die zur Stählung der Geduldstugend sämtlich geschlossen sind. Hier darf nun Cajus weiter berechnen, binnen wieviel Stunden sich so ein Amt einmal öffnen, und unter welchen Ausdrücken bissiger Verdrossenheit man ihm seine Ausarbeitungen abnehmen wird.

Das komplikatorische Prinzip würde seinen Zweck nur unzureichend erfüllen, wenn es nicht eine besondere Technik der Sprachgestaltung zu Hilfe nähme. Es gibt Leute, die Runen, Keilschriften und Hieroglyphen entziffern. Hier, auf der Insel Atrocla, ist dafür gesorgt, daß auch diese Entzifferer die in den Verfügungen niedergelegten Sätze nicht aufzulösen vermögen. Schon im ersten Entwurfe erscheinen sie so verwirrt, verschnörkelt, konstruktivisch verfilzt, mit solchem Ballast von Umstandswörtern und Partikeln befrachtet, daß keines Menschen Ingenium durch all die »insoweit«, »wofern«, »beziehungsweise«, »fallsaber« hindurchzudringen vermag. Jeder Paragraph kommt zudem vor der Veröffentlichung noch in eine Verkonstruierungsmaschine, welche die einzelnen Satzteile abermals verbiegt, zerknittert, verwirbelt, auseinanderschüttelt, wieder verknotet, verleimt und in ein Aggregat verwandelt, das eher an die Expektorationen eines verkrampften Magens als an eine sprachliche Kundgebung erinnert. Ob nun Cajus in schlaflosen Nächten den Sinn herausbekommt, das ist Nebensache. Hauptsache ist vielmehr, daß er passend und ausreichend beschäftigt wird mit den Myriaden von Silbenrätseln, Logogriphen, Anagrammen und Rösselsprüngen, worin die Regierung ihre Verwaltungssprüche verkapselt.

Es bedurfte selbstverständlich eines kolossalen Aufgebots von Beamten, um all die Verwickelungen zu ersinnen, die den verweichlichenden Einflüssen des Lebens entgegenwirken. Und es stellte sich heraus, daß die zahllosen Beamten von der bloßen Ausübung der Schikane nicht satt wurden. Sie verlangten sonach ausreichende Löhne, und für die bloße Aufstellung der Gehaltsregulative mußte abermals eine Armee von Beamten zur Fahne des Bürokratius einberufen werden. Rechnet man hierzu, was die Drucklegung der paragraphierten Sphinxrätsel verschlang, vergegenwärtigt man sich ferner, daß die Spesen solcher Verwaltung im Kubus ihrer Belästigungskoeffizienten wachsen, so begreift man, daß die alte primitive Steuerordnung nicht aufrecht zu erhalten war. Zahlte vordem der Fiskus an das Volk, so erhob sich nunmehr das umgekehrte Prinzip in aller Kraft und Herrlichkeit.

Es wäre nunmehr das einfachste gewesen, zu dekretieren: Cajus zahlt soundsoviel vom Einkommen und Vermögen. Und wenn es auch hundert Prozent gewesen wären, so hätte er sich damit abgefunden; weil ja auch viele Kühe hundert Prozent ihrer Milch und viele Pelztiere hundert Prozent ihrer Felle abliefern. Aber damit war der Animus complicatorius nicht einverstanden. Das Prinzip der Insel wäre durchbrochen worden, wenn man irgendetwas einfach handhabte, das sich nach bewährtem Schema verwickeln ließ.

Man versah also einige Schock von Beamten mit Wörterbüchern und gab ihnen auf, dauernd mit Nadeln hineinzustechen. Jedes gestochene Wort wurde darauf untersucht, ob es steuerlich verwendbar wäre. Und da offenbarte es sich tatsächlich, daß die Sprache an sich an fiskalischen Einfällen gradezu unerschöpflich ist. Auf jeder Seite des Diktionärs öffneten sich Dutzende von Fundgruben. Daß die konkreten Dinge alle heranmußten, in allen möglichen und unmöglichen Verknüpfungen, verstand sich von selbst. Allein auch die Abstrakta erwiesen sich als zwecktauglich. Man konnte das Laster besteuern und zugleich die Tugend, die Verschwendung und die Sparsamkeit, die Klugheit ebenso wie die Dummheit. Denn wenn einer spart, gelangt er, wenn man die dortigen Zeichen in unser Alphabet übersetzt, mit dem Buchstaben Z zu Zuwachs, also ergibt sich die Zuwachssteuer ebenso ungezwungen wie unter L die Luxussteuer. Und wenn einer dumm ist, so bildet er schon persönlich ein vorzügliches Steuerobjekt, da er kraft seiner Dummheit im Steuergewebe keine Masche zum Durchschlüpfen entdeckt. So wurde sub litera E die Ehrlichkeit einer besonders hohen Steuer unterworfen, da man von der Ansicht ausging, die Ehrlichen müßten nicht nur für sich zahlen, sondern auch das durch die Defraudanten verursachte Manko ersetzen.

Immer, wenn hundert neue Abgaben in Paragraphenform herauskamen, wurden sie miteinander verwoben, kumuliert und chemisch durcheinandergearbeitet. Man nannte das je nach der Materie Veredeln, Ausbauen, Staffeln. Als die Worte im Lexikon zu Ende gingen, fand man in dem so ergiebigen Buchstaben Z noch einen Ausdruck, der unabsehbare Leistungen versprach. Wo man ihn nur ansetzte, zauberte er Gold in beliebigen Mengen hervor. Er hieß »Zuschlag«.

Zu den Veredlungsmethoden gehörte das dauernde »Erfassen« und der einmalige »Zugriff«. Dieser wurde wiederum zu einem »dauernden Zugriff« veredelt. Als ein schätzbares Hilfsmittel erwies sich die Einführung der Röntgen-Physik. Alle Cajusse wurden mit X-Strahlen durchleuchtet, die in Verbindung mit einer eingeführten Schlundsonde das ganze Innere der Zensiten transparent machten. Und dennoch! Wenn man am Schluß aller Manipulationen und Erhebungen das Ergebnis überzählen wollte, fand man zum Zusammenrechnen nur Negativgrößen. Die unzähligen Zähne der ungeheuren Zahnradmaschinerie hatten das hindurchgegangene Gold ratzekahl aufgefressen. Hier hatte der Staat etwas geleistet, was über alle Naturmöglichkeit hinausging: ein Minimum des Effektes bei einem Maximum des Kraftaufwandes.

Nichtsdestoweniger verblieb es bei dem Prinzipe, dessen Vertreter sich immer wieder auf das spartanische Vorbild beriefen: Häufung der privaten Unannehmlichkeiten zum Zweck der Abhärtung und Ertüchtigung. So verstanden sie den Grundzug des Lykurgischen Staatswesens, das ihnen als Ideal vorschwebte, und das sie auch schon bis zu einem merklichen Grade erreicht hatten. Atrocla war wirklich ein neues Sparta geworden und hätte mit seiner Beschränkung der individuellen Freiheit und mit seiner Losung: dem Einzelnen Nichts – alles dem Staate – vor den gestrengen Augen Lykurgs ehrenvoll bestanden. Die komplikatorischen Behörden hatten sogar einen Teil der uralten Amtsbezeichnungen übernommen; das Hauptamt nannte sich Gerusia, die Beigeordneten hießen Ephoroi, und es war natürlich das Ziel jedes verständigen Menschen, ein Ephoros zu werden; weil man als Nicht-Ephoros gewöhnlich nicht aus dem Gefängnis herauskam.

* *
*

Wir hatten uns in der Stadt verteilt, um einzelne Betriebe genauer kennen zu lernen. Dabei waren zwei unserer Gefährten, der Doktor Wehner und Fräulein Eva, in ein Gebäude geraten, das sie für eines der vielen Erschwerungsämter hielten, dessen Einrichtungen sich indes bei näherer Betrachtung als die eines Irrenhauses zu erkennen gaben. Was ja leicht miteinander verwechselt werden kann. Der Unterschied lag wesentlich darin, daß das Personal hier um eine Nuance höflicher war. Zudem sprach mir Eva den dringenden Wunsch aus, einem bestimmten Insassen der Anstalt meine Aufmerksamkeit zuzuwenden. Sie hätte den Eindruck einer außergewöhnlichen Persönlichkeit empfangen. Zweifellos wäre dieser Eingesperrte – er hieß Pordoio

– kein Irrsinniger in der gewöhnlichen Bedeutung des Wortes. Und wir würden uns einen Gotteslohn erwerben, wenn wir versuchten, den Zwangsaufenthalt dieses Mannes aufzuheben oder abzukürzen.

Ich erklärte mich hierzu bereit und erbot mich, sofort den Weg nach dem bewußten Hause anzutreten. Allein jetzt bat mich Eva seltsamerweise, damit noch bis zum nächsten Tage zu warten. Und wie ich später merken sollte, benutzte sie die Zwischenzeit, um sich allein nach unserem Schiffe zu begeben und dort auf der »Atalanta« einiges anzuordnen.

Am nächsten Vormittag befanden wir uns in der Wohnzelle des Irrenhäftlings. Der leitende Anstaltsarzt sträubte sich zwar anfänglich dagegen, uns mit ihm allein zu lassen, aber wir wußten eindringlich zu bitten, bis wir unser Vorhaben durchsetzten. Schließlich war ja Freund Wehner vom Fach, und wir andern sahen auch vertrauenswürdig aus, da konnte also nichts ordnungswidriges passieren.

Ganz so einfach, wie ich vermutete, lag der Fall denn doch nicht; denn Pordoio gab selbst zu, daß er mehrfache Tobsuchtsanfälle gehabt habe, die äußerlich gesehen seine Unterbringung in eine Heilanstalt bis zu gewissem Grade rechtfertigten. Transitorische Manie auf angeborener epileptischer Grundlage? Keineswegs. Pordoio war jetzt sechsunddreißig Jahr alt und hatte sich von Kindheit bis zum Mannesalter stets einer eisenfesten Gesundheit erfreut. Vielmehr mußten seelische Erschütterungen eingewirkt haben, über deren Entstehung er uns Aufschluß gab.

Er entstammte einem angesehenen Kaufmannshaus als der einzige Sohn eines auf Atrocla ansässigen, sehr vermögenden Fabrikanten. Der Aufenthalt in Fabrik und Bureau sagte ihm auf die Dauer nicht zu, und so entschloß er sich als Dreiundzwanzigjähriger zu einer Bildungsreise in die weite Welt. Freilich reichte diese nach seinen Insularbegriffen nicht über die Grenzen des Archipelagus hinaus. Aber er sah doch Land und Leute anderer Inseln, machte Bekanntschaft mit fremden Gestaltungsformen und verspürte in seinem Innern deutlich den geistigen Gewinn. In seinem Intellekt begannen sich Kräfte zu regen, Ansätze zu außergewöhnlichen Gedanken, die vorläufig noch in Gärung begriffen waren, aber für die Zukunft Ersprießliches versprachen, wenn die Umstände ihnen das Ausreifen ermöglichten.

Der Segler, dem sich Pordoio auf der letzten Strecke seiner Fahrt anvertraut hatte, geriet in einen Taifun, der ihn an einem nach Süden treibenden Eisberg zerschmetterte. Der junge Mann rettete aus der Katastrophe das nackte Leben, wurde, an eine schwimmende Planke festgeklammert, auf eine nie zuvor von Menschenfüßen betretene Insel ausgeworfen und absolvierte auf dieser eine vollkommene Robinsonade. Aus dem Nichts heraus mußte er sich seine Existenz schaffen, sich wehren gegen Nöte und Unbilden, die dem Kulturbürger als Feinde kaum bekannt sind, er mußte in rohen Gestaltungen Dinge erfinden, die wir anderen in letzter Verfeinerung als Selbstverständlichkeiten des Daseins vorfinden. Die ersten Jahre waren Kampf, Entbehrung und Angst, verschärft durch das trostlose Gefühl der Verschollenheit. In der Folgezeit, als ihm eine Art von Wildenkultur die unmittelbare Not minder fühlbar machte, begannen seine aufgestauten Intellektualfähigkeiten neue Auswege zu suchen. Die Hoffnung hatte ihn verlassen, allein auch das Verzweifeln hatte er verlernt, und während ein minder beanlagter Mensch in einen Zustand des Hindämmerns verfallen wäre, überwand er die Lethargie durch eine Methode, die sich ihm unbewußt aufdrängte. Wie aus einem schweren Traum stiegen ihm Gedanken auf, die von Tag zu Tag in klarere Beleuchtung rückten, um allmählich ein wirklich denkerisches, philosophisches Gepräge zu gewinnen. Er grübelte über Probleme, die mit seiner Lage gar nichts zu tun hatten, vielmehr gänzlich der Geistigkeit angehörten, und er glaubte gewisse Lösungen zu finden, deren beglückender Wert ihm als reine Erkenntnisse aufgingen. Sein ganzes Vorleben mit allem, was er einst studiert und auf den Inseln erfahren hatte, stieg aufs Neue in ihm auf, wie befreit von den Schlacken persönlicher Erlebnisse, vergeistigt zu unkörperlichen Wesenheiten, die sich zu ungeahnten Einsichten zusammenschlossen. Die Einsamkeit ist eine vorzügliche Gesellschafterin für einen, der die Triebkraft des Denkens in sich hat; und wie man von Voltaire als dem Einsiedler von Ferney spricht, so hätte man allenfalls unseren Pordoio den philosophierenden Einsiedler vom Erebos nennen dürfen, wenn diese Insel überhaupt schon unter diesem Namen bekannt gewesen wäre. Aber kein Mensch auf der Welt wußte etwas von ihr, mit Ausnahme des Verschollenen, der mit dem düsteren Recht des ersten Entdeckers seine Klippe also getauft hatte.

Abermals waren sieben Jahre verstrichen, als die verschüttete Heimatssehnsucht in ihm aufflackerte. Er hatte ein Segelfloß gezimmert, mit Proviant beladen, und auf ihm eine Fahrt ins Uferlose gewagt. Da fand die Robinsonade ihren Abschluß. Ein kleiner Kauffahrer, der von Kurawaddi nordwärts steuerte und vom Kurse abgeschlagen worden war, erspähte den gänzlich Erschöpften und brachte ihn nach Atrocla zurück.

Man behandelte ihn zuerst als eine Sensation, verglich ihn mit Odysseus, und die Neugierigen erdrückten ihn in Teilnahme, die ihn für elfjährige Mühsal entschädigen sollte. Er aber hatte nur den einen Wunsch: zu arbeiten, um sich von der Bürde des in ihm aufgesammelten Gedankenvorrats zu befreien. Dieser erschien ihm selbst jetzt recht diffus, ungeordnet, lückenhaft, und auf die Mitwirkung gründlicher Bücherstudien angewiesen. Er fühlte sich als der Träger ungeschriebener Werke, die nur in konzentrierter Arbeit Gestalt annehmen konnten.

Das Geschäft seines Vaters war in jenen elf Jahren beträchtlich zurückgegangen. Kein Wunder auch, da neun Zehntel des Personals dem eigentlichen Betriebe entzogen waren und ausschließlich mit der Bearbeitung der Steuerangelegenheiten beschäftigt werden mußten. Immerhin war der alte Pordoio noch vermögend genug, um dem Wunsch seines Sohnes zu willfahren, der sich zum Zweck ungestörten Schaffens in ein eigenes Häuschen an der Stadtgrenze zurückziehen wollte. Hier, der städtischen Unruhe entrückt, in Stille und Friedsamkeit, von der schweigenden Eloquenz seiner schönen Bücherei umgeben, begann der vormalige Robinson die Niederschrift seiner Entwürfe, deren systematische Vollendung er von den Folgejahren inbrünstig erhoffte.

Nach den Andeutungen, die wir von Pordoio empfingen, handelte es sich hierbei allerdings um mehr als bloß schöngeisternde Versuche. Er bewegte sich vielmehr in durchaus originalen Gedankenkreisen. In deren Zentren standen Gegenständliches, Erfahrungen, sachliche Beobachtungen, allein die ausstrahlenden Radien wiesen in ungeahnte Fernen. Es fanden sich darin Anflüge von Descartes und Pascal, dichterische Schwebungen Tolstojscher Herkunft, daneben aber auch kräftige Vorstöße in jenes Gebiet, wo die Erkenntnistheorie in die Kammern der letzten Physik greift, um deren Waffen zu neuen Denkmitteln umzuschleifen. Wieviel Ausblicke öffneten sich da, schriftstellerische Hoffnungen, Genugtuungen in einem unabsehbaren Lebenswerk!

Aber es stand in den Sternen geschrieben, daß es, kaum begonnen, jäh abgehackt werden sollte. Er hatte noch nicht einmal den ersten Schriftbogen ausgearbeitet, als er in den Malstrom der komplikatorischen Maschinerie geriet und sich in ihm heillos fortgewirbelt sah. Die Behörden überschütteten ihn mit Anfragen, Formularen, und zahllosen wißbegierigen Zetteln auf weißem, rotem, gelbem, grünem, hellblauem, dunkelblauem Papier, verlangten von ihm Auskünfte in allen Regenbogenfarben. Also zuerst bezüglich des Häuschens, in dem er arbeitete. Von diesem Schlößchen

Ohnesorg sollte ermittelt werden, der Einstandspreis, der allgemeine Wert, der Nutzungswert, der Affektionswert, der Bodenwert, der Bauwert, der Verkaufswert und noch viele andere Werte zum Zweck eines Systems weitschichtiger Veranlagungen. Die ermittelten und noch zu ermittelnden Beträge wurden auf besonderen mit buntem Liniennetzwerk durchwirkten Berechnungsbogen ineinander gestaffelt mit Hilfe eines logarithmischen Index und einer Tabelle schwieriger Formeln, die zur Berechnung exzentrischer Kometenbahnen ausgereicht hätten. Hieran schlossen sich weitere Fragen, die auf den Beruf gemünzt waren: arbeiten Sie selbständig? beschäftigen Sie Gehilfen beim Philosophieren? Wie viele? Mit welchen Verlegern und Druckereien stehen Sie in Verbindung? Auf Grund welcher Kontrakte? Welche Erträgnisse erwarten Sie im Durchschnitt der nächsten fünf Jahre? Auf Grund welcher Unterlagen? Wieviel Bücher besitzen Sie? in Luxusbänden? in gewöhnlichen Bänden? Wert der Bücher? (nach Einzelexemplaren, in achtfacher Aufstellung anzufertigen und einzureichen). Haben Sie Nebenbeschäftigungen? welche? in Tages- resp. Nachtstunden? falls nicht, Angabe der Arbeitgeber, die in Betracht kämen, falls später noch ein Nebenberuf hinzuträte. Ferner: Sind Sie verheiratet? falls ja, mit wem? warum mit dieser? Höhe der Mitgift? angelegt worin? Falls nein, warum nicht? Steht Heirat noch in Aussicht? wann? mit wem? (beizufügen curriculum vitae der event. Braut und der präsumtiven Schwiegereltern) etc. etc.

Pordoio antwortete zuerst kurz und sarkastisch, er beabsichtigte nicht, seiner Tätigkeit zu entsagen, um sich mit der Erledigung solcher Scherereien eine neue Hauptbeschäftigung aufzuladen. Allein er hatte die Pressionsmittel des vorgesetzten Herrn Komplikatorius unterschätzt. Dieser bewies ihm kurzerhand, daß er ersichtlich der Stärkere wäre und ferner, daß jetzt erst das vexatorische Hauptkapitel begänne.

Pordoio sollte nämlich nunmehr die genauesten schriftlichen Auskünfte erteilen über die Insel Erebos, auf der er elf Jahre verweilt, und die nach Auffassung des Fiskus ihm als Grundbesitz gehörte. Weil kein Grundbuchvermerk auf irgend einen anderen Eigentümer verwies. Sonach wurde angenommen, daß Pordoio als Inselinhaber für die Latifundien von Erebos mit ganz gewaltigen Beträgen herangezogen werden müßte. An der Härte der bürokratischen Definition prallten alle Einwände ab. Pordoio selbst habe ja von den Kokospalmen des Eilands herumerzählt, von den Pisangs mit seinen üppigen, traubenförmigen Früchten und von den reichen Erträgnissen des Fischfangs in unmittelbarer Nähe des Strandes. Daß die Erträgnisse für den Besitzer im Moment nicht greifbar wären, käme nicht in Betracht. Hier zur Erörterung stünde nur der Nutzungswert an sich, der unter allen Umständen für den Staat realisiert, »erfaßt« werden müßte, und zwar an der Quelle, das heißt, an der beim Eigentümer vorhandenen Substanz. Der wurde sonach angehalten nach Paragraph 71043 B der Katasterordnung die erforderlichen Unterlagen zu liefern mit genauer Angabe der Verhältnisse auf Erebos nach Quadratmetern der Bodenfläche, nach Stückzahl und Dicke der Waldungen und nach durchschnittlicher Dichtigkeit der Fischschwärme. Mit der Arbeit war es vorbei, mit der geistigen Tätigkeit, in der für Pordoio der Sinn des Daseins beschlossen lag. All die Fragebogen, denen er sich nunmehr zu widmen hatte, waren unterhalb ihrer Wortfülle von geheimen Schikanen unterminiert, sie wimmelten derart von Schlingen, Fallstricken und Fußangeln, daß der Erfaßte sich nur mit gespanntester Aufmerksamkeit hindurchzuwinden vermochte. War ein Fragekonvolut durchgeackert, so drohten schon wieder neue, die rapider und vielfältiger nachwuchsen als die Köpfe der Hydra. Schon nach vier Wochen hatte er allen Zusammenhang mit seiner Schriftstellerei verloren. »Das ist um wahnsinnig zu werden!« rief er einmal über das andere, und je öfter er es rief, desto deutlicher spürte er, daß darin kaum noch eine

Übertreibung steckte. Rettungslos von seinen Lebenszielen abgerissen, überließ er sich wirklichen Wutausbrüchen, die in die Straße hinausgellten. Bis er eines Tages fast besinnungslos in eine Amtskanzlei stürzte und den dort herumklexenden Zeiträubern eine fürchterliche Szene machte. Rachebrüllend wie der rasende Telamonier Ajax fuhr er auf Personen und Objekte los, verwüstete, zerbeulte, zerspritzte er alles, was ihm ins Gehege der Fäuste kam. Hier war der unzweideutige Fall der Tobsucht gegeben, Insania praecox, sagten die Amtsärzte, und bald darauf befand sich der tollgewordene Philosoph, dem noch der Schaum vor dem Munde stand, in den schützenden Mauern des bewußten, mit Gummizellen und ähnlichem Komfort ausgerüsteten Gebäudes.

Doktor Wehner fragte den Inhaftierten, ob er wohl seiner Ansicht nach etwas unternehmen könnte, um ihn aus der Zwangslage zu erlösen. Allein hier kettete sich eine Schwierigkeit an die andere. Pordoio selbst versprach sich nur wenig von irgendeinem Akt der List oder Gewalt. Denn selbst wenn er herauskäme, so ginge doch morgen die komplikatorische Quälerei wieder los. Ich wiederum mußte bedauernd erklären, daß wir als Gäste nicht die geringste Befugnis besäßen, in das Verwaltungsgeschlinge des Staates einzugreifen. Die Unterredung verlief also resultatlos, und wir mußten uns schließlich in tiefer Bekümmerung über das unabwendbare Schicksal eines offenbar talentvollen Menschen verabschieden.

Die »Atalanta« hatte sich am folgenden Tage wieder in Bewegung gesetzt, und wir waren eben dabei, uns im Salon zur Mahlzeit zu vereinigen, als an der Tür eine überzählige Figur auftauchte. Pordoio. Ein fait accompli, in Szene gesetzt von Fräulein Eva, die sich nicht ganz so gewissenhaft, aber wesentlich geschickter als wir mit den vorgefundenen Tatsachen auseinandergesetzt hatte.

Zwei Worte genügen zur Erläuterung. Als wir uns in jener Anstalt befanden, trug sie in den Falten ihres Handbeutels einige Objekte, die sie tags zuvor vorsorglich aus den Schiffsräumen entfernt hatte. Eine kleine, aber höchst wirksame Stahlfeile, dazu eine mit Chloroform gefüllte Flasche. Es war uns nicht weiter aufgefallen, daß sie sich, während wir schon die Treppe herabstiegen, bei dem Irrenhäftling verzögerte, anscheinend um ihm noch einige Trostworte zu sagen. In Wahrheit hatte sie ihm die Feile und Flasche zu leicht errätlichem Gebrauch zugesteckt, mit der Weisung, nach geglückter Flucht in tiefer Nacht die »Atalanta« zu erreichen, deren Personal verständigt war.

Gern boten wir ihm Asyl, und volles Einverständnis herrschte darüber, daß er nie wieder nach Atrocla zurückkehren dürfte. Aber sollte er überhaupt im Bereich des Polynes verbleiben? Er legte den Beschluß gänzlich in unsere Hände, und wir entschieden: er begleitet uns nach Europa! Es gehöre zu einer richtigen Argonautenfahrt, daß aus den Fremdvölkern wenigstens ein lebender Zeuge herausgenommen würde, und wir waren überzeugt, daß das Schicksal uns hier ein besonders wertvolles Exemplar in die Hand gespielt hatte.

Er schien sich rasch an uns zu gewöhnen und zeigte den Willen, unseren Freundlichkeiten entgegenzukommen. Bisweilen überhuschte es ihn aber wie ein Schatten eines Gefühls, das ihn von uns abdrängte. Dann vergrub er sich in seine Kabine, er las und schrieb, oder er stierte von der Reeling in den Horizont mit der Miene eines Menschen, an dem irgendein Fernweh nagt. Um die Abendstunden wurde er heiterer, mitteilsam, und unsere Unterhaltungen gewannen durch ihn eine besondere Färbung. Der Einsiedler von Erebos, der Verfolgte von Atrocla hatte ja vordem mancherlei Inseln gesehen, die nicht mehr in unser Expeditionsprogramm aufgenommen werden konnten. Aus seinen Darstellungen sei hier einiges festgehalten:

Die Insel Delix scheint nach seiner Beschreibung ein Land zu sein, dessen Eigenheiten den Ansprüchen verwöhnter Erdenbürger genügen könnten. In der Fülle mancher Naturgaben erinnert es leise an Vléha, der Grundzug seiner Bewohner indes ist ein ganz anderer, von den asketischen Neigungen der Vléha-Leute prinzipiell verschieden. Ihre Nerven sind auf Genuß gestimmt, sie haben mancherlei in sich aufgenommen, was nach üblicher Annahme auf das Register Epikurs zurückgeführt werden kann.

Was ihnen vorschwebt, ist die Verwirklichung der Phantasien, die wir in antiken Autoren vorgebildet finden; zumal im Athenäus, Teleklides und Lukian. Vergegenwärtigen wir uns eine derartige Beschreibung, eine unter zahllosen, die uns Kunde davon geben, daß die Altklassiker niemals aufgehört haben, Schlaraffenbilder zu entwerfen: Die ganze Inselflur, so etwa heißt es dort, prangt mit Blumen und zahmen Gewächsen aller Art und ist beschattet von fröhlichen Bäumen, die ihre eigene Lust in die Welt hinausjauchzen. Die Weinrebe trägt zwölf mal des Jahres, die Granatbäume noch öfter, da sie in manchem Monat zweimalige Fruchternte gewähren. Statt des Weizens schießen fertige Brote gleich Schwämmen in die Ähren. Zur Ergänzung des Wasserregens sprudeln hunderte von Quellen, die Honig und Salböl liefern. Sieben Ströme mit Milch und acht mit Wein durchfluten die Insel. Quadern von Gold dienen als Baumaterial der Stadt, die von einer smaragdnen Ringmauer umgürtet wird. Ihre sieben Tore sind sämtlich aus Zimtholz und das Pflaster aller Straßen und öffentlichen Plätze aus Elfenbein. Die Tempel sind aus Beryll erbaut, deren Altäre aus Amethyst geschnitten. Die Bäder sind prächtige Paläste aus Kristall, in den Badewannen rieselt eine aus Naturtau gewonnene mit Rosenholz angeheizte Flüssigkeit...

»Herr Pordoio,« unterbrach ich, »ähnelt denn die Wirklichkeit der Insel Delix in irgendeinem Punkt diesem ausschweifenden Bilde?«

– Die Delixianer reden es sich ein, denn sie sind Illusionisten und sie übertragen gern in die Außenwelt, was ihnen eine überschäumende Einbildungskraft vorgaukelt. Tatsächlich leben sie in recht angenehmen natürlichen und städtischen Verhältnissen, deren Reize sie selbstgefällig ins Unermeßliche übertreiben, um sich so recht als epikureische Lustempfänger zu fühlen. Wie ich die Leute kenne, sind sie dem, was sich ein echter Weltweiser unter Lust vorstellt, gar nicht gewachsen, und nach ihrer Veranlagung gemessen sind sie weit davon entfernt, Epikure zu sein oder zu werden. Sie unterliegen nämlich dem Wahne, daß man nur recht viele Lustelemente in sich hineinzupumpen brauche, um sie als vorhanden und beglückend zu empfinden, während das Lebensbeispiel Epikurs zu einem ganz anderen Prinzip hinführt.

»Man könnte beinahe sagen: zum entgegengesetzten.«

– Ja wahrhaftig. So viel, oder so wenig ich von der Welt kennen gelernt habe, Alles hat mich zu der Überzeugung gedrängt, daß von allen Großen der Erde keiner so gründlich mißverstanden wird als eben Epikur. Weil man sich bei ihm an das Wort gehalten hat und nicht an die Sache. Über seinem Garten in Athen stand die Aufschrift: »Fremdling, hier wird dir's wohl sein, hier ist das höchste Gut, die Lust!« Und dieses Lustwort wurde schon im Altertum zum Aushängeschild einer schwelgerischen Lebensart, die keinem fremder war als ihm; denn er lebte von einigen Trauben und Feigen, und sein tägliches Nahrungsquantum erreichte niemals das Gewicht eines Pfundes. Und damit vergleiche man die Aussage des Lüstlings Horaz, der sich selbst als »ein Schwein von der Herde Epikurs« bezeichnet!

»Ihre Delixianer also folgen dem saftigen Kommentar des Horaz?«

– Sie versuchten es wenigstens, so schweinisch als nur möglich. Und sie hätten die genießende Lust bis zur Grundsuppe ausgelöffelt, wenn ihnen nicht dabei speiübel geworden wäre. Die Insulaner organisierten ein Ministerium der Lustbarkeit, das ihnen unter anderem opulente Freßrezepte ausarbeitete; auf Grund der Überlieferungen von Lukullus, Apicius, Trimalchio und der Küchenkünstler von den italienischen Lusthöfen. Das ergab Tafelorgien, wogegen alles aus europäischen Chroniken vermeldete verblaßt; selbst das berühmte Gastmahl von 200 Gängen, das der Kardinal Cornaro zu Anfang des sechzehnten Jahrhunderts seinen römischen Gästen vorsetzte. Im Stadtarchiv von Delix las ich eine Hymne auf eine Monstrefresserei, die der Senat für die Bürgerschaft veranstaltete, als man das Denkmal Epikurs auf dem Freudenplatz einweihte. Freilich mit dem Beisatz, daß ein Teil der Notabeln mitten im Fest entzweigeplatzt wäre, und daß ein Teil der Überlebenden sich entschlossen hätte, ihr Epikureisches Prinzip fortan auf eine neue Grundlage zu stellen.

»Kann mir schon denken. Es wird wohl ein Gesetz gegen den Tafelluxus herausgekommen sein, wie in Rom zu Zeiten Vespasians.«

– Nein, davon ist mir nichts bekannt. Vielmehr drang die Ansicht durch, daß der von Epikur als Lebensmaxime ausgerufene Genuß nur auf Grund einer völlig garantierten Gesundheit zu erreichen wäre. »Das läßt sich hören. Freiwillige Abkehr von der ruinösen Völlerei, um auf der entgegengesetzten Linie das Maximum der Freude auszukosten, – das klingt sogar echt Epikurisch.«

– Gewiß, nur dürfen Sie nicht aus den Augen verlieren, daß unsere Insulaner niemals vom Wege eines Prinzips abkommen. Kaum hatten die Delixianer begriffen, daß die Gesundheit ihnen Lust versprach, als sie sich mit aller Energie auf den Verfolg dieser Hoffnung warfen, um sich in Sanität auszuleben. Man betrieb die Sache also wiederum systematisch, man infiltrierte sich mit hygienischen Maßregeln und hielt jede Sekunde für verloren, die man diesem löblichen, weil lustverheißenden Prinzip entzöge.

»Wohl den Menschen, die materiell so gestellt sind, daß sie sich diesen Luxus erlauben dürfen!«

– Diese Insulaner durften es, und sie begannen damit, sämtliche Fachschriften zu studieren, um möglichst viele hygienische Tätigkeiten zu einheitlichem Tagewerk zu kombinieren. Aber je mehr Reglements sie erfüllten, desto zahlreichere schossen vor ihnen auf. Hatten sie zum Beispiel bisher nur mechanisch geatmet ohne im mindesten darauf zu achten, so betrieben sie nunmehr die Atemkunst und sie berauschten sich bei jeder Dehnung und Senkung der Lunge in dem Gefühl: wie gesund ist das! Ihre Nahrungsaufnahme nahm die Form von Eßexerzitien an, mit vorbestimmten zahlreichen Kaubewegungen und Einspeichelungen, und ein Glücksgefühl überkam sie bei der Vorstellung, daß ihr Mund sich in einen makrobiotischen Apparat verwandelte. Das Verzehren einer halben Taube dauerte nunmehr länger als sonst das Auffressen eines ganzen Fasans, das instinktive Essen erhöhte sich zum Verstandesessen, und eine intelligible Wollust wühlte in ihren Zähnen. Jetzt waren sie nicht mehr epikurische Schweine wie Horaz, sondern epikureische Ärzte, die sich das Leben verlängerten. Ein uraltes Vorurteil brach in ihnen zusammen. Gibt es wirklich tausend Krankheiten in der Welt auf nur eine Gesundheit? Nein, wir konstruieren uns tausend Gesundheiten, denn als Gegenbild jeder Krankheit, die wir bewußt ausschalten, erscheint ein besonderes Wohlsein. Wir verspüren die Nicht-Kolik als ein wahrnehmbares Lebensgut, ebenso den Nicht-Katarrh, den Nicht-Furunkel, die Nicht-Trichinose, die Nicht-Verkalkung. Freilich wird das ein bißchen umständlich, wenn man dauernd darauf sinnt, wie man sich gegen jede Möglichkeit eines Leidens absperrt, aber eben darin liegt ja das Vergnügen des Lebenskünstlers, des wahren Hedonikers. Die Gelehrten sagen uns, daß wir pro Tag 2600

Kalorien und 72 Gramm Eiweiß brauchen, – also messen wir scharf ab, hantieren wir als Chemiker mit der Präzisionswage, damit wir das Vorschriftsmaß genau innehalten. Beim Bade kommt es auf die Minutendauer an, auf Bruchteile des Temperaturgrades, auf die berechnete Frottierungsstärke, auf die exakte Analyse jeder Drogue, die wir im Wasser auflösen. Alle Bazillen und Spaltpilze in Luft und Nährsubstanz heischen besondere Abwehr; jeder Muskel will eigens geübt werden in allen Formen der Gymnastik, des Sports, der Massage, der Medicomechanik; Auge und Gehör, Zähne, Haare und Nägel verlangen dauernde Prüfung und Beobachtung. Man muß prophylaktisch gurgeln, inhalieren, betupfen, schwitzen, duschen, sich abhärten. Dazu kommen die Vorschriften der Bekleidungs-, der Beleuchtungs- und nicht zuletzt der Sexualhygiene. Die bloße Warnung »Achtung vor Kußbakterien!« umschreibt nur zum tausendsten Teil die Gefahren, die uns hier umlauern. Sie durchweg vermeiden bedeutet für den Hygienefanatiker eine Höhe des Genusses, mit dem sich die landläufigen, im Zeichen Cytheres stehenden Freuden nicht zu messen vermögen.

So weit waren die Neu-Epikuräer der Insel, – allerdings nur in der Theorie, denn es stellte sich heraus, daß selbst ein hundertstündiger Tag nicht zum zwanzigsten Teile ausgereicht hätte, diesem Lustprinzipe gerecht zu werden. Es ging damit, wie zuvor mit der brutalen Gier, das Prinzip erstickte an sich selbst. Somit mußte abermals für den gepreßten Vergnügungsdrang der Delixianer ein Ventil geöffnet werden ...

»Die Leute sind Idioten!« rief Donath, »sie hatten doch nur nötig zuzugreifen, denn das Glück ist immer da!«

– Nein, Herr, bemerkte Pordoio, ganz so einfach, wie Ihr Goethe es ausruft, liegt die Sache doch nicht, und ich hege ein tiefes Mißtrauen gegen alle Merksprüche, die uns Glücksrezepte anpreisen. Wir sehen nur immer das Glück, und nie über dem eigenen Haus, sondern stets wie den Regenbogen, in der Ferne, und es hat keinen Sinn, danach zu greifen. Ein geistreicher Franzose hat gesagt: es ist sehr schwer, es in uns, und unmöglich, es anderswo zu finden; und das kommt der Wahrheit schon näher; denn die Schwierigkeit liegt nicht darin, daß es sich versteckt, sondern darin, daß es gar nicht vorhanden ist. Aber die Leute von Delix vermuteten es doch irgendwo, und da gerieten sie auf den kuriosen Einfall, ihr Grundprinzip einfach umzustülpen. War der Glückspunkt auf dem positiven Ast nicht erreichbar, so ging es vielleicht auf dem negativen. Und sie fanden in ihrer Mitte Magister, die sie darin bestärkten: Der Epikureismus ist vielleicht nur eine Verkleidung der stoischen oder sogar der zynischen Lehre; und wer sich anstrengt, einen richtigen Diogenes vorzustellen, der wird letzten Endes ein richtiger Epikur werden.

»Das läßt sich historisch wie sachlich ganz gut vertreten, ist übrigens schon von Montaigne ausgesprochen worden. Bei allem Kontrast sind Epikur und Diogenes nur allotrope Modifikationen einundderselben Persönlichkeit. Und da sich Zyniker von Kyon, Hund, herleitet, so hatten ja Ihre epikureischen Schweine die beste Gelegenheit, sich synthetisch zu Schweinehunden auszubilden.«

– Das gelang ihnen auch annähernd, und viele fühlten sich kannibalisch wohl, als sie aus ihren schönen Wohnungen fortzogen, um in Tonnen Unterschlupf zu finden. Sie vervollkommneten die Technik der Unanständigkeit, und einige benahmen sich auf offenem Markt tatsächlich so säuisch wie das Zynikerpaar Krates und Hipparchia. Aber auch diese Sensation wollte nicht vorhalten, und als ich die Leute zuletzt sah, bekannten sie mir, sie wären mit ihrer Lustbarkeitsweisheit zu Ende; die gesamte Hedonik wäre ihnen schließlich in einen stinkenden Brei von Ekel, Langeweile und Katzenjammer zerflossen.

»Schließen Sie nun daraus, daß der Genuß an sich ein Phantom ist?«

– Er existiert in Differentialen, welche die Eigentümlichkeit besitzen, sich niemals zu einer stetigen Linie zusammenzuschließen. Täte er das, so könnten sich die Genußmomente zu einem Glück summieren. Da dieses aber nirgends angetroffen wird, andererseits der Genuß in isolierten Punkten nicht fortzuleugnen ist, so folgt, daß kein wie immer geartetes Glücksprinzip die mindeste Probe aushält; weil jedes dauernd zwei Dinge vereinigen will, von denen das eine ganz real, und das andere gänzlich imaginär ist.

»Gut, so trennen Sie die Dinge; dann bleibt immer noch ein Lustprinzip übrig.«

– Ein negatives. Es lautet: du kannst nur dann Lust gewinnen, wenn du es prinzipiell vermeidest, sie prinzipiell vorzubereiten. Der Genuß hat keinen schlimmeren Feind, als die Veranstaltung zum Genuß. Der Vorsatz erwürgt das Resultat. An einem der nächsten Tage ergingen wir uns, Pordoio und ich, kurz vor Sonnenuntergang auf Deck. Wiederum war vom Glück die Rede, das jener so energisch ins Reich der Phantome verwies, und dem er doch mit klammernden Seelenfasern anhing, wie irgendeiner von uns. Schon gegen Mittag war am Horizont ein sehr eigentümlicher Inselumriß zum Vorschein gekommen, der »schlafenden Jungfrau« ähnlich, deren Silhouette wir in die Insel Capri hineinträumen. Wir näherten uns der Insel, mit der Absicht, an ihr in mehrmeiligem Abstand vorbeizustreichen; und diese Absicht verschärfte sich noch in mir, als der andere mir eröffnete: »das dort ist Erebos, meine eigentliche Heimat!«

»Sind Sie dessen ganz sicher?«

– Vollkommen. Die Figur ist nicht zu verkennen. Außerdem hatte ich schon nach unserem Schiffskurse vermutet, daß sie heute vor uns auftauchen würde.

»Wir werden aber nicht landen; unsere Linie ist durch den Wunsch Mac Lintocks genau vorgeschrieben, und ich hoffe, daß Sie als unser Gast seinen Willen respektieren werden.«

– Es läge mir allerdings viel daran, mein altes Verließ wiederzusehen, wenn auch nur auf wenige Stunden.

»Nicht auf fünf Minuten. Gerade Ihr Verlangen bestärkt mich in dem Vorhaben, den Kurs fortzusetzen und Ihnen eine elegische Rückerinnerung zu ersparen. Blicken Sie lieber gar nicht hin, oder noch besser, steigen wir in den Gesellschaftsraum hinunter.«

– Bitte, bleiben wir auf Deck. Ich werde nicht weiter davon reden. Wir können uns ja von anderem unterhalten.

»Einverstanden. Erzählen Sie mir irgendein Abenteuer aus Ihren früheren Fahrten.«

– Meine eigenen Abenteuer haben einen engen Rahmen, und den soll ich doch gerade vermeiden. Aber von den Abenteuern eines ganzen Volkes will ich Ihnen erzählen. Eines Volkes, das auf unseren Inseln eine Rolle spielt. Haben Sie nie von den *Pramiten* reden gehört?

»Nur ganz gelegentlich in Helikonda und Sarragalla. Auf welcher Insel sind denn die Pramiten beheimatet?«

– Das ist schwer zu beantworten. Sie stammen aus weiter Ferne und leben auf unseren Eilanden in der Diaspora. Sie fehlen nirgends, sind aber auch nirgends wurzelhaft zu Hause. Man hat ihnen dauernd zu verstehen gegeben, sie wären fremdstämmig, und hat sich nachher außerordentlich gewundert, daß sie nicht vollkommen bodenständig wurden. Man hat sie gedrückt und es ihnen zugleich übel genommen, wenn sie nicht aufrecht standen. Schritten etwelche trotzdem aufrecht, so verwies man sie auf die allein ihnen zukommende Positur der Geducktheit. Man versagte ihnen Rechte und murrte, wenn sie ihr Recht auf Pflichterfüllung geltend machten. Man verschloß ihnen viele Kreise und warf ihnen dünkelhafte Absonderung vor. Man schlug sie und empörte sich über die Unschönheit der Striemen, die man ihnen geschlagen hatte.

»Verfuhren denn alle Insulaner also mit den Pramiten?«

– Bewahre; nur ein geringer Teil. Die Mehrheit war verständig genug, um den Vorteil anzuerkennen, den ihnen das Fremdvolk gewährte. Aber Sie wissen ja aus der Physik, daß die Hemmung immer die Förderung überwiegt. Das »Gegen« erscheint überall weit wirksamer als das »Für«. Die nämliche Kraft, die in fördernder Richtung eine Bewegung nur unwesentlich beschleunigt, kann in hemmender Richtung den Bewegungseffekt vollkommen vernichten. Sie bemerken dasselbe an allen Erscheinungen des Lebens. Im Theater sind zwanzig Zischer stärker als achthundert Applaudierende; die Erinnerung an eine Ohrfeige wirkt nachhaltiger als die an hundert Liebkosungen, und ein Mißduft übertäubt alle Wohlgerüche Arabiens. Also im vorliegenden Fall: die geringe Zahl der Antipramiten schuf eine Verbitterung, der gegenüber die Duldsamkeit der vielen anderen gar nicht merklich wurde. Und so blieb dem Fremdvolk schließlich nur noch das eine übrig: auf eine Gastfreundschaft zu verzichten, die den Pramiten nur noch in der Form der Gastfeindschaft fühlbar wurde. Sie gaben ihre zerstreuten Wohnsitze auf und organisierten eine große Siedelung auf einer Insel, die ihnen ganz allein gehören sollte. Dieses Eiland, Zyunal genannt, schien alle wünschenswerten Eigenschaften zu bieten. Sie war bis vor kurzem gänzlich unbewohnt, sozusagen herrenlos, besaß ertragfähige Weideflächen und gewährte genügenden Raum, wenn die Pramiten nur eng genug zusammenrückten. Hierzu waren die Pramiten auch fest entschlossen. Ihr Exodus glückte, vor etwa fünf Jahren, die neue Gemeinschaft der Zyunalisten blühte auf; sie hatten das beseligende Gefühl, daß keiner von ihnen in der Diaspora verblieben war, daß sie vielmehr sämtlich in nahem Kontakt und unbehelligt von feindlicher Rassenströmung sich nach ihrer Eigenart ausleben durften.

»Mehr kann man nicht verlangen.«

– Ja, wirklich, das Problem schien gelöst. Nur zeigte sich nach Verlauf weniger Jahre ein neues sozialpsychologisches Phänomen, auf das keine Vermutung der Vorzeit verfallen wäre. Man bemerkte nämlich auf der Insel Zyunal: *Antipramiten.*

»Dann muß sich in Ihrer Erzählung ein Fehler oder eine Lücke befinden. Die Antipramiten waren doch auf den früheren Wirtsinseln zurückgeblieben und konnten schwerlich das Gelüste verspüren, die ihnen so unsympathischen Fernsiedler zu besuchen.«

– Gewiß nicht. Das Phänomen hat einen ganz anderen Ursprung. Nämlich: ein Teil der Ausgewanderten gefiel sich in Äußerungen und Gesten, die von den Antipramitischen kaum zu unterscheiden waren. Sie trugen sogar die vierblättrige »Zackenblüte« zur Schau, als ein Abzeichen, das vordem auf den anderen Inseln symbolisch aufgekommen war.

»Und wie wollen Sie das erklären?«

– Wiederum rein physikalisch. Die Einzelkörper gehorchen dem Gesetz der Attraktion, sie ziehen einander an, das heißt, aus dem körperhaften ins Persönliche übersetzt: sie werden zur Geselligkeit gedrängt. Bei sehr großer Nähe indes treten genau wie bei den Molekülen und Atomen gewisse Abstoßungskräfte hervor. Die Individuen wollen wieder auseinander, und wenn ihnen die Enge des Raumes dies verbietet, so äußern sie Unwillen. Jeder schiebt seine Unbehaglichkeit auf den andern, mitten in der Geselligkeit erhebt sich ein Antiprinzip, und wir erhalten das Bild einer Herde von intimen Freunden, die einander nicht ausstehen können. So geschah es in dem Neustaate Zyunal. Nachdem die Repulsionen einige Monate gewährt hatten, bestand er aus lauter Pramiten mit antipramitischer Färbung. Und da jeder einzelne hier zugleich als Subjekt wie als Objekt der Gegnerschaft auftrat, so ergab sich die Unmöglichkeit, die Siedelung fortzuführen. Die nächste Generation hätte es einfach gar nicht mehr ausgehalten.

»Mit anderen Worten, die Ausgewanderten wollen wieder zurück auf die alten Inseln?«

– Ja, so stehen die Dinge augenblicklich. Die Verhandlungen sind bereits eingeleitet und werden sicherlich zu gutem Ende führen. Denn zu den Kennzeichen der Pramiten gehört die Konsequenz bis zur Hartnäckigkeit, und wenn sie erst die Losung ausgegeben haben: »Los von Zyunal!« so trotzen sie allen Widerständen. Und schließlich: es gibt auch ein Heimweh nach dem Schmerzlichen – ich selbst weiß davon ein Lied zu singen!

»Pordoio, Sie kommen schon wieder auf Ihre alte Melodie. Die müssen Sie ein für allemal unterdrücken. Sie fahren jetzt mit uns nach Europa ...«

– Sagen Sie doch, Herr, werde ich dort die Möglichkeit finden, mich meiner Neigung entsprechend einer nachdenklichen Einsamkeit zu überlassen?

»Wir wollen dafür schon sorgen. Später, wenn der erste Ansturm überwunden ist.«

– Was für ein Ansturm?

»Der auf Sie, natürlich. Ihr Erscheinen wird berechtigtes Aufsehen erregen. Ein lebender Bürger aus fernen, unbekannten, soeben erst entdeckten Welten! Man wird Sie feiern wie nur einen indischen Heiligen, der aus seinen Dschungeln auftaucht, um Europa mit okkulter Philosophie zu beglücken. Das ist doch sehr ehrenvoll, und Sie werden sich den Huldigungen gewiß nicht widersetzen.«

– Eine schauderhafte Aussicht. Ich werde eine linkische Figur spielen ...

»Ausgeschlossen. Sie brauchen dort nur zu reden wie hier zu uns, und der Erfolg kann Ihnen nicht entgehen; sei es nun, daß man Sie einlädt, in den Aulen unserer Universitäten Vorträge zu halten, oder daß man zu Ihren Ehren Kongresse veranstaltet. Es wird Ihnen gewiß auch eine Genugtuung gewähren, wenn sich die Interviewer der großen Zeitungen an Sie drängen, um jedes Ihrer Worte millionenfach vervielfältigt in die Welt hinauszudepeschieren. Höchstens die ersten Tage oder Wochen könnten eine leise Unbequemlichkeit bringen ...«

– Der Himmel behüte mich! Noch mehr Unbequemlichkeit?

»Kaum der Rede wert. Aber sehen Sie, Pordoio, gänzlich um alle Formalitäten kommen wir nicht herum. Kurz nach der Landung in Europa werden wir Sie anmelden müssen ...«

– *Anmelden*?!

»Lassen Sie uns dafür sorgen. Die Sache liegt zwar insofern etwas verwickelt, als Ihre Heimat bei uns keine diplomatische Vertretung besitzt. Da kommen andere Instanzen in Frage, die wir zu ermitteln haben werden. Vielleicht genügt es, wenn wir Sie bei der Polizei, beim Paßamt und beim Magistrat persönlich vorstellen und dort die anderen Behörden erfragen, die für die weiteren Anmeldungen in Betracht kommen, damit Sie nachher ...«

Der Schluß des Satzes blieb mir im Halse stecken. Pordoio rannte geradeaus über Deck; ehe ich ihn einzuholen vermochte, warf er die Oberkleidung ab und sauste mit einem gewaltigen Salto mortale über die Reeling.

Ein Schrei gellte mir durch Mark und Bein. Den hatte er hinausgebrüllt während des Sprunges: »Erebos!«

Nach zehn Sekunden war er außerhalb des Blickbereichs. Aber in dieser kurzen Zeitspanne wurde es meinen starrenden Augen klar, daß der Verwegene mit gewaltigen Schwimmbewegungen hinüberstrebte nach seiner Insel, nach seiner Einsamkeit, von der er niemals hätte abgetrennt werden dürfen.

Allalina und O-Blaha

Die Inseln der Pazifisten

Über die Bedeutsamkeit dieser Inseln waren bereits einige Mitteilungen zu uns gedrungen. Wir hatten Ursache, uns auf gewisse moralische Erlebnisse vorzubereiten, denn man hatte uns gesagt, daß wir in einen Bezirk ethischer Prinzipien geraten würden. Hier, so hieß es, sollte vorwiegend die Sittlichkeit regieren mit all ihren schönen Schwestern, Menschlichkeit, Gerechtigkeit, Edelmut, Charaktergüte. Wenigstens wurde den Bewohnern das Streben zugeschrieben, sich in den Mannigfaltigkeiten des Lebens, wo es nur irgend anginge, recht tugendhaft zu benehmen.

Wir hatten bereits angefangen, uns in einem Gasthof auf Allalina wohnlich einzurichten, sahen uns indes schon am ersten Tage genötigt, unsere Dispositionen zu ändern. Ein peinlicher Zwischenfall verleidete uns den Aufenthalt. Unserm Herrn Mac Lintock war nämlich seine kostbare Taschenuhr abhanden gekommen. Er hatte sie nur auf wenige Minuten unbeaufsichtigt im Zimmer liegen gelassen, und es schien erwiesen, daß niemand anders den Raum betreten haben konnte, als irgendein Individuum des Hauspersonals. Der Verdacht konzentrierte sich auf den Gasthofsdiener, und der Beraubte zögerte nicht, mit hellen Worten der Entrüstung den Wirt in Anspruch zu nehmen. Der sollte das entwendete Gut sofort herbeischaffen, den Frevler dingfest machen und der verdienten Bestrafung zuführen.

Allein der Wirt teilte durchaus nicht die zornige Erregung des Gastes. Vor allem sei es seine hausväterliche Pflicht, die schützende Hand über einen Menschen zu halten, der ihm bereits durch Jahre hindurch gegen bescheidenes Entgelt seine Arbeit widme. Sollte er unter dem verführenden Zwange einer Sekunde gehandelt haben, so wäre es verwerflich, diese eine Sekunde mit einem Makel auf Lebenszeit zu kompensieren. Niemand könne mit Sicherheit behaupten, daß der Mann just in diesem Moment Herr seiner freien Willensbestimmung gewesen sei. Zudem verordne das heilige Buch des Landes, der »Trismagest«, dem Schuldigen zu vergeben, durchweg Verzeihung zu üben und den Nebenmenschen nicht als Objekt der Rache zu behandeln. Er, der Wirt, müsse sich sonach höchlich verwundern, wenn er auf Anschauungen stoße, die der Gerechtigkeit so scharf widersprächen.

»Verschonen sie mich mit Ihren Redensarten!« ereiferte sich unser Gefährte; »ich will mit Ihnen nicht Moral disputieren, sondern meine Uhr wiederhaben! Sie hat zweitausend Dollar gekostet und ist außerdem ein Erbstück schon von meinem Großvater her, das ich als teures Familienandenken nicht missen möchte.«

– In diesem Falle, – entgegnete der Wirt ruhig – wäre erst zu prüfen, ob die Uhr überhaupt noch Ihnen gehört. Nach der Einrichtung des Jubel- oder Halljahres verjährt bei uns das Eigentum in einem Zeitraum von dreißig Jahren. Darin liegt ein Ausfluß göttlicher Gerechtigkeit, die dem starren Erbbesitz eine Grenze setzt zugunsten der Allgemeinheit ...

»Das wäre ja noch schöner!« rief Donath dazwischen; »Sie verwandeln die Kostbarkeit des Herrn einfach in herrenloses Gut, und Ihre Gerechtigkeit will dem Räuber womöglich noch ein Recht auf Raub zuschanzen!«

– Tausend Beispiele der Weltgeschichte bestätigen dieses Recht. Hiervon abgesehen lehrt unser heiliges Buch ...

In diesem Augenblick betrat der Hausdiener das Zimmer, um in die Verhandlung einzugreifen: Machen Sie sich keine Sorgen, Herr Wirt. Eine Liebe ist der andern wert. Sie sind für mich eingetreten, das war Ihre Pflicht, und jetzt ist es meine, den ganzen Handel aus der Welt zu schaffen. Dieser Herr ist offenbar fabelhaft reich, und ich bin ein armer Schlucker. Wenn er als Fremder die Tugend nicht kennt, auf Überfluß zu verzichten, so soll er an meiner Bedürftigkeit lernen, daß man sogar das Notwendige hingeben muß, um dem Nebenmenschen einen Verdruß zu ersparen. Hier haben Sie Ihr Zeug wieder!

Damit schmiß er dem Amerikaner die Uhr vor die Füße und entfernte sich mit dem Ausdruck eines Menschen, dem die Pflicht höher steht als der augenblickliche Vorteil.

Wir wollten Weiterungen vermeiden und verließen das Gasthaus, um private Unterkunft zu suchen. Nach einer Stunde waren wir ganz gut untergebracht. Bei einem Bürger namens Branisso, der zufällig über einige freistehende Räume verfügte und sich ein Vergnügen daraus machte, uns zu beherbergen. Man rückte ein wenig zusammen, man schränkte sich ein, und es ging.

Von Beruf war Branisso nach der Landessprache ein »Watongoleh«; wörtlich läßt sich das nicht übersetzen; nach unseren Begriffen ist Watongoleh etwa ein Regierungsrat oder Dezernent in einem Landesamt. Hier handelte es sich um das ausschlaggebende Ressort des *Ethischen Ministeriums*, und Branisso hatte die Aufgabe, einen Teil der ethischen Angelegenheiten zu sichten und zu analysieren. Zahlreiche Hilfsarbeiter stehen ihm zur Seite. In allen Amtsstuben werden die dem Leben entnommenen Tatsachen bearbeitet, zergliedert, nach Gesichtspunkten der Tugend und des Lasters zerfasert und katalogisiert. Die kommentierten Auszüge aus bergehohen Moralakten werden dem Publikum bekannt gegeben und durch Vorträge erläutert. Die Zeitungen, Theater und Lichtbildnereien stehen im Dienste derselben Sache. Dadurch wird die ethische Kultur dauernd verbreitet, die Beziehungen von Mensch zu Mensch immer mehr verfeinert.

»Gerechtigkeit« ist das Schlagwort der Insel und besonders ihrer Regierung. Die Richter sind fast ausnahmslos unbestechlich und suchen das Recht nach bestem Wissen zu finden, nach dem Prinzip der goldenen Mitte zwischen Milde und Strenge. Der Grundquell der Justiz erfließt aus dem schon erwähnten heiligen Buche »Trismagest«, dem die Strafpraxis möglichst getreu folgt. Das ist freilich nicht so einfach; denn in dieser Heilsschrift stehen die Ermahnungen zur Milde und zum drakonischen Durchgreifen vielfach dicht nebeneinander. Man soll nicht bloß den Nebenmenschen im allgemeinen lieben, sondern auch seine Feinde, so steht es da geschrieben; und auf derselben Seite heißt es: Auge um Auge und Zahn um Zahn. Jedermann soll nur für seine eigene Tat verantwortlich sein, so lautet ein Grundsatz, mit dem Beisatz, daß die Sünden der Väter heimgesucht werden an den Kindern und Enkeln. Hier steht, der Mensch soll gerecht richten, darunter: er soll überhaupt nicht richten; er soll nach einer geschlagenen Wange die andere hinhalten und dabei an den Spruch denken: Gießet aus die Schale des Zorns; er soll nicht falsch Eid-Zeugnis ablegen, aber richtiges auch nicht, da er überhaupt nicht schwören soll; er soll lieber Unrecht leiden, als Unrecht tun, und allzeit »einen guten Kampf kämpfen«; er soll seine Selbstsucht über winden, also aufhören, sich zu lieben, und dabei den Andern lieben wie sich selbst, also bis zum Übermaß. Wie findet man zwischen diesen Komponenten, in denen Ja und Nein, Verzeihung und Anathema durcheinanderwirbeln, die mittlere Linie?

Die Regierung von Allalina, beraten vom Ethischen Ministerium, hat versucht eine brauchbare Resultante zu gewinnen. Auf der Insel bestehen verschiedene Gerichtskammern, von denen die einen so mild, die anderen so drakonisch wie irgend möglich aburteilen. Damit beide Heilsprinzipe gleichmäßig gewahrt werden. Soll nun über einen Angeklagten Recht gesprochen werden, so entscheidet das Los, ob er vor eine milde oder vor eine strenge Kammer gestellt wird. Das Los hängt vom Zufall ab, der Zufall ist unparteiisch und entspricht somit allen Anforderungen parteiloser Gerechtigkeit. Für alle Klagefälle – auch in Zivilsachen –

sind zwölf Instanzen vorgesehen. Über die zwölfte hinaus steht dem Beklagten wie auch dem Kläger die Berufung an die Allgemeinheit offen; dann bildet das gesamte Volk ein Obertribunal, dessen Plebiszit die Angelegenheit wiederum an die erste Instanz zurückweisen darf. Sonach kann es sich zwar ereignen, daß ein Fall nie zu Ende gelangt, aber das ethische Gewissen findet seine Beruhigung darin, daß bei einem unendlichen Prozeß ein Fehlurteil ausgeschlossen erscheint.

Unser Herbergsvater, der Watongoleh, machte uns mit diesen Gerechtigkeiten bekannt und fügte hinzu, daß seine eigene Familie zurzeit schwer an einem Rechtsfall zu leiden habe. Trotz aller Vortrefflichkeit des Prinzipes habe sich hier ein Unglück zugetragen, aus dem er selbst mit seiner hochgradigen, amtlich gewährleisteten Ethik keinen Ausweg wüßte.

Branissos Tochter Gulpana, eine anmutige Frau in den zwanziger Jahren, erzählte uns den Hergang. Sie lebte mit ihrem Mann, dem Doktor Pordogg, in glücklichster Ehe. Vor drei Jahren wurde dieser wegen schwerer Delikte angeklagt und durch das Los vor eine strenge Strafkammer gestellt. Der Prozeß durchlief alle zwölf Instanzen und endigte beim Volkstribunal, das die erste Entscheidung – Verurteilung zu lebenslänglichem Gefängnis – bestätigte. Seit fünf Monaten schmachtet er im Kerker.

»Was hat er denn begangen?«

– Mein Gatte ist Chemiker und Physiologe. Als auf der Nachbarinsel eine Epidemie ausbrach, erfand er ein neues Serum, dessen Einspritzung nach seiner Überzeugung Wunder bewirkt. Er vollzog die Probe an sich selbst, indem er sich zuerst durch absichtliche Infektion mit Seuchenbazillen schwer krank machte. Als er dann durch seinen Impfstoff »Pordoggan« rasch gesundete, faßte er den Plan, die Bewohner von Allalina vorbeugend mit diesem Serum zu behandeln, um sie ein für allemal zu immunisieren.

Damit stieß er auf den Widerstand des Ministers *Palinur*, der eben dabei war, ein ganz allgemeines Gesetz gegen jede Impfung überhaupt auszuarbeiten und durchzusetzen. Bei dem großen Einfluß Palinurs war vorauszusehen, daß dieses Verbot demnächst in Kraft treten würde. Pordogg gab sich alle erdenkliche Mühe, durch Bitten und Sachgründe den Impfgegner umzustimmen. Der aber beharrte schroff auf seinem Vorsatz, dessen Verwirklichung den sanitären Plan meines Mannes vollkommen vereitelt hätte.

Bald darauf fand man Palinur im Ministerium als Leiche. Er saß vornübergefallen an seinem Arbeitstisch mit verkohltem Kopf und verbrannten Händen. Alle Aufklärungsversuche mißlangen ...

»Erhob sich da etwa ein Verdacht gegen Ihren Gemahl?«

– Allerdings; denn man wußte ja, daß ihm der Minister im Wege war. Allein der Verdacht fiel zu Boden, denn ich konnte beeiden, daß Pordogg an dem fraglichen Tage unsere Wohnung nicht verlassen hatte. So blieb nichts übrig als die Annahme eines gänzlich rätselhaften Unglücksfalls. Aber das Impfverbot kam nun nicht heraus, und mein Gatte konnte sein Verfahren beginnen. Man wußte, wie wunderbar sein Serum bei ihm selbst angeschlagen hatte, und zweifelte nicht daran, daß es auch prophylaktisch seuchenfest machen würde. In den folgenden Tagen vollzog Pordogg die Einspritzungen an mehreren hundert Personen.

»Ist denn die Epidemie von der Nachbarinsel überhaupt herübergekommen?«

– Nein, keineswegs. Sie erlosch auch dort nach nicht allzu langer Zeit. Aber bei uns ereignete sich Entsetzliches. Nach zwei Wochen erkrankten sämtliche von Pordogg geimpften Menschen an grünen Geschwüren, die den ganzen Körper bedeckten und auffraßen. Nie zuvor war ein solches Krankheitsbild beobachtet worden. Und ohne Ausnahme gingen die Ärmsten unter fürchterlichen Schmerzen zugrunde, nachdem sie die Luft straßenweit mit ihrem Jammergeschrei erfüllt hatten.

»Ließ sich ermitteln, wie das zusammenhing?«

– Die Autoritäten haben lange untersucht und folgenden Entscheid gefällt: Das Serum an sich ist eine großartige Erfindung und kann dereinst vorzügliche Dienste tun. Nur fehlen genügende Erfahrungen über die Dosierung; wird die richtige Injektion auch nur um ein Milligramm überschritten, so verwandelt sie sich aus einer Wohltat in eine Todbringerin. Außerdem darf man sie nur bei akuter Erkrankung anwenden, nicht aber prophylaktisch bei Gesunden. Mithin liegen Unbedachtsamkeiten vor und Kunstfehler, welche die Anklage auf fahrlässige Tötung rechtfertigen.

»Und darauf steht in diesem Lande Lebenslänglich?«

– Doch nicht. Allein Pordogg erklärte mitten in der ersten Verhandlung, man solle ihm gleich noch eine Leiche mehr aufrechnen. Er habe den Minister Palinur mit Vorsatz und Überlegung ermordet.

»Unmöglich! Er war doch nicht aus seiner Behausung fortgekommen!«

– Das braucht ein solcher Chemiker auch nicht, wenn er jemand beseitigen will. Er hatte ihn brieflich getötet: durch ein dringliches Schreiben, dessen Umschlag bei der Öffnung explodierte, und zwar mit solcher Gewalt, daß der Empfänger im nämlichen Augenblick das Leben verlieren mußte.

»Das alles ist ja sehr tragisch, und wir haben Ursache, Sie und Ihr Haus tief zu beklagen. Allein, um gerecht zu sein muß man doch sagen: Unrecht ist Ihrem Manne nicht geschehen. Er hat doch gemordet und getötet, und auch die mildeste Strafkammer hätte ihn nicht freisprechen dürfen!«

Wir wollten uns eben darüber auseinandersetzen, als ein anderes Mitglied der Familie aus dem oberen Stockwerk mit dröhnendem Gestampf heruntergetapst kam. Das war Branissos Stiefbruder Firnaz, seines Zeichens Physikus außer Dienst, der erst kürzlich von einer Inkognitoreise durch die Welt zurückgekommen war und jetzt auf der Insel eine ähnliche Rolle spielte wie Demokrit unter den Thraziern. Nur daß er nicht eigentlich als lachender Philosoph auftrat, vielmehr als polternder. Zwischen seiner Ausdrucksweise und seinem Äußern bestand eine gewisse Kongruenz. Eine Aesopische Figur, schiefäugig, rotbrandig, blatterbenarbt und verwachsen; und doch nicht reizlos mit der Faunennase, die über der Robbenschnauze energisch in die Luft stieß.

– Also man hat Ihnen schon vorgejammert, sagte Firnaz, und da wären wir ja mitten im Kapitel von der Gerechtigkeit; wer spricht denn überhaupt auf dieser Insel von etwas anderem? Wir sind allesamt ethisch verlaust, und das Herumkratzen auf der Lausehaut ist unsere Hauptbeschäftigung.

»So sollten Sie sich nicht ausdrücken, Herr Firnaz, aus Anlaß eines so tief traurigen Falles, der ja auch Sie als Familienmitglied betrifft. Nur von den ethischen Motiven darf man sprechen, die uns angesichts dieser Tragödie bedrängen. Denn einerseits müssen wir uns vergegenwärtigen: hier hat Gerechtigkeit gewaltet, andererseits aber können wir Ihrem Verwandten Pordogg eine gewisse Sympathie nicht versagen.«

– Einerseits – Andererseits! Da haben wir schon die Formel, mit der wir Moralkrüppel uns das Phantom der Gerechtigkeit vorschwindeln. Also Pordogg mußte verurteilt werden. Warum? wegen Mordes. Wo steht das? im Strafkodex und im Trismagest. Da steht aber auch, daß nicht die

Tat an sich beurteilt werden soll, sondern die Absicht. Hier war die Absicht eine edle: der Mann hatte sein ganzes Genie darangesetzt, um ein Heilmittel für die Menschheit zu bereiten. Nach seiner Überzeugung konnten Tausende gerettet werden, wenn nur ein einziger verschwand, der Palinur. Darum hat er ihn verschwinden lassen.

»Das durfte er eben nicht.«

– Durfte! so sagen wir, weil uns das Strafgesetz in den Knochen sitzt als ein Wurm, der uns jede höhere Regung aus dem Mark herausfrißt. Durfte Brutus den Cäsar ermorden, Tell den Landvogt, Charlotte Corday den Marat? Würden Sie den Tell verhaftet und eingesperrt haben? Schon biegt sich die Gerechtigkeit hin und her, und Sie wissen nicht wohin damit. Vereinfachen wir uns die Sache durch ein anderes Beispiel. Der Hochverrat ist strafbar; aber nur der Versuch, wenn er mißglückt. Glückt er, dann ist er straffrei, weil mit der alten Verfassung zugleich der alte Kodex in die Versenkung fällt. Dann existiert die Gerechtigkeit A nicht mehr, bloß noch die entgegengesetzte Gerechtigkeit B. Und zu hunderten von Malen hat die Menschheit das ganz in der Ordnung gefunden. Sie weiß es nicht, aber ihrem Unterbewußtsein ist es bekannt, daß die ganze Gerechtigkeit nur ein Konvolut von papiernen Paragraphen bedeutet, eine Papierwirtschaft, deren Scheine Zwangskurs besitzen, ohne daß eine Deckung dahinter steht.

»Immerhin, wir müssen uns doch an Normen halten.«

– Wir ersaufen in Normen. Und eine Norm widerspricht der anderen. Die Absicht soll das Entscheidende sein. Also erforschen wir die Absicht mit Virtuosität. Bei uns im Gefängnis von Allalina sitzt ein Mädchen wegen Abtreibung der Leibesfrucht. Sie hatte aber nie eine Leibesfrucht und ist noch heute Jungfer. Ganz egal. Sie redete sich Schwangerschaft ein, versuchte abzutreiben, die schlimme Absicht war erwiesen. Ins Gefängnis! In einer anderen Zelle hockt ein Mensch, der hatte mit einer Holzflinte auf eine Strohpuppe angelegt. Doppelter Sinnesirrtum: er glaubte einen geladenen Karabiner in der Hand zu haben und hielt die Puppe für einen lebendigen Menschen, für seinen Todfeind; den wollte er also erschießen. Man nennt das Versuch mit untauglichen Mitteln am untauglichen Objekt. Aber wir sind ethisch so verfeinert, daß wir uns schon gegen die verbrecherische Absicht empören, deshalb: ins Loch mit dem Kerl! Das ist die Norm. Zum Donnerwetter, so wendet sie doch an, wo es einen Sinn hat, die Absicht statt der Tat zu beurteilen. Was geschieht? Die Gegennorm schlägt uns mit einem Knüttel auf den Kopf. Im Fall Pordogg gilt die Absicht gar nichts. Er hat durch die Selbstinfektion sein eigenes Leben drangesetzt, das wird vergessen. Er wollte uns vom Übel erlösen – das gilt nicht mehr. Wir starren ethisch hypnotisiert auf die unglückselige Tat, und der glückselige Wille kann uns sonst was. Wieder ruft uns eine geheiligte Norm zu: Ne bis in idem – nie zweimal gegen dasselbe! Aber der Mann war ja schon bestraft, bevor er an die Schranken geschleppt wurde! Wenn ihm seine Geimpften in Masse wegstarben, so hat er in seiner Seele schon hundertfachen Tod erlitten. Gegennorm: wir bestrafen ihn noch einmal und diktieren ihm zu seinem Tod noch ein bißchen lebenslänglichen Kerker. Zu Hause hat er eine unschuldige Frau und zwei unschuldige Kinder. Ethische Norm: die Unschuld darf nicht gekränkt werden. Gegennorm: Frau und Kinder werden aufs schwerste mitbestraft, für ein Unglück, von dessen Anrichtung sie nicht die leiseste Ahnung besaßen. Und dann setzen sich unsere Staatsweisen zusammen und spintisieren über weitere Verfeinerungen der ethischen Kultur!

»Ja, das sind eben Gewissenskonflikte, die uns vielleicht um so mehr bestürmen, je weiter wir auf der Bahn der Menschlichkeit vorschreiten.«

– Woraus ich schließe, daß wir uns dieses Vorschreiten nur einreden, und daß Menschlichkeit mit allen Annexen nur Phantome sind. Ihr Hauptsymbol ist die Frau Justitia, vor der wir besonders, wir Insulaner, platt auf dem Bauch liegen. Eine großartige Figur! mit einer Augenbinde, wodurch sie ausdrückt, daß sie niemals ein Einsehen haben will, niemals Vernunft annimmt, denn Einsicht, Vernunft und Erkenntnis des Rechts sind dasselbe; mit einem Schwert, womit sie die verknoteten Fäden der Rechtsbeziehungen nicht löst, sondern entzweisäbelt; und mit einer Wage, auf der sie Imponderabilien wägen will wie Käse und Aufschnitt. Sie brauchte bloß noch wie Brennus das Schwert auf die Wage zu werfen, dann wäre das Sinnbild der Barbarei fertig. Auf dem Sockel müßte entsprechend stehen: Vae victis!

Und liebenswürdige Manieren hat die Dame Themis. Sie kommt uns mit Unparteilichkeit und Gleichheit aller vor dem Gesetz; etwa wie ein Palmbaum, der alle seine Früchte in gleicher Höhe aufgehängt hat; mit dem Effekt, daß die große Giraffe sie abfressen kann, während die kleine Antilope unten verhungert. Das sind ihre unparteilichen Rechtswohltaten. Als Strafgöttin schwingt sie ihr Schwert immer mit der gleichen Stärke in der gleichen Richtung. Daß ihr das eine Individuum nackt gegenübersteht, das andere gepanzert, das bemerkt sie nicht, denn sie ist ja blind. Ihr Streich geht an dem einen vorbei, der andere wird geritzt, der dritte mittendurch gespalten, – ganz egal, sie hat mit Gleichheit operiert – –

– Firnaz, hör auf! rief Branisso dazwischen. Diese Fremden sind hierher gekommen, um die Eigenheiten unseres Landes kennen zu lernen, aber nicht um die Heiligtümer der Menschheit verlästern zu hören. Und zu uns gewendet ergänzte er: Tatsächlich sind wir ein Justizvolk und wir streben danach, uns in diesem Betracht so zu vervollkommnen, daß wir dereinst als Muster für die ganze Erde hinausleuchten können. Unsere Abschließung von der Welt wird ja in absehbarer Zeit aufhören, und dann soll die Welt bei uns die wahre Blüte der Sittlichkeit studieren. Mit der Gerechtigkeit fangen wir an, und mit ihr hören wir auf, mit der höchsten Gerechtigkeit, die aus aller Gemeinschaft ein Volk von Brüdern machen soll. Unser Ideal ist der Pazifismus, das Wort im weitesten Sinne genommen; die Auslöschung der egoistischen Triebe durch das Prinzip des gerechten Denkens und Handelns. Die Gerechtigkeit ist gewissermaßen der Destillierkolben, aus dem wir die feinste Essenz gewinnen. Der mit dieser Essenz durchtränkte Mensch wird das wahre Völkerrecht in sich tragen, den ewigen Frieden jenseits aller Anfechtungen durch Gier und Neid.

»Dieses Programm verdient alle Hochachtung. Wenn wir Sie recht verstehen, so versuchen Sie aus allen Sittenlehren die gerechteste Substanz herauszuholen zum Zwecke eines allgemein anerkannten kategorischen Imperativs, der dann natürlich den Frieden von Mensch zu Mensch und von Volk zu Volk gewährleistet. Aber die Sittenlehren unter sich bieten doch Differenzpunkte!«

– Bis auf eine auffallende Übereinstimmung – polterte Firnaz; weil nämlich eine immer so blöde ist wie die andre. Hier auf den zwei Inseln schmarutzen sie alle Kurse durch, und keinem fällt es ein zu untersuchen, ob denn die Ethik überhaupt einen Sinn hat! ob nicht bei genauer Prüfung ihr Inhalt in Wortgewäsche sich auflöst. Das Meisterwerk Mensch wollen sie vollenden. Mit einer bevorstehenden Offenbarung durch innere Hochkultur des Seins besabbern sie ihr bißchen Intellekt. Aus der Physik wissen sie – oder sollten sie wissen – daß wir eine Verschrumpfung, Verbiegung, Deformation des gesamten materiellen Universums gar nicht bemerken könnten, weil all unsere Organe und Meßapparate im gleichen Grade mitdeformiert würden. Na dann zieht doch gefälligst die Folgerung auf moralisch verschrumpfte, verkrümmte Welten, deren Verbiegung wir als mitverbogene Kreaturen nicht wahrnehmen können. Die

Wahrscheinlichkeit von Unendlich zu Eins spricht dafür, daß wir uns in einer solchen Welt befinden; daß wir sie als Moralkrüppel bevölkern; und daß es der blanke Blödsinn ist, in dieser Krummwelt von der Sitte und Gerechtigkeit etwas anderes zu erwarten als Krummheit und Mißgestalt. Menschentum! Menschlichkeit! so dröhnt es aus den zottigen Hochbrüsten der Männer, die sich für aufrecht halten, und es soll etwas Hohes, Erhabenes bedeuten, im Gegensatz zu Niedrigkeiten wie Eseltum, Ochsigkeit oder Bestialität. Du lieber Himmel, wo liegt der Koordinaten-Anfangspunkt, von dem aus gemessen wird, was hoch und was nieder? Es gibt keinen, und wir beschwindeln uns und die Welt, wenn wir so tun, als wüßten wir was von ihm. Die Frage: wer steht sittlich höher, der Mensch oder der Pavian ist genau so gescheit und genau so albern wie die Frage: was ist edler, verständiger, gerechter, sittlich vollkommener, der Kölner Dom oder der zweite Saturnring? Wir beziehen Dinge aufeinander, für die jeder Maßstab fehlt. Tatsache ist nur eins: Wir finden uns in diese Welt hineingesetzt und haben unser Pensum abzuwickeln. Das tun wir nach dem unverbrüchlichen Prinzip des Egoismus, der bald individual auftritt, bald gattungsmäßig, wie die Sekunde es verlangt. Dem einen sitzt Lug und Betrug im Blute, der lügt und betrügt, der andere hält mehr zur Wahrheit, weil er gemerkt hat, daß er damit durchschnittlich besser fährt. Im Kulturmenschen hat sich das Gefühl organisiert, daß der Vorteil der Menge auf den einzelnen abfärbt. Folglich erstrebt er aus tiefstem Egoismus den Vorteil aller, und er kommt sich dabei edel vor, weil er imstande ist, seine Privatselbstsucht so hübsch zu verkleiden, vor andern und sogar vor sich persönlich. Diese Selbstbeschwindlung ist dann seine Güte. Dafür hat er sich schockweise Ausdrücke erfunden, flatus vocis, oratorische Seifenblasen, an deren Buntheit er sich berauscht, die aber allesamt entzweiplatzen, sobald nur der Hauch des Intellekts sie berührt: Gerechtigkeit, Ehre, Pflicht, Friedenssehnsucht, Weg der Seele, Überwindung des Selbst, neuerdings indische Yoghi-Kultur: der siderische flammenreine Mensch soll entstehen; die Durchdringung des Wesens mit der sittlichen Harmonie des Alls; Ausbrennung der letzten Erdenreste im Bauchgeschlinge durch Innenkonzentration. Ihr bengalischen Phrasenmeister! konzentriert euch doch einmal wirklich nach ganz innen und seht zu, was ihr da findet: den kategorischen Imperativ des Egoisten in Reinkultur. Da sitzen die ewigen Wahrheiten und Erkenntnisse; der Krieg ist der Vater aller Dinge, homo homini lupus, Kampf aller gegen alle, denn aus Gemeinem ist der Mensch gemacht...

»Dies soll doch eben überwunden werden!«

–Von wem? vom Träger dieser Gemeinheit, der sich vortäuscht, er könne eine Gemeinheit durch eine andere neutralisieren. Denn andre Substanzen findet er ja nicht in sich. Es ist so, als faßte die Schwefelsäure den Entschluß, sich durch Innenkonzentration in Lawendelwasser zu verwandeln.

»Dein Gleichnis hinkt, Firnaz. Die Schwefelsäure kann nicht überlegen wie der Mensch, der sich selbst zu untersuchen und zu prüfen vermag.«

– Das heißt, der Geist nimmt den Geist unter die Lupe, die Seele seziert sich selbst. Das ist zwar unmöglich, aber nehmen wir an, es ginge. Da findet also die Seele bei der Selbstsektion eine üble Gewohnheit, die sie herausreißen und durch eine bessere ersetzen will. Wodurch und wie erkennt sie das Übel?

»Doch sehr einfach! sie nimmt es als Symptom einer seelischen Krankheit und will gesunden.«

– O diese selbstlose Seele! ihr ist das Leiden verhaßt, sie will ihre Schwären und Ekzeme abschütteln, sie sehnt sich nach den Freuden der Heilung. Und die Kur bewirkt sie durch eine neue Gewohnheit, ohne von der alten Gewohnheit loszukommen, nach welcher sie ihren Vorteil erstrebt.

»Was redest du immer von Gewohnheit, Firnaz. Wir veredeln doch das Ethische mit Verleugnung der Gewohnheiten.«

– Ja, das ist eures Amtes in eurem ethischen Ministerium. Schade, daß ihr nicht einen Sprachkritiker unter euch habt. Der würde euch sagen, daß beides ein und dasselbe ist. Ethos, mit langem E ausgesprochen, ist die Moral, Ethos mit kurzem E die Gewohnheit. Und es steht sprachlich fest, daß jenes von diesem herstammt. Dadurch wird bekundet, daß einzig die Gewohnheit den Kommentar zur Moral liefert. Gewohnheitsmäßig schwärmen wir für die kleinen Kinder als für Unschuldsengel. Weil das Kind wiederum in unerschütterlicher Gewohnheit von Sekunde zu Sekunde seinen unbedingten Egoismus klar zu erkennen gibt. Die Gewohnheit des egoistischen Versteckspiels und des altruistischen Getues ist ihm völlig fremd. Was ist also unsere Verzückung vor den vermeintlichen Unschuldslämmern? Nichts anderes als die bewundernde Anerkennung der ehrlichen Selbstverständlichkeit. Wir, die wir unseren Egoismus fälschen, überschminken und vermummen, empfinden eine himmlische Freude vor einem Wesen, das von dieser Heuchelei gar nichts weiß. Wir erblicken also eine Engelstugend im offen zur Schau getragenen Egoismus. Ferner: wir sind gewohnt zwischen normalen und verrückten Menschen zu unterscheiden. Welchen Gewohnheitsmaßstab legen wir an? Den des Interesses. Wenn einer gegen sich wütet, seinen Besitz zertrümmert, oder Stecknadeln schluckt, oder sich die Augen aussticht, oder sich ein Schlaflager von Brennesseln bereitet, so sagen wir: dieser Mann ist nicht imstande, seine Interessen wahrzunehmen, wir stecken ihn ins Gefängnis, das wir Irrenhaus nennen, und hoffen, daß er dort zu normalem Egoismus kuriert wird. Überall vollziehen wir die identische Gleichung: Selbstsucht gleich Gesundheit, und da mögt ihr noch hundert ethische Ämter einrichten und darin analysieren so viel ihr wollt, niemals werdet ihr auf einen anderen Grundbestand stoßen.

»Das ist nicht wahr, Firnaz; wir stoßen auch auf kategorische Imperative!«

– Deren Grundbestand lautet: handle immer nach derjenige Maxime, durch die du zugleich wollen kannst, daß sie ein allgemeines Gesetz werde. Das ist die Hauptformel Kants, die ihr unausgesetzt und in allen Tonarten nachbetet.

»Weil wir in ihr das Mittel erkannt haben, unsere Genossen zu idealen Menschen zu erziehen.«

– Aber auf die nämliche Formel kann sich ja jeder Schlemmer und Wüstling berufen! Wünscht denn der Wüstling nicht, daß sein wüstes Genießen allgemeines Gesetz würde? Hat der Säufer etwas dagegen einzuwenden, wenn die andern sich auch besaufen? Und solches professorales Moralgefasel behauptet Weltkurs! Ich stelle mir vor, Kant lebte und nähme teil an unserer Unterhaltung. Dann frage ich ihn: Verehrter Moralfex, ist es wahr, daß Ihr kategorischer Imperativ das unbedingte Verbot der Lüge enthält? – Jawohl, sagt Kant, das steht bei mir in klaren, unverrückbaren Worten: denn die Lüge, sagt Kant, schadet jederzeit einem andern, wenngleich nicht einem anderen Menschen, doch der Menschheit überhaupt, indem sie die Rechtsquelle unbrauchbar macht.

»Und so verordnen wir die Lehre für alle Schulen und Kanzeln; denn die Reinheit der Rechtsquelle geht über alles.«

– Gut, dann frage ich weiter: Ihr Freund, Herr Kant, wird von einem Mörder verfolgt und flüchtet sich in Ihr Haus. Der Mörder mit gezückter Waffe will wissen, ob der Verfolgte sich bei Ihnen befindet. Was antwortet Ihr kategorischer Imperativ? Jawohl! sagt der, denn er darf nach Ihrer eigenen Erklärung die Wahrheit nicht verleugnen, »es mag ihm oder einem anderen daraus auch noch so großer Nachteil erwachsen.« Also wird der Freund ans Messer geliefert, ein Verbrechen wird ermöglicht, und Sie selbst werden dadurch zum Verbrecher, weil Sie im Interesse der Menschheit dieses abscheuliche Wahrheitsbekenntnis nicht unterdrücken können!

»Ich glaube aber nicht, daß Kant dem Mörder so geantwortet hätte.«

– Ich eigentlich auch nicht. Er hätte vielmehr die Magna Charta seiner Imperative durchlöchert. Und bei Lichte besehen zeigt sie auch wirklich in aller Praxis Loch um Loch. Da habe ich gerade ein interessantes Beispiel in meiner eigenen Tätigkeit. Sie müssen nämlich wissen, ich bin Stadtphysikus außer Dienst, behandle aber noch einige Menschen in privatem Medizinalberuf. Im Nebenhaus liegt eine Patientin meiner Kundschaft, – kommen Sie, meine Herrschaften, sehen Sie sich die Frau an und geben Sie mir dort einen weisen Rat nach Kantischer Moral!

Wir folgten ihm und gerieten an folgende Sachlage.

Die Frau war gleichzeitig mit ihrem einzigen Kinde an den Pocken erkrankt. Firnaz hatte veranlaßt, daß die beiden Personen nicht in demselben Zimmer verblieben, und der Mutter versprochen, ihr stets wahrheitsgetreuen Bericht über das Kind zu geben. Es war ihm bekannt, daß das Leben dieses Kindes einen höheren Wert für die Mutter besaß, als irgend etwas auf der Welt und daß sie der trostlosesten Verzweiflung anheimfiele, wenn sie sich jemals des für sie höchsten Gutes beraubt wüßte. Die Krankheit nahm nun bei der Mutter einen so fatalen Verlauf, daß der Arzt jede Hoffnung aufgeben mußte; das Bewußtsein der Kranken aber, die jetzt ihrer Auflösung entgegenging, war noch erhalten.

Wir schritten zuerst in das kleine Nebenzimmer, wo Firnaz gerade noch die letzte Todeszuckung des Kindes konstatierte. Und nun begehrte er von uns zu erfahren, welchen Bericht er der Mutter in nächster Minute zu erstatten habe.

»Wahrheitsgetreu!« meinte Branisso, noch unerschütterlich auf Kant fußend.

»Unmöglich,« erklärte ich; »lieber schweigen Sie und geben gar keine Antwort. Aber das geht doch auch nicht! Jede Verschweigung oder jeder Vorbehalt wäre für den Scharfsinn der Zärtlichkeit gleichbedeutend mit der schonungslosen, krassen Wahrheit.«

»Also müssen Sie lügen, bewußt lügen!« flüsterte Eva.

– Branisso, besinne dich! Mit der Wahrheit töte ich die Mutter in der Sekunde; mit der Lüge verlängere ich ihr Leben noch um eine kurze Spanne, und in dieser Spanne beseligt sie eine matte Hoffnung!

Der Bruder wurde schwankend. Es rüttelte in ihm wie mit Zangen, um ihm den Glauben an die Kantische Unfehlbarkeit herauszureißen. Endlich gab er sich einen Ruck und sagte: »Geh hinein, Firnaz, und lüge!«

Zwei Stunden darauf verschied die Mutter. Firnaz' Unwahrheit hatte ihr den letzten Trostbalsam eingeträufelt. Als wir am Abend wieder beim Ethiker zusammensaßen, meinte der mißgestaltete Stiefbruder: Hoffentlich hat eure Pazifistenwirtschaft noch bessere Stützen als Kant mit seinem ewigen Frieden. Denn bei dem ruht alles auf derselben Imperativtafel, und die ist heute vor deinen Augen entzweigebrochen.

»Das war nur ein Ausnahmefall,« entgegnete der Watongoleh. »Hier mag sich die Rechtsquelle allerdings getrübt haben. Aber sie wird wieder rein sprudeln, wenn uns das ethische Hochgefühl drängt, uns mit vollen Zügen an ihr zu tränken. Wir bedürfen ihrer zu der großen Aufgabe, die wir gerade jetzt im Verfolg unserer Prinzipien in Angriff nehmen.«

*   *
*

Diese große Aufgabe bestand, wie schon erwähnt, auf den beiden Inseln in der Begründung eines Regulativs für den Frieden der Menschheit, welcher nur auf der Grundlage des

Rechtes und der geläuterten Ethik denkbar ist. Nicht als ob die Bewohner das Drohen irgendwelcher Zwistigkeiten unter sich befürchtet hätten. Aber gerade weil sie in diesem Betracht gesichert waren, fühlten sie sich berufen, die Normen eines allgemein gültigen Pazifismus auszuarbeiten; mit aller Unparteilichkeit und Gerechtigkeit, deren nur ein von Natur friedliches und stets über sittliche Probleme grübelndes Volk fähig ist.

Während über das Prinzip im ganzen allseitige Übereinstimmung herrschte, gab es über den Verfolg im einzelnen verschieden abgetönte Meinungen. Zwei Richtungen wurden erkennbar: die idealistische und die utilitarische, und demzufolge zwei Formen der Strebung: die linkspazifistische und die rechtspazifistische. Auf Allalina überwogen die idealen Linkser, auf O-Blaha die etwas praktischer gerichteten Rechtser. Im Grunde wollte man natürlich auf beiden Seiten dasselbe: die in Grundsätzen, Richtschnüren und Paragraphen festgelegte oberste Sittenregel für die Menschheit.

Gerade in der Zeit unseres Besuches sollte zu diesem Zweck eine große Konferenz tagen, beschickt von den Hauptsprechern beider Inseln. Eigentlich war dieser Kongreß schon seit Jahren in der Schwebe, allein es hatten sich insofern Schwierigkeiten ergeben, als man sich über den Ort der Zusammenkunft nicht so schnell zu einigen vermochte. Die O-Blaha-Leute bestanden auf ihrer Insel, und die anderen betonten es als conditio sine qua non, daß die Tagung auf Allalina stattfinden müßte. Denn die ideale Ethik hätte früher existiert als die empirisch-utilitarische. Sie beriefen sich dabei auf Sokrates, Aristides, Confucius und gaben zu verstehen, daß sie nicht im Traume daran dächten, von ihren Grundsätzen abzuweichen. Aber die Rechtser führten ebenso gewichtige Gründe ins Treffen, und so war die Konferenz nahe daran, zwischen beiden Inseln ins Wasser zu fallen.

Schließlich verfiel man auf das bereits mehrfach bewährte Mittel, den Zufall anzurufen. Das Los entschied für Allalina.

Auch das Aufstellen einer Geschäftsordnung war nicht so einfach. Es erhoben sich Stimmen für unbedingte, andere für beschränkte Öffentlichkeit. Wer sollte Zutritt haben? Alle, oder nur bevorzugte Karteninhaber? Aber kein vorhandener Saal wäre dem Andrang aller gewachsen gewesen, und welcher Behörde hätte man die Kompetenz zur Auslese zuzuweisen? Die Schwierigkeit komplizierte sich durch die Frage, ob nur die delegierten Sprecher reden dürften, oder ob jedem Zuhörer das Recht zuständе, in die Debatte einzugreifen und seine Meinung zu äußern. Sollte ferner der einzelne unbegrenzte Rededauer beanspruchen, oder an eine maximale Redefrist gebunden sein? Schließlich aber nahm der Plan in einem Spiel sehr verwickelter Kompromisse Gestaltung an. Man entschied sich für möglichst weite Zulassung der Hörer, der Redefreiheit und der Sprechfrist; und man baute eine Konferenz-Arena, deren Umfang zwischen Aula von Toledo und dem römischen Circus Maximus etwa die Mitte hielt. Es war ein rasch konstruierter, ungedeckter Holzbau, dessen Kosten auf beide Inseln gleichmäßig repartiert wurden.

Durch unsere Beziehungen zum Watongoleh, der als ethische Amtsperson zum provisorischen Büro des Hauses gehörte, erlangten wir Fremdlinge leicht Zutritt zu den Verhandlungen. Schon in der vorbereitenden Sitzung waren wir zugegen. Und da einer von uns, Donath Flohr, dreist und unlegitimiert einen Stimmzettel mitabgab, so wurde Branisso mit einer Stimme Mehrheit zum leitenden Präses gewählt. Er erteilte das Wort, und nunmehr begann die Debatte, in der vor allen die zwei deputierten Hauptsprecher hervortraten: für Allalina der Linkspazifist Purpu, für O-Blaha der Rechtspazifist Kostrubaal.

Purpu begann mit einer rhetorisch prachtvollen Ansprache, in der er die Bedeutung der Konferenz ins hellste Licht setzte. Sie würde eine Fülle von Entschlüssen und Motionen gebären, die man auf Pergament festhalten wolle: Wir werden sie, so denke und heische ich, in einer silbernen Kapsel aufbewahren für eine ferne Folgezeit, um sie dereinst zu öffnen, wenn die leidende Menschheit in der weiten Welt reif geworden sein wird zum Empfang unserer Heilswahrheiten.

Dem widersprach aber Kostrubaal ganz energisch: Unsere Tagung hat nicht den leisesten Sinn, wenn wir auf die Zukunftsbank schieben, was der lebendigen Gegenwart angehört. Wir auf O-Blaha empfinden schon lange, daß wir viel zu viel in der Theorie machen, uns mit ethischem Wortdunst besäuseln, anstatt uns auf die Pragmatik zu besinnen. Heraus aus der pontifikalen Salbaderei, hinein in die Wirklichkeit! Wenn wir jetzt das ethische Weltrezept ermitteln, – und wir werden es finden! – so wäre es geradezu ein Verbrechen, es zu verkapseln und einzupökeln. Wir wissen ja, wie es draußen in den großen Kontinenten zugeht, in Krieg, Kriegsmöglichkeit, Kriegsdrohung und in Zuständen eines Friedens, dem die Kriegspestilenz aus allen Poren dampft. Können die Völker der alten Kulturwelt nicht kraft eigenen Vermögens aus ihrer Hölle heraus, so sind wir berufen, wir ethisch Geschulten, ihnen die Erlösung zu bringen; und zwar dadurch, daß wir ihnen ohne jeden Aufschub das Programm mitteilen, das wir jetzt aufstellen werden. Jetzt ist die Stunde gekommen, da wir unsere polynesische Abgeschiedenheit im pazifischen Weltwinkel aufzugeben haben. Bei uns ankert ein Schiff, die »Atalanta«, die unsere Heilsbotschaft hinaustragen kann. Ich frage den hier anwesenden Kapitän, ob er bereit ist, sich dieser Mission zu unterziehen.

Unser Herr Ralph Kreyher erhob sich und machte eine nicht ganz diplomatische Verbeugung, die soviel bedeuten sollte: Selbstverständlich; wird uns eine Ehre sein.

Aber Purpu stand eisenfest auf der Geschäftsordnung: Der Herr Vorredner besitzt nicht den Schimmer eines Rechtes, hier Missionen auszuteilen. Ich betrachte es als einen unerhörten Übergriff, wenn er sich kaltlächelnd über die Tatsache hinwegsetzt, daß von mir ein formulierter Antrag vorliegt. Herr Präses, was steht im Protokoll?

Branisso war in Verlegenheit. Ich muß allerdings konstatieren, daß Purpu die Verschließung unserer pazifistischen Ergebnisse in eine silberne Kapsel beantragt hat, während der Gegenredner deren sofortige Bekanntgabe für die ganze Menschheit befürwortet ...

Abstimmen! Abstimmen! wurde dazwischengerufen.

– Meine Damen und Herren, erklärte der Vorsitzende, es wäre verfehlt ... er kam nicht weiter, denn ein Deputierter von O-Blaha protestierte mit durchdringendem Organ gegen die Anrede: Mit welchem Rechte setzt der Vorsitzende die Damen voran?! Sind wir ethische Inseln oder galante Inseln?!

– Also: meine Herren und Damen, – oder vielmehr, um die volle Parität zu wahren: Verehrte Genossen beider Geschlechter ...

Bravo!

– Ich wollte sagen: es wäre verfehlt, durch Abstimmung festzustellen, was mit Ergebnissen geschehen soll, von denen noch nicht eine einzige Silbe vorhanden ist. Ich möchte deshalb, wenn kein Widerspruch erfolgt, diesen Aktus bis zum Schluß aller Debatten vertagen. Ich bitte demnach, zunächst vorzutragen, wie Sie sich überhaupt die Begründung unseres schönen Programms im einzelnen vorstellen. Herr Kostrubaal hat das Wort.

Der Aufgerufene begann: Wenn ich es recht überlege, so wollen wir hier alle die einfachste Sache von der Welt. Und eine einfache Sache muß sich auch in klaren, nicht mißzuverstehenden Worten ausdrücken lassen. Seit Kreaturen existieren, bekämpfen sie einander, und seit der homo sapiens auf Erden wandelt, ist der Kampf von Mensch gegen Mensch über alle Begriffe der Scheußlichkeit hinausgewachsen. Noch nie ward es in der Weltgeschichte erlebt, daß der Janustempel auch nur auf eine Stunde geschlossen werden konnte. Was sich in den Wassertropfen begibt, deren Kleinwesen einander verschlingen, was im großen Tierreich mit seinem Gewimmel von Raubbestien, Schlangen, Skorpionen und Würgern, ist alles zusammengenommen nur ein Kinderspiel, nur ein Idyll gegen das Vertilgungsbild, das uns der Mensch bietet. Denn ganz vereinzelt lebt unter diesen ein Numa, ein Solon, ein Epaminondas, ein Epiktet, und zu vielen Millionen wüten sie umher, die Teufel in Menschengestalt, die ihre Intelligenz nur darum immer höher schrauben, um ihre Grausamkeit zu verschärfen. Beinahe sind sie soweit, mit einem Druck auf den Knopf ganze Städte zu pulverisieren und mit einem Sprengguß ihrer Luftflotten blühende Provinzen in stinkende Leichenfelder zu verwandeln. Und aus diesem Grunde sind wir verpflichtet, hier als erstes Prinzip eine Forderung niederzulegen: Der auf Allalina tagende Kongreß verlangt kategorisch: das gesamte Menschengeschlecht muß eine einzige Familie guter, glücklicher und friedfertiger Geschöpfe werden.

Der Redner machte eine Kunstpause, die von beifälligen Zurufen ausgefüllt wurde. Es war ersichtlich, daß dieses Prinzip alle Aussicht hatte, mit überwältigender Mehrheit angenommen zu werden. Und damit war das Hauptproblem eigentlich schon überm Berg. Ermutigt fuhr der Sprecher fort:

– Gewiß, liebe Genossen, wenn diese soeben aufgestellte Formel schon vor dem trojanischen und peloponnesischen Kriege gefunden worden wäre, so hätte sich die Menschheit viel Trübsal erspart. Immerhin wollen wir es mit Freude begrüßen, daß sie nun endlich gesichert dasteht, prädestiniert, eine niemals endende Glückseligkeitsära einzuleiten. Sie ist kein Ausfluß eleusinischer Mystagogie, kein Destillat aus verzwickten philosophischen Systemen, sie bietet keine juristische Verschnörkelung, sondern – und darin liegt ihr oberster Vorzug – sie gibt sich mit offensichtlicher Einfachheit und wird eben darum, kraft ihrer einleuchtenden Simplizität eine ungeheure Gewalt ausüben. Ja ich gebe mich bestimmt keiner Illusion hin, wenn ich behaupte, daß sie allein imstande sein wird, neun Zehntel aller jemals möglichen Kriege zu verhüten ...

»Das ist zu wenig!« unterbrach Purpu mit Leidenschaft, »wenn wir nicht mit zehn Zehntel fertig werden, dann können wir überhaupt einpacken!«

Kostrubaal lächelte ironisch: – der Herr von Allalina verbeißt sich schon wieder in die Theorie einer weiten Zukunft, und wahrscheinlich hat er dafür ein phantastisches Rezept in Bereitschaft, während ich das Prinzip so forme, daß es schon heute von aller Welt mit Begeisterung akzeptiert werden kann. Ich habe daher das Prinzip als Generalformel ausgesprochen und gehe nunmehr dazu über, sie im Speziellen zu festigen. Sonach lautet meine zweite Resolution: Der hier versammelte Kongreß fordert von der Menschheit kategorisch die rücksichtslose Unterdrückung aller *Angriffskriege!*

»Na, da haben wir's ja!« schäumte Purpu auf, indem er zur Tribüne stürzte und sich unbekümmert um die Rednerliste zu einem Rededuell anschickte. »Er verklausuliert sich schon im ersten Anlauf, der Praktiker! Begreift er denn nicht, daß er mit seiner zweiten Resolution ein Hinterpförtchen aufsperrt, durch das der vorn herausgeschmissene Krieg wieder lustig hereinspazieren wird? Klipp und klar will ich Antwort: Hält er den Verteidigungskrieg für zulässig?«

– Sie fragen wie ein Unzurechnungsfähiger. Selbstverständlich wird man in Abwehr ungerechten Angriffs an seine eigene Stärke appellieren müssen. Soll man etwa mit verschränkten Armen dasitzen und sich ruhig abschlachten lassen, wenn es dem bösen Nachbar so gefällt?

»Einen hübschen Pazifismus vertritt der Mensch da! Noch nicht einmal die Grundidee hat er begriffen. Zuerst wettert er gegen den Krieg, und bei der ersten Querfrage klappt er um. Begreift er denn nicht, daß der Raub ganzer Länder weniger schwer wiegt, als der Tod eines einzigen Menschen, der leben will und leben könnte? Daß der Angreifer niemals den Tod des Angegriffenen will, sondern nur seine Güter, Territorien, Bodenschätze, Bergwerke, Fabriken, Eisenbahnen? Erst durch die Verteidigung kommt der Mord herauf, den wir überzeugten Linkspazifisten unter allen Umständen ächten und verwerfen. Es gibt keinen Fall gerechten Defensivkrieges, vielmehr ist er stets ungerecht wie jede blutige Handlung.

– Also lieber Versklavung als blutige Abwehr? Gipfel des Blödsinns!

»Gipfel der ethischen Weisheit! Der Sklave bleibt am Leben, und nichts Kostbareres können wir ihm erhalten als eben dieses. Wir bekämpfen also jeden Krieg, restlos, radikal, und ich verlange eine Resolution, die diese Forderung ohne Winkelzüge zum Ausdruck bringt.«

Im Publikum wogte Stimmung. Die Konsequenz Purpu's imponierte dem ethischen Bewußtsein der Allalina-Leute, die sich als Partei zu fühlen anfingen. Um so vehementer regte sich der Widerstand der Gegenpartei. Durch die Konferenz ging es wie ein Wechselstrom, der zur Entladung drängte. Funken sprangen über, als Vorboten einer Explosion, die gewiß bei einer Abstimmung eingetreten wäre. Denn dann gab es Sieger und Geschlagene, ein Ideal wäre durch Mehrheit erdrosselt worden, und das hätten die Träger dieser Idee bestimmt sich nicht gefallen lassen.

In dieser Situation entschloß sich der Präsident, die Spannung lieber noch hinzuhalten, anstatt die Entscheidung zu provozieren. Er ersuchte die beiden Kämpen um eine Pause in ihrem rethorischen Waffengange: Lassen wir doch auch andere Stimmen zu Gehör kommen, damit sich die Angelegenheit genügend kläre. Im Grunde wollen und meinen wir ja alle dasselbe.

– Mit kleinen Unterschieden, bemerkte Firnaz vom Platze aus. Ich zum Beispiel meine, daß hier nicht ein ideales Motiv den Endsieg erstreiten wird, sondern der Biceps. Und wir kämen wahrscheinlich eher zum Resultat, wenn die beiden Sprecher von vorherein die Sache glatt und ehrlich durch Boxen erledigten.

Ein Echo von Pfui's erhob sich.

– Warum Pfui, lieben Brüder? Noch nie hat der Verfolg einer Völker bestimmenden Idee zu etwas anderem geführt, als zu einer Boxerei: Gottglaube, Götterglaube, ewige Seligkeit, Sakrament, Rassengefühl, irdische Wohlfahrt, sublime Menschenziele, – ganz egal, immer ging's aufs knock out los, und aus jedem Match wuchsen schon wieder zehn frische Idealmotive zu neuem Geboxe. Das Register dieser Püffe nennen wir die Weltgeschichte. Denn die Waffe in jeder Form ist doch nichts anderes als die verlängerte Faust. Wohl den Gegnern, wenn sich einmal das Feld der Hiebe verengte, wie einst zwischen Rom und Alba Longa: ein paar Horatier gegen ein paar Curiatier, das vereinfacht die Sache und erspart viel Gemetzel. Also los aufeinander, Horatius Purpu und Curiatius Kostrubaal! Wie, ihr zögert noch, obschon es euch bereits in allen Gelenken kribbelt? Weil's nicht recht pazifistisch ist?

Der Präsident rief Firnaz zur Ordnung: Du darfst hier weder zur rohen Gewalt auffordern, noch den beiden Delegierten ein brutales Gewaltgelüste unterschieben. Vergiß nicht, daß wir alle uns hier im Zeichen der großen Ethiker befinden!

– Und diese, – so meinst du, Bruder – haben sich nie auf die Faust verlassen? Geh' in die Klippschule, Branisso, und lerne was! Da habt Ihr den Friedensidealisten Sokrates, der persönlich ein vorzüglicher Krieger war, der im Peloponnesischen Krieg kämpfte, und nach dem Treffen bei Potidäa den Tapferkeitspreis bekommen sollte. Der paßt also nicht zu unseren Resolutionen. Da habt ihr den großen Aristides, den Gerechten. Sein Idealismus hat ihn nicht verhindert, bei Marathon, Salamis und Platää kriegerische Lorbeern zu ernten. Und nun gar der Apostel Solon! der war ein prachtvoller Haudegen, Held im Heiligen Kriege, und geradezu Kriegsherold; er hat den Krieg gegen Megara direkt entfesselt, obschon die Regierung bei Todesstrafe die Aufforderung zum Krieg gegen Megara verboten hatte! Der paßt also auch nicht ins Schema. Wer sonst? Holt euch ein Modell aus den Urwäldern!

– Zur Sache! schallte es ihm entgegen; schweifen Sie nicht ab, bleiben Sie beim Thema Angriff und Abwehr.

– Bin schon dabei, geliebte Friedensbolde. Also ich gehe im Walde, bemerke einen Jaguar, der sich grade zum Sprunge duckt und schieße. Da bin ich in der Notwehr. Hätte ich aber geschossen, bevor er sich zum Sprunge duckte, dann war ich der Angreifer. Denn das gute Tierchen hatte mir ja gar nicht gedroht. Daß ich seine bloße Existenz in meiner Nähe als eine Drohung auffaßte, daß ich dem Angriff zuvorkommen mußte, um mich zu retten, das zählt nicht mit. Die einzige Frage bleibt: wer hat in dieser Sekunde angefangen, wer hat den Naturfrieden gebrochen. Ich! Die Bestie will ja überhaupt nicht meinen Tod, ihr ist es ganz gleichgültig, ob ich lebe oder sterbe, bloß satt werden will sie an meinem Blute; während ich, wenn ich schieße, ganz ausdrücklich ihren Tod herbeiwünsche. Immer kommt es nur auf die Anfangssekunde an, und besonders die Politik leistet ihre schönste Trottelei darin, daß sie den einen Moment aus den Begebenheiten heraussticht, um danach die Schuldfrage zu formen: Angreifer oder Abwehrer. Wie die Sache vorher aussah, wie sie nachher ausgesehen hätte, was kümmert das den Trottel, der nicht begreift, daß beide Elemente zusammengehören wie das Konkav und Konvex einer Kurve. Du hast zuerst geschossen, du hast angegriffen, in diesem kurzdärmigen Schluß erschöpft sich die Weisheit dieser Gerechtigkeitspinsel. Modell: der Trojanische Krieg. Wer hat ihn angefangen? Die Achäer natürlich, die Ilion überfielen und umzingelten. Aber zuvor war der Trojaner Paris in den griechischen Ehefrieden eingebrochen, der war also der Angreifer. Wieder falsch. Der Trojaner hatte nur ein göttliches Recht verteidigt, das ihm auf dem Berge Ida zugesprochen war. Und schließlich waren sie alle zusammen nur Werkzeuge eines olympischen Ratschlusses, welcher der Welt einen wohltätigen Aderlaß verordnete. Nun kommt der moderne Pazifist, runzelt die Denkerfalten über der Nase, tüftelt und findet die Erlösung vom Übel: Schiedsgericht, Völkerbund ...

Zuruf: »Sehr richtig!«

– Zweifellos. Wenn die erst einige Jahrzehnte gewaltet haben, wird man keine Arsenale mehr bauen, bloß noch Museen. Schön. Also stellen wir uns vor, zu jener Zeit wäre ein völkerbündliches Schiedsgericht angerufen worden. Resultat: der Friede muß unter allen Umständen erhalten werden, der Trojanische Krieg darf nicht stattfinden. Welch ein Segen für die Menschheit! Keine Ilias, keine Odysee, keine Homerischen Klänge, kein Achill, Diomedes, Hektor, Odysseus; und genau so wären auch alle andern Kriege verboten worden. Nur möchte ich wissen, was für Museen die Menschheit danach gebaut hätte. Keine Tempel des Heldentums, sondern Leichenkammern der Langeweile. Und gesteinigt wäre der worden, der sich zu dem Glauben bekannt hätte, der eigentliche Führer der Museen sei Mars, nicht Apollo!

Vielfaches Murren. Auch wir Fremdlinge waren mit diesen Ausführungen nicht einverstanden, und besonders Fräulein Eva gab lebhaften Unwillen zu erkennen. Firnaz sprach weiter.

– Sollte ich soeben den Apollo beleidigt haben, so bitte ich ihn um Entschuldigung. Übrigens war er ja auch ein Kriegsgott, der Fernhintreffer, der mit seinen silbernen Pfeilen die Kinder der Niobe erschoß, und dessen Name, Apollo, wörtlich übersetzt, Verderber bedeutet. Und was die Apollinischen Gesänge betrifft, so behandeln sie kaum etwas anderes als Kampf, Sieg und Heroentum. Jetzt rühren sich die pazifistischen Bilderstürmer nicht etwa zum ersten Male. Unsere Thesen von heute sind Wiederholungen uralter Beschlüsse. Als Theodosius der Große zu Rom regierete, wurde durch eine imperatorische Motion im Senat das ganze göttliche Heldengesindel abgesetzt; Ziel der brausenden Stürmer war es, die Tempel und Bildsäulen der Heroenzeit zu vernichten, die ganze Apotheose der antiken Tapferkeit, der virtus, der andreia, auszuräuchern. Tausend Jahre später grub die Renaissance all das Verschüttete aus Staub und Moder wieder heraus, und die alten Wahrzeichen feierten frohe Auferstehung. Der Turnus geht weiter, und wir erleben es aufs Neue, daß der Olymp verfehlt wird. Man stürmt Bilder, revidiert die Geschichtsbücher und reißt die Seiten heraus, die den Kriegshelden feiern.

»Nieder mit den Eroberern!«

– Ach, lieben Brüder, ihr wißt gar nicht, wie sehr sie euch im Grunde verwandt sind. Hätte nur ein einziger großer Eroberer seinen Kriegswillen vollständig durchgesetzt, so hätte er praktisch geleistet, was ihr theoretisch niemals ausführen könnt. Seid ihr imstande, den Plan eines Alexanders des Großen in eure Engbrust aufzunehmen? Er sah den Erdboden als eine Einheit an; ihm schwebte vor, die Welt zu erobern, ihr einerlei Sprache und die Gemeinsamkeit aller Gesetzlichkeit, aller Wissenschaften und Künste zu geben. Ausgehend von Mazedonien und Epirus, hinweg über Armenien, Syrien, Medien, Indien, über den Erdkreis hinweg, wollte er die große Völkerfamilie schaffen mit einem Zentralpunkte, der die Residenz der Amphiktyonen und die friedliche Akademie des Weltalls werden sollte. Ja, durch Blutozeane mußte er hindurch, aber diese Meere wären abgelaufen, und ihr Grund hätte sich mit Blüten bedeckt. Ein bißchen großzügiger als ihr war er schon, der Pazifist Alexander!

»Keine Lobgesänge hier auf das Schwert! Das verbitten wir uns! Die Tugend soll in der Welt regieren!«

– Es gibt zwei Tugenden, die etwas taugen: die der Einsicht und die des Willens. Beide besitzt ihr nicht. Eure Tugend ist das Geplärr. Euch hat Demokritos gemeint, als er verkündete: Wehe dem Volke, wenn seine Tugend ein gravitätisches und aufgedunsenes Ansehen gewinnt; ein feindseliger Dämon schwebt mit unglückbeladenen Flügeln über ihm; ich weissage solchem Tugendvolke mit der zuversichtlichsten Überzeugung: dumm und barbarisch wirst du werden, armes Volk! Trebern und Distelköpfe wirst du fressen und Dinge leiden müssen, vor denen Natur und Vernunft sich entsetzen – – sagt Demokrit. So, und jetzt könnt ihr ja über eure eminenten Thesen abstimmen lassen.

Zur Geschäftsordnung! rief Purpu; ich verlange, daß zuerst über meinen Antrag mit der silbernen Kapsel abgestimmt wird!

Zur persönlichen Bemerkung! schrie Kostrubaal; ich wollte dem Delegierten Purpu nur sagen, daß mir jeder parlamentarische Ausdruck fehlt, um seine krasse Ignoranz zu kennzeichnen. In unseren Statuten steht ausdrücklich, daß der sachlich wichtigere Antrag zuerst erledigt werden muß, woraus hervorgeht, daß er entweder ein kompletter Hornochse ist, wenn er das nicht weiß, oder ein Lümmel, wenn er wider besseres Wissen ...

Jetzt schien tatsächlich der kritische Moment für den Biceps anzubrechen. Purpu streifte bereits den Ärmel hoch, als auf einen Wink des Vorsitzenden Saaldiener eingriffen und zwischen den Erbitterten einen Zwischenraum legten.

– Silentium! kommandierte Branisso. Welch einen beklagenswerten Zwischenfall haben wir erlebt, mitten in unseren Arbeiten für die höchsten Güter des Universums! Wehe, wenn sich dergleichen wiederholt! – Was nun die Geschäftsordnung anlangt, so lege ich sie dahin aus ...

»Hier wird nicht ausgelegt, sondern buchstäblich befolgt!«

– Das tue ich ja auch, zum Donnerwetter! Und demgemäß formuliere ich die Hauptthese: »Sämtliche Kriege mit Einschluß der Verteidigungskriege, sind abzuschaffen,« – – – wer dafür ist, erhebe die Hand! – – Ich konstatiere: das ist die Mehrheit.

»Gegenprobe! Gegenprobe!«

– Die soll erfolgen. Die Hand möge erheben, wer zwar den Krieg an sich verbieten, den Verteidigungskrieg indes erlauben will; – – das ist die Minderheit.

»Unerhört!« schrien die von O-Blaha. »Jetzt war's doch die Majorität! Ein sauberer Präsident, der nicht sehen kann, oder nicht sehen will! Außerdem ist ja da drüben gemogelt worden! Mehrere von Allalina haben beide Hände hochgehoben!«

»Infame Verleumdung!«

»Nein, blanke Wahrheit! Wir sind in eine Falle gelockt! Man vergewaltigt uns! Wir haben die Mehrheit und sollen uns ducken? Und die da drüben mit ihrem niedergestimmten Blödsinnspazifismus sollen triumphieren?«

Der Präsis schwang die Glocke: Ich nehme alle meine Geduld und Friedlichkeit zusammen, um diesen empörenden Äußerungen gegenüber die Haltung zu bewahren. Das Resultat der Abstimmung ist von mir verkündet und bleibt bestehen. Wir schreiten also zur weiteren Probe, betreffs des Antrags mit der silbernen Kapsel...

»Aber nicht mit uns, Sie Karikatur von einem Vorsitzenden! Sie können sich selber verkapseln lassen, in Spiritus! Wir haben genug von dieser Komödie! Auf, Brüder und Schwestern von O-Blaha, hinaus, zurück auf unsere Insel! Luft wollen wir schöpfen nach diesen Miasmen der Unmoral, die uns hier umstänkern!«

Und in wirrem Tumult löste sich die Konferenz auf, indes die Häupter von Allalina in tiefster Depression nach dem Ethischen Ministerium eilten, um über die entsetzliche Sachlage zu irgend einem Ergebnis zu gelangen.

Also jetzt offnes Bekenntnis zu dem Hauptgrundsatz unserer dreifach rektifizierten Ethik: Liebe deine Feinde! Wir werden uns die moralischen Ohrfeigen sokratisch einstecken und mit Duldermine selig lächeln, – spottete Firnaz.

Das ist unmöglich, meinte ein bekümmerter Ratsherr.

– Warum unmöglich? Wir selbst haben soeben per majora das Prinzip der Nichtverteidigung zum Beschluß erhoben. Oder solltest du dich doch beim Ausmaß der Händezahl geirrt haben?

– Ganz bestimmt nicht; es war wirklich die Mehrheit. Und dennoch, dennoch —— ich ersticke förmlich! Schließlich gibt es doch auch eine Ethik der Ehre, und wenn wir uns nicht rühren, bleibt unsere Ehre besudelt!

So kann man die Sache auch auffassen. Also, rühre dich, Bruder! Hast du bereits mit dem Katekiro gesprochen? – Er meinte die höchste Amtsperson des Landes, die unter diesem Titel fungierte und als Träger der Exekutive unbedingtes Ansehen genoß.

Gleich beim Verlassen der Konferenzaula, sagte Branisso. Nie in meinem Leben habe ich ihn so aufgeregt gesehen. Aber auf seine Weisheit können wir uns verlassen. Wir müssen auf ihn warten.

Die Anwesenden versanken in unheilverkündendes Schweigen. Es war wirklich, als flatterte der Demokritische Dämon über dem Komplex ihrer Tugend. Nach einer Viertelstunde betrat der Katekiro den Raum, mit wallendem Pulse, hochrot im Gesicht: »Ich habe mich bereits zu einer Amtshandlung entschlossen, gestützt auf den Paragraph vier der Verfassung, der mich in dringenden Fällen des bedrohten Staatswohls hierzu ermächtigt, vorbehaltlich Ihrer am selben Tage einzuholenden Zustimmung.«

»Diese erteilen wir in blindem Vertrauen; ein Widerspruch wird nicht vernommen; also was hat der Katekiro veranlaßt?«

»Ich habe sofort an die Regierung der Schwesterinsel depeschiert: Wir verlangen rückhaltlosen Widerruf der Schmähungen mit dem reuevollen Ausdruck des tiefsten Bedauerns. Wir verlangen ferner das schriftliche Bekenntnis der einseitigen und ausschließlichen Schuld an dem Scheitern der Pazifisten-Konferenz, ausgefertigt von sämtlichen Notabeln der Insel O-Blaha. Wir fordern schließlich die Entsendung einer Sühne-Deputation, die uns das Dokument der Abbitte zur Reparation des Unrechts zu überbringen hat.«

– Und wenn sie sich weigern? Oder wenn sie Ausflüchte suchen?

»Ausflüchte bei Ethikern? So gut wie ausgeschlossen. Nein, sie werden sich erklären. Meine Depesche setzt ihnen eine Frist von fünf Stunden.«

– Aber das ist ja ein Ultimatum!

»So nennt man das wohl völkerrechtlich. Ich befürchte übrigens keine Ablehnung. Denn unsere Forderung ist gerecht, und wer Gerechtes ruft, der weckt das Echo der Gerechtigkeit. Binnen vier Stunden und fünfzehn Minuten werden wir die volle Befriedigung unseres sakrosankten Anspruchs in Händen haben.«

Das Echo kam herüber, klang aber etwas anders, als erwartet. Es war ein Schuß, der die Fahnenstange des Ministeriums fortriß, zugleich die mit dem Bilde der Themis gezierte Flagge. Ein Beweis, daß die von drüben gesonnen waren, das Ultimatum mit einem drastischen Ultimatissimum zu beantworten.

Die sprachlose Geisterstarre wurde zuerst von Firnaz durchbrochen: Es wäre interessant, genau festzustellen, wer hier angreift, ob wir mit unserer gepfefferten Depesche, oder jene mit ihrem Geböller.

Aber auf solche spintisierende, wenn auch völkerrechtlich äußerst wichtige Erörterungen konnte man sich nicht einlassen. Es galt zu handeln. Denn der Krieg war erklärt, wenn man auch nicht recht wußte, von wem.

Um den ethischen Gepflogenheiten des Staates die Ehre zu geben, muß bemerkt werden, daß man auf Allalina wirklich nicht recht auf ein solches Vorkommnis eingerichtet war. Die militärischen Tugenden der Bevölkerung waren begreiflicherweise höchst unentwickelt, und die Waffenmacht beschränkte sich auf eine bescheidene Polizeitruppe. Von Alters her ruhten irgendwo etliche historisch sehr merkwürdige Geschütze, über deren momentane Verwendbarkeit die Ansichten auseinandergingen. Die auf der Schwesterinsel waren um eine Idee besser gerüstet. Wie man später erfuhr, besaßen sie eine Batterie kleinkalibriger Kanonen, mit der Metallgravierung »Ultima ratio pacis«. Wenn die hielten, was sie versprachen, so konnte man damit schon etwas anfangen.

Allein, Not lehrt rüsten, und die Kräfte wachsen mit der Notwendigkeit. Plötzlich erhöhte sich auf Allalina ein neues Prinzip: die Organisation erhob ihr Haupt, in dessen Augen Pflicht und Opferfreudigkeit funkelten. Branisso sträubte sich zwar zuerst mit Händen und Füßen, als ihn der Katekiro zum Kriegsminister ernannte. Aber gerade die Prinzipe, denen er zeitlebens gedient hatte, drängten ihn schließlich zur Annahme der schweren und ungewohnten Amtsbürde. Denn hier war nicht nur das Vaterland in Gefahr, sondern die Gerechtigkeit an sich, und namentlich das Statut des radikalen Pazifismus. Dies konnte nur dadurch gerettet werden, daß die Talmipazifisten der Gegenseite gründlich niedergeworfen wurden. Jetzt erhielt die Justitia Gelegenheit, mit ihrem Schwert vernichtend dreinzuschlagen.

Eins war von vornherein klar. Man durfte den Austrag der Affäre nicht von heute auf morgen erwarten. Das konnte Monate dauern, wenn nicht Jahre, denn man schien auf beiden Seiten entschlossen, ganze Arbeit zu machen. Ein frischer, fröhlicher, lebendiger Haß flutete durch die Gemüter, der sich ganz gewiß nicht bei einem kompromißlichen Scheinfrieden beruhigen würde. Hier hieß es: Rom contra Carthago, und nur ein Diktatfrieden, dem die Erschöpfung aller Möglichkeiten vorangehen mußte, konnte zum Heile führen. Es sollte daher höchstens als ein Vorspiel gelten, daß sämtliche Fischkutter mit Bombardiergerät ausgerüstet wurden. Auf Allalina betrachtete man es als einen zustimmenden Wink des Himmels, daß die historischen Geschütze bei den ersten Proben, bis auf 75 Prozent Versager, tatsächlich losgingen. Und in den Kirchen wurden Dankeshymnen angestimmt, als der Ausguck meldete: Drüben mehrere Hausmauern umgefallen. Daß analoge Vorfälle auch hier zu beobachten waren, störte die Freude nur wenig.

Branisso bewährte sich ausgezeichnet als Organisator, und weitausblickende Bürger sahen schon im Geiste sein zukünftiges Erzmonument neben der Gerechtigkeitsstatue auf

dem Eintrachtsplatz. Er hatte sich in seiner überströmenden
Weisheit mit der technischen Insel Sarragalla in Verbin-
dung gesetzt und sechs Ingenieure von dorther verschrie-
ben. Die waren auch schon unterwegs, und man versprach
sich von ihnen enorme Kulturwunder an Lambda-Strahlen,
Giftgasen, telekinetischen Perkussionen und Lufttorpedos.
Jetzt zum erstenmal seit Kriegsbeginn konnte eine gewisse
Übereinstimmung beider Parteien wahrgenommen werden
in Rückbesinnung auf verflossene Gefühlsgemeinschaft.
Denn die O-Blahenser hatten gleichfalls sechs vorzügliche
Ingenieure von der technischen Insel engagiert. Aber bis
deren Mirakel beiderseitig durchgreifen konnten, hätte man
sich doch noch wochenlang mit dem Kleinkrieg behelfen
müssen, der die Menschen auf niederem Niveau festhielt.
Der Schaden war vorläufig relativ unbeträchtlich und entsprach schon nach drei Tagen nicht mehr den hohen Erwartungen, die sich auf einen großartigen Feuerzauber gerichtet
hatten. Deshalb näherte sich Branisso mir und meinen Gefährten mit einem Anliegen.

– Sie begreifen unsere Lage, sagte er, wir sind in dieses abwegige Abenteuer hineingeraten, ohne es zu wünschen, ja,
ohne zu wissen, wie ...

»Wie die Jungfer zum Kind,« schaltete Firnaz ein.

– Aber da wir nun einmal drin sind, müssen wir siegen. Ich
würde Verrat am Vaterland begehen, wenn ich anders dächte und wenn ich nicht bis aufs äußerste darauf bedacht
wäre, durch unsern Sieg die friedliche Durchdringung unserer Ideen zu ermöglichen. Da aber, die Kräfte vorläufig ba-
lancieren, so muß alles versucht werden, um der guten Sache einen Vorsprung, ein Übergewicht zu verschaffen. Sie
sind im Besitz eines Schiffes, dessen Stärke unsere gesamte
Fischerflottille um das Vielfache übertrifft. Ihre Atalanta ist
mit modernen Waffen ausgestattet, und wenn Sie sich ent-
schlössen, auch nur einen Tag ...

»Davon kann gar keine Rede sein, Verehrter,« versetzte Mac Lintock. »Wir sind hier Gäste und dürfen aus unserer Neutralität nicht heraustreten. Ich, der Besitzer des Schiffes, bin Amerikaner, und Sie wissen zweifellos, daß Amerika es aufs Strengste vermeidet, sich auch nur mit einem Schuß an den Händeln anderer Völker zu beteiligen.«

»Gewiß, das haben Sie niemals getan,« meinte Firnaz; »und dies ist ja auch der Grund, weshalb ihre Oberhäupter Wilson und Roosevelt zweimal den großen Friedenspreis der Nobel-Stiftung bekommen haben. Nur meint mein Bruder, daß jedes Prinzip Ausnahmen verträgt.«

– Und diese Ausnahmepflicht ist hier gegeben. Sie waren Zeuge der Vergewaltigung, die über uns hereinbrach; und Sie müßten nicht fühlende Menschen sein, wenn Sie nicht das zornige Bedürfnis verspürten, der beleidigten Unschuld zum Recht zu verhelfen. Ihre Atalanta lagert vorläufig an der sicheren Westseite der Insel und befindet sich außer Schußbereich. Aber wer verbürgt Ihnen, daß nicht Ihre eigenen Interessen verletzt werden, wenn erst die bewußten Ingenieure eintreffen und zu operieren anfangen? Wenn Sie dem zuvorkommen und morgen zu schießen beginnen, kann der Krieg in zwölf Stunden beendet sein, und Sie würden das erhebende Bewußtsein davontragen, den Triumph der heiligen Sache bewirkt zu haben.

Unser Offizier Geo Rottek schien nicht ganz abgeneigt, der Lockung Gehör zu geben. Es war unverkennbar, daß sich der eingelullte Tatendrang in ihm zu regen begann. Auf eine Demonstration zum mindesten könnte man es ankommen lassen, und wenn dabei einige Kernschüsse mit unterliefen, so wäre das auch kein Unglück. Im Gegenteil, wenn diese Kernschüsse säßen, – und dafür garantierte er – so wären sie nur das Salutgedonner eines raschen Friedens, und unabsehbares Blutvergießen könnte dadurch verhindert werden.

Der Kapitän Kreyher fand, daß in diesen Erwägungen ein berechtigter Kern stecke. Die Atalanta hätte doch im Ganzen wenig zu riskieren, wenn sie die Affäre stoppte, die zwar heute noch ein Froschmäusekrieg sei, aber binnen wenigen Tagen ein Vernichtungskampf werden könnte. Unser Doktor Wehner verriet Zeichen innerer Schwankung. Eva fragte:

»Gesetzt, unsere Atalanta leistet das Gewünschte, wie wäre dann der Fortgang? Ich meine, werden Sie dann einen großen Strich unter das Vergangene machen und dem Gegner unbedingt verzeihen? Nicht das Geringste von ihm verlangen?«

– Aber, mein Fräulein, bedenken Sie! Das wäre doch ethisch das Allerschlimmste! Wenn wir nach gewonnenem Krieg Gleich auf Gleich proklamieren, so hätten wir doch gerade den Status quo ante, und wohin dieser Status führt, das haben wir doch eben schaudernd erlebt. Nein, mein Fräulein, Sie lassen sich von einer Utopie umgaukeln, die ganz unmittelbar in einen neuen Krieg hineintreiben würde, und eben weil wir diesen als überzeugte Pazifisten vermeiden wollen, müssen wir den Gegner so schwächen, daß er nie wieder am ewigen Frieden zu rütteln vermag. Wir wünschen die Mitwirkung Ihres starken Schiffes, aber wir wünschen sie nicht um den Preis einer flagranten Ungerechtigkeit!

»Und ich werde dir sagen, Bruder Branisso, was die Mehrheit unserer Gäste wünscht. Ganz einfach, sie wünscht uns alle miteinander zum Geier! Und ich wette mit dir um die ganze Kriegsbuße, die wir bekommen oder bezahlen werden, daß ihr Schiff noch heute verduften wird.«

Er hätte die Wette gewonnen.

Zwei Stunden nach unserer Abfahrt bemerkten wir hoch in der Luft einige bewegte dunkle Punkte, über deren Bedeutung uns das Teleskop nicht im Zweifel ließ. Es waren die fliegenden Ingenieure aus Sarragalla, die sich ihren Bestimmungsorten näherten, um mit technischer Großzügigkeit die Katzbalgerei der Inseln zu einem menschenwürdigen Unternehmen zu erhöhen. Ihre weitere Tätigkeit entzog sich unserer Beobachtung, denn wir bewegten uns rasch nach Süden, und die Flieger brauchten doch gewiß einige Zeit, um ihre Wunder zu montieren. Nachdem, was wir früher erfahren hatten, waren sie politisch ganz indifferent und verfolgten lediglich mechanische Effekte. Rottek vermutete, daß die Ingenieure die beiden Eilande als Versuchskarnickel für ihre neuen Erfindungen ausprobieren würden; mit all der Unparteilichkeit, die zu den schönsten Kennzeichen derartiger Technik gehört. Wahrscheinlich würden sie die Gelände ebenso behandeln, wie man in rückständiger Kultur mit Schiffen verfuhr, das heißt also, beide Inseln radikal auf den Meeresgrund versenken. Eine zukünftige Expedition wird festzustellen vermögen, ob diese Vermutung durch die Tatsachen gerechtfertigt worden ist. Unser Tagebuch reicht nicht soweit. Sollten aber spätere Geographen das Verschwinden von Allalina und O-Blaha feststellen, so wäre damit erwiesen, daß das Problem des Pazifismus hier durch den ewigen Frieden aller Beteiligten restlos gelöst worden ist.

Die Heimfahrt

Was folgt daraus? – Das Prinzip der Prinzipe. – Insel-
Weisheit und Weisheits-Inseln. – Haec fabula docet.

Und wiederum Honolulu und die übrigen Etappen unserer
Herfahrt in umgekehrter Reihenfolge. Unsere Beschreibung
ist zu Ende. Aufzuarbeiten bleiben nunmehr einige gedankliche Rückstände; Dinge, die aus dem Unterbewußtsein em-
portauchen, um im Oberbewußtsein einen Platz zu suchen.
Wir haben das Fazit zu ziehen, das bedeutsamer werden
kann als die erlebten Tatsachen.

Ethische Betrachtungen lagen uns zunächst, da wir ja zuletzt Bezirke mit starkbetonten sittlichen Prinzipien verlassen hatten. Recht und Gerechtigkeit waren die Leit-Worte
und Leit-Motive gewesen. Aber im Grunde hatten die Insulaner mit diesen Begriffen nur dasselbe Spiel getrieben, das
wir selbst mit ihnen treiben. Spiel? Der Ausdruck ist noch
zu schmeichlerisch. Denn ein Spiel, als an Regel gebunden,
offenbart einen Sinn, und noch im kindlichen Spiel steckt
bekanntlich ein tiefer Sinn. Aber im Gerechtigkeitsspiel der
Erwachsenen verflüchtigt sich der Sinn zu einem gedanklichen Chaos.

Wo ein Staatsmann, ein Volksredner den Mund auftut, wo
ein Leitartikler zu schreiben anhebt, da ergießt sich »Gerechtigkeit« in Strömen. Und Millionen von Hörern und Lesern verschlucken sie milliardenfach, ohne sich zu fragen,
ob sich dabei etwas Denkbares denken lasse. Sie ereifern
und entrüsten sich um einen Begriff, der findbar sein müßte, um seinen Weltkurs zu verdienen. Er läßt sich aber ebensowenig finden, wie die Körperlichkeit eines Spiegelbildes
hinter dem Spiegel. Man greift ins Leere, und nur ein kompletter Narr könnte es dort suchen. Aber der Verstand zahl-
loser Verständiger ergeht sich in der nämlichen Narretei.
»Immerhin,« – so meinte einer unserer Fahrtteilnehmer,
»immerhin erfassen wir doch den Begriff der Gerechtigkeit

etwas genauer als jene Insulaner von Allalina und O-Bla-ha.«

– Das eben leugne ich. Und ich finde weder unser Gerede noch die praktischen Folgerungen, die wir daraus ziehen, auch nur um eine Spur sinnvoller. Weil man etwas nicht Existierendes überhaupt nicht erfassen kann, weder genau noch ungenau. Allenfalls ließe ich mich zu dem Zugeständnis herbei, daß die ethischen Inselmenschen etwas konsequenter verfahren als wir. In ihrem abenteuerlichen Schlußerlebnis steckt wenigstens die Methode der Abkürzung. Sie geben uns in übersichtlicher Gedrängtheit das Bild unserer eigenen Geschehnisse. Wäre ein Europäer imstande, die Jahrtausende seiner Weltgeschichte mit einem Blick zu überfliegen, so würde sie ihm ebenso grotesk vorkommen, wie die soeben von uns beobachtete Katzbalgerei mit ihren Gerechtigkeitsmotiven.

»Sie wollen offenbar darauf hinaus, daß das Fazit unserer Entdeckungsreise überhaupt unter diesen Gesichtspunkt gebracht werden kann?«

– Ich werde mich damit nicht begnügen. Gewiß, es verlohnte sich, die verlebendigte Abkürzung unserer *eigenen* Schicksalsläufe hier wie in kinematographischer Beschleunigung durchzumachen. Aber darüber hinaus ergeben sich noch andere Orientierungen, wie man sie eben nur in diesen Gebieten gewinnen kann. Denn *wir alle* leben in und von Prinzipien, und deren Beschaffenheit wird uns am klarsten im Verkehr mit Menschen, die ihre eigenen Prinzipe offensichtlich und eigensinnig übertreiben. Oder zu übertreiben scheinen.

»Warum sagen Sie »scheinen«?«

– Weil ein Prinzip, wenn es wirklich vorhanden wäre, gar nicht übertrieben werden könnte. Es müßte sein wie ein physikalischer Satz. – Ein Planet verfolgt in seiner Bahn die Linie eines Kegelschnitts, das ist sein Prinzip. Der Planet ist davon völlig durchdrungen und kann darin nicht zu viel oder zu wenig tun. Wenn aber der Mensch seinem Handeln ein Prinzip vorsetzt, so verfolgt er gar keine angebbare Linie. Von Punkt zu Punkt wird er durch Zufälligkeiten des Urteils abgedrängt, von Sekunde zu Sekunde ändert sich das Wesen seines Vorsatzes, das heißt, sein sogenanntes Prinzip ist in sich prinziplos. Was ihm als ein stählerner Strang erscheint, wird im Gang der Geschehnisse ein Zwirnsfaden, der fortwährend abreißt und fortwährend neu angeknüpft werden muß. Wer sehr eifrig knüpft, den nennen wir konsequent, prinzipientreu, das ist alles. Aber in Wirklichkeit hat er doch nur einen wirr verknoteten Zwirnsknäuel in der Hand, und er unterliegt einer fixen Idee, wenn er sich einredet, aus solchem Knäuel eine Richtung ablesen zu können.

»Da hätten wir also nicht bloß Inseln der Prinzipe entdeckt, sondern noch obendrein ein Grundprinzip: das der allgemeinen Täuschung.«

– Damit kommen wir der Hauptsache schon näher. Und das Erstaunlichste ist, daß dieses einzig sonnenklare Menschenprinzip noch immer nicht zum Hauptsatz aller Philosophie erhoben worden ist. Ich kenne kein größeres Weltwunder. Selbst diejenigen Denker, die sich bis zu ansehnlichem Grade vom Landläufigen befreit haben, selbst solche, die imstande wären, die Peripherie zu durchstoßen, verfallen doch auf jeder Seite der Täuschung, als könnten sie ermitteln, feststellen, beweisen, sie reden von höheren und niederen Lebewesen, von Fortschritt, Rückschritt, Stillstand, Kultur ...

»Das tun Sie doch auch!«

– Leider bin ich dazu gezwungen, durch den Dämon der Sprache, der mich in den fehlerhaften Zirkel einspannt und darin festhält. Aber ich spüre doch wenigstens den Zwang und rede mir nicht ein, daß das sprachlich Unvermeidliche sich mit den Dingen an sich deckt. Und mehr als das. Ich traue es mir zu, in jenem Zirkel hier und da eine Luke zu öffnen; zu eng, um hindurchzukönnen, aber weit genug, um hinauszuschauen. Und ich glaube, daß Sie jetzt imstande sein werden, mit mir hindurchzublicken; nachdem die Erfahrung auf diesen Inseln Ihre Aufmerksamkeit für das Absonderliche geschärft hat.

»Sie werden doch nicht am Ende hier ein Lehrgebäude errichten wollen?«

– Bewahre. Alles Systematische ist mir zuwider. Es handelt sich, wie gesagt, nur um einzelne Blicke, die Sie zur Ergänzung Ihres Weltbildes benutzen mögen. Also versuchen wir einmal eine Luke aufzusperren. Fragen wir uns, ob es möglich ist, ein Menschenprinzip und ein Naturprinzip in Vergleich zu setzen. Denken Sie zum Beispiel an das Prinzip der mechanisierten Inseln, welches auf bestimmte praktische Zwecke losging, auf Kraftausnützung, Zeitersparnis und derlei schöne Dinge. Was meinen Sie nun: Läßt sich das, was in dem trefflichen Ingenieur Forsankar vorgeht, mit einem Naturprinzip vergleichen?

»Wohl kaum. Der Techniker muß sich doch besinnen, greift oft fehl. Während ein Naturprinzip unerschütterliche Geltung hat.«

– Und dennoch ist eins wie das andere. Ich behaupte nämlich – jetzt passen Sie auf: in uns allen arbeitet das Bewußtsein Forsankars, und wir haben gar kein anderes Mittel, um die strengsten und allgemeinsten Naturgesetze zu begreifen, als eben dieses Bewußtsein. Nehmen Sie zum Beispiel das berühmte »Prinzip des geringsten Kraftaufwandes«.

Es ist die Grundlage unserer gesamten Naturkunde und damit aller Menschenweisheit überhaupt. Hier wird die Natur als große, verständige Arbeiterin vorgestellt, die durchweg so verfährt, wie ein Ingenieur von unendlicher Genialität. Wir können dies Prinzip gar nicht aussprechen, gar nicht denken, ohne die Natur in stärkstem Grade zu personifizieren, als ein geschäftiges Wesen, das technisch so wirkt, wie wir gern wirken *möchten*. Somit steckt in den Naturgesetzen, wie wir sie verstehen, der menschliche Willensdrang, und ihre ganze Kette wird zusammengehalten durch Ringe unserer *eigenen Wünsche* und *Triebe*. Aber jede Kette ist genau so stark wie das schwächste ihrer Glieder. Zerreißt nur ein einziger Willensring, Wunschring, Triebring, so fällt die ganze Kette der Naturkunde auseinander, sie wird unhaltbar, wertlos, und wir müssen bekennen, daß wir von allen Welterscheinungen auch nicht das geringste begreifen.

»Das sind ja schöne Aussichten! Wie war es denn auf den technischen Inseln? Dort hat uns doch der Meister Algabbi die Unhaltbarkeit und Torheit der technischen Wünsche bewiesen? Da wäre also doch schon ein Ring zerplatzt?« ...

– Und wenn er richtig bewiesen hat, so wäre zu folgern, daß die Großmeisterin Natur uns nicht nur beständig foppt, sondern daß sie selbst nicht weise, sondern höchst törichte Prinzipien befolgt.

»Undenkbar! Mit einem so entsetzlichen Zeugnis dürfen wir weder die Natur noch uns aus dieser Expedition entlassen. Wir müssen versuchen, einen Ausweg zu finden. Wie wäre es denn, wenn jener Ring nicht platzte? Wenn ein Menschenprinzip so unzerbrechlich sein könnte wie ein Naturprinzip?«

– Dann würde noch Schlimmeres herauskommen. Denn Ihre Annahme würde bedeuten, daß wir alle mit unzerbrechlichem Zwange der Mechanisierung verfallen müßten. Sollte der technische Trieb wirklich so stark sein, wie jenes oberste Naturgesetz vom ersparten Kraftaufwand, so führt Ihr Ausweg sofort auf den Punkt, wo jede Hoffnung erdrosselt wird. Die Physik hat hierfür einen besonders lieblichen Ausdruck: »den Entropietod«, der das Ziel aller Weltmechanik darstellt. Dieser Tod umfaßt alle Bewegungen, alle

Erscheinungen, körperliche wie geistige. Die Bewohner der Insel Allalina sind ihm schon beträchtlich näher als Sie und ich. Aber wenn Ihre Voraussetzung zutrifft, so werden wir sie bestimmt einholen und wir können uns mit ihnen auf ein Stelldichein im Nullpunkt des Daseins verabreden.

»Aber wie verträgt sich das mit Ihrer Aussage, daß wir uns die Natur als unendlich genial vorstellen?«

– Beides ist wahr, beides richtig nach Menschenlogik, die uns unausgesetzt den Widersprüchen ausliefert. Befragen wir doch die Geschichte der Wissenschaft. Die ersten Entdecker und Verkünder jener Sätze waren von der Genialität der Natur geradezu erschüttert und warfen sich wie berauscht in den Schoß der Gläubigkeit; mit flammenden Worten erklärten sie solches Prinzip für die herrlichste Offenbarung der Weisheit Gottes. Sie beteten zu einem Schöpfer, der ihnen als ein göttlicher Ingenieur erschien. Wie steht es nun mit seinem Weltwerk physikalisch genommen? Es beginnt mit einem Nullpunkt und muß beim Entropietod, also wiederum bei einem Nullpunkt enden. Großer Newton! Dein berühmter »Maximal-Effekt« ist das blanke Nichts! Und um den Weg von Null zu Null mit dem »*geringsten* Kraftaufwand« zu bewältigen, mußte der ganze Mechanismus des Universums mit der ganzen Arbeit von Jahrmillionen in Kraft treten?? Aber das ist ja der *größte* unter allen denkbaren Kraftaufwänden! Mithin führt das Prinzip sich selbst ad absurdum, die physikalische Logik erstickt an ihrem eigenen Widerspruch. War's denn überhaupt physikalische Logik? War's nicht vielmehr ein Gewebe von Theologie, Theosophie und Dämonologie? Gleichviel. Wenn hier eine Offenbarung auftritt, so offenbart sich nur eins: der ungeheure, unentrinnbare Fehlerzirkel! Denn das Naturprinzip zeigt sich von der einen Seite gesehen als unzerbrechlich, von der andern Seite als unmöglich.

»Sagen Sie doch, Herr, wozu dienen diese unheimlichen Betrachtungen?«

– Sie dienen zur Zerstörung alter Schulweisheit, und das scheint mir beträchtlich genug. Wenn wir von unserer Entdeckungsreise Destruktivstoffe des Denkens heimbringen, so schaffen wir neue Möglichkeiten des Wissens, indem wir altes Denkgestrüpp entwurzeln und verbrennen. Wir schlagen Lichtungen, und wir hätten sie nicht schlagen können, ohne mit diesen Inseln Bekanntschaft zu machen. Die Lebensprinzipe, die uns entgegentraten, zwingen uns, dem Wesen aller Prinzipe nachzuspüren, und aus dem Reiseabenteuer gestaltet sich das Gedankenabenteuer, ja ich möchte sagen: erst jetzt, da wir glauben, unsere Reise durch fröhliche Heimkehr abzuschließen, erst jetzt beginnt sie. Vor uns tauchen neue Inseln der Erkenntnis auf, apokalyptische Inseln, die man nur mit stillem Schauder betreten darf.

»Wenn es nach uns ginge, führen wir am liebsten daran vorbei.«

– Das ist sehr erklärlich. Denn wir lieben die Irrtümer, die an uns festgewachsen sind, wie die Haut am Leibe, und es tut weh, wenn unsichtbare Fangarme nach uns greifen, um sie abzureißen. Aber an diese Prozedur haben wir uns ja schon ein bißchen gewöhnt: durch die Seltsamkeiten, die wir bemerkten, und die uns allesamt der Ansicht näherbrachten: die Seltsamkeit steckt in *uns*, nicht in den Dingen selbst. Wir haben uns gewundert über Gestaltungen und Denkweisen, wie ein Kirgise sich wundert, der nach Rom gerät, oder ein Eskimo, der nach Kairo versetzt wird. Jetzt wird Herr Mac Lintock nach Chicago zurückkehren, mein Freund Flohr und ich nach Berlin, Fräulein Eva nach irgendeiner Universitätsstadt, und wir werden aufhören, uns zu wundern, in einer gewohnten Umwelt, auf die unser Maßstab so ziemlich paßt. Aber wir dürften auch dort nicht eine Sekunde aus dem Erstaunen herauskommen, nämlich über uns selbst und unseren Maßstab. Dieser ist das größte aller vorhandenen Welträtsel, und wenn wir eine Insel auf dem Monde entdeckt hätten, so wäre das nicht entfernt so wunderbar, als die Tatsache, daß wir unausgesetzt mit diesem Maßstabe operieren und daß die ganze Menschheit ihre Existenz danach eingerichtet hat.

»Ach, Sie übertreiben! Dieser Maßstab, das Meßwerkzeug unseres Denkens, paßt doch auf viele Dinge, und wenn auch Fehlschlüsse unterlaufen mögen, so dürfen wir doch behaupten: wir gelangen an manches erweislich Wahre, Richtige, Stimmende.«

– Nichts paßt, nichts stimmt, alles bleibt im Anthropomorphismus stecken, in unserer unheilbaren Grundnatur, die uns zwingt, alles zu vermenschen, und anderseits aus dem Anthropos, aus dem Menschen, Dinge in die Welt hineinzudenken, die an sich dort gar nicht vorhanden sind. Der Anthropomorphismus ist die Kette am Fuße alles Betrachtens und Denkens, das Höchste, was wir leisten können, besteht darin, daß wir uns diese Kette ein wenig verlängern, daß wir sie wenigstens klirren hören und uns unserer Gebundenheit bewußt werden.

»Das heißt, Sie wollen einen offenbaren Vorteil gegen einen offenbaren Nachteil eintauschen. Frommt's, den Schleier aufzuheben? Frommt's, die Kette klirren zu hören?«

– Auch diese Frage ist anthropomorphisch, denn unsere Wünsche sind bedeutungslos gegen die Notwendigkeiten, die sich in uns vollstrecken. Eine solche Notwendigkeit trieb uns auf unsere Entdeckungsfahrt, wo wir Menschen sahen, die gewissen vermeintlichen Idealen nachjagten. Eine zweite Notwendigkeit treibt uns zu dem Bekenntnis, daß diese Menschen anthropomorphisch verfahren, aber nicht um ein Haar anthropomorpher als wir selbst, wenn wir die Ideale Wahrheit, Gerechtigkeit, Moral, Fortschritt, Erkenntnis ausrufen. Die letzte Notwendigkeit zwingt uns zur Landung an den geheimnisvollen Inseln, auf denen die unfaßbaren, kaum noch in Worten ausdrückbaren Weisheiten wachsen. Der Boden ist mit Verzicht gedüngt. Und wenn wir trotzdem anzusagen versuchen, was wir dort vorfinden, so behelfen wir uns mit andeutenden Umschreibungen.

»Immerhin, wir finden doch Weisheiten.«

– Negative, die sich mit den längst erworbenen positiven zu Null addieren. Das ist der Kernpunkt. Schon auf der Algabbi-Insel haben wir gemerkt, daß der Kulturbegriff nicht standhält. Jetzt gehen wir weiter. Es ist gesagt worden: die alte Wissenschaft ist ein Trümmerhaufen, die neue Wissenschaft ein Prachtbau, von dem niemand weiß, worauf er steht. Wir fangen jetzt an, es zu wissen: er steht auf der anthropomorphen Illusion; in ihr löst sich alles auf, die Wahrheit, die Wirklichkeit, die Geometrie, ja, alle elementaren Denkmittel bis zu den Begriffen Raum, Zeit, Größe, Körper, Lage, Beziehung, Zustandsänderung, Prozeß, Ursächlichkeit, Naturgesetz, die allesamt nichts anderes sind als Wunsch-Ausdrücke. Ach, glaubet nur, liebe Gefährten, das, was ich hier wie im Fluge andeute, wird einmal der Inhalt aller wissenschaftlichen Philosophie werden! Und wenn sich der Bericht über unsere Reise in einem Bande niederlegen läßt, so werden Bibliotheken notwendig sein, um das zu bewältigen, was aus ihr erfließt. Genug vorläufig des Transzendenten. Schrauben wir unsere Betrachtungen auf das Einfachere zurück. Sagen Sie aufrichtig: Kommen Sie heute noch mit der Vorstellung der Sittlichkeit so glatt zurecht wie damals, als wir auszogen, um Inseln mit fremden Kulturen zu entdecken?

»Offen gestanden, die Selbstverständlichkeit hat gelitten. Aber es bleibt doch die Hoffnung, daß wir das Verwirrende und Fragwürdige überwinden, und zu einer Klärung der Moralität gelangen können. Sie natürlich mit Ihrer nihilistischen Denkweise ...«

– O, ich kann mich auch umstellen und ganz real werden. Für mich objektiviert sich das Bild der Gerechtigkeit ganz einfach in einem Hahnenkampf, und nach den Vorgängen, die Sie auf den ethischen Inseln erlebt haben, werden Sie verstehen, wie ich das meine. Wenn der Hahn seinen Gegner anspringt, so hat er in seinem Bewußtsein offenkundig die Vorstellung: er kämpft für eine »gerechte Sache«. Für sich, für seine eigne Sache, durchaus egozentrisch, selbstgerecht, – die Gerechtigkeit selbst ...

»Aber das ist doch nur eine Vermutung, und außer Ihnen wird noch niemand auf die Idee verfallen sein, in der Leidenschaft der Hähne etwas derartiges zu wittern.«

– Sie sind im Irrtum. Das ist schon vorgedacht worden, sogar klassisch vorgedacht. Themistokles ließ im Theater zu Athen Hahnenkämpfe aufführen als Symbol des gerechten Griechenkrieges gegen die Perser. Das Volk identifizierte sich mit einem der gefiederten Kämpen und fand in dessen Erbitterung das Sinnbild seiner eigenen Erregung für Ehre und Freiheit. Und so ähnlich starrten auch unsere Insulaner auf ihre beiden Streithähne, deren Sache subjektiv um so gerechter wurde, je stärker ihnen die Zornesadern schwollen. Nicht das erklärte Motiv war das Ursprüngliche, sondern der Kampfeswille und der Siegeswunsch. Dort waren wir die Fremden, wir standen außerhalb der Interessen, behielten Distanz, und wir verstanden sonach die ganze Tragikomödie. Aber sobald wir in unseren eigenen Interessen stehen, verläßt uns das Urteil, wir glauben an die Gerechtigkeitssubstanz unserer Kämpfe; und nur ein aus fremder Welt hereingeschneiter Beobachter vermöchte zu erkennen, daß wir subjektiv noch immer als Recht werten, was objektiv gesehen Hahnenkampf bleibt.

»Sie können doch gar nicht beurteilen, was im Bewußtsein eines Hahnes vorgeht!«

– Kommt Ihnen der Verdacht so nebenbei? Halten Sie daran fest. Denn damit lüften Sie wieder ein Zipfelchen des Isisschleiers, der all unser Wissen bedeckt. Also wirklich, wir wissen nichts von der Tierseele, aber wir besitzen zu Tausenden Bücher von Autoren, die so tun, als wüßten sie. Hier feiert der Anthropomorphismus wahre Orgien, indem er aus spärlichen Analogien Unerschließbares erschließen will und sich in diesem Wollen berauscht. Und wenn ich soeben von einem Gerechtigkeitsgefühl im Hahnenkampf sprach, so war auch das nur eine Analogie, die mir ein Gleichnis ermöglichen sollte. Der Verdacht gegen seine Gültigkeit ist nicht nur berechtigt, sondern er muß zum Verdacht gegen alle Seelenkunde überhaupt erweitert werden. Was wir Psychologie nennen, ist die Summe der Versuche, mit einem einzigen Schlüssel an unzähligen Schlössern herumzuschließen, zu denen er absolut nicht paßt. Stellen wir uns vor, ein Mensch könnte für die Dauer einer Stunde Vogel werden; er würde später zurückverwandelt und hätte die Erinnerung an seine Vogelexistenz bewahrt; was uns dieser Mensch zu erzählen hätte, wäre der Anfang einer wahren Psychologie. Bis zur Erfüllung dieser Unmöglichkeiten behelfen wir uns mit einem Schulsurrogat, das sich für Lehre ausgibt, aus dem aber nichts Anderes gelernt werden kann, als eine docta ignorantia.

»Schließlich bleibt uns doch der gesunde Menschenverstand, der uns Auskunft gibt, wo uns eine akademische Lehre im Stich läßt.«

–Der gesunde Menschenverstand ist als letzte Instanz der Einsicht ungefähr ebenso brauchbar, wie die Kanonen von O-Blaha als ultima ratio des Friedens. Denn es besteht ein Widerspruch zwischen ihm und der vollen Einsicht. Er sagt vielfach Richtiges an, allein diese Richtigkeiten sind in der Regel nicht viel wert. Denken Sie an die Insel der Perversionen mit ihren Denkgetrieben, in denen sich der gesunde Menschenverstand nicht mehr zurechtfand. Die Erinnerung hieran wird Ihnen das Verständnis für Kant's schönes Wort schärfen: Meißel und Schlägel können ganz wohl dazu dienen, ein Stück Zimmerholz zu bearbeiten, aber zum Kupferstechen muß man die Radiernadel brauchen! Damit will Kant sagen: der gemeine, gesunde Menschenverstand ist zu feinerer Denkarbeit unfähig. Ja Erasmüs bezeichnet ihn geradezu als das Werkzeug der Narrheit. Wir hatten Gelegenheit, den höheren, den spekulativen Verstand zu üben, in den zahllosen Widersprüchen, die uns auf unserer Reise in den Weg traten. Und zwei Dinge sind uns besonders klar geworden: erstens: jener Verstand läuft mit einem ungültigen Zeugnis durch die Welt, denn er selbst, nur er, hat sich sein Gesundheitsattest geschrieben und gesiegelt; zweitens: wenn irgendwo eine Wissenschaft existiert, so kann sie nur die Kenntnis von dem sein, was gegen die Selbstverständlichkeiten des gesunden Menschenverstandes erkämpft werden mußte.

Und diese Wissenschaft lebt. So großmächtig sie dasteht, wird sie doch das Scherflein nicht verschmähen, das wir ihr in Form versprengter Kristalle zutragen. Wir fanden sie auf den Inseln und entdeckten dabei, daß sie in Struktur und Stellung der Facetten Besonderheiten aufweisen. Anders als sonst bei Kristallen bricht sich der Lichtstrahl auf ihnen: Er erzeugt ein Farbband, dessen Buntheit von der Fahrt erzählt, dessen dunkle Linien aber spektralanalytisch gedeutet werden können. Dann ergeben sie folgenden Sinn:

Manche Denkpfade erscheinen sehr abwegig, führen aber zu Aussichten, die sich in der Wanderung auf gebahnten Heerstraßen nicht erreichen lassen.

Es ist ein Vorurteil, zu glauben, die Wahrheit müsse mit der Richtigkeit zusammenfallen. Es gibt im Denken zahllose Unrichtigkeiten, die der Wahrheit viel näher liegen, als die exakten Ergebnisse.

Der Verstand kann hypertrophisch entarten und wird vor dieser Gefahr nur durch eine besondere Diät geschützt. Die grobe Nahrung der Tatsachen und starren Folgerungen verdickt ihn; er muß sie durch die Feinkost der Symbole, Bilder, Visionen, mystischer Ahnungen unterbrechen. Nicht nur der Maler, auch der Philosoph soll inwendig sein »voller Figur«. Er muß wahrsagen können in Formeln und weissagen in sibyllinischer, orphischer, eleusinischer Sprache.

Die Berufung auf eine vermeintliche Wirklichkeit darf niemals den Ausschlag geben, denn sie ist nur die Außenprojektion einer inneren Vorstellung und würde, wenn sie mehr wäre, aller Norm widerstreiten. Eine gedachte Wirklichkeit kann sich mit dem Gesetz vertragen, eine reale Wirklichkeit besitzt die Wahrscheinlichkeit Null, das heißt, sie ist unmöglich. Hiermit hängt innig zusammen: kein Prinzip ist durchführbar, jedes muß irgendwo abbrechen oder bei erzwungenem Fortlauf zur Karikatur umschlagen. Dies vor allem ist der Sinn unserer Atalanta-Fahrt auf der Tuscarora-Tiefe zwischen Hawai und Aleuten. Sie hat uns zahlreiche lebendige Proben dafür geliefert, und dem Leser dieses Berichtes bleibt es überlassen, nach weiteren Proben in seiner eigenen Umwelt auszuspähen.

Dafür, daß er sie finden wird, liegt noch eine besondere Garantie vor: in einer Strophe des nämlichen Nostradamus, dessen Verheißung uns wie erinnerlich zur Entdeckung der Inseln leitete. War seine Ansage richtig, so wird man auch wohl seinem Nachspruch ein gewisses Vertrauen nicht vorenthalten. Ich habe mir diesen Quatrain aufgespart und bringe ihn hier, getreu übersetzt, als Fazit der Expedition:

»Durch diese Fahrt wird dir die Wahrheit hell,

Daß irgendein Prinzip uns stets gebannt hält;

Und du entdeckst – nur eins gilt prinzipiell:

Das kein Prinzip lebend'ger Probe standhält.«